平治物語

現代語訳付き

日下 力＝訳注

角川文庫
20123

凡例

一　本文は、『平治物語』の古い形態を温存させているテキストで完本がないため、陽明文庫蔵（一）本の上巻と学習院大学図書館蔵本（九条家旧蔵）の中・下巻を併せ用い、一般読者に読み易い文面を提供すべく、諸措置を講じた。

二　底本の書写上の誤りと考えられる個所については、同類の本文である国文学研究資料館蔵本の上巻（終末部欠如）と下巻末尾、尊経閣文庫蔵本の上巻一部、今治市河野美術館蔵本の中巻、松平文庫蔵本の中・下巻、彰考館文庫蔵京師本の下巻末尾によって校訂を施した。

三　底本の本文を訂正した場合は、後掲の本文校訂注に、右の諸本の略称、順次、「資」「尊」「河」「松」「師」を用いて、その旨を記した。中巻は、陽明文庫本も校訂に使用したため、「陽」の略称で示した。同類本以外の異本等による改訂箇所には〈　〉を施し、本文校訂注で説明した。

四　底本にない章立てを、内容に即して新たに設定した。

五　適宜、段落に分かち、句読点を補い、会話・心中思惟部分には「　」を施した。

六　人名や地名等の固有名詞の表記で誤っているものは正し、必要に応じて本文校訂注にその旨を記した。

七　表記については、常用漢字表に準拠しつつ、適宜、かなを漢字に、漢字をかなに、誤字は訂正し、当て字・異体字は通行の字体に、また、漢文表現は読み下し文に改め、かつ、送りがなを施した。

八　今日では読み方が分からない漢字については、古辞書を参考に解読し、多くはかな表記に改め、本文校訂注に論拠を示した。

九　一般的享受に資するため、たとえば、「廿」は「二十」に、「軍（いくさ）」は「いくさ」に、「介（よろひ）」は「鎧」に、「箭（や）」は「矢」に改めるなどした。

一〇　仮名遣いは、歴史的仮名遣いに統一して、促音・撥音を補入、濁点・半濁点を付した。

一一　反復記号は、「々」のみを用い、他は語句を繰り返す表現に改めた。

一二　ふりがなは、上巻の底本、陽明文庫本にはないため、岩波書店刊「日本古典文学大系31」所収の金刀比羅本『平治物語』に付されているものを参考にしたが、古辞書に依った場合は、本文校訂注にその旨を記した。中・下巻は、底本の学習院大学本に付されているものを基本とした。

一三　本文校訂注は、「頁―行」で本文の該当箇所を示して、校訂経緯や必要な説明を記し、特に注意を促したい事項には「＊」を付した。

一四　脚注は、読解を助けるための基本的知識の提供を目的とし、簡便を旨とした。
一五　脚注の年時は西暦で記し、和暦は略した。
一六　脚注に、関連する歴史資料の内容や作品理解上の重要な事項を、「＊」を付して記した。
一七　現代語訳は、通読しやすいように意訳を旨とし、難解な語句は訳文でかみくだいて表現、主語や接続詞、さらには含意するところを補い、歴史的現在の表現も過去形に適宜改めるなど、逐語的手法は取らなかった。
一八　読解の便を考え、訳文中に説明的語句を挿入した場合は、それに（　）を付した。
一九　本書は、日下力の担当した、岩波書店一九九二年刊「新日本古典文学大系43」所収の『平治物語』の注釈と付録の人物一覧を基本的に踏襲し、さらに新たな知見を加えたが、信太周・犬井善壽両氏による、小学館二〇〇二年刊「新編・日本古典文学全集41」所収の『平治物語』の校注・訳（ただし下巻は他系統のテキストのため、対象外）、山下宏明氏による、三弥井書店二〇一〇年刊『中世の文学・平治物語』の校注を参考とした。学恩に感謝する。

目次

平治物語　中巻

平治物語　下巻

図版作成／小林美和子
早川圭子
イマジカデジタルスケープ

天皇家系図

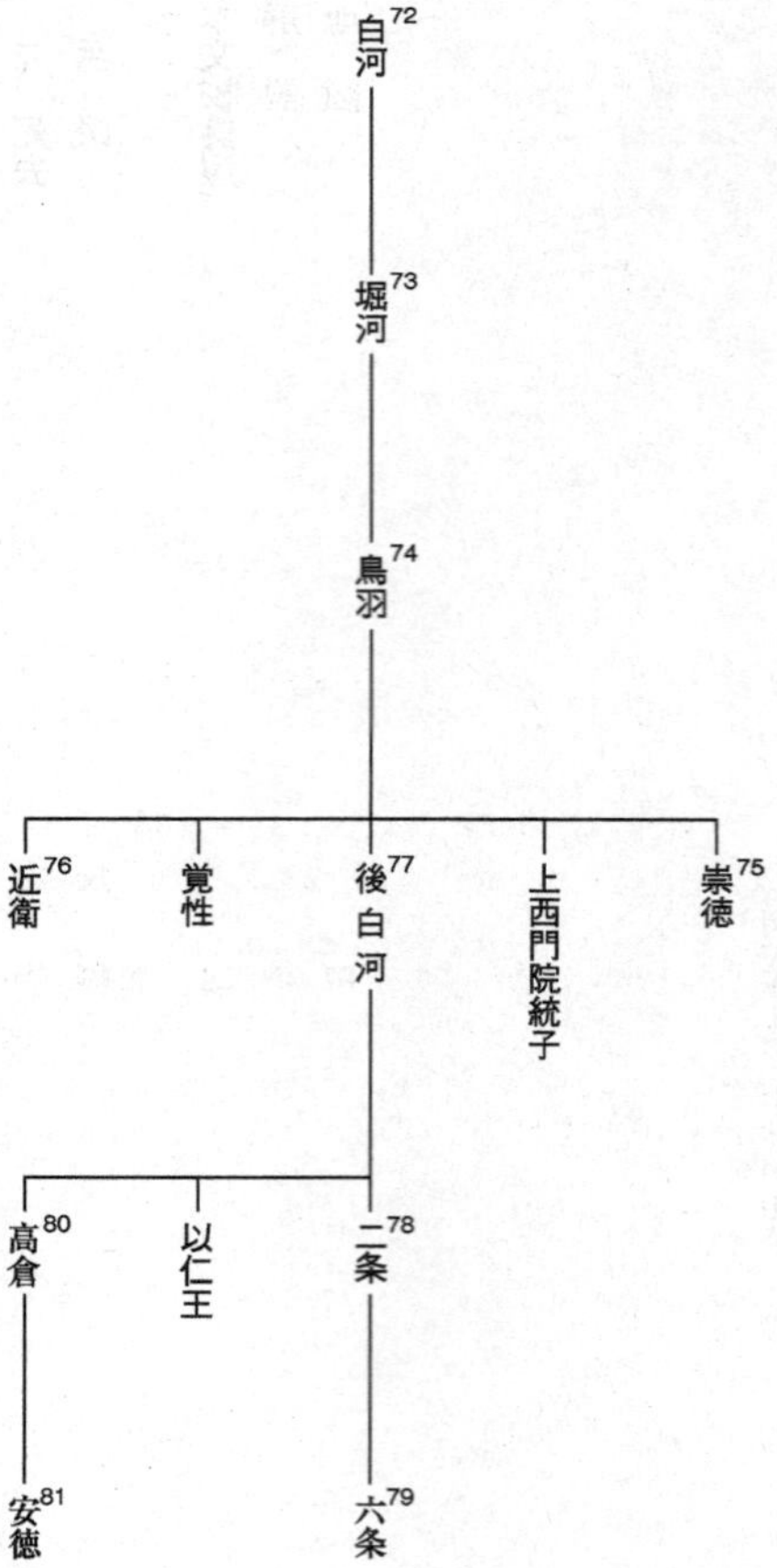

※ゴシック体＝本書に登場する人物

藤原氏系図

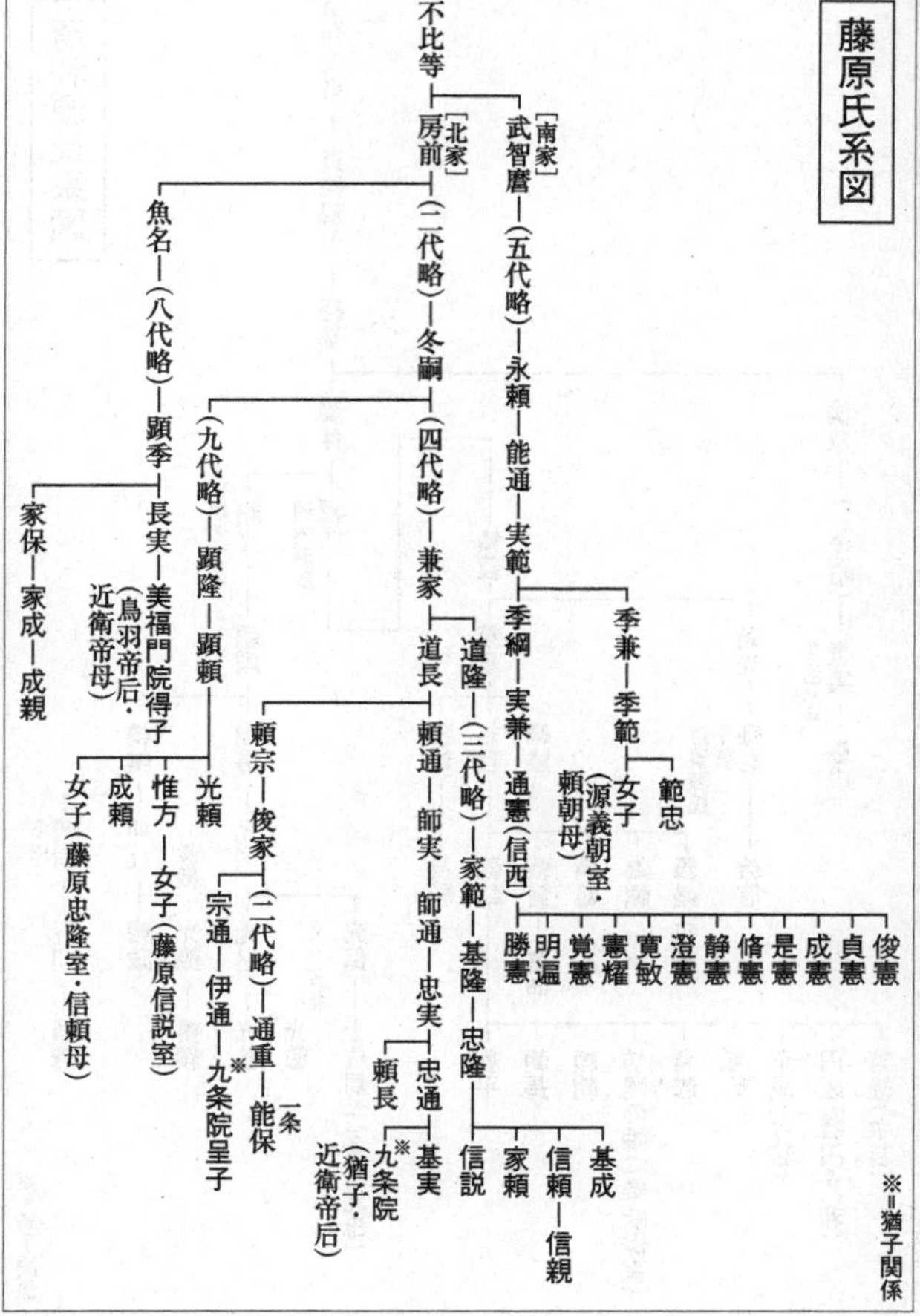

不比等
[南家]
武智麿
(五代略)
永頼
能通
実範
季綱
実兼
通憲(信西)
俊憲
貞憲
成憲
是憲
脩憲
静憲
澄憲
寛敏
憲耀
覚憲
明遍
勝憲
季兼
季範
範忠
女子
(源義朝室・
頼朝母)
[北家]
房前
(二代略)
冬嗣
(四代略)
兼家
道隆
(三代略)
家範
基隆
忠隆
基成
信頼
信親
家頼
信説
道長
頼通
師実
師通
忠実
忠通
基実
頼長
※九条院
(猶子・
近衛帝后)
頼宗
俊家
(二代略)
通重
能保
一条
宗通
伊通
※九条院呈子
(九代略)
顕隆
顕頼
光頼
惟方
女子(藤原信説室)
成頼
女子(藤原忠隆室・信頼母)
魚名
(八代略)
顕季
長実
美福門院得子
(鳥羽帝后・
近衛帝母)
家保
家成
成親
※=猶子関係

清和源氏系図

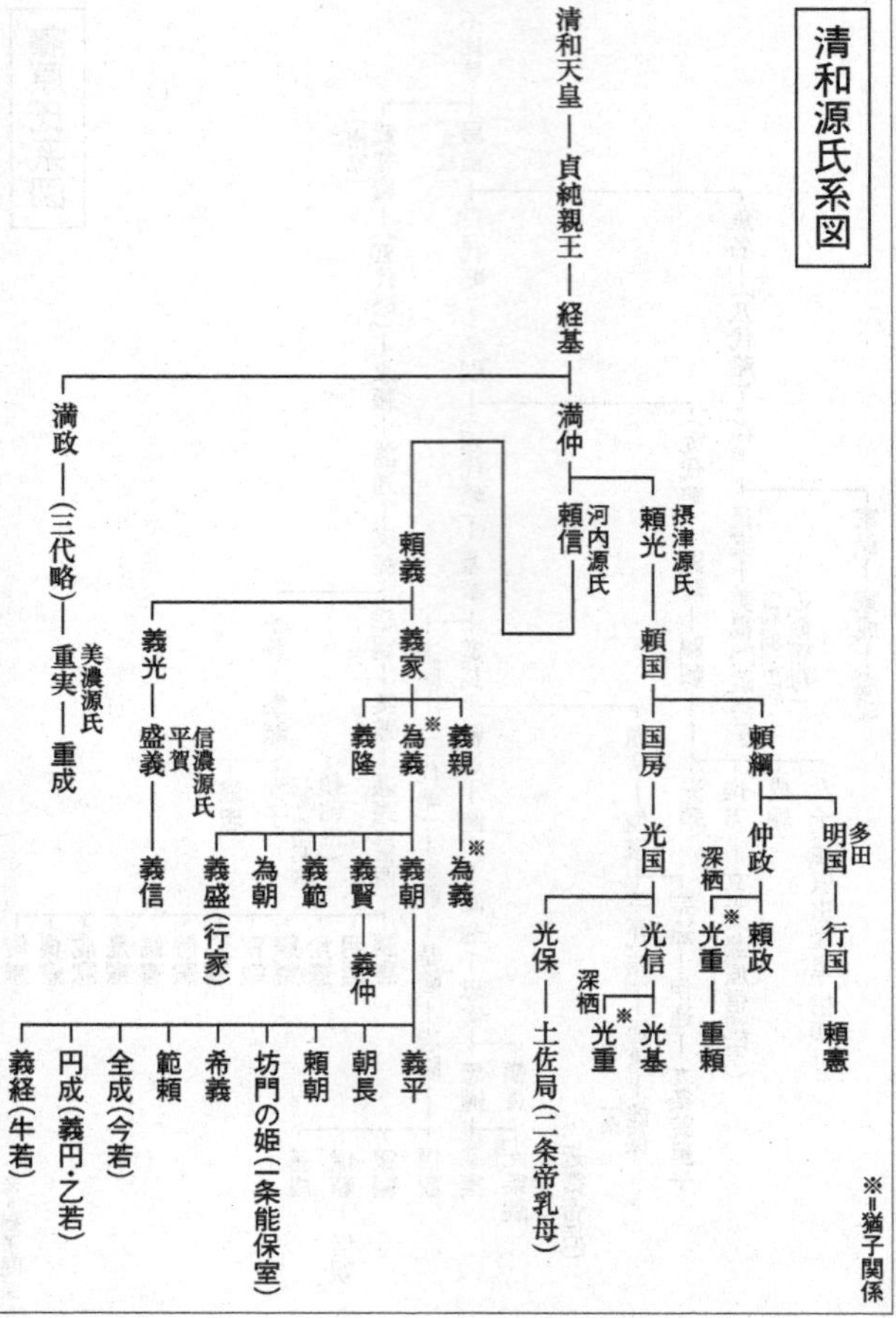

清和天皇
貞純親王
経基
満仲
満政
(三代略)
美濃源氏
重実
重成
河内源氏
頼信
摂津源氏
頼光
頼国
頼綱
多田
明国
行国
頼憲
仲政
頼政
深栖
※光重
重頼
国房
光国
光信
光基
深栖
※光重
光保
土佐局(二条帝乳母)
頼義
義家
義光
信濃源氏
平賀
盛義
義信
義隆
※為義
義親
※為義
義朝
義賢
義仲
義範
為朝
義盛(行家)
義平
朝長
頼朝
坊門の姫(一条能保室)
希義
範頼
全成(今若)
円成(義円・乙若)
義経(牛若)
※=猶子関係

桓武平氏系図

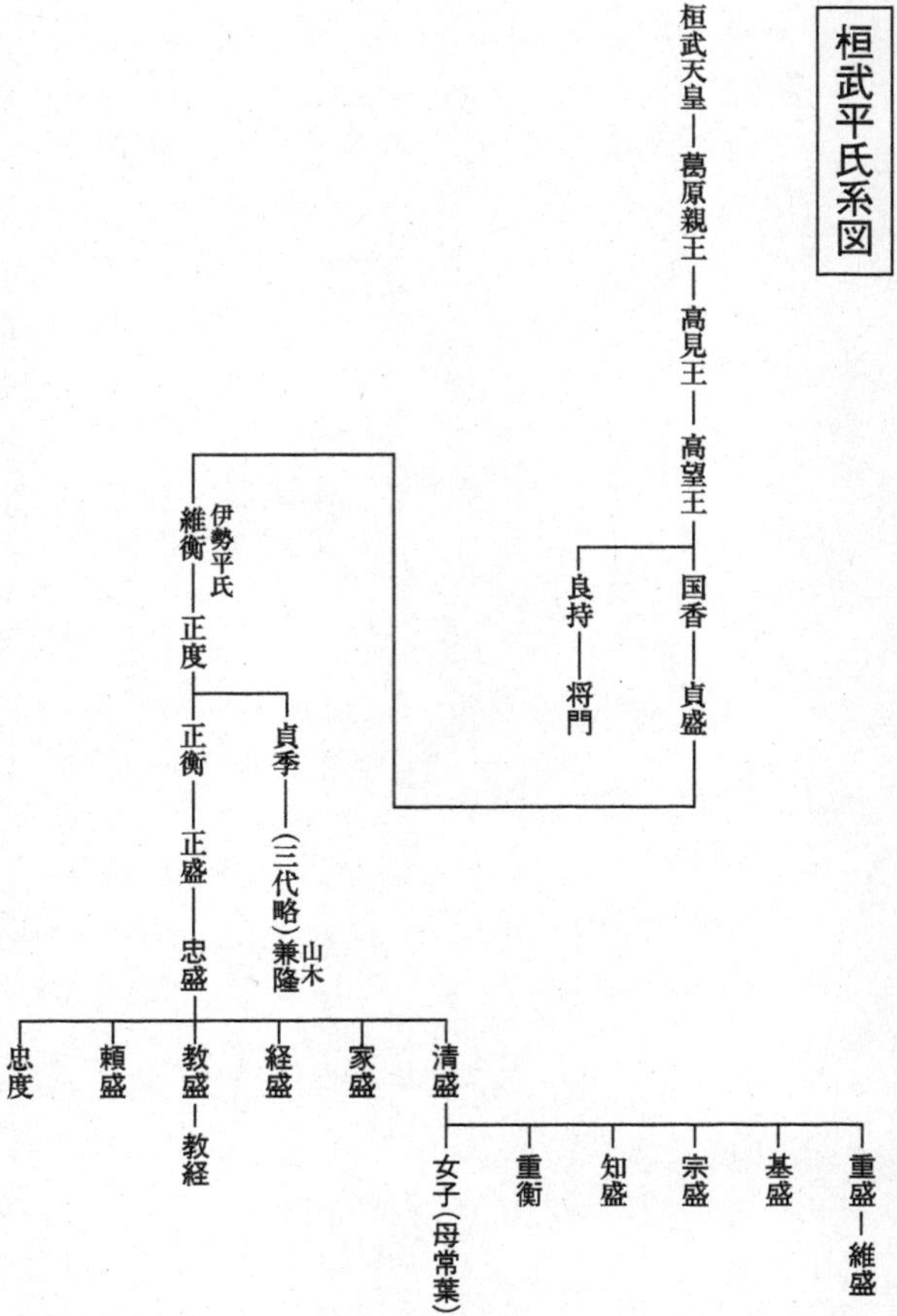
桓武天皇
葛原親王
高見王
高望王
国香
貞盛
良持
将門
伊勢平氏
維衡
正度
貞季
(三代略)
山木
兼隆
正衡
正盛
忠盛
清盛
家盛
経盛
教盛
教経
頼盛
忠度
重盛
維盛
基盛
宗盛
知盛
重衡
女子(母常葉)

平治物語

上巻梗概

物語は、末代における武の必要性を説く一文から始まり、後白河院の近臣であった藤原信頼《のぶより》と同信西《しんぜい》との対立抗争に筆を進める。分不相応な地位への野心を抱く信頼に対し、治政の手腕にたけた信西が、それを抑えようとしたのであった。

信頼は信西を亡き者にすべく、昇進に不満を持つ源義朝《よしとも》を抱き込み、そのライバルの平清盛《きよもり》が熊野《くまの》参詣に出向いた好機に挙兵、上皇御所の三条殿《どの》を急襲し、信西は取り逃がしたものの、院の身柄を拘束する。平治元年（一一五九）十二月九日の夜のことであった。逃げた信西は、ことの次第を知って主君の命に代わる覚悟を決め、宇治田原《うじたわら》の地で自害する。

熊野途次にあった清盛のもとへ六波羅から急使が派遣され、一行は嫡子重盛《しげもり》の進言に従って即刻都に取って返す。宮中では、信頼の招集した会議に出席した藤原光頼《みつより》が、その上座に座って信頼の顔色を失わせ、かつ、謀叛に与《くみ》した弟の惟方《これかた》をしかって、宮中に幽閉されている二条天皇と後白河院の身に危害が及ばないようにせよと教訓する。それを受け、信頼方であった藤原経宗《つねむね》と惟方が寝返り、院は仁和寺へ、天皇は六波羅へ救出される。

決戦は十二月二十七日、重盛に率いられた平氏軍三千余騎が内裏《だいり》を襲う。怖じ気づいた信頼は落馬の醜態を演じ、義朝はそれを横目に戦いに臨む。戦場では、義朝の嫡子、悪源太《あくげんた》義平《よしひら》がわずか十七騎の手勢で、重盛軍の五百余騎を二度にわたって内裏の外へ追い返す活躍を見せる。反乱軍が劣勢であったが、追討軍は信西の手で新造された皇居が火災にあうのを避けて意図的に退却、それを追って源氏軍は六波羅へと向かった。

平治物語　上巻

一　序

いにしへより今に至るまで[1]王者《わうしや》の人臣《にんしん》を賞《しやう》ずるは、和漢両朝をとぶらふに、文武《ぶんぶ》二道を先《さき》とせり[2]。文を以ては[3]万機《ばんき》の政《まつりごと》をたすけ、武を以ては[4]四夷《しゐ》の乱れを鎮《しづ》む。しかれば、天下を保ち国土を治むること、文を左にし、武を右にすと[5]ぞ見えたる。たとへば人の二つの手のごとし。一つも欠けてはあるべからず。

なかんづく末代《まつだい》の流れに及びて、人おごつて[6]朝威《てうゐ》をいるかせにし、民《たみ》は猛《たけ》くして野心をさしはさむ。よく用意をいたし、専《もは》ら[7]抽賞《ちうしやう》せらるべきは[8]勇悍《ようかん》のともがらなり。

しかれば、唐の[9]太宗文《たいそうぶん》皇帝は、鬚《ひげ》を切りて薬に焼きて功

1↓本文校訂注。

2唐の太宗著、帝範に、閲武・崇文の二篇を総括し、「この二つは、たがひに国の用たり。……文武二途、一つを捨つべからず。時とともに優劣し、各その宜しきあり。武士・儒人、いづくんぞ廃すべけんや」。

3帝王の行う政務万般。

4各地の逆徒。中国でいう東夷・西戎・南蛮・北狄の語から。

5後漢の李咸用作、遠公亭牡丹詩に「左文右武」。六代勝事記に「文を左にし、武を右にするに」。十訓抄(十)に「朝家には、文武二道をわきて左右の翼とせり」。

6朝廷の威光。＊藤原伊通の二条帝への意見書、大槐秘抄は、末代における武士登用の必要性を説く。

7他に抜きん出て賞すること。

8勇ましく強い。

9第二代皇帝、李世民。文皇帝は謚《し》号。白氏文集(三)、太宗を称えた詩、七徳舞に、「鬚を剪り薬に焼きて功臣に賜ひ……血を含み瘡を吮ひて戦士を撫づ」。

10後漢書、朱穆伝に「情は恩の為に

臣に賜ひ、血を含み傷を吸ひて戦士をなでしかば、心は恩のために仕へ、命《めい》は義によつて軽《かろ》かりければ、10兵《つはもの》、身を殺さんことを11いたまず、ただ死をいたさんことをのみ願へりけるとぞ承る。自《みづか》ら手を下さざれども、志を与ふれば、人、皆帰《き》しけりと言へり。

二　藤原信頼《のぶより》と藤原信西《しんせい》

近来《きんらい》、1権《ごん》中納言兼《けん》中宮権大夫《ごんのだいぶ》、右衛門督藤原朝臣信頼《うゑもんのかみふぢわらのあつそんのぶよりの》卿《きやう》といふ人ありけり。人臣の祖、2天児屋根尊《あまつこやねのみこと》の御苗裔《ごべうえい》、3中《なかの》関白道隆《みちたか》の八代の後胤《こうゐん》、4播磨《はりまの》三位基隆《もとたか》が孫、5伊予《いよの》三位忠隆《ただたか》が子息なり。

文にもあらず武にもあらず、能もなく、また芸もなし。ただ6朝恩《てうおん》にのみ誇りて昇進にかかはらず、父祖は諸国の7受領《じゆりやう》をのみ経て、年たけ齢《よはひ》かたぶきてのち、8わづかに9従三位《じゆさんみ》までこそ至りしに、これは10近衛府《こんゑづかさ》・11蔵人頭《くらんどのかみ》・12后宮《こうぐう》の宮司《みやづかさ》・13宰相《さいしやう》の中将《ちうじやう》・14衛府督《ゑふのかみ》・15検非違使別当《けんびゐしべつたう》、これらをわづ

使え、命は義に縁りて軽し」。
11 いやがらない。

1 権は正員外に「かり」に任じられた官。中納言の正員は三人、中宮職《しき》の長官たる大夫《だいぶ》は一人。信頼は、右衛門府長官の右衛門督と、三職を兼務。一一三三～五九年。
2 天照大神の命で瓊瓊杵尊《ににぎのみこと》と共に天下った神。苗裔は子孫の意。
3 父兼家と弟道兼との間で関白を務めたための称。九九〇年就任。
4 一一〇一年に播磨守、三〇年に従三位。
5 一一四一年に伊予守。四八年に従三位。一一〇二～五〇年。信頼は、彼の三男。
6 朝廷からの恩恵。「かかはらず」は滞ることなくの意。＊愚管抄(五)に、後白河院が信頼を「あさましき程に」寵愛したとある。
7 任国に行き実務をとる最高位の者。祖父は七回、父は六回受領となる。
8 祖父は五十六歳、父は四十七歳。
9 位階の一位～三位には正・従、四位～九位は、それに上・下が加わる。従三位以上、役職の参議(四位)以

か二三か年が間に経上《へ》がつて、年二十七、[16]中納言・[17]衛門督に至れり。

[18]一《いち》の人の家嫡《けちやく》などこそ、かやうの昇進はし給へ、凡人《ぼんにん》にとりては、いまだかくのごときの例を聞かず。[19]官途《くわんど》のみにあらず、[20]俸禄《ほうろく》もまた、心のごとくなり。家に絶えて久しき[21]大臣の大将《だいしやう》に望みをかけて、[22]かけまくもかたじけなく、おほけなきふるまひをのみぞしける。見る人、目を驚かし、聞く人、耳を驚かす。[23]弥子瑕《びしか》にも過ぎ、[24]安禄山《あんろくさん》にも超えたり。[25]余桃《よたう》の罪をも恐れず、ただ栄華《えいぐわ》にのみぞ誇りける。

そのころ、[26]少納言入道信西《しんせい》といふ人あり。[27]山井《やまのゐの》三位永《なが》頼《よりの》卿[28]八代の後胤《こうゐん》、[29]越後守季綱《すゑつな》の孫、[30]鳥羽院の御宇《ぎよう》、[31]進士《しんじ》蔵人実兼《くらんどさねかね》が子なり。[32]儒胤《じゆゐん》を受けて儒業《じゆげふ》を伝へずといへども、諸道を[33]兼学《かねがく》して諸事に暗からず、[34]九流にわたりて百家《ひやくか》に至る。当世無双《ぶさう》、[35]宏才《くはうさい》・博覧なり。

[36]後白河の院の御乳母《おんめのと》、[37]紀二位《きのにゐ》の夫たるによつて、[38]保元《ほうげん》元年よりこのかた、天下の大小事を心のままに執行《しゆぎやう》して、絶

上が公卿《くぎやう》。
10 内裏を管轄し、天皇に近侍する武官。信頼は一一五七年三月に右近権中将、九月に左近権中将。
11 天皇に近侍し諸雑務を取りしきる蔵人所の長官。同年十月に就任。
12 皇后宮職の役人。右の翌年二月に皇后宮権亮《ごんのすけ》、八月に権大夫。
13 参議の唐名《からな》（中国の官職に当てはめた呼称）。同年二月に就任。左近権中将と兼務。
14 六衛府（左右の近衛・衛門・兵衛府）の長官の総称。同年五月に左兵衛督。兵衛府は内裏の内郭の門から外郭までを管轄。23頁図参照。
15 京市中の治安維持に当たる役所の長官。同年十一月に就任。
16 同年八月に権中納言・正三位に昇進。検非違使別当に先立つ人事。年齢、正しくは二十六。
17 内裏の外郭の門から大内裏の門までを管轄する衛門府の長官。同年十一月に右衛門督。
18 摂政・関白の異称。家嫡は家督の相続者。
19 官吏の地位。

えたる跡を継ぎ、廃《すた》れたる道を興《おこ》し、[39]延久《えんきう》の例に任せて記《き》録所《ろくじよ》を置き、[40]訴訟を評定《ひやうぢやう》し、[41]理非を勘決《かんけつ》す。[42]聖断《しやうだん》、わたくしなかりしかば、人の恨みも残らず。世を[43]淳素《しゆんそ》に返し、君を[44]堯《ぎやう》・舜《しゆん》にいたしたてまつる。[45]延喜《えんぎ》・天暦《てんりやく》二朝にも恥ぢず、[46]義懐《ぎくわい》・惟成《ゐせい》が三年にも超えたり。

[47]大内《おほうち》は久しく修造《しゆざう》せられざりしかば、殿舎、傾危《けいき》して、楼閣《ろうかく》、荒廃せり。牛馬の牧《まき》、雉《きじ》・兎《うさぎ》の臥所《ふしど》となりたりしを、一両年のうちに造出して、[48]御遷幸《ごせんかう》あり。[49]外郭重畳《ぐわいくわくちようでう》たる[50]大《だい》極殿《こくでん》、[51]豊《ぶ》楽院《らくゐん》、[52]諸司、[53]八省、[54]大学寮、[55]朝所《あいたんどころ》に至るまで、花の[56]榱《はへき》、雲の[57]楣《たたりかた》、[58]大廈《たいか》の構へ、[59]成風の功、年を経ずして作りなせり。不日《ふじつ》と言ふべかりしかども、民の費《つひ》えもなく、国の煩《わづら》ひもなかりけり。[60]

[61]内宴《ないえん》・[62]相撲《すまひ》の節《せち》、久しく絶えたる跡を興し、詩歌《しいか》・管絃の遊び、折に触れて相催《あひもよほ》す。[63]九重《ここのへ》の儀式、昔に恥ぢず。万《ばん》事《じ》の礼法、古きがごとし。

20 高位高官の者には、食封《じきふ》と称して、租の半分、庸・調の全部を所得にできる封戸《ふこ》や、租税を免除された職分《しきぶん》田《でん》などが支給された。
21 大臣と武官の最高位の大将を兼務。
22 言葉にするのも恐れ多く。
23 春秋時代の、衛の霊公の寵臣。容色が衰えるや、排される。
24 唐の玄宗の寵臣。楊貴妃の養子となるも、反乱を起こし誅される。
25 弥子瑕が食べかけの桃を美味ゆえに霊公に献上、それが後日に罪科とされて罪せられた故事（韓非子・説難）により、君主の寵愛の頼みがたさを比喩した言葉。
26 俗名藤原通憲。少納言は、参議の下位の職で、天皇に近侍し詔勅の宣下や官印の管理などにたずさわった。一一〇六～五九年。
27 邸宅が左京三条坊門北、京極西の山井にあった。一〇〇四年従三位。
28 正しくは六代。後胤は子孫。
29 一〇九三年越後守。文章生《もんじやうしやう》で、漢詩文を残す。
30 堀河帝の第一皇子。在位一一〇七～二三年。以後、院政を行う。一一

※1丈=2.983m

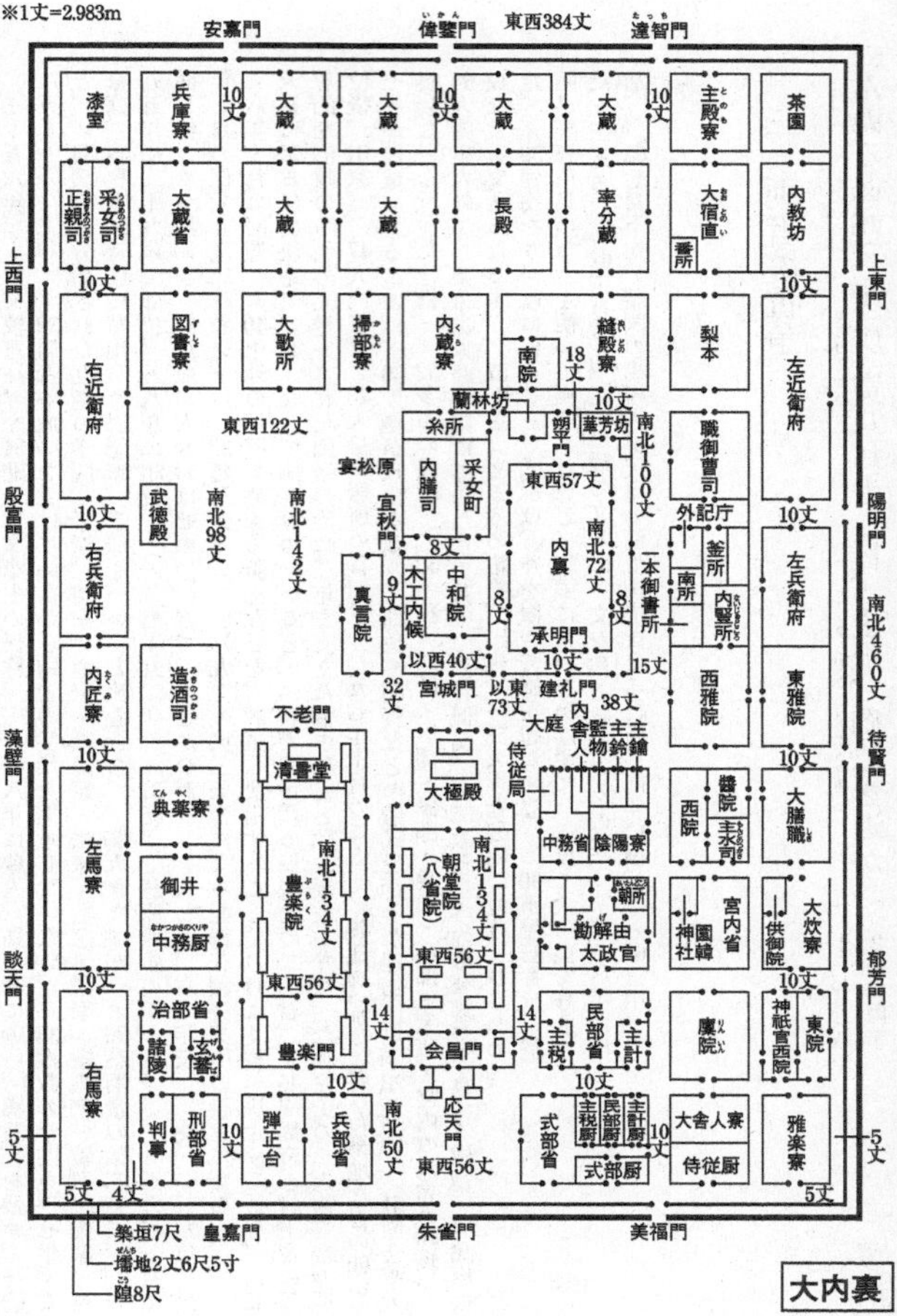

安嘉門
偉鑒門《いかん》
東西384丈
達智門《たっち》
漆室
兵庫寮
10丈
大蔵
大蔵
10丈
大蔵
大蔵
10丈
主殿寮《とのも》
茶園
正親司《おおきみのつかさ》
采女司《うねめのつかさ》
大蔵省
大蔵
大蔵
長殿
率分蔵
大宿直《おおとのい》
番所
内教坊
上西門
10丈
上東門
10丈
右近衛府
図書寮《ずしょ》
大歌所
掃部寮《かもん》
内蔵寮《くら》
南院
18丈
縫殿寮《ぬいどの》
梨本
左近衛府
蘭林坊
10丈
華芳坊
東西122丈
糸所
朔平門
南北100丈
宴松原
内膳司
采女町
職御曹司
殿富門
10丈
武徳殿
南北98丈
南北142丈
宜秋門
東西57丈
外記庁
陽明門
10丈
右兵衛府
8丈
釜所
内裏
南北72丈
一本御書所
南所
左兵衛府
真言院
9丈
木工内候
中和院
8丈
8丈
内豎所《ないじゅどころ》
南北460丈
承明門
内匠寮《たくみ》
造酒司《みきのつかさ》
以西40丈
10丈
15丈
西雅院
東雅院
32丈
宮城門
以東73丈
建礼門
38丈
不老門
大庭
内舎人
監物
主鈴
主鑰
藻壁門
10丈
侍賢門
10丈
清暑堂
大極殿
侍従局
典薬寮《てんやく》
西院
醤院
大膳職
主水司《もいとりのつかさ》
左馬寮
南北134丈
朝堂院（八省院）
南北134丈
中務省
陰陽寮
御井
豊楽院《ぶらく》
朝所《あいたどころ》
宮内省
大炊寮
中務厨《なかつかさのくりや》
勘解由《かげ》
太政官
神社
園韓
供御院
談天門
10丈
東西56丈
東西56丈
郁芳門
10丈
治部省
14丈
14丈
民部省
神祇官西院
東院
右馬寮
諸陵
玄蕃《げんば》
豊楽門
会昌門
主税
主計
廩院《りんいん》
10丈
10丈
判事
刑部省
10丈
弾正台
兵部省
南北50丈
応天門
式部省
主税厨
民部厨
主計厨
10丈
大舎人寮
雅楽寮
5丈
5丈
東西56丈
式部厨
侍従厨
5丈
4丈
5丈
築垣7尺
皇嘉門
朱雀門
美福門
壖地《ぜんち》2丈6尺5寸
隍《こう》8尺

大内裏

〇三～五六年。↓本文校訂注。／31進士は文章生の異称。一一〇八年に蔵人。鳥羽帝に近侍。漢詩文を残す。一〇八五～一一一二年。／32儒者の血筋を受けていながら儒者の学業を継承していない。／33複数の学問を併せ学ぶこと。／34漢代に分類された九種の学問、学派。儒家・道家・陰陽家・法家・名家・墨家・縦横家・雑家・農家。百家は、春秋戦国時代に輩出した思想家、学派をいい、九流を含む。／35大きな才知。／36鳥羽帝の第四皇子。一一五五年に二十九歳で即位。五八年に譲位。一一二七～九二年。／37紀伊守藤原兼永の娘、朝子。一一五九年一月に従二位。＊今鏡（三）に「並ぶ人もおはせぬ」ほどで「いとかひがひしき人」と。六六年没。／38一一五六年。同年七月の保元の乱以降をいう。／39延久元年（一〇六九）の後三条帝による記録荘園券契所の設立にならい、一一五六年十月に設置。／40土地の帰属をめぐる訴えなどを、評議し決定すること。／41よく調べ決定すること。／42天皇による最終決定。／43すなおで飾りけのないこと。／44中国古代の伝説上の二明君。／45醍醐帝と村上帝の理想的な治政の時代の元号。／46花山帝の治政三年を支えた権中納言と蔵人権左中弁だった藤原氏の二人物。帝の退位後、出家。／47大内裏。／48天皇の居所の移転。一一五七年十月のこと。／49建物の外に設けた築地などの囲い。それが幾重もあること。／50天皇が政務を執り、即位や朝賀などの儀式を行った建物。以下23頁図。／51節会や大宴会などを行った建物。／52多くの役所。／53中務・式部・治部・民部・兵部・刑部・大蔵・宮内の八省の建物。54大内裏の外、二条朱雀大路の東にあった官吏養成の教育機関。／55太政官庁内の公卿が会食する建物。／56屋根板などを支えるたる木。／57軒を支える木の組物。出組《でぐみ》。／58大きな建物。厦は、ひさしの意。／59建物をりっぱに作ること。成風は、斧を振って風を起こす意。／60＊愚管抄は、信西が計算用具の算木を使って夜通し計算し、諸国に負担をかけずに、二年で大内裏を修造したと伝える。／61正月下旬、仁寿殿《じじゅうでん》で文人に詩文を作らせた内々の宴。一一五八年に復活。／62七月下旬、諸国の相撲人《すまいびと》が天皇の前で相撲をとる行事。同年に復活。／63宮中。

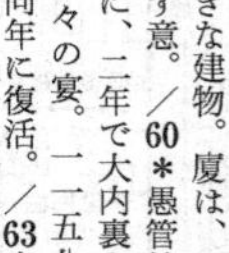

出組

三　両者の抗争

去んぬる保元[1]三年戊寅《つちのえとら》八月十一日、主上《しゆしやう》[2]、御位《おんくらゐ》を退か

1一一五八年。
2後白河帝。

せ給ひて、御子《おんこ》の宮に譲り申させ給ひけり。[3]尊宮《そんぐう》と申すは、[4]二条の院の御ことなり。

しかれども、信西《しんせい》が権勢もいよいよ重くて、飛ぶ鳥も落ち、草木《くさき》もなびくばかりなり。信頼卿の寵愛《ちようあい》も[5]いやいづれにて、肩を並ぶる人もなし。

ここに、いかなる天魔[6]の二人の心に入り替はりけん、その仲不快《ふくわい》、信西は信頼を見て、

「何《なに》さまにも、この者は天下をも危ぶめ、世上をも乱さんずる人よ」

と見てければ、いかにもして失はばや[7]と思へども、当時[8]無《ぶ》双《さう》の寵臣《ちようしん》なる上、人の心も知りがたければ、うちとけ申し合はするともがらもなし。ついでもあらばと、ためらひけり。信頼もまた、何事も心のままなるに、この入道をいぶ[9]せきことに思ひて、便宜《びんぎ》あらば失はんとぞ案じたる。

上皇《しやうくわう》、信西に仰せられけるは、

「信頼が[10]大将《だいしやう》に望みをかけたるはいかに。必ずしも重代《ぢゆうだい》

3宮に対する敬称。

4後白河帝の第一皇子。十六歳。生母の没後、鳥羽帝の后、美福門院に養育され、その実子の近衛帝が崩御するや、天皇候補となる。一一四三～六五年。

5勝り劣りなく。

6欲界の他化自在天《たけ》にいる魔王。仏道の妨げをし、人心を悩ます。

7殺したい。「ばや」は願望を表す。

8現在の意。

9気づまり。うっとうしい。

10武官の最高位たる近衛府長官。

の[11]清華《せいぐわ》の家にあらざれども、時によつて、なさるることもありけるとぞ伝へ聞く」

と仰せられければ、信西、心に思ひけるは、

「すは、この世は損じぬるは」

と嘆かしく思ひ、申しけるは、

「信頼などが大将になり候ひなば、たれ人か望み申さで候ふべき。君の御まつりごとは、[12]司召《つかさめし》を以て先とす。[13]叙位《じよゐ》・除目《ぢよもく》にひがこと出で来たり候ひぬれば、上《かみ》、[14]天聞《てんぶん》にそむき、下《しも》、人のそしりを受けて、世の乱れとなる。その例、漢《かん》家《か》・本朝に比類、少なからず。

　さればにや、[15]阿古丸《あこまる》の大納言宗通《むねみち》卿を、[16]白河院、大将になさんと思《おぼ》し召されしかども、[17]寛治《くわんぢ》の聖主《しやうしゆ》、御《おん》許しなかりき。[18]故中御門《なかのみかど》藤中納言家成《いへなり》卿を、[19]旧院、大納言になさばやと仰せられしかども、「[20]諸大夫《しよだいぶ》の大納言になることは、絶えて久しく候ふ。中納言に至り候ふだにも、罪に候ふものを」と、諸卿、いさめ申ししかば、思《おぼ》し召しとどまりぬ。

11 大将を経て太政大臣にまでなれる家。摂関家の下、大臣家の上。
12 京官の任命をいうが、ここは広く官位任命。
13 位階の授与と官職の任命。
14 天の耳に逆らうこと。
15 白河院に養育され、阿古丸と愛称された寵臣。右大臣藤原俊家息。一一一一年権大納言。
16 後三条帝の第一皇子。一〇八六年に譲位後、堀河・鳥羽・崇徳の三代に院政。一〇五三～一一二九年。
17 堀河帝時代の元号。
18 鳥羽院の寵臣。中御門東洞院に邸宅があった。一一四九年に中納言。参議藤原家保の三男。藤は藤原の略称。一一〇七～五四年。
19 鳥羽院。堀河帝の第一皇子。白河院崩御後に院政。一一〇三～五六年。
20 四位五位どまりの家柄の者。

せめての御志《おんこころざし》にや、年の初めの勅書《ちょくしょ》[21]の上書《うはが》きに、「中御門新大納言殿へ」とあそばされ[22]たりけるを拝見して、「まことの大臣・大将になりたらんよりも、なほ過ぎたる面目《めんぼく》かな。御志のほどのかたじけなさよ」とて、老いの涙をもよほしけるとこそ、承り候へ。

いにしへは、大納言、なほ以て執《しっ》[23]し思し召し、臣もいるかせにせじとこそ、いさめ申ししか。いはんや近衛大将《こんゑだいしやう》をや。三公[24]には列すれども、大将を経ざる臣のみあり。執柄《しっぺい》[25]の息、英才《えいさい》[26]のともがらも、この職を以て先途《せんど》[27]とす。信頼などが身を以て大将をけがさば[28]、いよいよ驕《おご》りを極めて、謀《ぼう》[29]逆《ぎゃく》の臣となり、天のために滅ぼされ候はんことは、いかでかふびんに思し召さでは候ふべき」

と、いさめ申しけれども、君は、げにもと思し召したる御《み》気色《きしょく》もなし。

信西、せめて[30]のことに、大唐《だいたう》[31]、安禄山《あんろくさん》が驕《おご》れる昔を絵[32]にかきて、院へまゐらせたりけれども、げに思し召したる御

21 天皇や上皇の下す文書。
22 お書きになった。
23 なおざりにせず、こだわって。
24 太政大臣・左大臣・右大臣。
25 摂政・関白の異称。
26 すぐれた家柄。
27 昇進できる最高の官職。
28 その役職にふさわしくない者がなって、地位を辱しめること。
29 反逆を企てること。
30 思い余って。
31 唐の美称。
32 ＊玉葉（九条兼実の日記）・一一九一年十一月条に、安禄山の乱を描いた長恨歌の絵巻に信西の書き添えた文書が写し取られている。信頼の反乱を予知して作らせたものといい、乱の二十四日前に院に進呈されたと分かる。

ことも なかりけり。[33]

四　信頼の裏面工作

信頼、信西がかやうに讒言《ざんげん》[1]し申ししことを伝へ聞きて、安からぬことに思ひければ、常に所労《しよらう》[2]と号して出仕もせず、[3]伏見源《ふしみのげん》中納言師仲《もろなか》卿を相《あひ》語りて伏見なる所[4]に籠もりゐつつ、馬の馳せ引き[5]に身をならはし、力わざをいとなみ、武芸をぞ稽古しける。これ、しかしながら[6]、信西を失はんがためなり。

子息、[7]新侍従信親《じじゆうのぶちか》を清盛[8]が婿《むこ》になして近づきよりて、平家の武威をもつて本意を遂げばやと思ひけるが、清盛は大《だ》[9]宰大弐《さいのだいに》たる上、[10]大国《たいこく》あまた賜つて、一族みな朝恩にほこり恨みなかりければ、よも同意せじと思ひとどまる。源氏左《さ》[11]馬頭義朝《まのかみよしとも》は、保元の乱れ以後、平家に覚《おぼ》え劣りて不快者《ふくわいしや》なりと思ひければ、[12]近づきよりて懇《ねんご》ろに志をぞ通はしける。常は見参《げんざん》して、

33＊玉葉・一一八四年三月条に、信西が後白河院を「暗主」と評し、「謀叛之臣」が傍らにいるのに気づかず、悟らせようとしても理解しないと語っていたことを伝える。今鏡（三）には、信西が諌めたのを信頼が不快に思い、乱を起こしたとある。


1人をおとしいれる、偽りの言。

2病気。当該箇所→本文校訂注。

3村上源氏の権中納言師時の三男。一一五九年に権中納言。乱後配流。一一一六～七二年。

4京都市伏見区。師仲別邸の地。

5馬を走らせながら弓を引くこと。

6すべて。

7当時五歳。新任の侍従（天皇近侍の職）。＊清盛の婿だったが、乱勃発の際、父のもとに送り帰された（古事談・四）。成長後の一一七〇年に伊豆国流罪（兵範記）。

8刑部卿平忠盛の嫡男。一一一八～八一年。

9大宰府の次官。長官の帥《そち》は親王で、それに代わって実務を執る。この前年八月に就任。

「信頼、かくて候へば、国をも庄をも所望《しよまう》に従ひ、官[13]・加《か》階《かい》をも取り申さんに、[14]天気《てんき》、よも子細あらじ」

と語らへば、

「かやうに内外《ないげ》なく仰せられ候ふ上は、とかくも御所存に従ひて、大事をも承るべき」

とぞ申しける。

[15]新大納言経宗《つねむね》をも語らふ。中御門藤《なかのみかどとう》中納言家成卿の三男、[16]越後中将成親《ゑちごちゆうじやうなりちか》、君の御《み》気色《きしよく》よき者なりとて、これをも相《あひ》語り、また[17]御乳母子《おんめのとご》、[18]別当惟方《べつたうこれかた》をも語る。なかにもかの別当は、信頼卿の母方の叔父なり。[19]その上、弟《おとと》、[20]尾張《をはり》少将信《のぶ》説《とき》を婿になして、ことさら深くぞ頼まれける。

10諸国を大・上・中・下に分けた内の最上級、十三か国。播磨を清盛、大和を教盛、常陸を頼盛が統治。
11検非違使・左衛門尉源為義の嫡男。官馬の飼育、調教をする左馬寮の長官。保元の乱後に就任。一一二三〜六〇年。
12＊保元の乱後の官職を比較すると、義朝が右馬権頭に一旦任じられた後、左馬頭に転じたものの、国司職は下野守のままだったのに対し、平氏は、清盛が播磨守・大宰大弐、重盛が中務権大輔・左衛門佐・遠江守、基盛が蔵人・大和守・淡路守、頼盛が安芸守・右兵衛佐・中務権大輔・常陸介・三河守、教盛が左馬権頭・大和守、経盛が安芸守・常陸介と、次々に官職を得ている。

13官職と位階の昇進。／14天皇の気持ち、意向。／15大納言藤原経実の四男。前年に権大納言。姉が二条帝の生母で、天皇側近となる。乱後配流。のち左大臣。一一一九〜八九年。／16一一五五年に越後守、前年に右中将。後白河院近臣。姉妹に信頼妻。のち、平家転覆を図り殺される。一一三八〜七七年。父家成は26頁注18。／17天皇の乳母の子。→本文校訂注。／18権中納言藤原顕頼の次男。当年十月に検非違使の長官たる別当。母が二条帝の乳母で、天皇の側近となる。乱後配流、出家。一一二五〜?。／19信頼の母が惟方の姉。／20信頼の同母弟。前年四月に右近衛権少将（兵範記）。武蔵守・尾張守を歴任、惟方の娘を妻とす。

五　信頼と源義朝《よしとも》の決起

かやうにしたため巡《めぐ》らして、ひまを窺《うかが》ひけるところに、[1]平治元年十二月四日、大宰大弐清盛、宿願ありけるによつて、嫡男《ちやくなん》、[2]左衛門佐《さゑもんのすけ》重盛《しげもり》あひ具して[3]熊野《くまの》参詣ありけり。

かかるひまを得て、信頼、義朝を招きて、

「信西、紀二位《きのにゐ》の夫たるによつて、天下の大小事を心のままにせり。子どもには官・加階ほしいままに申し与へて、信頼が方さまをば火をも水に申しなし、[4]讒佞《ざんねい》、至極《しごく》の入道なり。この者、久しくあらば、国をも傾け、世をも乱るべき災ひのもとゐなり。[5]君もさは思し召されたれども、させるついでなければ、御戒《おんいまし》めもなし。いさとよ、[6]御辺《ごへん》ざまとても、[7]始終《しじゆう》いかがあらんずらむ。よくよく、計らはるべきぞ」

と語らへば、義朝、申しけるは、

「[8]六孫王《ろくそんわう》より義朝までは七代なり。弓矢の芸をもつて叛《ほん》

1 一一五九年。
2 母は高階基章の娘。一一五七年に左衛門佐（左衛門府の次官）。のち左大将・内大臣。一一三八～七九年。＊愚管抄によれば、この時、同行せず。47頁注1。
3 熊野本宮・新宮・那智の三社をめぐる参詣。＊清盛は、一一三七年に熊野本宮造進の功で肥後守に就任。熊野年代記に、平治元年十二月、三山造営の綸旨が新宮に届き、造営奉行を小松殿と記す。小松殿が重盛の通称をいうとすれば、この時の参詣はそれと関わるものだったか。
4 人を悪く言い、他にへつらうこと。
5 後白河院。
6 貴殿の方とても。
7 結局のところ。
8 清和源氏の祖、源経基。父貞純親王は清和帝の第六子、本人は孫ゆえ。
9 同類の一族。＊保元の乱で、義朝は勅命に従い、父の為義、弟の頼賢、頼仲、為宗、為成、為仲を処刑。
10 好機。
11 ＊愚管抄は、義朝決起の理由として、信西にその息子を婿に迎えたい

逆《ぎやく》のともがらをいましめて、武略の術を伝へて、敵軍の陣をも破り候ひき。しかれども、去んぬる保元の乱れに、一門、朝敵となりて、[9]類輩《るいはい》、ことごとく誅伐《ちゆうばつ》せられ、義朝一人にまかりなりて候へば、清盛も内々、所存こそ候ふらめ。これは存じの前にて候へば、驚くべきにあらず。かやうに頼み仰せられ候へば、御《おん》大事にあひて、[10]便宜《びんぎ》、候はば、当家の浮沈をも試み候はんこと、本望にてこそ候[11]へ」

と申せば、信頼、大いに喜びて、[12]いかもの作りの太刀《たち》、一振り取り出だし、喜びの初めにとて、[13]引かれけり。

義朝、かしこまつて罷《まか》り出でけるところに、白黒の馬二匹、[14]鏡鞍《かがみくら》置きて引き立てたり。夜陰《やいん》のことなれども、松《たい》明《まつ》ふり上げさせて馬を見て、

「合戦の出で立ちには、馬ほどの大事、候はず。この[15]竜蹄《りようてい》をもつて、いかなる陣なりとも、いかで破らで候ふべき。[16]周防判官《すわうはんぐわん》季実《すゑざね》、[17]出雲守《いづものかみ》光保《みつやす》、[18]伊賀守《いがのかみ》光基《みつもと》、[19]佐渡式部大《しきぶのた》

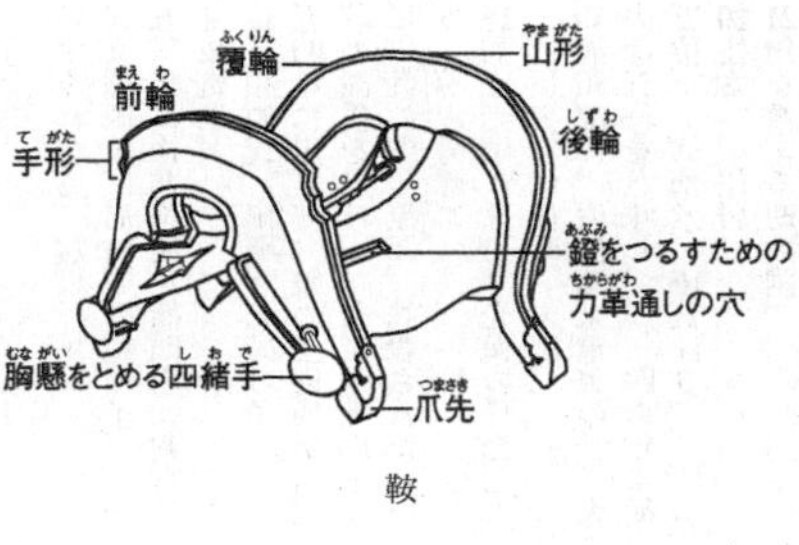

鞍

と申し出て、すげなく拒否されたあげく、信西が清盛のもとに子を婿として送り込んだからとする。

12外装の金具などのいかめしい太刀。

13引き出物として与えること。

14金や銀などの薄板で、鞍の前輪《まえわ》・後輪《しずわ》の表面を張り包み、山形の縁に金属製の覆輪をかけたもの。

夫重成《ゆふしげなり》などにも、仰せ合はせられ候へかし。これらは内々《ないない》、申す旨の候ふぞと承り候へ」

と申しおきてぞ出でにける。

義朝、宿所《しゆくしよ》[20]へ帰りて、かの信頼卿、日ごろこしらへおきたる兵具《ひやうぐ》なれば、鎧《よろひ》五十領[21]、追《お》[22]つさまにぞ遣はしける。

六　後白河院御所三条殿《さんでうどの》、夜襲

かやうにひまを窺ひけるほどに、同九日夜、丑《うし》[1]の刻に、衛門督《ゑもんのかみ》信頼卿・左馬頭《さまのかみ》義朝、大将《たいしやう》として、以上その勢五百余騎、院の御所三条殿《さんでうどの》[2]へ押し寄せ、四方の門々をうち囲む。

衛門督信頼、馬に乗りながら南の庭にうち立ち、大音あげて申しけるは、

「この年来《ねんらい》、人にすぐれて御いとほしみをかうぶりて候ひつるに、信西が讒《ざん》によつて誅《ちゆう》せらるべきよし承り候ふあひだ、かひなき命を助け候はんとて、東国がたへこそ罷《まか》り下り候へ」

15 すぐれた馬。駿馬。
16 文徳源氏、周防守季範の子。一一五三年に検非違使左衛門尉（判官）。乱後処刑。
17 清和源氏、出羽守光国の子。一一五四年に出雲守。娘の土佐局が鳥羽院の寵愛を受け、二条帝の乳母となる。乱の翌年流罪。誅殺されたという（尊卑分脈）。
18 前注光国の孫で、光保の兄光信の子。伊賀守就任時、未詳。
19 清和源氏、佐渡源太重実の子。大夫は五位を意味し、一一四六年に従五位下・式部丞。146頁注6。
20 住まい。住居。
21 鎧を数える助数詞。
22 後を追いかけるように。

1 午前二時、前後各一時間。今日では十日に当たる。当時の日付変更は寅の刻前後。
2 三条大路北、烏丸小路東の御所。巻末地図参照。
3 乗る意の尊敬語。
4 正しくは姉。

と申せば、上皇《しやうくわう》、大いに驚かせ給ひて、

「さればとよ、何者が信頼を失ふべかるらん」

と仰せもはてぬに、兵《つはもの》ども、御車《おんくるま》を差し寄せて、急ぎ御車に召さるべきよし、荒らかに申して、

「早く御所に火をかけよ」

と声々にぞ申しける。

上皇《しやうくわう》、あわてて御車にた[3]てまつる。御妹[4]の[5]上西門院《じやうさいもんゐん》も、一つ御所におはしましけるが、同じ御車にたてまつる。信頼・義朝・光保《みつやす》・光基《みつもと》・重成《しげなり》・季実《すゑざね》、御車の前後左右《さう》をうち囲みて[6]大内《おほうち》へ入れまゐらせ、[7]一本御書所《いつぽんごしよどころ》に押し込め奉る。[8]重成・季実、近う候ひて、君を守護し奉る。なかにもこの重成は、保元の乱れの時、[9]讃岐院《さぬきのゐん》の、[10]仁和寺、[11]寛遍《くわんぺん》法務《ほふむ》が坊にうち込められてわたらせ給ひしを守護し奉りて、[12]やがて讃岐へ御配流《ごはいる》の時、鳥羽まで御供《おんとも》したりし者なり。

「いかなる宿縁《しゆくえん》にてか、二代の君をば守護し奉るらん」

と心ある人は申しけり。

5 鳥羽帝の第二皇女、統子。一一二六〜八九年。＊愚管抄も、二人が同車したとする。
6 大内裏。
7 世にある書籍を一本書写して納め置く所。内裏の東方。23頁図参照。
8 ↓本文校訂注。
9 崇徳院。讃岐へ流されたための称。
10 京都市右京区御室大内にあり、宇多帝以来、皇族が入寺した寺。
11 大納言源師忠の子。法務は大寺の庶務管轄の職。坊は僧の住む建物。のち東大寺別当、大僧正。一一〇〇〜六六年。
12 そのまま引き続き。
13 言ってみても言葉が足りない。
14 「公」は太政大臣と左右大臣、「卿」は大・中納言と参議および三位以上の者をいう。
15 ここは宮中の殿上人ではなく、院御所への昇殿が許された殿上人。
16 女性の居室用に仕切られた部屋。
17 ＊一代要記・二条天皇条に、井に入る者が多くいたと伝える。
18 秦の始皇帝の造った宮殿、阿房宮。秦滅亡後、項羽に焼かれた。

三条殿《どの》のありさま、申す[13]もおろかなり。門々をば兵《つはもの》どもうち囲み、所々《しよしよ》より火をかけたれば、猛火、虚空《こくう》に満ち、暴風《ぼふう》、煙《けぶり》をあぐ。公卿《くぎやう》[14]・殿上人《てんじやうびと》[15]・局《つぼね》[16]の女房《にようばう》たち、いづれも信西が一族にてぞあるらんとて、射伏せ、切り殺しけり。火に焼けじと出づれば矢に当たり、矢に当たらじとすれば火に焼けけり。矢に恐れ、火を悲しむるは井[17]の中へこそ飛び入りけれ。下なるは水に溺《おぼ》れて助からず、上なるは、造り重ねたる殿々《でんでん》、激しき風に焼けければ、灰・燃え杭《くひ》に埋《うつ》みて助くる者もさらになし。

かの阿房《あぼう》[18]の炎上《えんしやう》には、后妃《こうひ》・采女《さいぢよ》[19]の身を滅ぼすことはなかりしぞかし。この仙洞《せんとう》[20]の回禄《くわいろく》[21]には、月卿《げつけい》[22]・雲客《うんかく》の命を落とすこそ悲しけれ。

右衛門尉[23]大江家仲《おほえのいへなか》・左衛門尉[24]平康忠《たひらのやすただ》、二人が首を矛《ほこ》に貫きて待賢門《たいけんもん》[25]にぞ捧げたる。

同夜の寅《とら》[26]の刻に、信西が姉小路西洞院《あねのこうぢにしのとうゐん》[27]なる宿所《しゆくしよ》を追捕《ついぶ》[28]して焼き払ふ。ただしこれは、大内《おほうち》の兵どもが下人《げにん》[29]のしわ

19 漢代の女官の一つ。
20 上皇御所。仙人の住所に喩えた語。
21 火神の名。転じて火災。
22 公卿と殿上人。
23 詳細未詳。前年に左兵衛尉任官（兵範記・八月条）。
24 豊前権守量忠の子、近衛帝の時、滝口（宮中警備の武官。山槐記・一一五五年十月条）。一一五七年十月に左兵衛少尉（兵範記）。＊古今著聞集（二〇）に、この時に落命した後、犬となって院御所に伺候すると、人の夢に見えたとある。
25 大内裏東面の門の一つ。23頁図参照。
26 午前四時、前後各一時間。
27 三条殿の西方、約三〇〇㍍。巻末地図参照。＊一代要記は、卯の刻に信西の所々の家が焼かれたとし、法住寺殿御移徙《わたまし》部類記は、焼かれた東山の信西邸の跡地が後白河院御所となったよしを記す。
28 官人が悪人を追い捕えること。また、物を没収すること。
29 ＊大内裏伺候の武士は、二条帝配下の者を意味し、その下人が院近臣

ざとぞ聞こえし。

この三四年は[30]理世《りせい》、安楽にして、[31]都鄙《とひ》、とざしを忘れ、[32]歓娯《くわんご》遊宴して、上下、屋《おく》を並べしに、所々の火災によつて辺《あた》りの民《たみ》も安からず、こはいかになりぬる世の中ぞと嘆かぬ者もなかりけり。

七　信西子息の処遇

少納言入道信西子息五人、[1]闕官《けつくわん》せらる。嫡子《ちやくし》、[2]新宰相俊《とし》憲《のり》、次男、[3]播磨中将成憲《はりまのちゆうじやうしげのり》、[4]権《ごん》右中弁貞憲《さだのり》、[5]美濃《みのの》少将脩憲《ながのり》、[6]信濃守是憲《しなののかみこれのり》なり。[7]上卿《しやうけい》、[8]花山院《くわさんのゐん》大納言忠雅《ただまさ》、[9]職事《しきじ》は[10]蔵《くら》人右少弁成頼《んどのうせうべんなりより》とぞ聞こえし。また、京中に聞こえけるは、

「衛門督、左馬頭を語らつて、院御所三条殿《さんでうどの》を夜討《ようち》にして火をかけけるあひだ、[11]院内《ゐんない》も煙《けぶり》の中を出でさせ給はず」

とも申し、また、

「大内へ[12]御幸《ごかう》・行幸《ぎやうがう》はなりぬ」

とも聞こえけり。

の信西邸を襲ったというのは、上皇・天皇父子の不仲をものがたっているのかもしれない。→解説。
30世の治安が安泰なこと。＊保元の乱後の同年十一月、京中での武器携行が禁止された（百練抄）。今鏡（三）は、弓矢を物に入れて隠し、携行していたと伝える。
31都も田舎も、門戸を閉じ忘れ。
32喜び楽しみ酒宴を開いて。

1官職の解任、解官《げかん》。本来は現任者の欠けている官をいう。
2新任の参議（宰相は唐名）。文才に長けた能吏。当年四月に就任。母は高階重仲の娘。一一二二～六七年。
3前年八月に播磨守・左中将。正しくは三男（公卿補任）。母は紀二位。のち中納言。一一三五～八七年。
4当年閏五月に権右中弁。次男（尊卑分脈）。母は俊憲と同。一一二三？～？
5一一五七年に美濃守。当年四月に左少将。母は紀二位。五男。のち参議。一一四三～？
6前年十一月に信濃守。母は俊憲と

さるほどに、[13]大殿《おほとの》・[14]関白殿《くわんばくどの》、大内へ馳せ参らせ給ふ。大殿とは[15]法性寺《ほつしやうじ》殿、関白殿とは[16]中殿《なかのとの》の御事《おんこと》なり。[17]太政《だいじやう》大臣宗輔《むねすけ》・[18]大宮《おほみや》の左大臣伊通《これみち》以下《いげ》、公卿・殿上人、[19]北面《ほくめん》のともがらに至るまで、我先にと馳せ参る。馬・車の馳せ違ふ音、天を響かし、地を動かす。万人《ばんにん》、あわてたるさまなり。

播磨《の》中将成憲《しげのり》は、清盛の婿《むこ》なりければ、[20]十日の夜、[21]六波羅へ逃げ込みたりけるを、大内よりしきりに召されければ、力及ばず、六波羅より出でにけり。播磨《の》中将、検非違使《けんびゐし》の手へ渡され、

「清盛だにあらば、かくはよも出ださじ。この人々の熊野に参詣こそ、成憲が不運なれ」

とぞ思ひける。

[22]博士判官《はかせはんぐわん》坂上兼成《さかのうへのかねしげ》、播磨《の》中将を[23]六条河原《ろくでうかはら》にて受け取りて大内へ参りたりければ、[24]越後中将をもつて子細を御《おん》尋ねありて、即《すなは》ち成親《なりちか》に預けらる。

新宰相俊憲は、出家すと聞こゆ。美濃《の》少将脩憲《ながのり》は、[25]宗《そう》判

同。のち出家。生没年未詳。
7 会議等の進行を取りしきる公卿。
8 権中納言藤原忠宗の次男。邸宅の花山院を伝領。正しくは当時中納言。一一二四～九三年。
9 会議等の実務を取り扱う蔵人。
10 権中納言藤原顕頼の三男。惟方（29頁注18）の弟。前年八月に蔵人。当年五月に右少弁。のち参議。一一三六～一二〇二年。
11 上皇と天皇。音読例は源平盛衰記等にも。
12 御幸は上皇や女院の、行幸は天皇の外出をいう。
13 当主の父をいい、ここは前年に関白を退いた藤原忠通。忠実の嫡男。一〇九七～一一六四年。
14 忠通の嫡男、基実。＊当時、信頼の妹と結婚（愚管抄・五）。一一四三～六六年。
15 鴨川の東、九条大路末の法性寺に住んだための称。
16 父忠通と弟基房との間の八年間、摂関だったための称。
17 権大納言藤原宗俊の次男。二年前に太政大臣。一〇七七～一一六二年。

官信澄《のぶずみ》を頼みて出で来けるを、別当[26]にかくと告げければ、即ち信澄、預かられけり。信濃守是憲《これのり》、[27]髻《もとどり》切りて、[28]検非違使教盛《のりもり》を頼みて出でたりけるを、これも別当に申し受けて預かりけり。


18権大納言藤原宗通の次男。二年前に左大臣。この翌年、太政大臣。一〇九三～一一六五年。

19院御所の北面《きたおもて》に伺候し、警備に当たった武士。四位・五位の者を上北面、六位の者を下北面という。


20＊愚管抄もこの事実を記し、平家物語（一）は、八歳だった清盛の娘は乱後に別れ、のち花山院兼雅の妻になったと伝える。／21鴨川の東、五条末と七条末の間に正盛の代よりあった平氏の邸宅群。／22明兼の子。坂上家は、法家として明法《みょうぼう》博士と検非違使の尉（判官）を世襲。一一一四～六二年。／23六条大路の東末の鴨川の河原。罪人の身柄や首級を検非違使が受け取る場所によく使われた。／24藤原成親。（29頁注16）。／25右衛門少尉惟宗信隆の子。宗は惟宗の略称。二年前に検非違使。／26藤原惟方。（29頁注18）。／27頭頂で束ねた髪。／28未詳。資本は惟範とす。

八　信西出家の由来

そもそも少納言入道信西は、[1]南家《なんけ》の[2]博士《はかせ》なりけるが、[3]高階経敏《たかしなのつねとし》が子になりて、[4]高家《かうけ》に入りたりしかども、[5]儒官《じゆくわん》にも列《つら》ならず、その家にもあらざれば[6]弁官《べんくわん》にもならず、[7]日向《ひうがの》前司《ぜんじ》通憲《みちのり》とて[8]鳥羽の院にぞ召されける。


1藤原不比等の子、武智麻呂の子孫。その邸が弟の房前邸の南にあった。摂関は房前子孫の北家が継承。

2彼の博学か、文章博士になる家柄を言ったものか（曾祖父が文章博士、祖父が大学頭、父が文章生）。

3筑前守経成の子。四か国の国司を歴任。生没年未詳。↓本文校訂注。

4権勢のある家。高階家は諸国の受

ある時、通憲、[9]御前にて申しけるは、

「出家の志候ふが、日向入道と呼ばれ候はんこと、[10]無下《むげ》に覚え候ふ。少納言を御免《ごめん》候へかし」

と奏したりければ、上皇《しやうくわう》、

「この官は、[11]摂籙《せつろく》の臣もなりなどして、下されざる官なり。いかがあるべからん」

と思《おぼ》し召しわづらはせ給ひけるを、あながちに申しければ、御《おん》許しありし[12]ほどに、[13]やがて出家して、少納言入道とぞ呼ばれける。


昔はかうこそ官をば惜しまれしか、されども今は、その[14]子どもは[15]三事《さんじ》の職を兼帯し、[16]夕郎《せきらう》の貫首《くわんじゆ》を経、[17]七弁《しちべん》の中に加はり、[18]上達部《かんだちめ》に至り、[19]中少弁をぞけがしける。昨日の楽しみ、今日の悲しび、思へば夢なり、幻なり。[20]諸行無常のことわり、目の前に現れたり。[21]吉凶《きつけう》はあざなはれる縄《なは》のごとしと、今こそ思ひ知られたれ。

領となり資産家。
5 儒者が就任する官。大学頭など。
6 太政官庁の事務官で、八省の庶務を統轄。
7 前の日向守。一一三九年五月当時、日向守（台記）、二年後には前守（御移徙雑記）。
8 26頁注19。
9 →本文校訂注。
10 ひどいさま。最低。
11 摂政の異称。
12 ＊一一四四年一月の除目で就任か。翌月、初出仕（本朝世紀）。
13 即座に。＊出家は同年七月。
14 →本文校訂注。
15 三つの要職。五位の蔵人・衛門佐・弁官。該当者は俊憲と貞憲。
16 蔵人の頭。夕郎は蔵人の唐名。該当者は俊憲。
17 弁官七人の総称。左右の大弁・中弁・少弁と、中・少弁の権官一名。
18 公卿。当時の該当者は俊憲。
19 前年に俊憲権右中弁、貞憲右小弁。
20 存在物すべては同じ状態に留まることがないという法則。
21 吉と凶は、より合せた縄のように

九　反乱軍の論功行賞、信西の死

同十四日、出雲守光保《いづものかみみつやす》、内裏《だいり》に参りて、

「少納言入道が行方を尋ね出だしてこそ候へ」

と申しければ、やがて[1]、

「首を切れ」

と仰せられ、承りて罷り帰りにけり。

さるほどに、去んぬる九日の夜の勧賞《くわんじやう》[2]、行はれける。院《ゐん》内《ない》を取りたてまつり、一本御書所《いっぽんごしよどころ》に押し込めたてまつるよりほかは、し出だしたることなければ、兵《つはもの》どもを勇ませんが謀《はかりこと》とぞ聞こえし。

[3]信濃守、源《の》重成。佐渡式部大夫《の》なり。

[4]多田蔵人大夫《ただのくらんど》源頼憲《のよりのり》、摂津守になる。

[5]前《さき》左馬頭源義朝、播磨守になる。

[6]右兵衛佐《のすけ》、頼朝。

左兵衛尉《のじょう》、[7]藤原政家《のまさいへ》。鎌田《かまだ》兵衛正清《まさきよ》が改名なり。

変転する意。出典は文選（二〇）。

1 すぐに。即刻。

2 功労を賞した官位などの授与。

3 重成の信濃守就任は、信西息の是憲の後任。

4 清和源氏行国の子。ただし、保元の乱ですでに処刑か（帝王編年記・尊卑分脈）。→本文校訂注。

5 ＊愚管抄は、四位・播磨守になったとする。播磨守は成憲の後任。

6 義朝の三男。公卿補任に十二月十四日右兵衛権佐に就任とす。当時十三歳。一一四七～九九年。

7 藤原秀郷流、山内首藤氏の一族、鎌田権守通清の次男。義朝の乳母子。祖父の代より源氏の郎従。駿河国居住。義朝と死を共にす。

左衛門尉に源兼経《のかねつね》[8]。

左馬助《さまのすけ》[9]、やすただ。

左馬允《のじょう》に為仲《ためなか》[10]。

右馬允に藤原遠元《のとほもと》[11]。これは足立《あだち》四郎なり。

かやうに甚《はなは》だしく勧賞《くわんじやう》、行はれければ、大宮左大臣伊通《これみち》公、申されけるは、

「など井には司《つかさ》をば、なされぬぞ。井こそ多くの人、殺したり」[12]

とありしかば、聞く人、笑ひけるとかや。

同十六日、卯《う》[13]の刻、大炊御門《おほひみかど》[14]より北、大宮《おほみや》より東に、にはかに火、出で来たりて、

「敵《かたき》の寄せて、火をかけたり」

とて、内裏[15]の兵ども、甲《かぶと》の緒《を》を締《し》めて騒ぎけれども、されども、その儀なくて止みにけり。郁芳門《いうはうもん》[16]の前なりければ、あわてけるもことわりなり。

同日、出雲守光保、また内裏へ参りて、

8未詳。

9未詳。

10未詳。「允」は馬寮の三等官。

11足立藤九郎遠兼の子。のち左衛門尉。鎌倉幕府の公文所寄人。↓本文校訂注。

12＊今鏡（六・弓の音）も、伊通の同じ言動を伝える。

13午前六時、前後各一時間。

14大内裏より東西に延びる大路の北、大内裏に即して南北に通る大路の東。巻末地図参照。↓本文校訂注。

15↓本文校訂注。

16大内裏東面の、最も南よりの門。

「今日、少納言入道が首を切りて、[17]神楽岡《かぐらをか》の宿所《しゅくしょ》に持ち来たりて候ふ」

と申し入れしかば、信頼・惟方《これかた》、同車して、神楽岡に渡りて[18]実検《じっけん》す。信頼、日ごろの憤《いきどほ》りをば、今ぞ散んじける。

一〇　信西の死に至る経緯

この[1]禅門《ぜんもん》は、去んぬる九日、夜討のこと、[2]かねて内々知りけるにや、このおもむき申し入れんとて、院の御所へ参りけるが、おりふし[3]御《おん》遊びなりければ、その興《きょう》をさましまゐらせんこと、[4]無念なるべしと思ひ、ある女房《にょうぼう》に子細を申しおきて帰りぬ。

[5]侍《さぶらひ》、三四人ばかり召し具して、[6]大和路《やまとぢ》を下りに、[7]宇治にかかりて、[8]田《た》原《はら》が奥、[9]大道寺《だいだうじ》といふ我が所領に着きにけり。この人は、[10]天文《てんもん》、淵源を究めて、[11]推条《すいでう》、掌《たなごころ》を指すがごとくなりしが、宿運《しゅくうん》、この時や尽きにけん、三日先立つて出でたる天変を、今夜、初めてぞ見つけける。

---

17 左京区吉田神楽岡町。吉田山とも。

18 首の実否を確認すること。

1 在家のまま剃髪し仏門に入った男子。信西のこと。

2 前もって。

3 管絃の遊興。

4 思慮のないこと。

5 貴人のそばに伺候する男子。従者。

6 鴨川の東を三条橋口から南行し、木津を経て大和に至る道。

7 京都府宇治市。

8 宇治の南東、京都府綴喜郡宇治田原町。大和路から外れたことになる。54頁地図参照。

9 ＊兵範記・一一五七年三月条に、保元の乱で敗死した左大臣藤原頼長の所領を院領として没収した記事があり、その中に田原荘と大道寺が載る。それを後白河院が信西に下賜したものと考えられる。

10 日月や星座から吉凶を占う術。

11 天文や卜筮の意味するところを推し量ること。

「[12]木星寿命死にあり、忠臣、君に代はる」

といふ天変なり。強《こは》き者、弱く、弱き者、強《こは》し、上は弱く、下は強《こは》し。この時、我が命を失ひて、君に代はりたてまつらんと思ふ心ぞつきにける。


十日朝、右衛門尉[13]成景《なりかげ》といふ侍《さぶらひ》を招きて、

「京の方《かた》に何事かある、きと[14]見て参れ」

と申しければ、成景、馬にうち乗り馳《は》せ行くほどに、[15]木幡《こはた》峠《たうげ》にて、禅門の召し使ひける[16]舎人男《とねりをとこ》、もつてのほか、あわてて出で来たれり。

「いかにや、[17]うれ。何事かある」

と問へば、舎人男、涙を流して、

「何事とはいかに。京中は暗闇《くらやみ》になりて候ふを。衛門督殿・左馬頭殿、大勢《おほぜい》にて三条殿に夜討を入れ、やがて火をかけられて候ふほどに、院内《ゐんない》も煙《けぶり》のうちを出でさせ給はずとも申し、また、大内《おほうち》へ御幸《ごかう》・行幸《ぎやうがう》なりぬとも聞こえ候ふ。同夜の寅《とら》の時、姉小路殿《あねのこうぢどの》も焼き払はれ候ひぬ。この夜討

12未詳。*愚管抄は、信西が自らの死を「本星、命位ニアリ」という天変から知ったとする。それを物語は、忠臣の身代わりを暗示するものに改変したとも（谷口耕一「平治物語の素材と物語」）。実際に乱を予告するごとき天変があったらしいことは、玉葉の一一七六年十月条や翌年二月条が伝える。

13白河院の寵童、肥後守藤原盛重の猶子。幼時より鳥羽院の寵を得て北面に伺候、信西の養父の高階経敏の家人。のち後白河院の近臣。

14すぐに。または、確かに。

15伏見山の峠。同山を木幡山と。

16牛飼い童や馬の口取り男。

17お前。

も入道殿を討ちたてまつらんためとこそ、京中の人は申し候へ。このさまを告げ申さんとて、参り候ふなり。入道殿は、いづ方にわたらせ給ひ候ふぞ」

と申しければ、成景《なりかげ》、思ふやう、

「下臈《げらふ》[18]は、うたてしき[19]者ぞ。人のいたく問はん時は、一旦の苦しみを逃れんとて、後日の大事をば顧みず。知らせては悪《あ》しかりなん」

と思ひて、

「いしう[20]参りたり。入道殿は春日山《かすがやま》[21]の後ろ、しかの所[22]にましますぞ。いかばかり御感《ぎよかん》あらんずらん。急ぎ参れ」

と教へ遣《や》りて、後ろ影も見えずなりければ、大道寺に馳せ返りて、このさまを申せば、身の滅びんことをば思はず、ただ主上《しゆしやう》・上皇《しやうくわう》の御事《おんこと》こそ、御いたはられけれ[23]。

「信西が代はりまゐらせずしては、たれ人か君を助けまゐらせん。急ぎ我を埋《うづ》め」

とて、穴を掘り、めぐりに板を立ててこそ埋められけれ。

18身分の低い者。
19信用できず困った者。
20よくぞ。
21奈良市の春日山。
22これこれの場所。
23心を痛める意。

「死なぬさきに、敵《てき》、尋ね来たらば自害をせんずるに、刀をまゐらせよ」

と申せば、成景、泣く泣く[24]腰刀《こしがたな》を抜きて奉る。四人の侍《さぶらひ》ども、各々、髻《もとどり》切つてぞ埋《うづ》みける。

「最後の御恩に、[25]法名《ほふみやう》、賜はらん」

と面々に申しければ、

「安きことなり」

とて、右衛門尉成景を西景《さいけい》、[26]右衛門尉師実《もろざね》は西実《さいじつ》、[27]修理進《しゆりのしん》師親《もろちか》は西親《さいしん》、[28]前武者所師清《さきのむしやどころもろきよ》は西清《さいせい》、各々、西の字に俗名《ぞくみやう》の[29]片名《かたな》を寄せて、しだいにからこそ付けられけれ。京にありける[30]左衛門尉師光《もろみつ》も、このよしを聞きて出家して、西《さい》光《くわう》とぞ呼ばれける。

少納言入道の埋《うづ》まれけることは、十一日なり。同十四日、光保が[31]郎等男《らうどうをとこ》、木幡《こはた》なる所に用ありてまかりけるほどに、木幡山峠にて、飼《か》うたる馬に良き鞍《くら》置きて、舎人《とねり》と思《おぼ》しきが引きて出で来たる。泣きはれたる顔を見て怪しく思ひて、

24 腰に差す鐔のない短刀。

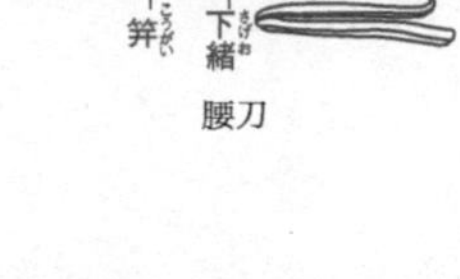

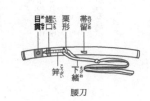

腰刀

25 出家後の名。
26 未詳。愚管抄に齋藤右馬允清実。
27 未詳。修理進は宮中の修理・造営に当たった修理職の三等官。
28 未詳。武者所は院御所警備の武士で、もと宮中に仕えた滝口の武士。
29 二字ある名前の一方の字。
30 阿波権大夫麻植《おゑ》為光の子。信西の乳母子。中納言藤原家成の猶子。のち後白河院の近臣。
31 郎等は、主人と血縁関係のある家《いえ》

「たれが馬ぞ」

と問へば、しばらくは答へざりけるを、取りて引き据ゑて、

[32]「しや首を切らん」

と責めければ、下﨟《げらふ》の悲しさは、

「少納言入道の馬にて候ふを、京へ引きてのぼり候ふ」

と言ふ。

この男を前に立てて、田原《たはら》が奥に行きてみれば、土を新しく撥《は》ね上げたる所あり。[33]すなはち掘りてみれば、自害して埋《うづ》まれたる死骸あり。その首を切りて、奉りけるなり。[34]

一一　信西、哀悼

[1]同十七日、[2]源《の》判官資経《すけつね》以下《いげ》の検非違使《けんびいし》、[3]大炊御門《おほひみかど》河原《かはら》にて信西が首を受け取り、大路《おほち》を渡し、[4]東の獄門《ごくもん》の前なる[5]樗《あふち》の木にぞ懸けてける。京中の上下、[6]市《いち》をなして、これを見る。

その中に、濃き墨染《すみぞめ》の衣着て、隠遁、年久しげなる僧あ

子《のこ》に対し、それがない家来。
32 相手をののしって言う接頭語。
33 すぐに。
34＊愚管抄は、信西が師光・成景・田口兼光・齋藤清実の四人を連れて逃亡、それぞれに法名を与え、穴を掘って身を隠したが、輿かきの男がそれを人に語り、光保の聞きつけるところとなったとする。さらに、信西は穴の中で念仏を唱えていたが、木の上からようすを見ていた師光に松明の火の近づくことを知らされ、武士に発見された時には、腰刀で胸を突いて自害していたという。

1＊百練抄は、同日、信西の首を検非違使が河原で受け取り、大路を渡して西の獄門前の樹に懸けたとし、信西は信楽山で自害したのを光保が尋ね出したと伝える。
2 未詳。一一五二年一月当時より検非違使・右衛門尉（兵範記）。
3 大炊御門大路の東末の鴨川河原。
4 近衛御門大路の南、西洞院大路の西にあった獄舎の門。西の獄舎は、大内裏の西側、中御門大路の北、西

り。この首を見て、涙を流して申しけるは、

「この人、かかる目にあふ、その咎《とが》、何事ぞや。天下の明鏡《めいきやう》[7]、今すでに割れぬ。たれの人か、古《いにしへ》[8]を鑑《かが》み、今を鑑《かが》みん。孔子《くじ》[9]・老子《らうし》[10]の典籍《てんじやく》[11]を読《とく》せん時は、譜代《ふだい》[12]の儒林《じゆりん》も口を閉ぢ、顕教《けんげう》[13]・密教《みつけう》[14]の深秘を講ぜん時は、出世[15]の釈子《しやくし》も頭《かしら》をかたぶけしぞかし。

この人、久しく存《ぞん》ぜしかば、国家もいよいよ泰平ならまし。諂諛《てんゆ》[16]の臣に滅ぼされて、忠賢の名をのみ残さんことの無惨《むざん》さよ。

朝敵にあらざる人[17]の首を渡して懸けたる先例やある。罪科、何事ぞや。先世《せんぜ》の宿業《しゆくがう》[18]、当時の現報《げんぽう》[19]、まこと、計りがたきことかな」

と、世にも恐れず、人にもはばからず、うち口説《くど》きて泣きければ、これを聞くともがら、袖をしぼらぬはなかりけり[20]。

紀二位《きのにゐ》の心のうち、思ひやるこそいとほしけれ。入道の行方をだに知らで嘆く心もたぐひなきに、しかばねを掘り

堀川小路の西。巻末地図参照。
5 初夏に淡紫色の花をつけ、秋に実の多くなる落葉高木。センダンの古名。鴨川の河原で授受された罪人の首は、これに懸けられた（中右記・一〇九四年三月条等）。
6 群れをなすこと。
7 賢人をたとえたもの。
8 昔と今の状況を照らし合わせ考えること。白氏文集（四）百練鏡にある詩句。
9 儒家の祖。読みは呉音による。↓本文校訂注。
10 道家の祖。
11 書物。
12 家職を世襲してきた儒家の人々。
13 言語で明示される仏教の教え。
14 深遠ゆえに実践のみによって理解できる仏教の教え。
15 世俗を捨てた釈迦の弟子。
16 主君におもねりへつらう臣下。
17 ＊明月記・一二一一年十月条にも、信西を罪なくして斬罪に処すとある。
18 現世の報いの因たる前世の行為。
19 現世の行為が因となり、現世で報いを受けること。

出だして首を切りて、大路を渡し、獄門の木に懸けられぬと聞こえて、いかばかりのことをか思ふらん。海山《うみやま》とも頼みたてまつる君[21]は取り籠められ給ひ、月日の光をだにも御覧ぜず。僧俗十二人[22]の子息は、面々に召し置かれて、死生《ししやう》、いまだ定まらず。

「我も女の身なれども、いかなる目にかあはんずらん」

と、伏し沈みてぞ泣きゐたる。

一二　平清盛への急報

さるほどに、清盛は熊野参詣、切目《きりめ》[1]の宿《やど》にて、六波羅の早馬《はやうま》、追つ付きけり。使者、申しけるは、

「衛門督殿・左馬頭殿、去んぬる九日の夜、院御所三条殿へ押し寄せて、火をかけられて候ふあひだ、院内《ゐんない》も煙《けぶり》の中を出でさせ給はずとも申し、また、大内《おほうち》へ御幸《ごかう》・行幸《ぎやうがう》なりぬとも聞こえ候ふ。

少納言入道の御一門、皆、焼き死に給ひぬなど、申しあ

20「しほる」は、ぬらす意。
21後白河院のこと。
22 65頁参照。

1和歌山県日高郡印南町にあった宿場。熊野の末社九十九王子のうちの重要な五体王子の一つ、切目王子がある。54頁地図参照。＊愚管抄は、飛脚の追いついたのは二川の宿（田辺市）で、清盛の同行者は、次男の基盛、十三歳の宗盛、侍十五人とする。

ひ候ふ。

このことは、日ごろよりの支度《したく》にて候ふか、源氏の郎従《らうじゆう》ども、京中に上《のぼ》り集まりて候ふ。少納言入道の身の上までにて候はず、御当家もいかがなど、ささやき候ふぞ」

と申しける。

清盛一族、2家僕《かぼく》、一所《いつしよ》に寄りあふ。このこと、いかがあるべきと3評定《ひやうぢやう》す。清盛、宣《のたま》ひけるは、

「これまで参りたれども、4朝家《てうか》の御《おん》大事、出で来たる上は、5先達《せんだち》ばかりを参らせて、6下《げ》するよりほかは他事なし。ただし、7兵具《ひやうぐ》もなきをば、いかがせん」

と宣へば、8筑後守家貞《ちくごのかみいへさだ》、

「少々は、用意つかまつりて候ふ」

とて、9長櫃《ながびつ》五十合《がふ》、日ごろは何物を入れたるとも人には知らせず、勢より少し引き下げて舁《か》かせたりけるを、召し寄せて蓋《ふた》を開きたるを見れば、いろいろの鎧《よろひ》に太刀《たち》と矢を入れたるを取り出だす。竹の10杁《あふこ》五十、節《ふし》を突いて、弓五十

2家の雑事をこなす下男。
3評議し、決定すること。
4皇室。
5熊野参詣の先導役たる修験者。修練の功の顕著な山伏に認可された。
6神仏への参詣から下向する意。
7武器・武具。
8平正盛の伯父貞季の血を引く家人。「平家第一の郎等、武士の長」と評される（顕広王記・一一六七年五月の死亡記事）。筑後守就任時、未詳。八十余歳で死去。
9長い形の唐櫃。「合」は助数詞。
10物をかつぐ棒。ここは長櫃の杁。
11この家。平家をいう。
12家来として名を列ねる意。
13その家に仕える奉公人。
14武装した武士。物具は身につける武具をいう。
15＊愚管抄は、紀伊国の武士、湯浅宗重が三十七騎の武者を、熊野別当の湛快が鎧七領を提供し、十三歳の宗盛には宗重の同年の子の小さな鎧を着せたとする。
16母は橋本（浜名湖畔）の遊女とも、三浦義明の娘とも。「悪」は強い意

張《ちやう》入れて持たせけり。

「家貞は、まことに武勇の達者《たつしや》、思慮深き兵《つはもの》なり」

とぞ、重盛《しげもり》は感じ給ひける。

紀伊国にも、[11]当家に[12]名をかけたる[13]家人《けにん》どもありけるが、このことを聞きて馳せ来たりけれども、[14]物具《もののぐ》したる武者、百騎ばかりには過ぎざりけり。[15]

かかりけるところに、

「都より、左馬頭義朝が嫡子[16]悪源太《あくげんだ》義平《よしひら》を大将として、熊野の道へ討手《うつて》に向かふが、摂津国[17]天王寺、[18]阿倍野《あべの》の松原に陣を取つて、清盛の下向《げかう》を待つ」

とぞ聞こえける。清盛、宣ひけるは、

「悪源太、大勢にて待たんには、都へ上りえずして阿倍野・天王寺の間にしかばねを[19]留めて、主上・上皇の前途を見はてまゐらせざらんこと、[20]理《ことわり》の勇士にあるべからず。所詮《しよせん》、当国の浦より船を集めて四国の地に押し渡り、[21]鎮《ちん》西《ぜい》の軍勢を催し都へ攻め上りて、逆臣を滅ぼし、君の御《おん》

の接頭語、「源太」は源氏の長男、太郎の意。鎌倉で育つ。一一四一～一一六〇年。
17 四天王寺のある大阪市天王寺区。
18 天王寺区の南に当たる阿倍野区。両地に熊野九十九王子の第一、第二王子があった。
19 ↓本文校訂注。
20 道理をわきまえた勇者。
21 九州。＊愚管抄も、いったん九州へ落ちる案があったとする。

長櫃

憤《いきどほ》りを休めたてまつらばやと存ずる。

おのおの、いかが」

と、ありしかば、重盛《しげもり》、進み出でて申されけるは、

「この仰せ、[22]さる御ことにて候へども、重盛が愚案には、院内《ゐんない》を大内に取り籠めたてまつる上は、今は定めて諸国へ[23]宣旨《せんじ》・院宣《ゐんぜん》をぞなし下すらん。朝敵になりては、四国・九国《くこく》の軍勢も、[24]さらに従ふべからず。君の御ことと申し、六波羅の留守のためといふ、公私につきて、しばらくも滞るべからず。筑後守、いかが」

と宣《のたま》へば、家貞、涙をはらはらと流し、

「今にはじめぬ御《おん》ことにて候へども、この仰せ、[25]すずしく覚え候ふ」

[26]難波《なんばの》三郎経房《つねふさ》も、かうこそと同心して御前《ごぜん》を立ち、馬にうち乗り北へ向かひて歩ませければ、清盛もこの人々の心を感じて、同じさまにぞふるまひける。

重盛、前後の勢を見渡して、

22 もっともな仰せ。
23 天皇と上皇の命令書。
24 まったく。
25 いさぎよく。
26 備前国難波（岡山市内）に住した田使《たつかい》経信の三男。吉備津彦神社の神職の家系で、一族が平氏の郎等。

「悪源太《あくげんだ》が待つと聞く阿倍野にて討死せんこと、ただ今なり。少しも[27]後《うし》ろ足を踏まん人々は、戦場にて逃げんは見苦しかるべし。ここより暇《いとま》申して留まれ」

と宣ひければ、兵《つはもの》ども、皆、御返事《おんぺんじ》には進むにしかじとて、おのおの前を争ひうつほどに、和泉《いづみ》・紀伊の国の境《さかひ》なる[28]雄《を》ノ山にこそ着きにけれ。

ここにて、[29]腹巻《はらまき》に矢負ひ、弓持ちたる者、[30]葦毛《あしげ》なる馬に乗りたるが、道のほとりにて馬より下り、かしこまってぞゐたりける。

「何者ぞ」

と問へば、

「六波羅より御《おん》使ひ」

と答ふ。ことの子細を問ひ給へば、

「過ぎぬる夜半《やはん》に六波羅殿《どの》をば罷《まか》り出で候ふ。まだ、その時までは[31]別《べち》の御こと候はず。

「[32]大弐殿《だいにどの》こそ物詣《ものまうで》の後《あと》なりとも、留守の人々は大内へ御

27 きびすを返し、逃げること。
28 和歌山市湯屋谷。峠の南北の麓に二王子があった。54頁地図参照。
29 腹を巻く形式の歩兵用の鎧。

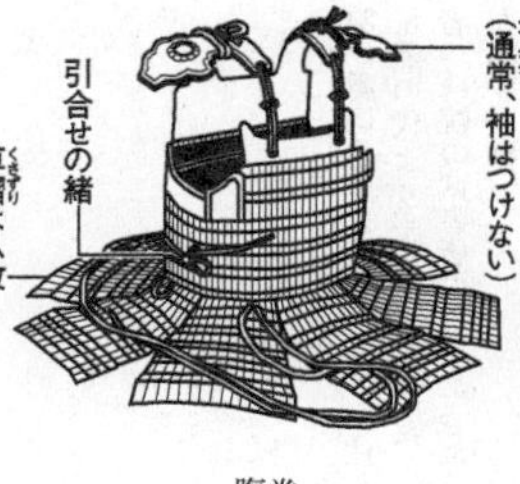

腹巻

30 白に黒や褐色の差し毛のある馬。
31 特別なこと。
32 大宰大弐、清盛のこと。

参り候へ」と御《おん》使ひ、しきりに責め申し候ひつれども、「ただ今、ただ今」と御返事候ひて、今までは引き籠もつておはしまし候ふなり。[33]播磨《の》中将殿こそ、十日の夜《よ》の暁、六波羅殿へ逃げ籠もらせ給ひて候ひしを、院宣《ゐんぜん》とて、御使ひしきりに責め申され候ふほどに、力及ばず出だしまゐらせられ候ひぬ」

と申しければ、重盛、聞き給ひて、

「さればとよ、頼もしく思ひて逃げ入りたる播磨中将を出だしたるらん、口惜《くちを》しきことをも、し出だしたる人どもや。さても道のあひだに、何事かありつる」

「別《べち》の子細も候はず。天王寺・阿倍野にこそ、伊勢の伊藤[34]武者景綱《かげつな》・[35]館《たての》太郎貞保《さだやす》・[36]後平《ごへい》四郎実景《さねかげ》など、旗《はた》少々用意して待ちまゐらせ候ひつるが、「いづくまでも参るべく候へども、これより南には何事かおはすべき。ここにて馬飼《か》うて、足を休め、御《おん》大事にあふべき」よし、申し候ひつるなり。その勢、三百騎ばかりぞ候ふらん。

33信西の子、成憲のこと。

34伊勢国白子（鈴鹿市内）に住し、正盛の代より平氏郎等の家系。「武者」は院の武者所の武士だったことを示す呼称。

35越中国館（富山県中新川郡上市町館）から伊勢国へ移住した一族と伝える（系図纂要）。

36未詳。

伊賀・伊勢の御家人《ごけにん》ども、遅[37]ればせに馳せ集まると承り候ひつれば、今は四、五百騎にもなりて候ふらん」

と申せば、

「悪源太《あくげんだ》とは、これを言ひけるぞ」

と、みな人、色をぞ直しける。

37→本文校訂注。

京都
大津
瀬田
巨椋《おぐら》池
木幡
摂津
淀川
宇治
宇治田原
布引滝
須磨
福原
木津
天王寺
阿倍野
奈良
興福寺
春日大社
住吉大社
大和
河内
長谷
和泉
竜門岳
宇陀
雄ノ山峠
紀ノ川
吉野山
高野山
有田川
湯浅
鹿瀬
紀伊
十津川
日高川
切目川
切目
岩田川
熊野本宮
二川
田辺
熊野川
富田川
新宮
那智

熊野参詣路

一三　藤原光頼《みつより》、信頼を愚弄

　同十九日、内裏には、[1]殿上《てんじやう》にて[2]公卿僉議《くぎやうせんぎ》あるべしとて催されければ、[3]左衛門督光頼《みつより》卿、ことに鮮やかなる装束に[4]蒔《ま》[5]絵《ゑ》の細太刀《ほそだち》佩《は》きて、侍《さぶらひ》一人《いちにん》も召し具せず、[6]尋常《じんじやう》なる[7]雑《ざふ》色《しき》四五人、侍には[8]右馬允範義《うまのじようのりよし》に雑色の装束させて、細太刀、懐《ふところ》に差させ、

「もしのことあらば、我をば汝《なんぢ》が手にかけよ」

とて、頼まれける。

　[9]大軍陣を張り、列を厳しく守《まぼ》りければ、たまたま参内《さんだい》し給ふ公卿・殿上人も、[10]従容《しようよう》してこそ入り給ひしに、この光頼卿は、まんまんたる兵《つはもの》どもに憚《はばか》るところもなくてぞ入り給ふ。兵、[11]弓を平め、[12]矢を側《そば》めて通したてまつる。[13]紫宸殿《ししんでん》の[14]御後《ごご》を通り給ひて、[15]殿上をめぐり見給へば、右衛門督、[16]一座《いちざ》して、その座の[17]上臈《じようらう》たち、皆、下《しも》に着かれけり。光頼卿、こは不思議のことかなと見給ひて、[18]左大弁宰《さい》

1清涼殿中の殿上人の控え所。

2公卿による会議。

3権中納言藤原顕頼の嫡男。前年に左衛門督。のち大納言。＊今鏡（三）や愚管抄（七）に好意的人物評が載る。一一二四〜七三年。

4漆に金銀粉などを蒔き、紋様を描いたもの。ここは太刀の鞘。

5公家の儀仗用の飾り太刀を簡素にした細い直刀の太刀。「佩く」は腰に帯びる意。

6きちんとして、りっぱなさま。

7雑事をこなす無位の者。

8未詳。右馬允は右馬寮の三等官。

9大規模な陣立て。

10貴人の機嫌をうかがう意。

11弓を平に伏せ。

12矢を横に向けて。

13諸行事を行う内裏の正殿。

14紫宸殿北側の板敷の部屋。沓《くつ》を履いたまま通った。以下、64頁図参照。

15殿上の間の前の小庭をめぐって下座から入室したことを意味しよう。

16首座（最上席）に着いて。

17官位が信頼より高い人達。

相顕時《しやうあきとき》、[19]末座《ばつざ》の宰相にて着座ありけるに、[20]笏《しやく》、取り直し
[21]気色《きしよく》して、
「御座敷《おんざしき》こそ、世に[22]しどけなく候へ」

とて、しづしづと歩《あよ》み寄りて、信頼卿の着きたる[23]座上《ざしやう》にむずと[24]居《ゐ》かかり給へば、信頼卿、色もなくうつ伏しにぞなりにける。着座の公卿、あなあさましやと、[25]目を驚かし給ふ。

光頼卿、

「今日は、[26]衛府《ゑふ》の督《かみ》が一座《いちざ》すると見えて候ふ」

とて、[27]下襲《したかさね》の尻《しり》、引き直し、[28]衣紋《えもん》、かいつくろひ、笏《しやく》取り、居直りて、

「そもそも当日は、何条《なんでう》のことを定め申すべきにて候ふぞ」

と申しけれども、着座の公卿・殿上人、一人《いちにん》も言葉を出だされず。まして[29]末座《ばつざ》の僉議《せんぎ》、沙汰もなし。

光頼卿、ほど経て、つい立つて静かに歩み出でられければ、庭上《ていしやう》にまんまんたる兵ども、これを見て、

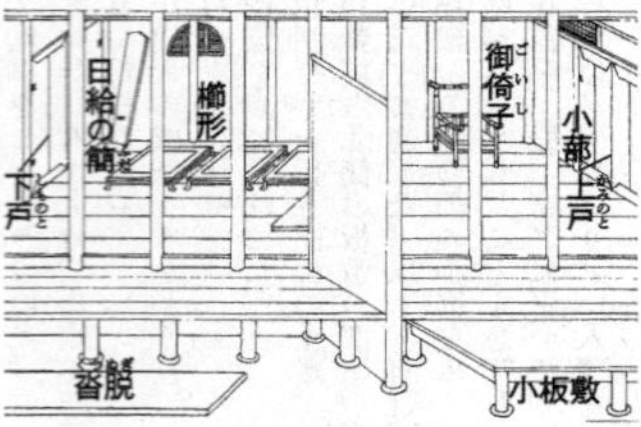

殿上の間

18 因幡守藤原長隆の嫡男。前年に左大弁、当年に参議（宰相）。のち権中納言。一一一〇～六七年。
19 末席に座る宰相。新任ゆえ。
20 束帯着用の際、右手に持つ長さ一尺ほどの、象牙や木製の手板。
21 あらたまった態度をとること。
22 乱れて、しまりのないようす。
23 より上の席。上座。
24 乗りかかるようにして座る意。
25 驚きあきれる意。

「あはれ、[30]大剛《だいかう》の人かな。このあひだ、人こそ多く出仕し給ひしかども、信頼の座上《ざしやう》に着き給へる人はなかりつるに、この人こそ初めなれ。門を入り給ひしより、少しも恐れはばかりたる気色《きしよく》もおはせざりつるに、し出だし給ひたることよ。

あはれ、この人を大将として合戦をせばや。いかばかり頼もしからん。昔の[31]頼光《よりみつ》をうち返して光頼《みつより》と名乗り給へば、かやうにおはするか」

と言ひければ、また、[32]傍《かたは》らに[33]資長《すけなが》の弁の雑色《ざふしき》のありけるが、

「などさらば、頼光の弟《おとと》に[34]頼信《よりのぶ》をうち返し、信頼《のぶより》と名乗り給ふ信頼卿は、あれほど臆病なるぞ」

と言へば、

「壁[35]に耳、石に口といふことあり。聞くとも聞かじ」

と言ひながら、しのび笑ひにぞ笑ひける。

26六衛府の長官の称（21頁注14）。信頼が右衛門督ゆえに言ったもの。光頼の方が左衛門督で上位。

27束帯の下着で、背後に長く延ばした裾《きよ》を尻といい、座る時は畳んだり、高欄などに掛けた。

28衣服の襟元や折り目を整える意。

29末席の人々による評議。

30並外れて強くたくましいこと。

31源満仲の嫡男。摂津源氏の祖。その武勇は今昔物語集（二五）や古今著聞集（九）に。実は、頼光の嫡男

頼国の娘が光頼の祖父顕隆の母で、光頼には源氏の血が流れていた。／32→本文校訂注。／33中納言藤原實光の次男。前年に右大弁。のち権中納言。一一一九〜九五年。／34河内源氏の祖で、子孫が源氏の正統となる。その武勇は今昔物語集（二五）に三話。実は、信頼の母は光頼の姉で、彼にも源氏の血が流れていたことになる。／35密事の漏れやすいことのたとえ。

一四　光頼の弟諫言《かんげん》、清盛の帰洛

光頼卿は、かやうにふるまひたれども、急ぎても出でられず、殿上の[1]小蔀《こじとみ》の前に、[2]見参《げんざん》の板、高らかに踏み鳴らして立たれたる。[3]昆明池《こんめいち》の御障子《おんしやうじ》の北、[4]脇《わき》の戸の辺に、舎弟、別当惟方《べつたうこれかた》の立たれたりけるを招きつつ、宣ひけるは、「今日、公卿僉議《くぎやうせんぎ》あるべしとて触れられつるあひだ、急ぎ馳せ参りてさぶらへども、さして承り定むることもなし。まことにや、光頼は死罪に[5]行はれべき人数《にんじゆ》に数へられたりと、伝へ承る。その人々を聞けば、当世の[6]有職《いうそく》、しかるべき人どもなり。その数に入らんことは、はなはだ面目《めんぼく》なるべし。


1殿上の間の上戸《かみのと》の北寄りにある蔀つきの小窓。蔀は格子に裏板を張ったもの。天皇が殿上の間を見るための窓。56頁図参照。

2昼御座《ひのおまし》の孫廂《まごびさし》に上る踏段《ふみだん》下の、踏むと音の出る床板。鳴板《なるいた》とも。天皇に人の出入りを知らせるための処置。

3漢の武帝が造った昆明池を表に描いた、移動可能な衝立《ついたて》障子。孫廂の北寄りに置かれた。

4孫廂の北端の、東側簀子への出入り口の戸。

5受身の助動詞「る」の未然形または連用形。「べし」に接続する場合の中世的用法。

6学問や諸芸、儀礼に精通する人。

7貴殿。

8牛車の後部の席。

さてもそこに、[7]右衛門督が車の尻に乗りて、[8]少納言入道が首実検《くびじっけん》のために神楽岡《かぐらをか》とかやへ渡られたりけることは、いかばかり、しかるべからざるふるまひかな。近衛大将《こんゑだいしやう》・検非《けんび》違《ゐ》使《し》の別当は、他に異なる重職なり。その職にゐながら人の車の尻にも乗ること、[9]先規《せんき》もなし。また、[10]当座も恥《ち》辱《じよく》なり。

なかんづく首実検は、はなはだ穏便《おんびん》ならず」

と宣へば、別当、

「それは、[11]天気《てんき》にて候ひしかば」

とて、赤面せられけり。

光頼卿、

「こは、いかに。天気なればとて、存ずる旨は、いかでか[12]一議、申さざるべき。

われらが[13]曩祖《なうそ》、[14]勧修寺《くわんじゆじ》内大臣、[15]三条右大臣、[16]延喜《えんぎ》の聖代《せいだい》に仕へてよりこのかた、君すでに十九代、臣また十一代、承り行ふことは、みな徳政なり。一度も悪事にまじはらず。

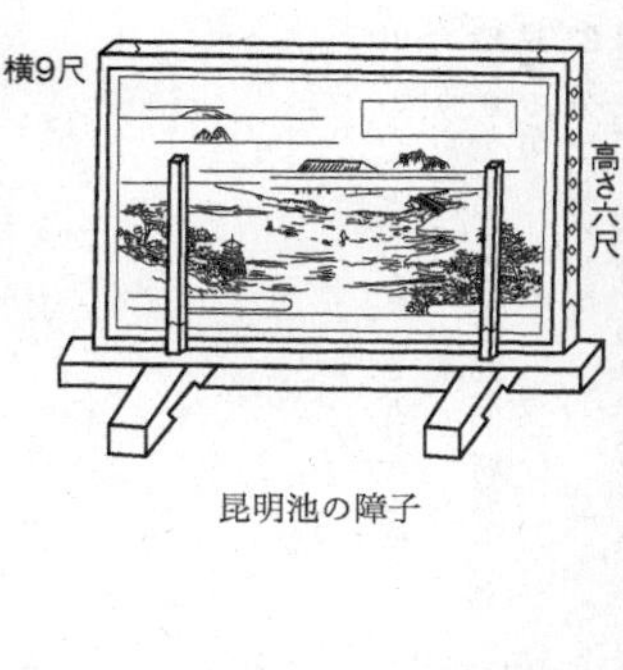

昆明池の障子

9 以前からのきまり。先例。
10 その場。
11 天皇の御意向。
12 一つの意見。
13 先祖。
14 藤原冬嗣の孫の内大臣高藤の別称。勧修寺（京都市山科区）を氏寺とする一族の祖。
15 高藤の次男、定方。
16 醍醐帝の御世。延喜は当時の元号。聖代は聖天子の治めた世。

当家は、させる[17]英雄《えいいう》にはあらねども、ひとへに[18]有道《いうたう》の臣に伴ひて、讒佞《ざんねい》のともがらに与《くみ》せざりしゆゑに、昔より今に至るまで、人に指を差さるほどのことはなし。

御辺《ごへん》、初めて暴逆《ぼうぎやく》の臣に語らはれて、[19]累家《るいけ》の佳名《かめい》を失はんこと、口惜しかるべし。

清盛は、熊野参詣、遂げずして切目《きりめ》の宿《やど》より馳せ上るな[20]るが、和泉《いづみ》・紀伊国、伊勢・伊賀の家人《けにん》等、馳せ集まりて大勢《おほぜい》にてこそあんなれ。信頼卿が語らふところの兵、いくばくならじ。平家の大勢、押し寄せて攻めんに、時刻をや巡《めぐ》らすべき。

もしまた、火などをもかけなば、君も、いかでか安穏《あんおん》にわたらせ給ふべき。大内《おほうち》、灰燼《くわいじん》の地にならんだにも、朝家《てうけ》の御嘆きなるべし。いかに況《いはん》や君臣とも、[21]自然《しぜん》のこともあらば、[22]王道《わうたう》の滅亡、この時にあるべし。

右衛門督は、御辺《ごへん》に大小事を申し合はするとこそ聞け。[23]あひかまひて、あひかまひて、ひまを窺ひて、謀《はかりこと》をめぐ

17 太政大臣にまでなれる高い家柄。
18 公正な、過ちをしない臣下。
19 代々続いてきた家。
20 →本文校訂注。
21 万一のこと。ジネンと発音する場合が、ひとりでに、の意。
22 徳を基本とする国家統治。覇道に対する語。
23 充分に心配りして。
24 天皇や上皇の身に障りがないよう。

らして、[24]玉体《ぎよくたい》につつがましまさぬやうに思案せらるべきなり。

「主上《しゆしやう》は、いづくにましますぞ」

「[25]黒戸《くろど》の御所に」

「上皇《しやうくわう》は」

「[26]一本御書所《いつぽんごしよどころ》に」

「[27]内侍所《ないしどころ》は」

「[28]温明殿《うんめいでん》に」

「[29]剣璽《けんじ》は」

「[30]夜の御殿《おとど》に」

と、[31]左衛門督、次第に尋ね給ひければ、別当、かくぞ答へられける。

「[32]朝餉《あさがれひ》の方《かた》に人音《ひとをと》のして、[33]櫛形《くしがた》の穴に人影《ひとかげ》のしつる、何者ぞ」

と問ひ給へば、別当、

「それは右衛門督の住み候へば、その方《かた》ざまの女房《にようばう》などぞ、

25後宮の弘徽殿《こきでん》に至る北廊の細長い部屋。64頁図参照。

26 33頁注7。

27天照大神の御霊代《みたましろ》たる八咫鏡《やたのかがみ》を模した神鏡。本体は伊勢神宮にある。内侍所は、本来、神鏡を守護する女官の内侍が勤める場所の意で、神鏡の別称となる。

28清涼殿東方の、神鏡を安置する建物。78頁図参照。

29天叢雲剣《あまのむらくも》（草薙剣《くさなぎ》）と八尺瓊《やさかにの》勾玉。八咫鏡と合わせ、皇位に付随する三種の神器。剣の本体は熱田神宮に（古語拾遺）。剣璽は天皇の行幸にも供奉。

30天皇の寝室で、昼御座の北。剣璽は、枕上に置かれた二段の棚に安置。天皇は、神鏡のある東の方角を枕に、烏帽子をつけたまま就寝。

31→本文校訂注。

32天皇の食事どころで、夜御殿の西。

33殿上の間の西寄りの壁にある半月形の窓。女房などが殿上の間のようすを見るためのもの。56頁図参照。

34見え隠れすること。

[34]かげろひ候ひつらん」

と申されければ、光頼卿、聞きもあへず、

「世の中、今はかう[35]ござんなれ。主上のわたらせ給ふべき朝餉《あさがれひ》には、右衛門督、住みて、君をば黒戸《くろど》の御所に移しまゐらせたんなる。末代《まつだい》なれども、日月《じつげつ》はいまだ地に落ち給はず。いかなる前世の宿業《しゅくがう》にて、かかる世に生を受けて、憂きことのみ見聞くらん。

人臣の王位を奪ふこと、漢朝には、その例ありといへども、本朝にはいまだ、かくのごときの先規《せんき》を聞かず。[36]天《あま》照大神《てらすおほみかみ》・[37]正八幡宮《しゃうはちまんぐう》は、[38]王法《わうぼふ》をば、何とまぼらせ給ふぞや」

と憚《はばか》るところもなく、うち口説《くど》き給へば、別当は、人もや聞くらんと、世に[39]すさまじげにぞ立たれける。

「昔の[40]許由《きよいう》は、悪事を聞きて[41]潁川《えいせん》に耳をこそ洗ひしか。この時の内裏のありさまを見聞きては、耳をも目をも洗ひぬべくぞ覚ゆる」

35「にこそあるなれ」の転。であるようだ。
36伊勢内宮に祀られている皇祖神。
37石清水八幡宮に祀られている皇室の守護神（応神天皇・神功皇后・比《ひ》売《め》大神）。
38国王の正しい政治。仏法に対して。
39凍りつくようなようすで。
40中国の古代、堯帝から天下を譲ると聞かされ、川で耳を洗ったという。
41河南省の川。
42束帯の上衣の袖を涙でぬらす。
43袂・袖の小さい下着。
44裾口の広い、下着用の袴。

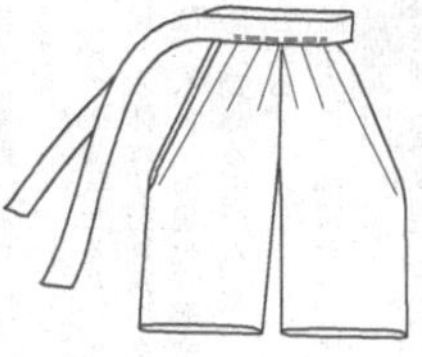

大口

とて、[42]上《うへ》の衣《きぬ》の袖、しほるばかりにてぞ出でられける。右衛門督の座上《ざしやう》に着き給ひし時は、さしもゆゆしげにこそ見え給ひしに、今、君の御ありさまを見まゐらせては、顔色変はり給ひて、うちしをれてぞ出で給ひける。

信頼卿は、つねは[43]小袖《こそで》に赤き[44]大口《おほくち》、冠《かんむり》に[45]巾子紙《こじかみ》入れてぞ、ありける。ひとへに天子《てんし》の御ふるまひのごとくなり。[46]

さるほどに、[47]今夕、清盛は熊野《くまの》道《みち》より下向《げかう》しけるが、[48]稲荷社《いなりしや》に参りて、各々《おのおの》[49]杉の枝を折り、鎧《よろひ》の袖に[50]かざして、六波羅へぞ着きにける。大内には、今夜もや六波羅より寄せんずらんとて、甲《かぶと》の緒《を》を締めて待ちけれども、その儀もなくて明けにけり。

45後ろに垂れている纓《えい》を前に折り返し、突出している巾子を挟んで留めてある紙。天皇の所用。

巾子紙をした冠

46＊禁秘抄（順徳帝著）によれば、天皇が日常着として小袖に赤の大口を着用しだしたのは、後鳥羽帝時代の建久（一一九〇～九九）以後。／47＊十九日の夕方になるが、愚管抄には十七日。光頼の行動に続けて清盛の帰洛を語ろうとしたのであろう。反乱を壊滅させる一連の動きが、まとめて語られたことになる。／48京都市伏見区の伏見稲荷大社。／49稲荷社の神木。二月初午の日に参詣し、験《しるし》の杉と称して髪や冠に挿して帰る風習があった。／50挿して飾る意。

内裏中心部

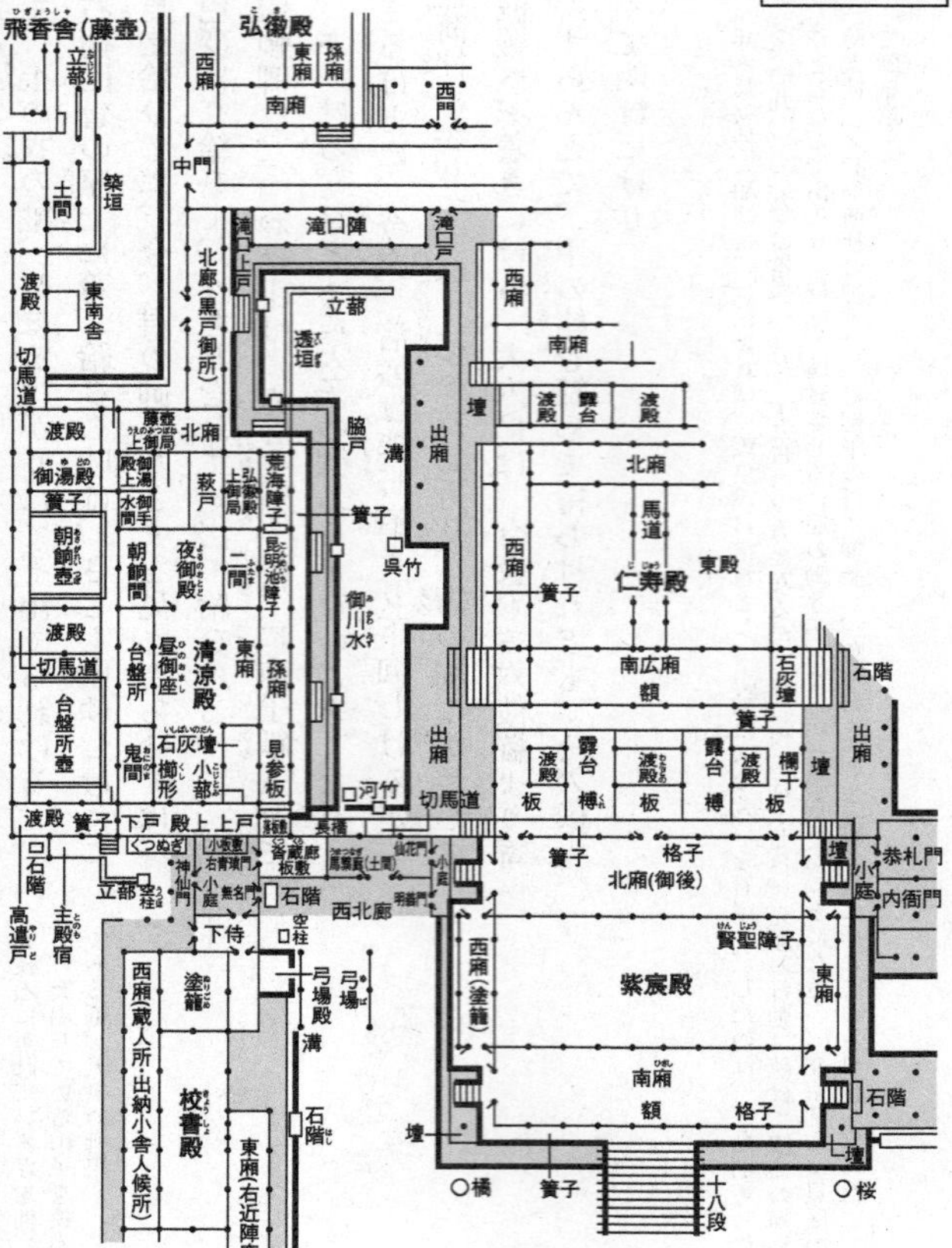

飛香舎(藤壺)
弘徽殿
西廂
東廂
孫廂
南廂
西門
立部
築垣
土間
中門
渡殿
東南舎
切馬道
滝口陣
滝口戸
滝上戸
北廊(黒戸御所)
立部
透垣
西廂
南廂
渡殿
露台
渡殿
壇
出廂
北廂
藤壺上御局
北廂
渡殿
御湯殿
殿上御湯
萩戸
弘徽殿上御局
荒海障子
脇戸
溝
簀子
水御手間
朝餉壺
朝餉間
夜御殿
二間
昆明池障子
簀子
呉竹
馬道
西廂
簀子
仁寿殿
東殿
御川水
渡殿
切馬道
台盤所
昼御座
清涼殿
東廂
孫廂
南広廂
額
石灰壇
石階
台盤所壺
鬼間
石灰壇
櫛形
小蔀
見参板
出廂
簀子
渡殿
露台
渡殿
露台
渡殿
欄干
壇
出廂
板
榑
板
榑
板
河竹
切馬道
渡殿
簀子
下戸
殿上
上戸
長橋
くつぬぎ
小板敷
右青璅門
沓脱
陰明門
仙花門
簀子
格子
北廂(御後)
壇
恭礼門
小庭
内御門
神仙門
小庭
無名門
石階
西北廊
石階
立部
空柱
高遣戸
主殿宿
下侍
空柱
賢聖障子
西廂(塗籠)
紫宸殿
東廂
西廂(蔵人所・出納小舎人候所)
塗籠
弓場殿
弓場
溝
南廂
額
格子
石階
校書殿
東廂(右近障座)
石階
壇
壇
橘
簀子
十八段
桜

一五　信西子息の流罪《るざい》、高まる戦雲

[1]二十日、殿上にて公卿僉議《せんぎ》あるべしとて、[2]大殿《おほとの》・[3]関白殿・太政大臣《だいじやう》宗輔《むねすけ》・左大臣伊通《これみち》、そのほか公卿・殿上人、各々馳せ参られけり。これは、少納言入道の子息、僧俗十二人の罪名を定め申されむがためなり。

大宮左大臣伊通公の[4]宥《なだ》め申されけるによつて、[5]死罪一等を減じて[6]遠流《をんる》に処せられける。[7]俗は[8]位記《ゐき》を留められ、僧は[9]度縁《どえん》を取つて還俗《げんぞく》せさせらる。昨日も、この儀あるべかりしかども、光頼卿の着座によつて万事うち冷まして、今日、この儀あるとぞ聞こえし。

[10]新宰相俊憲《としのり》、出雲国《いづものくに》。播磨中将成憲《しげのり》、下野国《しもつけのくに》。[11]右中弁貞憲《さだのり》、土佐国《とさのくに》。美濃少将脩憲《ながのり》、隠岐国《おきのこく》。信濃守是憲《これのり》、佐渡国《さどのくに》。

[12]法眼静憲《ほふげんじやうけん》、安房国《あはのくに》。[13]法橋寛敏《ほつけうくわんびん》、上総国《かづさのくに》。[14]大法師勝憲《だいほふししようけん》、安芸国《あきのくに》。[15]憲耀《けんえう》、陸奥国《むつのくに》。[16]覚憲《かくけん》、伊予国《いよのくに》。[17]明遍《みやうへん》、越後国《ゑちごのくに》。

1 ＊公卿補任《ぶにん》によれば、信西子息は十二月十日に解官、二十二、三日に配流された。
2 3 36頁注13 14。
4 寛大に処するよう取りなしたこと。
5 死罪には一等の絞刑と二等の斬刑とがあったが、減軽する場合は両刑を一等と見なし、遠流にした。
6 流罪は一等が近流《こんる》、二等が中流、三等が遠流で、遠流の地は伊豆・安房・常陸・佐渡・隠岐・土佐等（延喜式）。
7 ↓本文校訂注。
8 叙位を記した公の文書。
9 出家得度を認可した公の文書。還俗は、俗人に還る意。
10 越後国へ配流決定後に出家、翌年一月、阿波国配流（公卿補任）。
11 解官時に出家、戦死と言われ、流罪はなかったか（弁官補任）。
12 母は高階重仲の娘。法眼は法印に次ぐ僧位で、僧都相当位。正しくは五年後に叙さる。当時、法勝寺執行《しゆぎやう》。のち法印、後白河院の側近となる。
13 一一二四〜？ ↓本文校訂注。母未詳。法橋は法

[18]澄憲《ちやうけん》、信濃国《しなののくに》。

かやうに、国々へぞ流されたる。

同二十三日、大内の兵ども、六波羅より寄するとて、甲《かぶと》の緒《を》を締めて待ちけれども、その儀なし。去んぬる十日より、六波羅には大内より寄するとて騒ぎ、内裏には六波羅より寄するとてひしめく。源平両家の兵ども、白旗・赤じるし[19]、馳せ違ふこと、ひまもなし。

年もすでに暮れなんとす。しかれども、元日・元三《ぐわんざん》[20]の営みにも及ばず、安心もなかりければ、

「ともかくも、こと落居《らつきよ》して、世間、静かなれかし」

とぞ、京中の上下、嘆きけれ。


眼に次ぐ僧位。正しくは五年後に叙さる。のち法眼、広隆寺別当。?～一一八二年。

14母は紀二位か。大法師は法橋の下の僧位。正しくは前年に法橋。のち法印、権僧正。醍醐寺座主、東大寺別当。一一三八～九六年。

15母未詳。仁和寺僧。のち僧都。一一三四～八九年。

16母は高階重仲の娘。のち権僧正。興福寺、東大寺の別当。東大寺大仏開眼、大仏殿再建供養の導師を務む。一一三一～一二一二年。

17母未詳。東大寺僧。のち高野山蓮華谷に隠棲、諸国を遍歴して仏道を広めた蓮華谷聖の祖とされる。一一四〇？四二～一二二四年。

18母は高階重仲の娘。比叡山より市中の安居院《あぐい》に移住、説法の巧みさで名を馳す。唱導一流の祖。のち権大僧都、法印。一一二六～一二〇三年。／19平氏を表す赤い布。笠標《かさじるし》、合標《あいじるし》と言い、鎧の袖や兜の後ろにつけた。／20正月三箇日。本来は、年・月・日の初めの意で、正月一日をいった。

一六　後白河院、仁和寺へ脱出

[1]同二十六日の夜ふけて、[2]蔵人《くらんど》右少弁成頼《なりより》、一本御書所に参りて、

「君はいかに思《おぼ》し召され候ふ。世の中は今夜の明けぬさきに、乱るべきにて候ふ。[3]経宗《つねむね》・惟方《これかた》等は、申し入る旨は候

笠標

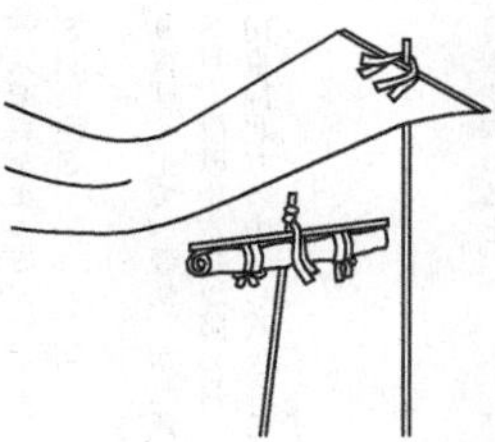

旗

1＊正しくは二十五日。開戦が二十六日。百練抄には、二十五日夜、脱出とあり、愚管抄には、同日の丑の刻（午前二時前後）に、とある。翌朝にかけてのことだったため、錯誤が生じたと考えられ、以後、史実と一日ずれる。

2 36頁注10。光頼・惟方の弟。＊この三兄弟の活躍が強調される。

3 29頁注15 18。二条帝の側近。

はざりけるにや[4]。

他所へ行幸《ぎやうがう》もならせ給ひ候ふべきにて候ふなり。急ぎ急ぎ、いづ方へも御幸《ごかう》ならせおはしまし候へ」

と奏しければ、上皇《しやうくわう》、驚かせ給ひて、

「仁和寺《にんわじ》の方《かた》へこそ、思《おぼ》し召し立ちめ」

とて、殿上人ていに[5]御《おん》姿をやつさせ給ひて、紛《まぎ》れ出でさせ給ひけり。

[6]上西門《じやうさいもん》の前にて、[7]北野《きたの》の方を伏し拝ませ給ひて、その後《のち》、御馬[8]にたてまつる。一天の主《あるじ》にてましましかども、供奉《ぐぶ》の卿相《けいしやう》・雲客《うんかく》、一人《いちにん》もなし。御馬にまかせて御幸なる。

まだ暁ならぬ夜半《よは》なれば、[9]有明の月も出でず。[10]北山《きたやま》おろしの音寒く、空かきくもり降る雪に、御幸なりぬべき道もなし。草木に風のそよめくをも、兵どもの追ひたてまつるかと、御肝《おんきも》を消させ給ひけり。

さてこそ、保元《ほうげん》の乱れの時、[11]讃岐院《さぬきのゐん》の[12]如意《によい》山《さん》に御幸なりけることも、思し召し出でさせ給ひけれ。されどもそれは、

4＊経宗と惟方は、天皇だけの救出を考えていたらしい表現。

5目立たない服装に変えること。

6大内裏の西面、最北の門。23頁図参照。築地を切り開いただけで屋根のない門であった。

7北野天神社。上京区馬喰町にあり、菅原道真をまつる。

8 34頁注3。

9夜遅く出て、翌朝、空に残っている月。陰暦十六日以降の月。

10京都北方の山から吹き降ろす風。

11崇徳院のこと。

12東山連峰の主峰。

[13]家弘《いへひろ》などもありければ、敗軍なれども頼もしくや思し召されけん。これは、さるべき者一人も候はねば、仰せ合はする方もなし。さるままに、御心《みこころ》のなかに、さまざまの御願《ぐわん》をぞ立てさせ給ひける。世、静まってのち、[14]日吉社《ひよししや》へ御幸なりたりしも、その時の御願とぞ聞こえし。

とかくして、[15]仁和寺に着かせおはします。ことのよしを仰せければ、[16]法親王《ほふしんわう》、大いに御喜びありて、御座《ござ》しつらひて入れまゐらせ、[17]供御《くご》など勧《すす》め申して、かひがひしくもてなしまゐらせ給ひけり。

ひととせ讃岐院の入らせ給ひたりけるには、[18]寛遍法務《くわんぺんほふむ》の坊へ入れまゐらせて、さまでの御もてなしはなかりき。同[19]じ御兄弟の御仲なれども、ことのほかにぞ変はらせ給ひける。

一七　二条天皇、六波羅へ

主上《しゆしやう》も北の陣[1]に御車《みくるま》を立てて、女房の飾《かざ》[2]りを召して、重なれる御衣《おんぞ》[3]をたてまつる。

13 桓武平氏、正弘の子。崇徳院の側近。保元の乱で処刑。
14 大津市坂本にあり、延暦寺の守護神をまつる神社。＊百練抄の翌年三月条に、後白河院の日吉社参詣を記し、平治の乱に際し、特別な御願を立てたゆえ、とある。
15＊百練抄も仁和寺に行ったとするが、愚管抄は最終的に六波羅に行ったらしい記述。125頁注15参照。
16 鳥羽帝第五皇子の覚性。後白河院の同母弟。法親王は出家後に親王号を授かった皇子。一一二九～六九年。
17 天皇など、貴人の食べ物。
18 33頁注11。
19 崇徳・後白河・覚性の母は、待賢門院璋子。

1 内裏の北門、朔平門の別称。兵衛府の武官の詰所、陣があった。78頁図参照。
2 頭髪のこと。ここは髪のかつら。
3「着る」の尊敬語。

「[4]玄象《げんじやう》・[5]鈴鹿《すずか》・[6]大床子《だいしやうじ》・[7]印鎰《いんやく》・[8]時《とき》の簡《ふだ》、みなみな渡したてまつれ」

と御《おん》沙汰ありしかども、さのみはかなはず、内侍所《ないしどころ》の御唐《おんから》櫃《ひつ》も[9]大床《おほゆか》までかき出だしまゐらせけるを、鎌田《かまだ》兵衛が郎等《らうどう》、見つけまゐらせて留《とど》めたてまつる。

主上の御車、遣《や》り出だすに、兵ども、怪しみたてまつる。

別当惟方、

「それは女房の出でらるる車ぞ。[10]おぼつかなく思ふべからず」

と宣へども、兵ども、なほ怪しく思ひて、近づきたてまつりて、火を振り上げさせ、弓の[11]筈《はず》をもつて御車の簾《すだれ》をかきあげて見まゐらせければ、二条院、御在位《ございゐ》の初め、御《おん》年十七にならせ給ひけり。[12]いまだくまませ給はぬ上、もとより[13]竜顔《りようがん》、美しくましますが、華《はな》やかなる御衣《おんぞ》は召されたり、まことに目も[14]かかやくほどの女房に見えさせ給ひければ、ことゆゑなく通したてまつりけり。


4中国渡来の琵琶の名器。古今著聞集（三）は、この年の内宴の行事で二条帝が玄象を弾いたと。

5和琴の名器。玄象とともに清涼殿の昼御座にあった厨子（置き戸棚）に安置。

6天皇が食事や理髪の際に座る脚つきの台。長さ約一三六㎝、幅約七三㎝、高さ約四〇㎝。天皇の正式な食事は、昼御座にあった三脚の大床子の上に高麗の敷物を敷き、その上で。

7官印と諸役所の蔵のかぎ。

8時刻を知らせる木釘（時の杙《くい》）を差す木の札。殿上の間の前の小庭の西南の隅に立てられていた。

9広い板敷の部屋。

10気になり、不安に思うこと。

11弓の先端、弦を掛ける部分。

12年を取り、顔が黒ずむこと。

13天皇の顔。竜にたとえて言う。

14まぶしくなるほどの。

15鳥羽帝皇女の姝子。当年二月に中宮。のち高松院。一一四一～七六年。

16＊愚管抄は、三条殿焼討の際、上西門院の着物の裾に隠れて車に乗ったと。

中宮[15]も、一つ御車《みくるま》に召されけり。紀《きの》二位は、女なれども取り出だされて、いかなる目をか見んずらんとて、御衣《おんぞ》の裾《すそ》にまとはれてぞ伏したりける。[16]

経宗・惟方は、直衣《なほし》[17]に柏夾《かしはばさみ》[18]にて供奉《ぐぶ》しけり。清盛の郎等、伊藤武者[19]景綱《かげつな》は、黒糸縅《くろいとをどし》[20]の腹巻《はらまき》の上に雑色《ざふしき》の装束し、二尺余の小太刀《こだち》[21]、腰に差して御供《おんとも》す。館《たての》[22]太郎貞保《さだやす》は、黒《くろ》[23]革縅《かはをどし》の腹巻に打刀《うちがたな》[24]、腰に差して、その上に牛飼《うしかひ》[25]の装束して、御車《みくるま》つかまつる。

上東門《じやうとうもん》[26]を出でさせ給ひて、土御門《つちみかど》[27]を東へなる。六波羅より左衛門佐重盛《しげもり》・三河守頼盛《みかはのかみよりもり》[28]・常陸守経盛《ひたちのかみつねもり》[29]、その勢三百騎ばかりにて、土御門[30] 東洞院《ひがしのとうゐん》にて参り会ふ。さてこそ君も、安堵《あんど》の御心《みこころ》つかせましましけれ。ことゆゑなく六波羅へ行幸なりにければ、清盛も勇の言をあらはし、御方《みかた》の兵ども、興《きよう》に入りて喜びあへり。

蔵人《くらんど》右少弁成頼《なりより》をもつて

「六波羅、皇居になりぬ。朝敵とならじと思はんともがら

17 貴族の平常服。烏帽子と共に着用するのが通常ながら、参内の時などには冠を用いた。ここはそれ。
18 冠の纓を巻き白木の夾木《はさみぎ》で留めること。非常事態の際にした。

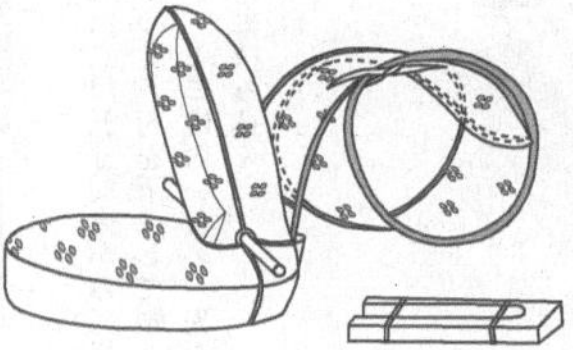

柏夾

19 52頁注34。
20 革や鉄の細長い札《さね》を横綴じし、黒の組み紐で縦に綴じ合わせた鎧。縅は緒通しの意から。腹巻は51頁図。

は、「みなみな馳せ参れ」と触れさせければ、大殿・関白殿・太政大臣・左大臣以下《いげ》、公卿・殿上人、みなみな馳せ参られけり。
六波羅の門前に馬・車の立ちどころもなく、[31]色節《いろふし》の下部《しもべ》に、甲の緒を締めたるともがら、相交《あひ》はりて、[32]築地《ついぢ》の際《きは》より[33]河原面《かはらおもて》まで、ひしめきあへり。清盛は、これを見給ひて「家門の繁昌、[34]弓箭《きうせん》の面目《めんぼく》なり」とぞ喜ばれけり。[35]

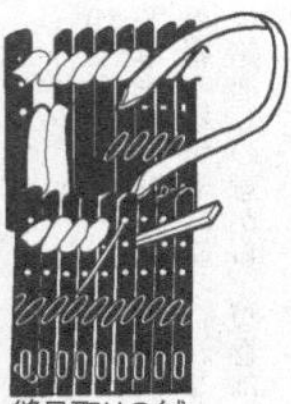

縅しかたの一例

21太刀は二尺五寸前後から三尺前後の例が多く、刃を下にして腰から下げるが、ここは短いため、刃を上にして帯に挟み込んだ。

2252頁注35。／**23**濃紺または藍色の革で縅した鎧。／**24**一尺余の短い刀で、刃を上にして帯に差し込む。打ち切る意から。／**25**両袖が開いている水干、あるいは直垂の装束。頭は垂髪。／**26**大内裏の東面、最北の、屋根のない門。23頁図参照。／**27**上東門から東へ延びる大路。／**28**平忠盛の五男。母は池禅尼《いけのぜんに》。清盛の異母弟。／**29**平忠盛の三男。母は源信雅の娘。清盛の異母弟。前年に三河守。一一三一?～八六年。↓本文校訂注。／**30**土御門大路が南北に通る東洞院大路と交差する地点。／**31**きらびやかに着飾った下部。／**32**土で塗り固め、屋根をつけた塀。／**33**鴨川の河原。／**34**弓と矢。転じてそれを使う武士。／**35**＊愚管抄によれば、救出策戦の中心人物は内大臣藤原公教《きんのり》で、内裏方にいた二条帝側近の経宗・惟方と内通し、帝を六波羅へ誘導すべく、惟方と姻戚関係にあった

牛飼

藤原尹明《まさあきら》を内裏に送り込み、二十五日の深夜、ことを成功させたという。まず女房の車を用意、内裏近くに放火して気をそらせ、清盛には前もって相手方に帰順する旨の意志を伝えさせて敵を油断させ、後白河院には惟方が耳打ち、帝には尹明がついて、二枚のむしろを交互に敷いて導き、神器は女房二人が車に運び入れた。尹明が長櫃に入れた他の宝物を六波羅に搬入した時は、夜明けごろだったという。六波羅への行幸は、その夜の内に京中に大声で告知された。

一八　信頼、狼狽

信頼卿は、さしも楽しみに誇り、いつものことなれば、今夜《こよひ》も沈酔《ちんすい》して臥したりけるが、女房どもに

「ここ打てや、かしこさすれや」

など言ひて、何心もなく、のびのびとして寝たりけり。[1]二十七日の曙《あけぼの》に、[2]越後中将成親《なりちか》、近づきて、

「いかにかくておはするぞ。行幸は、はや他所へなり候ひぬ。またそれにつき、残り留まる卿相《けいしやう》・雲客《うんかく》、一人《いちにん》も候はず。御運の極めとこそ覚え候へ」

と告げければ、信頼、

「よも、さはあらじものを」

とて、急ぎ起き上がつて、一本御書所へ参りけれども上皇《[3]しやうくわう》

1正しくは二十六日。67頁注1参照。
2 29頁注16。
3→本文校訂注。

もましまさず、黒戸《くろど》の御所へ参りたれども主上《しゆしやう》もおはしまさず。[4]手をはたと打つて走り返り、中将の耳にささやきて、

「かまへて、[5]このこと、披露《ひろう》し給ふな」

と言ひければ、成親、よに、をかしげにて、

「義朝以下《いげ》の武士ども、みな存知《ぞんち》して候ふものを」

と答へければ、信頼、

「出し抜かれぬ、出し抜かれぬ」

と言ひて、大の男の肥ゑ太りたるが、躍り上がり躍り上がりしけれども、板敷《いたじき》の響きたるばかりにて、躍り出だしたることもなし。[6]

　別当惟方は、もとより信頼卿の親しみにて、その契約ふかかりしかども、光頼卿の諫《いさ》められしこと、肝《きも》に染《そ》みて悲しかりしかば、主上をも、かやうに盗み出だしまゐらせけり。それよりして、京中の人、「中小別当《ちゆうこべつたう》」と申しけるを、[7]大宮左大臣伊通公の申されけるは、

「この中小別当の中は、中媒《ちゆうばい》の中にては、よもあらじ。忠

4＊一本御書所は、内裏の東方で、信頼のいた清涼殿からは一六〇㍍ほども離れていた。黒戸の御所は同じ清涼殿内であるから、信頼の行動は理にかなっていない。大内裏の構造に無知な作者が想像される。

5決して。

6＊愚管抄は、信頼・義朝・師仲が、虻《あぶ》の目の抜けたようなありさまで、茫然自失の体であったと。

7＊愚管抄にも、世の人が「中小別当」と名づけたとあり、平治物語の流布本等には、惟方は背が低く「小別当」と呼ばれていたが、天皇と上皇とを幽閉し、また盗み出す仲立ちをしたので、「中小別当」と言われるようになったとある。

臣の忠にてぞあるらん。そのゆゑは、光頼が諫めしことにより、惟方が過《あやま》ちを改め、また、賢者《けんじや》の余薫《8よくん》をもつて忠臣のふるまひをなす上は、忠の字こそかなひけれ」と宣へば、万人《ばんにん》、げにもと感じ申しけり。

一九　臨戦態勢へ

同二十七日、六波羅の兵《つはもの》ども、大内《おほうち》へ寄すると聞こえければ、大内の兵ども、甲冑《かつちう》をよろひて相《あひ》待ちけり。なかにも大将、右衛門督《うゑもんのかみ》信頼は、赤地《1あかぢ》の錦《にしき》の直垂《ひたたれ》に、紫裾濃《2むらさきすそご》の鎧《よろひ》に菊の裾金物《3すそかなもの》をぞ打ったりける。鍬形《4くはがた》うちたる白星《5しらほし》の甲《かぶと》の緒《を》を締め、黄金《6こがね》づくりの太刀を佩《は》き、紫宸殿《ししんでん》の額《7がく》の間《ま》の長押《なげし》に尻を掛けてぞゐたりける。年二十七、大の男の見目《みめ》よきが、装束は美麗《びれい》なり、その心は知らねども、あはれ大将やとぞ見えたり。

馬は、奥州の基衡《8もとひら》が六郡一《9》の馬とて院へまゐらせたりける黒き馬の、八寸《10やき》余りなるに金覆輪《11きんぷくりん》の鞍置きて、右近《12うこん》の

8先人の恩恵。余徳。

1赤い錦織の布地で作った鎧直垂。袖細で、縫い目に飾りの菊綴《きくとぢ》をつけ、袖口・袴の裾にくくり緒を通す。錦の直垂は、大将格の所用。

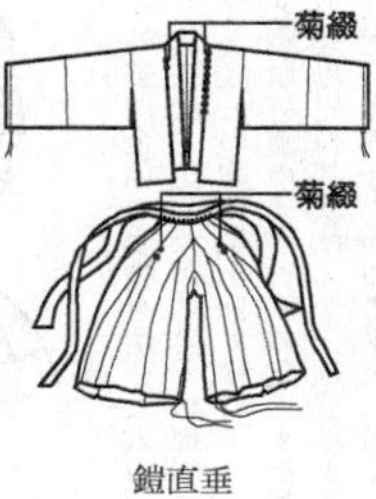

鎧直垂

2紫色を袖・草摺の先端に向かって濃くしてある鎧。

3兜の錣《しころ》、鎧の袖、草摺の先端につけた菊模様の金物。↓本文校訂注。

4兜の正面の左右に立てた金属の板。大将格の所用。

5兜を構成する鉄片をつなぎ止める鋲の頭に、銀をかぶせたもの。

橘《たちばな》の木のもとに、東頭《ひがしがしら》に引き立てたり。

越後中将成親《なりちか》は、紺地《こんぢ》の錦《にしき》の直垂《ひたたれ》に、萌黄匂《もよぎにほひ》[13]の鎧《よろひ》に鴛鴦《をし》[14]の丸《まる》を裾金物《すそかなもの》に打ちたりけり。白葦毛《しろあしげ》[15]なる馬に白覆輪《しろぶくりん》[16]の鞍置きて、信頼卿の馬の南に同じ頭《かしら》に引き立てたり。成親、年二十四、容儀[17]・事柄《ことがら》[18]、人に優れてぞ見えける。

左馬頭義朝は、赤地の錦の直垂に、黒糸縅の鎧に、鍬形うつたる五枚甲《かぶと》[19]を着たりける。年三十七、その気色《きしよく》、人に変はりて、あはれ大将軍《たいしやうぐん》やとぞ見えし。黒馬に黒鞍置きて、日華門《じつくわもん》[20]にぞ引き立ちたる。

出雲守[21]と伊賀守[22]、心変はりの見えければ、義朝、

「あはれ、討たばや」

と思へども、

「大事を前に当てて、私《わたくし》いくさして敵に力をつけんこと、口惜しかるべし」

とて、思ひ留まる。

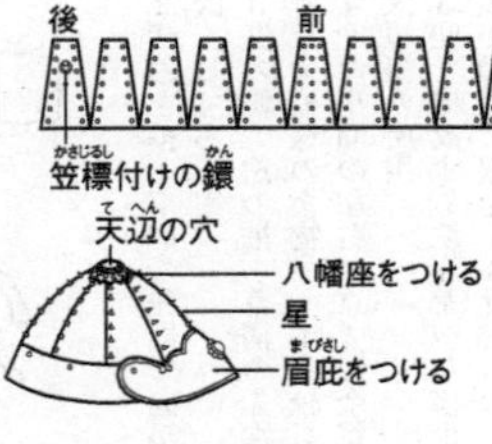

十枚張り兜

6外装に金色の金物を用いた太刀。
7紫宸殿と記した額の真下の部屋の、柱と柱との間に敷かれた横材。
8藤原清衡の子、秀衡の父。＊信頼の異母兄の基成は、一一四三年より二度、陸奥守を務めて平泉に居住、その娘が秀衡の妻となり、四年前に泰衡を生んでいた。そうした関係が投影している記述か。
9奥州藤原氏支配下の胆沢・江刺・和賀・稗貫・紫波・岩手の六郡。
10前足の先端から肩までの高さが四尺八寸（約一四五㌢）余りある最大

級の馬。当時の馬は一回り小さく、四尺を基準としていた。／11鞍の前輪や後輪《しずわ》などの縁を金めっきしたもの。／12紫宸殿の階下、西方に植えてある木。儀式の際、右近衛府の武官がそこから南へ整列するのでいう。／13薄緑色を袖や草摺の先端に向かって匂うようにぼかしてある鎧。／14オシドリ、またはそのつがいの姿を丸くかたどった模様。／15白毛に黒や褐色が混じった馬で、白さが勝っているもの。／16縁を銀めっきした鞍。／17礼儀正しい姿や身のこなし。／18人品。「骨柄《こつがら》」の転。／19錣《しころ》が五段構成の兜。／20紫宸殿の南庭の東方にある門。／21 32頁注17。娘が天皇の乳母。／22 32頁注18。

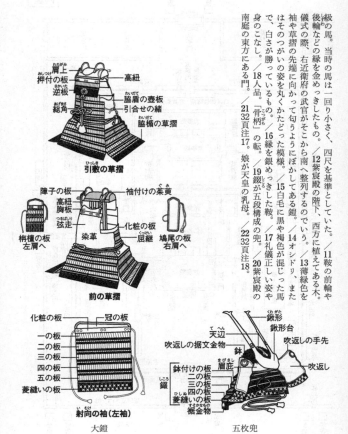

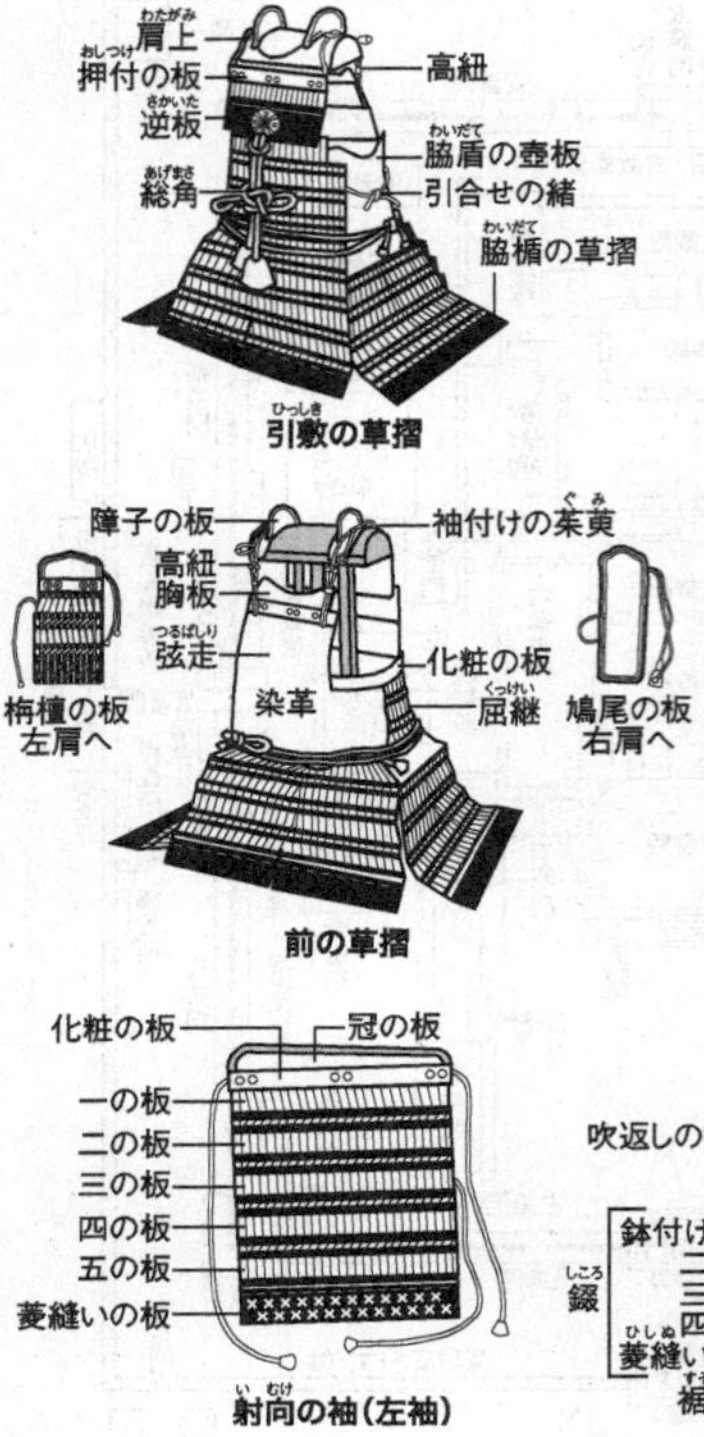

大鎧

五枚兜

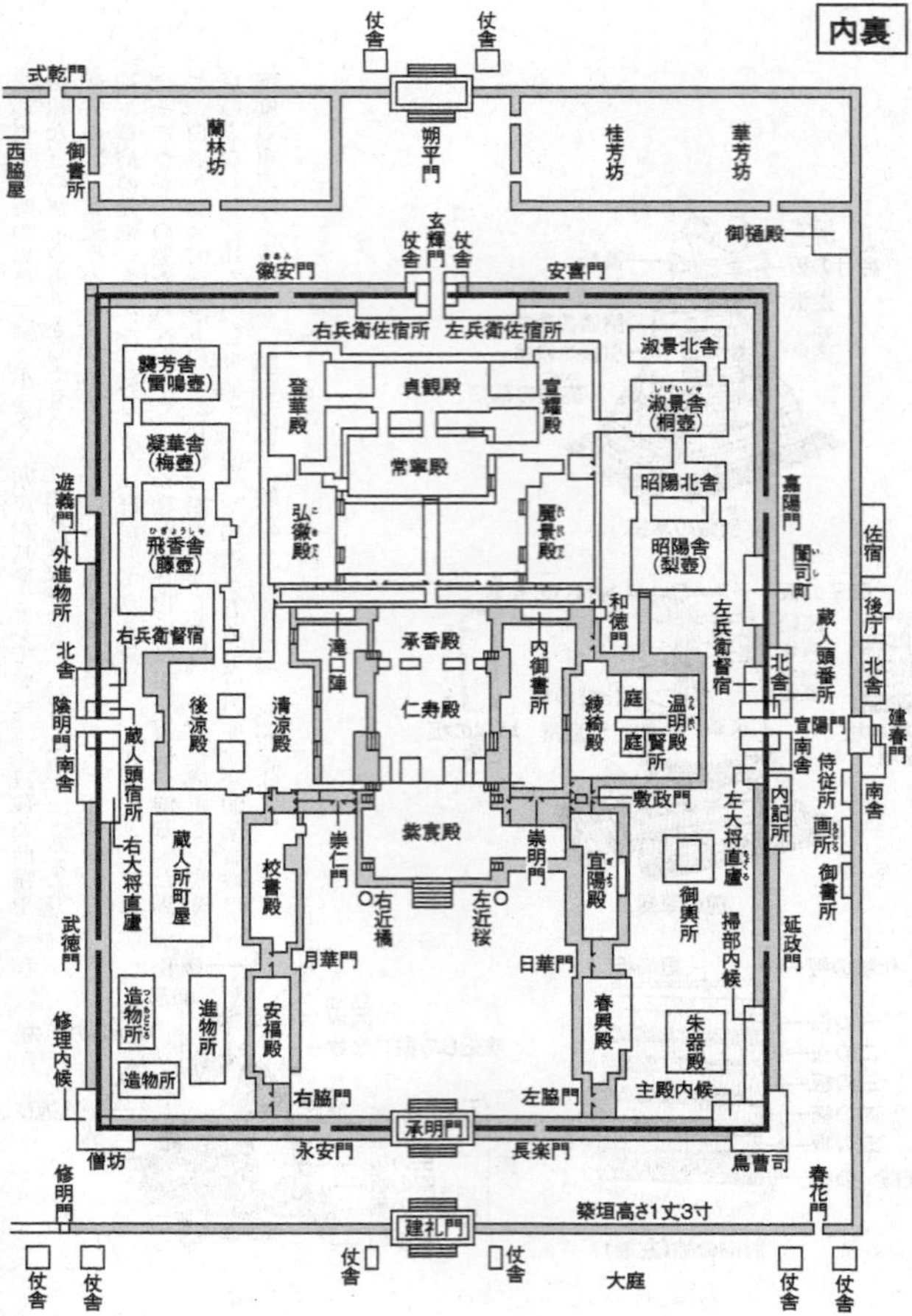
内裏
仗舎
仗舎
式乾門
朔平門
西脇屋
御書所
蘭林坊
桂芳坊
華芳坊
御樋殿
玄輝門
仗舎
仗舎
徽安門
安喜門
右兵衛佐宿所
左兵衛佐宿所
淑景北舎
襲芳舎（雷鳴壺）
貞観殿
登華殿
宣耀殿
淑景舎《しげいしゃ》（桐壺）
凝華舎（梅壺）
常寧殿
昭陽北舎
遊義門
嘉陽門
弘徽殿
麗景殿
昭陽舎（梨壺）
佐宿
飛香舎《ひぎょうしゃ》（藤壺）
外進物所
闈司町
後庁
和徳門
左兵衛督宿
右兵衛督宿
承香殿
北舎
滝口陣
内御書所
蔵人頭番所
北舎
後涼殿
清涼殿
仁寿殿
綾綺殿
庭
温明殿
庭
賢所
北舎
陰明門
南舎
宣陽門
建春門
蔵人頭宿所
宣南舎
侍従所
南舎
敷政門
蔵人所町屋
紫宸殿
左大将直廬
内記所
画所
右大将直廬
崇仁門
崇明門
宣陽殿
御輿所
御書所
校書殿
右近橘
左近桜
武徳門
掃部内候
延政門
月華門
日華門
造物所
進物所
安福殿
春興殿
朱器殿
修理内候
造物所
右脇門
左脇門
主殿内候
承明門
僧坊
永安門
長楽門
鳥曹司
修明門
春花門
築垣高さ1丈3寸
建礼門
仗舎
仗舎
大庭
仗舎
仗舎
仗舎
仗舎

二〇　平氏軍進発、信頼の失態

六波羅には、公卿僉議《せんぎ》あり。

「[1]王事《わうじ》、もろき事なければ、逆臣誅伐《ぎやくしんちうばつ》、時刻[2]をやめぐらすべき。たまたま新造の皇居、[3]回禄《くわいろく》あらば、朝家《てうか》の御《おん》大事なるべし。その期《ご》に臨みて、官軍、偽《いつは》りて退かば、凶徒、定めて進み出でんずらん。その時、官軍、入り替わりて内裏を守護し、火災の難をとどめて、朝敵を中途《ちゆうと》にたばかり出だし誅戮《ちゆうりく》すべき」

よし、宣下《せんげ》せらる。

この勅諚《ちよくぢやう》を承りて六波羅より向かふ大将軍《たいしやうぐん》には、左衛門佐重盛・三河守頼盛《よりもり》・常陸守[4]経盛《つねもり》、三人なり。その勢三千余騎、[5]六条河原《かはら》へ打ち出で、馬の鼻を西へ向けてぞ控《ひか》へたり。重盛、この勢を見回して、

「今日の戦ひには、たぐひなく優れぬと覚え候ふぞ。

今、年号も平治なり、都も平安城なり、我らも平氏なり。

1 皇室は簡単に崩れることがないゆえ。詩経の「王事、盬《もろ》きこと靡《な》し」の句が出典。この後には「稷黍《しよくしよ》（キビ）を蓺《う》うること能《あた》はず」（唐風・鴇羽《ほうう》）や、「我が心、傷み悲しむ」（小雅・四牧）、「我が父母を憂う」（北山）などという詩句が続き、本来は、王室の事を堅固に保つため、勤務に暇のないことを嘆いたものであったが、当時の日本で、上記の意味に転じた。

2 →本文校訂注。

3 34頁注21。

4 →本文校訂注。

5 六波羅の西面、六条大路が鴨川に突き当たった河原。

三事、相応して、などかいくさに勝たざるべき」と申されければ、兵《つはもの》ども、輿に入りて勇みあへり。

この大勢《おほぜい》、河原を上《のぼ》りに、[6]近衛《このゑ》・中御門《なかのみかど》、二つの大路《おほち》より[7]大宮面《おほみやおもて》へ押し寄せてみれば、[8]陽明《やうめい》・待賢《たいけん》・郁芳門《いうはうもん》、三つの門をぞ開きける。門の内を見入れたれば、[9]承明《しようめい》・建礼《けんれい》両門を開いて、[10]大庭《おほには》には鞍置き馬、百匹ばかり引き立てたり。

大宮の大路《おほち》に、[11]鬨《とき》の声、三か度、聞こえければ、大内にも鬨《とき》の声をぞ合はせける。

紫宸殿の額《がく》の間《ま》に居たりける右衛門督、気色《けしき》・[12]事がら、もつての外に変はりてぞ見えし。色は草の葉のごとくなり。何のように立つべしとも見えざりけり。

人並《な》み並《な》みに馬に乗らんと立ち上がりたれども、膝《ひざ》、震《ふる》ひて歩みもやらず。南面《みなみおもて》の[13]階《きざはし》を下《お》り煩《わづら》ふ。馬の傍《かたは》らに寄りけれども、[14]片鐙《かたあぶみ》を踏みたるばかりにて、[15]草摺《くさずり》の音の聞こゆるほど震ひ出でて乗りえず。

侍一人《さぶらひいちにん》、つと寄りて押し上げければ、[16]弓手《ゆんで》へ乗り越して、

6 それぞれ西行すれば、大内裏の陽明門・待賢門に突き当たる大路。
7 大内裏の東西の側面を南北に通る大宮大路に面した所。ここは東側。
8 大内裏東面の門で、それぞれ別称、近衛御門・中御門・大炊御門。23頁図参照。

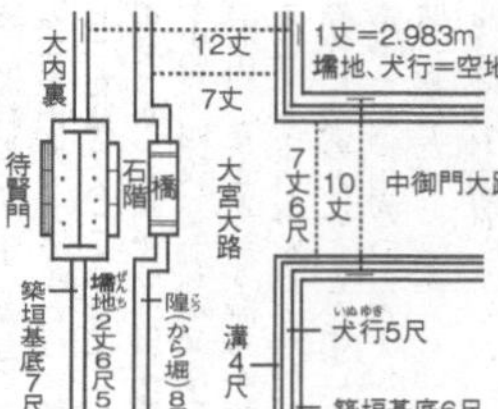

大内裏の門と大路

9 内裏南正面の内門と外門。
10 建礼門の外の広場。弓射の正月行事、射礼《じゃらい》の開催場所。
11 まず大将が「えいえい」と言い、諸軍勢が「おう」と応ずる。声は大

真つ逆さまにどうど落ちたりけるを、侍、つと寄りて引き立てければ、顔に砂《いさご》、ひしと付きて、鼻の先、[17]突き欠き、血、朱《あけ》に流れて、まことに[18]怖《お》めかへりてぞ見えし。侍ども、[19]あさましながら、をかしげに見るもあり。

左馬頭《さまのかみ》、ただ一目見て、臆《おく》してけりと思ひければ、あまりの憎さに物も言はざりけるが、堪《こら》へかねて、

「大臆病の者、かかる大事を思ひ立ちけるよ。[20]ただ事にあらず。[21]大天魔《だいてんま》の入り替はりたるを知らずして、与《くみ》して憂き名を流さんことよ」

とつぶやきつぶやき、馬引き寄せて打ち乗り、日華門《じつくわもん》へぞ向かひける。

二一　迎撃の陣容

義朝、頼むところの兵どもには、嫡子悪源太義平《あくげんだよしひら》、十九歳、次男[1]中宮大夫進《ちゆうぐうのたいふのしん》朝長《ともなが》、十六歳、三男兵衛佐《ひやうゑのすけ》頼朝《よりとも》、[2]十三歳。義朝が舎弟、[3]三郎先生《せんじやう》義範《よしのり》、[4]同十郎義盛《よしもり》、叔父《をぢ》

将の左方から右方へ（陽から陰へ）。
12 ようす。
13 十八段ある。他は九段。
14 片方の鐙を踏んだだけで。
15 鎧の腰から下を守る部分。
16 左手。弓を持つ手ゆえ。
17 傷つき、損なう意。
18 すっかり怖じ気づくこと。
19 驚き、あきれる意。
20 ＊愚管抄は、上皇と天皇の脱出を知った義朝が、信頼を、「日本第一の不覚人」を信じて「かかる事」をしでかしたと非難したのに、本人は返答できなかったと、後日、師仲の語った事実を伝える。
21 25頁注6。

1 母は相模武士、波多野義通の妻の妹で、典膳大夫中原久経の養女（吾妻鏡・一一八〇年十月条）。大夫は五位を表し、当年二月に中宮少進・従五位下（山槐記）。居宅は相模国松田（神奈川県足柄上郡松田町）にあった。一一四四〜五九年。
2 ↓本文校訂注。
3 源為義の三男。先生は皇太子の護

[5]陸奥《むつの》六郎義隆《よしたか》、信濃源氏、[6]平賀《ひらが》四郎義信《よしのぶ》。

郎等《らうどう》には、鎌田《かまだ》兵衛正清《まさきよ》、[7]後藤兵衛実基《さねもと》・子息新兵衛[8]基《もと》清《きよ》、[9]三浦介《みうらのすけ》二郎義澄《よしずみ》、[10]山内首藤刑部丞《やまのうちすとうぎやうぶのじよう》俊通《としみち》、子息[11]滝口《たきぐち》俊《とし》綱《つな》、[12]長井《ながいの》斎藤別当実盛《さねもり》。信濃国の住人、[13]片切小八郎大夫《かたぎりこはちらう》景《かげ》重《しげ》、[14]上総介《かづさのすけ》八郎広常《ひろつね》、近江国《あふみのくに》の住人、[15]佐々木源三秀義《げんざうひでよし》。

これらをはじめとして、その勢、二百余騎には過ぎざりけり。

信頼卿は、鬨《とき》の声に心地損じたりけるが、鼻血のごひ、顔の砂《すな》、うち払ひ、しばらく心を静めて、馬にかき乗せられ、その勢三百騎ばかり相具《あひ》して、待賢門をぞ固めたる。まことは頼もしげにも見えざりけり。

出雲守光保《みつやす》・伊賀守光基《みつもと》・[16]讃岐守末時《さぬきのかみすゑとき》・[17]豊後守時光《ぶんごのかみときみつ》、これらをはじめとして三百騎、陽明門をぞ固めたる。

三河守頼盛は、左馬頭、固めたる郁芳門《いうはうもん》に相向《あひ》かひ、常陸守経盛は、光保・光基が固めたる陽明門へぞ向かひける。

左衛門佐重盛は、信頼卿の固めたる待賢門へぞ向かひける。

衛武官、帯刀舎人《たちはきとねり》の長。就任時、未詳。河内国長野に居住（山槐記・一一五八年九月条）、のち常陸国信太に移る。頼朝と敵対し、討たれる。?〜一一八四年。

4同、十男。のち行家と改名。熊野の新宮に居住し、以仁王事件の際、その令旨を諸国に伝達。頼朝と敵対し、討たれる。?〜一一八六年。

5源義家の六男。毛利《もり》冠者とも号し、相模国毛利（神奈川県愛甲郡愛川町、厚木市）に居住。

6源義家の弟義光の孫。父盛義の代より信濃国平賀（長野県佐久市）を領有。のち武蔵守。頼朝の信任を得る。一一四三?〜?

7藤原秀郷の子孫。源氏郎従だった藤原利仁流の河内武士後藤家を継ぐ。義朝の娘を養育。生没年未詳。↓本文校訂注。

8実基の婿養子。当時五歳か。十五年後に左兵衛尉。承久の乱で京方に与し、子息に殺される。一一五五?〜一二二一年。

9相模国三浦半島を領有。頼朝の挙兵時に支援、腹心の部下となる。一一一七〜一二〇〇年。／10源頼義の代より源氏郎従。相模国山内（鎌倉市北部から横浜市戸塚区東部）に居住。鎌田正清と同族。／11内裏の滝口の陣（64頁図）に伺候した武士。天皇一代の任期。弓矢の巧みさが問われた。／12藤原利仁流。武蔵国長井（埼玉県熊谷市）に住す。源為義の家人であったが（吾妻鏡・一一八〇年一二月条）、のち平氏に属して討死。?〜一一八三年。／13清和源氏の支流。信濃国片切（長野県上伊那郡、下伊那郡の地）を領有。実盛同様、為義の家人（吾妻鏡、同前）。／14桓武平氏流。上総国玉崎（千葉県長生郡一宮町）を領有。頼朝挙兵時に参向するが、自負心強く、嫌疑を受け誅殺。?〜一一八三年。／15宇多源氏、季定の子。母は安倍宗任の娘。近江国佐々木（滋賀県近江八幡市）を領有。この乱後、奥州に下るが、相模の渋谷氏に慰留されて留まる。子息が頼朝挙兵時に尽力。一一一二?〜八四年。／16未詳。／17清和源氏。頼光の子孫、淳国の子。二年前六月に豊後守（兵範記）。

二二　悪源太義平《よしひら》、平重盛《しげもり》を圧倒

いくさは[1]巳《み》の刻の半ばより[2]矢合《あ》はせして、互ひに退くかたなく[3]一時《いっとき》ばかりぞ戦ひける。

左衛門佐重盛は、千騎の勢を二手《ふたて》に分けて、五百騎をば大宮面《おもて》に立て、五百騎を相具《あひ》して、待賢門に打ち破り[4]喚《をめ》いて駆け入りければ、信頼卿、一こらへもこらへず、大庭《おほには》の[5]椁《あふち》の木のもとまで攻めつけたり。

郁芳門を固めたる左馬頭、これを見て[6]、嫡子悪源太《あくげんだ》に目をかけて、

1午前十時ころ。巳の刻は九時から十一時の時間帯。

2合戦開始の合図として鏑矢《かぶらや》（94頁注8）を射交わすこと。中国では、その矢を嚆矢《こうし》という。

3二時間ほど。

4喚声をあげて。
5 46頁注5。建礼門の東脇にあった（政事要略・一三・大庭装束）。
6＊郁芳門にいた義朝が、待賢門から大庭までの戦況を把握できたとは考えにくい。間には多くの官衙があるからで（23頁図参照）、一連の場面は創作されたのであろう。

「あれは見ぬか悪源太。待賢門をば信頼といふ[7]不覚仁《ふかくじん》が、攻め破られたる[8]ごさんめれ。追ひ出だせ」

と下知《げぢ》しければ、悪源太、父に言葉をかけられて、その勢十七騎、大庭に向かひて歩ませけり。

敵《てき》に相《あひ》近づき、声を上げて名乗りけるは、

「名をば聞きつらんものを、今は目にも見よ。左馬頭義朝が嫡子、[9]鎌倉悪源太義平、生年《しやうねん》十九歳。十五の年、武蔵国[10]大蔵《おほくら》の城の合戦に、叔父《をぢ》、[11]帯刀先生義《たてはきせんじやうよし》賢《かた》を手にかけて討ちしよりこのかた、度々《どど》のいくさに一度も不覚せず。

[12]櫨《はじ》の匂《にほ》ひの鎧着て、[13]鴾毛《つきげ》なる馬に乗りたるは、平氏嫡々《ちやちやく》、今日《こんにち》の大将《たいしやう》、左衛門佐重盛ぞ。押し並べて組み取れ、討ち取れ、者ども」

十七騎、[14]轡《くつは》を並べてぞ駆けたりける。

その中にも優れて見えけるは、三浦介《みうらのすけ》二郎義澄《よしずみ》・[15]渋谷庄《しぶやしやう》司《じ》重国《しげくに》・[16]足立《あだち》四郎右馬允遠元《うまのじようとほもと》・[17]平山武者所季重《ひらやまむしやどころすゑしげ》、悪源太が

7 あさはかな人。臆病者。
8 ……ようだ。
9 居住地が鎌倉ゆえの称。
10 埼玉県比企郡嵐山町大蔵にあった義賢の居城。
11 義朝の異母弟。為義の次男。木曾義仲の父。＊この事件は一一五五年八月であった（台記・百練抄）。
12 赤みのさした黄色で、末端へ次第に薄黄色くぼかしてある鎧。
13 赤みを帯びた白毛を地とする馬。鴾はトキの古名。桃花馬とも。
14 馬の口にかませる金具。
15 桓武平氏流。庄司は荘園の管理職で、相模国渋谷庄（神奈川県綾瀬市、藤沢市）に居住。頼朝挙兵時には平氏方に属するも、のち頼朝に従う。
16 40頁注11。
17 武蔵七党の西党に属し、南多摩郡平山（東京都日野市）に居住。のち頼朝の挙兵に加わる。武者所は44頁注28。

下知《げぢ》に従ひて、重盛に目をかけて馳せ巡る。悪源太は[18]一人《いちにん》当千《たうぜん》のこれら相《あひ》具して、馬の鼻を並べてさんざんに掛かりければ、重盛の勢五百余騎、[19]はつかの勢に駆け立てられて、大宮面《おもて》へばつと引いてぞ出でたりける。

悪源太がふるまひを見て義朝、心地を直し使者を立てて、

「ようこそ見ゆれ、悪源太。[20]すきなあらせそ。ただ駆けよ」

とぞ、下知しける。

重盛、大宮面《おもて》に控《ひか》へて、しばらく人馬の[21]気《け》を休めけり。赤地の錦の直垂《ひたたれ》に、櫨《はじ》の匂《にほ》ひの鎧に、[22]蝶《てふ》の裾金物《すそかなもの》をぞ打ちたりける。鴾毛《つきげ》なる馬のはなはだ逞《たくま》しきが[23]八寸《やき》余りなるに、金覆輪《きんぷくりん》の鞍置きてぞ乗りたりける。年二十三、[24]馬居《うまゐ》・事柄《ことがら》、[25]いくさのおきて、まことに平氏の正統《しやうとう》、武勇の達者《たつしや》、あはれ大将軍《たいしやうぐん》かなとぞ見えし。

鐙《あぶみ》踏ん張り、つい立ち上がり、

「偽《いつは》りて引き退くべきよしの宣下《せんげ》を承ったる身なれども、

18 一人で千人を相手にできる強者。
19 わずかな。
20 いとまを与えるな。「な……そ」で禁止を表す。
21 気分を落ち着かせる意。
22 平氏家紋の蝶をかたどった金物。それを鎧の袖や草摺の先端に打ちつけていた。
23 76頁注10。
24 馬上の姿と人品。
25 合戦の指揮。

合戦はまた、[26]時宜《じぎ》によるなり。はつかの小勢《こぜい》に打ち負けて引き退くこと、身に当たりて面目《めんぼく》を失へり。今一駆け駆けて、その後《のち》こそ、勅諚《ちよくじやう》のおもむきに任せめ」とて、先の兵《つはもの》をば大宮面に立て置き、新手《あらて》五百余騎を相《あひ》具して、また待賢門を打ち破りて喚《をめ》いて駆け入りけり。

悪源太義平は、色も変はらぬ十七騎、もとの陣にぞ控《ひか》へたる。重盛の駆け入りたるを見て、

「武者は新手《あらて》と覚ゆるが、大将軍《たいしやうぐん》はもとの重盛ぞ。余《よ》の者に[27]目なかけそ。櫨《はじ》の匂《にほ》ひの鎧に鴾毛《つきげ》なる馬は重盛ぞ。押し並べて組み落とせ。駆け並べて討ち取れ、者ども」

と馳せ巡って下知《げぢ》しければ、重盛の郎等、[28]筑後《ちくご》左衛門貞《さだ》能《よし》・[29]伊藤武者景綱《かげつな》・[30]館《たての》太郎貞保《さだやす》・[31]与三《よさう》左衛門景康《かげやす》・[32]後平《ごへい》四郎実景《さねかげ》・同十郎かげとしをはじめとして、都合《つがふ》その勢五十余騎、重盛を[33]最中《もなか》に立てて、[34]面《おもて》も振らず戦ひたり。

されども悪源太は、

「敵《てき》に馬の[35]足な立てさせそ。櫨《はじ》の匂《にほ》ひの鎧に組め。鴾毛《つきげ》な

26その時々の状況。

27目を向けるな。

28桓武平氏。筑後守家貞の子。のち肥後守。平氏家人として、平家物語中で活躍。

29 30 52頁注34 35。

31詳細未詳。「与三」は「余三」で第十三子を意味する。

32兄弟、共に未詳。

33まんなかの意。

34顔をそらしもせず、一途に。

35足を止めさせるな。

る馬に押し並べよ」
と、[36]ののしりかけて馳せ巡る。声、しだいに相近《あひぢか》になつて、また組まれぬべくや思ひけん、大宮の大路《おほち》へさつと引いてぞ出でたりける。

二三　義朝の苦境、信頼の逃避

悪源太、敵《てき》を二度、追ひ出だしたるを見て左馬頭、
「さてこそ心やすけれ」
とて、郁芳門より打つて出づ。鎌田《かまだ》兵衛・後藤兵衛・子息新兵衛尉・山内首藤刑部丞《やまのうちすとうぎやうぶのじよう》・子息滝口《たきぐち》・長井《の》斎藤別当・片切《かたぎり》小八郎大夫・上総介・佐々木源三《げんざう》、これ九騎、太刀の切先《きつさき》を並べて喚《をめ》いてかかりければ、三河守の千騎が最中《もなか》へ駆け入つて、[1]叢雲《むらくも》立ちに控へたりけるを見て、義朝、二百余騎の勢を相《あひ》具して喚《をめ》いて駆け入りたりければ、三河守の大勢、馬の足をも[2]ためず、三手になりてぞ引いたりける。

36大声で命じて。

1人馬がむらがって立っている状態を言ったもので、ここは三河守の軍勢のようす。上文との間に、脱文があろう。

2止めずの意。

大内は、元来、[3]究竟《くつきやう》の城郭《じやうくわく》なれば、火をかけざらん外は、たやすく攻め落ちがたかりしかば、敵《てき》をたばかり出ださんがために、官軍、六波羅へ向かひて引き退くところに、[4]出雲守光保《みつやす》・伊賀守光基《みつもと》・讃岐守末時《すゑとき》・豊後守時光《ときみつ》、これらは心変はりして、六波羅の勢に馳せ加はる。大内《おほうち》に残る勢とては、左馬頭一党、臆病なれども信頼卿ばかりなり。

合戦の体《てい》、末《すゑ》頼もしくも見えざりければ、義朝の女子《によし》、今年六歳になりけるを殊《こと》に寵愛《ちようあい》しけるが、[5]六条坊門烏丸《からすまる》に[6]母の里ありしかば、[7]坊門《ばうもん》の姫《ひめ》とぞ申しける、後藤兵衛実基《さねもと》が[8]養ひ君にてありけるほどに、

「今一度、見まゐらせ給へ」

とて、鎧《よろひ》の上に抱《いだ》きて軍陣に出で来ければ、義朝、ただ一目見て、涙のこぼれけるを、[9]さらぬ様体《やうだい》にもてなして、

「さやうの者は、[10]右近《うこん》の馬場《ばば》の井に沈めよ」

と言ひければ、中次といふ[11]恪勤《かくごん》の懐《ふところ》抱《いだ》かせて、急ぎ逃がしけり。

3 極めて優れた。

4 陽明門を守っていた軍勢。

5 六条坊門小路と烏丸小路の交差する地点。近くの六条堀川には源氏邸があった。巻末地図参照。

6 熱田大宮司藤原季範の娘。頼朝の母と同じ。

7 のちの権中納言一条能保の妻。能保は頼朝と提携して威勢を拡大。

8 養育している主君の子。実基の妻が乳母であったろう。後日、実基父子は能保に仕えることになる。

9 泣いていないように見せて。

10 右近衛府の馬場。一条西大宮の北、北野神社の南にあった。馬寮《めりやう》の役職にある義朝にとって熟知の場所。

11 宿直《とのゐ》を務めるなどした下級の侍。守り役だったか。中次、未詳。

信頼卿は、鬨《とき》の声に心地損じて、さんざんのことどもにてありけるが、左馬頭、六波羅へ寄せければ、人並《な》み並みに、その後《あと》につきて歩ませ行く道すがら、

「この大路《おほち》は、いづ方へ行く道ぞ。いづちへ行きてか、よかりなん」

と逃げ道を問へば、郎従《らうじゆう》ども、主《しゆう》の返事をばせずして、後《あと》につきて[12]爪《つめ》はじきをして、

「これほどの大臆病の人の、かかる大事を思ひ企《くはた》てられけるよ。[13]この月ごろ、伏見にて習ひ給ひし武芸は、いづ方へ失ひけるぞ。兵法《ひやうはふ》を習へば臆病になるか。あら憎《にく》や、あら憎や」

と言へども[14]かなはず。

二四 平氏軍、退却

重盛は、しばらく合戦して敵をたばかり出だし、引き退く。悪源太、勝つに乗りて追つかけければ、重盛の馬の[1]草《くさ》

12 爪先を親指の腹に当ててはじくこと。嫌悪の所作。

13 81頁注20参照。

14 どうにもならない。

1 草に当たる胸先と、膨らんだ腹の部分。

分《わき》・太腹《ふとばら》を[2]箆深《のぶか》に射させ[3]、馬、しきりに跳ねければ、[4]堀川《ほりかは》の材木の上、下り立つたり。[5]

鎌田《かまだ》兵衛、川を馳せ渡して、馬より下り重なつて重盛に組まんとしけるを、重盛の郎等、与三《よさう》左衛門景康《かげやす》、鎌田にむずと組む。上になり下になり組み合ひけるを、与三左衛門、上になり、鎌田を取りて押さへけるところに、悪源太、馳せ寄りて落ち重なり、与三左衛門を討ち取る。[6]

下なる鎌田を引き起こし、やがて重盛に打ちかかりけるところに、重盛の郎等、[7]進藤《しんとう》左衛門尉、少し隔たつて控《ひか》へたりけるが、これを見て、[8]鞭《むち》に鐙《あぶみ》をあはせて馳せ寄り、材木の際《きは》にて飛び下り、重盛をかき乗せ、轡《くつわ》を東へ向けて鞭《むち》打つて、

「延びさせ給へ」

と言ひけるを最後にて、主《しゆう》と後ろ合はせになり、悪源太に打ちかかり、さんざんにぞ戦ひける。

悪源太が打ちける太刀に甲《かぶと》の[9]鉢《はち》をいたう打たれ、がはと

2 箆は矢の竹の部分で、それが深く突き刺さること。

3 射られたことをいうが、相手に射させたと強がって言う武者言葉。

4 東大宮大路の東方を南北に貫流する川。川幅四丈で両側に幅二丈（溝・犬行を含む）の道があり、川沿いには祇園社の神人《じにん》の材木商人が軒を並べていた（祇園社記録、玉葉・一一八〇年一月条等）。

5 ＊愚管抄は、馬を射られた重盛が堀川の材木の上に弓杖《ゆんづゑ》を突いて立ち、馬を乗り換えたと。

6 ＊平家物語（十）は、景康の子の重景が重盛の嫡子維盛に仕え、入水した主君に殉じたと伝えており、二代にわたる主従の絆を語る。

7 未詳。藤原利仁流の氏族。

8 鞭に加え、鐙で馬腹を蹴って疾駆させること。

9 76 77頁図参照。「いたう」は激しくの意。

まろびながら、太刀をも捨てず起き直らんとしけるを、鎌田、落ち合ひて[10]、取りて押さへて首を取る。二人の郎等が討死しける間にぞ、重盛、はるかに延びにける。

三河守頼盛は、中御門《なかのみかど》[11]を東へ引きけるを、鎌田が下部《しもべ》、腹巻《はらまき》に熊手《くまで》[12]持ちたるが、よげなる敵《てき》と目をかけて走り寄り、甲に熊手投げかけて、えい声《ごゑ》を上げてぞ引きたりける。三河、ちつとも傾《かたぶ》かず、鐙《あぶみ》踏ん張りつい立ち上がり、左の手にては鞍の前輪《まへわ》[13]をかかへ、右の手にては抜丸《ぬけまる》[14]といふ太刀を抜き、熊手の柄《え》をぞ切りてんげる。熊手引きける男は、のけ[15]にまろぶ。三河守は、つと延びにけり。熊手は甲にとまりけり。

見物の上下、これを見て、

「あ、切りたり。いしう[16]切りたり」

と褒《ほ》めぬ者こそなかりけれ。

三河守も、すでに討たれぬべく見えけるに、通りあひて戦ふ者ども誰々《たれたれ》、八幡三河《はちまんみかは》[17]左衛門資綱《すけつな》・少監物《せうけんもつ》[18]成重《なりしげ》・その

10 来合わせること。
11 待賢門から東へ延びる大路。頼盛は同門より南の郁芳門を攻めていたから、その門から東へ延びる大炊御門大路を退却するのが順当。錯誤があるか。
12 長い柄の先に熊手の形をした鉄製の爪を取りつけた武器。
13 31頁図参照。

熊手

子監物《けんもつ》太郎時重《ときしげ》・兵藤内《ひやうとうない》[19]・その子藤内《とうない》太郎、これらをはじめとして二十余騎、しばらく支《ささ》[20]へて攻め戦ふ。

兵藤内は、馬を討たせて徒歩武者《かちむしや》[21]になりてけり。その上、老武者《らうむしや》なれば、乱れ合ひたる戦ひかなはで、ある小家《こいへ》に立ち入りて見ければ、

「その国の住人、たれがし」

「かの国の住人、それがし」

と名乗りかけ、鎧には紅《くれなゐ》[22]を流し、袖・草摺《くさずり》には矢を折りかけて、互ひに限りと戦ひける。太刀の影は稲妻《いなづま》[23]のごとく、馳せ違ふる馬の足音は雷《いかづち》のごとし。大事[24]の手負《お》ひて、引きかけられて行くもあり、また、その庭《には》[25]にまろびて死するもあり。馬の腹射させて控へ、また、薄手《うすで》[26]負ひて、なほ返し合はせて戦ふもあり。火出づるほどにぞ揉《も》みあひける。

藤内《とうない》太郎家継《いへつぐ》、年三十七、そのふるまひ優れたり。究《くつ》竟《きやう》の敵《てき》、七八騎討ち取りて、よき敵と引き組みて、差し違へてぞ失せにける。父の藤内、家の内よりこれを見て、

14平氏の家宝の名刀。

15仰向けに。

16よくぞ。

17未詳。

18父子ともに未詳。監物は大蔵省・内蔵《くら》寮の物資の出納を管理する役職で、大監物二人、中監物四人、少監物四人。

19未詳。兵衛藤内の略称。藤内は藤原氏で内舎人《うどねり》だったゆえに生じた姓。

20防いで。

21歩兵。

22返り血をあびた様をいう。

23きらめく光。

24重傷。

25場所の意。

26軽傷。

「あはれ、若き時ならば走り出で、ともに戦ひなん」と思へど、[27]老期《らうご》なればかなはず、力及ばで泣く泣く宿所《しゆくしよ》へぞ帰りける。

藤内太郎討死の後、三河守の勢も、ただ引きにこそ引きたりけれ。

二五　源氏武士の活躍

後藤兵衛と平山と、二騎うち別れて[1]町《まち》を下りに追うて行く。先を見ければ、六波羅勢と思《おぼ》しくて赤じるし付け、武者二騎引き残りて、時々、返し合はせ返し合はせ戦ひけり。一騎は[2]緋縅《ひをどし》の鎧《よろひ》着て、[3]栗毛《くりげ》なる馬に乗り、一騎は黒糸縅の鎧着て、[4]鴾毛《つきげ》なる馬にぞ乗りたりける。後藤兵衛・平山、[5]あまさじと追つかけたり。

緋縅鎧《ひをどしよろひ》着たる兵《つはもの》、相近《あひぢか》に攻められて、馬の鼻を返し、後藤兵衛とただ一太刀打ち違へて、むずと組む。後藤兵衛、上になりて敵《てき》を取りて押さへけるを、平山うち見て、

27 老年期。

1 平安京では四十丈四方の街区をいうが、物を商う市街地もいい（名語記・五）、ここはそれであろう。「下り」は北から南への意。
2 照り映えるような赤色の絹の組紐で縅した鎧。
3 赤黒く栗の外皮に似た毛色の馬。
4 84頁注13。
5 逃がすまい。

「ようこそ見ゆれ、後藤」

と言ひ捨て、黒糸鎧に目をかけて追つかけたり。

敵《てき》が馬、[6]逸物《いつもつ》にて、[7]相遠《あひどほ》になりければ、平山、[8]小鏑《こかぶら》を取りてつがひ、よつ引《び》いて放ちけり。敵の馬の太腹《ふとばら》を[9]追つさまに、はたとぞ射たりける。しきりに馬跳ねければ、[10]鐙《あぶみ》を越して下り立ちけるが、ある辻堂《つぢだう》の内へつと入り、平山も馬より下る。馬をば門の柱にしづしづとつなぎ、太刀を抜きて門の内へつと入る。

敵《てき》、太刀を打ち折りけるにや、矢を取りてうちつがひ、堂の庭に積み置きたる材木の陰へ走り廻《めぐ》り、[11]小引《こび》きに引いて待ちかけたり。平山、[12]すきもなくつと寄りけるを、[13]引きまうけたる矢なれば、ひやうど放つ。平山、身をよれば、[14]内甲《うちかぶと》を指して射たる矢が、[15]錣《しころ》を外に射出だしけり。

弓を捨て腰刀《こしがたな》を抜き、ちつとも退かず。平山が打つ太刀に左の[16]小腕《こがひな》を打ち落とされて、つと寄りてむずと組む。平山、太刀を捨てて、取りて押さへて首を取り、材木の上に

6この上ない優れもの。

7お互いに遠くなること。

8鏃の根もとにつけた鏑が小さい矢。鏑は、長さ指三本幅（三伏《みつぶせ》）ほどの球形で、中を空洞にし、数個の穴（目）をあけ、飛ばすと音を発する、鹿の角や木製の作り物。

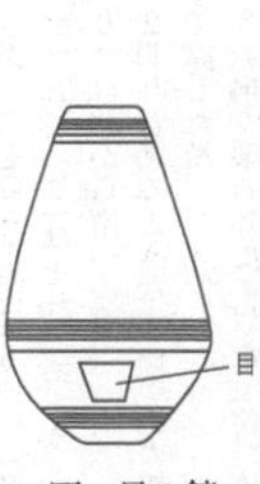

四つ目の鏑

9後から追うように。

10片方の足を浮かし、踏まえている方の鐙を飛び越えるようにして。

11矢をつがえた弓の弦を少しだけ引いた状態。

12いとまを与えず、すぐに。

13ねじまげ、ひねる意。

14兜の内側、顔面。
15 77頁図参照。
16ひじから肩までの部分。

置きて、大息《おほいき》をついて休むところに、後藤兵衛も、組み落としたる緋縅《ひをどし》の主《ぬし》と思《おぼ》しくて、首一つ、[17]取付《とつつけ》につきてぞ出で来たる。

平山これを見て、

「や殿《との》、後藤殿。その首、捨て給へ。今日は首の不足もあるまじ。さやうに取り持ちては、名あらん首をば誰《たれ》に持たすべきぞ。早く捨て給へ」

と申せば、後藤兵衛が申すやう、

「これらがふるまひも、ただ者とは覚えず。この首をばここに置きて、[18]在地《ざいち》のともがらに守《まぼ》らせて、のちに取らん」

とて、二つの首を材木の上に置きて、

「この首失ひては、在地の罪科《ざいくわ》ぞ。[19]かしこ守れ」

と言ひ置き、二人、馬にうち乗りて、[20]とどろ駆けして六波羅の勢を追うて行く。

17 鞍の後輪《しづわ》の四緒手《しおで》（31頁図参照）につけた、物をつる紐。↓本文校訂注。

18 この地に住む者たち。＊商人たちを言っていよう（93頁注1参照）。材木があるゆえ、堀川沿いの地か。

19 大切に。

20 馬の足音高く疾駆させること。

二六　平家軍、六波羅に帰還

平家の兵《つはもの》、返し合はせ返し合はせ、所々にて討死しける間に、左衛門佐も三河守も、六波羅へこそ着きにけれ。[1] 重盛、「与三《よさう》左衛門・進藤《しんとう》左衛門、二人の侍《さぶらひ》なかりせば、重盛、いかでか身を全《まった》うせん。抜丸《ぬけまる》なかりせば、頼盛、命延びがたし。二人の郎等、一腰《ひとこし》[2]の太刀、いづれも重代《ぢゅうだい》[3]のものは、[4]やうありけるぞ」

と、見る人、感じ申しける。


この抜丸と申すは、故刑部卿[5]忠盛《ただもり》の太刀なり。六波羅池《いけ》[6]殿《どの》に、忠盛、昼寝してありけるほどに、枕に立てたる太刀、二度抜けけると夢のやうに聞きて、目を見開き見給へば、池より、長さ三丈[7]ばかりありける大蛇《だいじゃ》、浮かみ出で、忠盛を犯さんとす。この太刀の抜けけるを見て、蛇《じゃ》は池に入り、太刀はもとのごとく鞘《さや》に入り、蛇、また出づれば、太刀、また抜けけり。蛇、その後《のち》、池に入りて、またも見えず。


1＊愚管抄には、重盛と頼盛との二人が実際に戦ったとあり、陽明門を攻めたという経盛については特段の記述がない。光保らの寝返りにより戦わなくてすんだか。

2「腰」は、腰に帯びる物を数える助数詞。

3先祖より代々伝えてきたもの。

4相応の意味、理由がある意。

5讃岐守平正盛の嫡男。白河・鳥羽院政下で諸国の守となって財を蓄積、平家繁栄の基礎を築く。四位、刑部卿。一〇九六～一一五三年。

6忠盛晩年の邸宅で、頼盛の母の藤原宗兼の娘（池禅尼）と生活を営む。頼盛が継承。

7約九メートル。

忠盛、霊ある剣なりとて、名を抜丸とぞつけられける。清盛、嫡子なれば、定めて譲り得んと思ひけるに、頼盛、[8]当腹《たうぶく》の愛子《あいし》たるによつて、この太刀を譲り得たり。これによつて、兄弟の仲、不快とぞ聞こえし。[9]

8 今の妻の腹に生まれたゆえに特別な愛の対象となった子。

9 ＊一一七九年十一月の清盛によるクーデターの際には、頼盛は解官された上、所領も没収され、兄による追討のうわさも立った（玉葉）。

中巻梗概

戦場は六波羅へと移った。この段階で信頼は逃亡、新たに姿を見せた源頼政《よりまさ》は平氏側に加わってしまう。激しい攻撃に怒った清盛は、自ら出陣して反撃に転ずる。義朝は乳母子の鎌田正《まさ》清《きよ》に説得され、わずかな手勢に守られながら比叡山の麓を経て山越えし、東海道を落ちて行く。その途中、追いすがってきた信頼の頬を鞭で打ちすえ、叔父の死には涙を流した。

信頼は院のもとに出頭したが許されず、六波羅近くの鴨川の河原で処刑される。命乞いするその姿に人々の非難は集中、なかでも藤原伊通《これみち》は皮肉な一言を発して天皇の笑いまで誘った。乱後の論功行賞と処罰が行われ、意外にも信西の子息は配流《はいる》となった。

義朝謀殺の知らせが、愛妻であった常葉《ときわ》のもとに童《わらわ》の金王丸《こんおうまる》によってもたらされる。主君に同道していた彼の語るところによれば、雪の道中で三男の頼朝《よりとも》は落伍、長男の義平は甲斐・信濃へ向かうべく別れ、美濃国の青墓《おおはか》の宿場では、負傷していた次男の朝長《ともなが》が死を願い出て父の手で討たれたという。義朝は、尾張国の知多半島まで落ち延び、鎌田の舅《しゅうと》の長田《おさだ》忠致《ただむね》を頼ったが、その裏切りにあい、入浴中に襲われ、鎌田も殺されたのであった。

やがて義朝の首は都でさらし首となり、潜伏していた義平も捕縛され、処刑された。頼朝も捕まり、朝長の首と共に六波羅へ連行される。そうした中、常葉は幼い三人の男の子の命を守るべく、ひそかに我が家を出て清水寺へ向かい、一晩通夜《つや》をして翌朝早く雪の中を大和に旅立つ。泣く子に手を焼き、人目を気にしての旅であった。運よく伏見の里で宿を貸してくれた老婆は心優しき人、その温情に助けられ、何とか大和の親戚宅までたどり着く。

平治物語　中巻

一　信頼の逃亡

左馬頭義朝《さまのかみよしとも》、六条河原《かはら》へ押し寄せてみければ、六波羅《ろくはら》には[1]五条の橋をこほちよせて、[2]垣楯《かいだて》かいて待ちまうけたり。垣楯の外にも内にも、兵《つはもの》ども満ち満ちたり。道々関々[3]へも人を差し向けて、
「六波羅、皇居になりたり。御方《みかた》へ参ぜざらん者、朝敵たるべし。皆、参れ。後悔すな」
と仰せられしかば、大勢《おほぜい》も小勢《こぜい》も、うち連れ、うち連れ六波羅へのみ参りけり。[4]
右衛門督信頼《うゑもんのかみのぶより》は、怖《お》づ怖《お》づ、六条河原《かわら》口《ぐち》までうち臨みたりけるが、これを見て、

1今の五条橋の北、松原橋の辺にあった橋。松原通りが当時の五条大路。「こほち」は、壊す意で、鎌倉期までは清音。

2楯や板を並べて造った防御壁。「かいて」は組み立てる意。

3逢坂・鈴鹿・不破などの関所。

4＊愚管抄（五）は、六波羅での合戦段階では勝敗が決まっていたとし、平氏側に余裕のあったさまを伝える。

「あの大勢に押し包まれては、かひなき命も助かりがたし。いづ方へも落ち行きて、助からばや」

と思ひければ、[5]楊梅《やまもも》を西へ、京極《きやうごく》を上《のぼ》りに落ち行きけり。

左馬頭が童《わらは》、[6]金王丸《こんわうまる》、これを見て、

「あれ、御覧《ごらん》候へ。右衛門督殿こそ落ちられ候へ」

と申せば、義朝、

「よし、やれ。[7]目なかけそ。ありとても、物の用に立つべくはこそ。[8]なかなか足手にまぎれて、難《むつか》しきに」

とぞ答へける。

二　源頼政《よりまさ》、平氏に同調

[1]源兵庫頭《げんひやうごのかみ》頼政《よりまさ》は、三百余騎ばかりにて、五条河原、[2]西の面《つら》に控《ひか》へたり。悪源太《あくげんだ》、これを見て、

「頼政がふるまひこそ心得ね。当家・平家、両陣を見計らひて、強からん方へつかむとするごさんめれ。義平が前にては、さはせさすまじきものを」

5 六条大路の北を東西に走る小路で、それを河原口から西へ引き返し、都の東端を南北に走る東京極大路を北に逃げたことになる。巻末地図参照。小路の道幅＝犬行・溝を除き二丈三尺。京極大路＝同、七丈六尺。

6 秩父氏族、渋谷氏の出身と伝わるが未詳。童は、貴人に仕える元服前の少年。

7 目をくれるな。

8 かえって足手まといになって。

1 清和源氏、兵庫頭仲政の嫡男。一一五五年に兵庫頭（兵器を管理する兵庫寮の長官）。一一六六年まで大内裏の警護役たる大内守護。のち、三位に昇進、以仁王の乱に与して自害。歌集を残す。一一〇四～八〇年。

2 鴨川の西側の川辺。

とて、京極[3]を上りに、五条を東へ歩ませけるを見て、兵庫頭、思ひけるは、

「出雲守[4]・伊賀守が六波羅へ行かば、会釈《5あしやく》せん」

と思ふところに、悪源太、十五騎の勢にて、旗、一流れ差させて出で来たり。あはやと見るほどに、悪源太、大音《だいおん》を上げて、

「まさなき[6]兵庫頭がふるまひかな。源家《げんけ》にも名を知らるるほどの者が、二心《7ふたごころ》あるやうやはある。義平が目の前をば、一度も渡すまじきものを」

とて、太刀うち振り、喚《をめ》いて駆けたり。東西南北・十文字《もんじ》、さんざんにぞ駆けたりける。兵庫頭三百余騎、駆けたてられ、七《なな》むら八《や》むらになり、所どころに控へたり。悪源太、一当《ひとあ》て当てたるばかりにて、まことの敵《かたき》にあらざれば、左馬頭が控へたる六条河原に向かつて歩ませ行くに、兵庫頭が郎従七八騎、追つかけてさんざんに射けるほどに、悪源太が郎等、山内首藤刑部《8やまのうちすとうぎやうぶ》が子息滝口俊綱《たきぐちとしつな》、引き

3 六条河原から京極大路に戻り北上、五条大路から河原に出るべく東行。
4 88頁参照。
5 あいさつする意。同伴の意思表示。
6 見苦しい。
7 二股を掛けた裏切りの心。
8 83頁注10 11。

止まり戦ひけり。
下総国《しもをさのくに》の住人、[9]下河辺庄司《しもかはべのしやうじ》三郎行義《ゆきよし》が射ける矢に、滝口が首の骨を射させて心地乱れけれども、さる兵《つはもの》にて、矢、折り抜いて捨て、鞍の[10]前輪《まへわ》にすがり、甲《かぶと》の[11]真向《まつかう》を馬の[12]平首《ひらくび》にもたせて、息をつきゐたり。

　悪源太、これを見て、

「滝口は[13]大事の手負《お》ひぬと覚ゆ。敵《かたき》に討たすな。首をば味方へ取れやと下知《げぢ》せよ」

と申せば、鎌田《かまだ》、下人《げにん》を呼びて、

「滝口が首、敵《てき》に取らすな。汝《なんぢ》行きて、[14]痛手《いたで》か薄手《うすで》か見よ」

と、申しつけられてかの下人、長刀《なぎなた》持ちたりけるが走り寄りしに、滝口、目を見あはせて、

「いかに、おのれは。味方ごさんめれ」

「さん候《ざうら》ふ。鎌田殿の下人《げにん》にて候ふが、鎌倉の[15]御曹司《おんざうし》の御《ご》諚《ぢやう》に、大事の手ならば、[16]人手《ひとで》にばし懸けたてまつるな、御《おん》

9 藤原秀郷の子孫。行政または行光の子。→本文校訂注。庄司は荘園の管理職。下河辺は下総国葛飾郡内、現、埼玉県久喜市より三郷市に至る地。

10 31頁図参照。

11 兜の正面、額に当たる部分。

12 たてがみの両側、平らな首の部分。

13 命が危ないほどの重傷。

14 重傷か軽傷か。

15 貴人の部屋（曹司）住みの子息に対する敬称。「御諚」は、ご命令。

16 他人の手。「ばし」は「…なんか」の意。

首を賜《たまは》れとの仰せによりて、是非《ぜひ》を見まゐらせんがために参り候ふ」

と申せば、滝口、

「痛手の段、[17]子細なし。弓矢取る侍《さぶらひ》は、良き大将に召し仕ふべかりけるぞや。かばねをだにも、いたはり思《おぼ》し召して、人手に懸くるなと宣《のたま》ふこそ、かたじけなけれ」

とて涙を流し、

「はやはや切れ」

とて、こぼれ落ちてぞ切られにける。

父刑部丞《ぎやうぶのじよう》、

「弓矢取るならひ、合戦の場に出でて命を捨つることは、人ごとに思ひまうけたることなれども、我こそ先に討死して、子孫に弓矢の面目を譲らんと思ひしに、末《すゑ》頼もしき滝口を討たせて、惜しからぬ老いの命、何にかはせん、もろともに死出《しで》の山をも超えめ」

と、身命《しんみやう》を捨てて馳せ回れども、[18]命は限りあるものなれば、

17 あれこれ言うまでもない。

18 命は当人の思い通りにはならず、自らの意志を反映させるのに限界がある、の意。

剣《つるぎ》の先にもかからず、矢を逃《のが》るるをぞ嘆きける。

左馬頭義朝は、悪源太が小勢《こぜい》にて戦ふいたはしさに、五条河原へ向けてぞ駆けたりける。兵庫頭が三百余騎、六波羅の勢につきにけり。

三　清盛の出陣

悪源太、川、馳せ渡して、父と一手《ひとて》[1]になつて六波羅へ向けてぞ駆けたりける。これを限りと見えければ、伴ふともがら誰々《たれたれ》[2]ぞ。

悪源太義平・中宮大夫進《たいふのしん》・右兵衛佐《のすけ》・三郎先生《せんじやう》・十郎蔵《くら》人《ど》義盛《よしもり》・陸奥《むつの》六郎・平賀《ひらがの》四郎・鎌田兵衛・後藤兵衛・子息新兵衛・三浦《の》荒次郎・片切《かたぎり》小八郎大夫・上総介《かづさのすけ》八郎・佐々木三郎・平山武者所《ひらやまむしやどころ》・長井《の》斎藤別当実盛《さねもり》をはじめとして二十余騎[3]、六波羅へ押し寄せ、一[4]、二の垣楯《かいだて》うち破りて喚《をめ》いて駆け入り、さんざんに戦ひけり[5]。

大弐《だいに》清盛、北[6]の対《たい》の西の妻戸《つまど》[7]の間《ま》に、いくさ下知《げぢ》してゐ

1 一隊になって。
2 以下の人名、81 82頁脚注参照。
3 82頁に二百余騎とあった軍勢が激減したことになる。「…騎」という場合、正確には徒歩武者を含まない。
4 一列目と二列目の。
5 ＊愚管抄には、六波羅邸の塀の際まで攻めつけたと。
6 寝殿造りの建物で、寝殿の北側に設けられた別棟の建物（対の屋）。東西にもあった。
7 両開きになる板戸の内側の部屋。
8 播磨国飾磨（兵庫県姫路市）産の濃紺の染料で染めた鎧直垂。
9 竹の部分（箆）を漆で塗った矢。
10 鷲の両翼の下にある黒い羽。「矧ぐ」は矢羽を箆に取りつけること。
11 箙の方立に矢を差し立てる意。「負ふ」は箙を腰に帯びること。

たりけるが、妻戸の扉に敵《かたき》の射る矢が雨の降るごとくに当たりければ、大弐清盛、大いに怒《いか》つて、

「恥ある侍《さぶらひ》がなければこそ、これまで敵《かたき》を近づくれ。退《の》けや、清盛、駆けん」

とて、甲《かぶと》の緒《を》を締めて妻戸の間《ま》よりつと出で、庭に立てたる馬を縁《えん》の際へ引き寄せてひたと乗る。

清盛、その日の装束には、8飾磨《しかま》の褐《かち》の直垂《ひたたれ》に黒糸縅《をどし》の鎧、9塗箆《ぬりの》に10黒保呂《くろほろ》矧《は》ぎたる矢の、十八差11したるを負ふままに、12塗籠籐《ぬりごめどう》の弓をぞ持ちたりける。13黒漆《こくしつ》の太刀に、熊の皮の14頬貫《つらぬき》をぞ履《は》いたりける。黒き馬の15七《なな》、八寸《やき》ばかりなる太くたくましきに、黒鞍置きてぞ乗りたりける。下より上までおとなしやかに16、真黒《まくろ》にこそ装束《しやうぞ》いたれ。甲ばかりは銀《しろがね》をもつて大鍬形《おほくはがた》を打ちたりければ、白く輝《かかや》いて人に変はり、あはれ大将やと見えし17。

腹巻《はらまき》に太刀・長刀《なぎなた》抜きつれたる徒歩《かち》武者三十余人、馬の前後左右《さう》に走り散つて、西18の門より駆け出でたり。嫡子重

箙《えびら》

12 一面に籐を巻き、漆で固めた弓。
13 鞘を黒の漆で塗った太刀。
14 毛皮の履物。次頁図。
15 76頁注10。
16 年長者らしく。
17 ＊愚管抄も、清盛が黒ずくめの装束で黒馬に乗り、大鍬形の甲で徒歩武者二、三十人を従え出陣したさまは、頼もしかったと。
18 ＊泉殿と称された清盛邸には、西門と西面北門とがあった（山槐記・一一七八年十、十一月条）。

盛・[19]二男基盛《もともり》・[20]三男宗盛《むねもり》以下《いげ》の一門三十余騎、大将軍をば矢面《やおもて》に立てじと、我先《さき》に我先にとぞ駆けたりける。

四　頼政の義朝批判、義朝退却

左衛門佐重盛も、源兵庫頭《げんひやうごのかみ》に目をかけて

「兵庫頭は新手《あらて》ごさんめれ。駆けよや、進めよや」

と、言葉をかけられて、兵庫頭三百余騎、河原を[1]西へぞ駆けたりける。

左馬頭は兵庫頭に駆けられて、川、馳せ渡り、西の河原へ引き退く。しばらく馬の息を継がせ、

「ここは最後ぞ、[2]若党《わかたう》ども。一引《ひとひ》きも引くな」

とて、[3]轡《くつばみ》を並べて喚《をめ》いて駆けければ、兵庫頭が三百余騎、川の東へ引き退く。源平、川を隔てて、しばらく[4]支《ささ》へたり。

義朝、申しけるは、

「や、兵庫頭。名をば源兵庫頭と呼ばれながら、いふかひなく、[5]など[6]伊勢平氏《へいじ》にはつくぞ。[7]御辺《ごへん》が二心《ふたごころ》によりて、当

19母は、兄重盛と同じ高階基章の娘。当時、五位で検非違使左衛門尉、淡路守。一一三九～六二年。
20母は平時子。当時、従五位下。のち右大将・内大臣。重盛・清盛の没後、平氏の棟梁。一一四七～八五年。

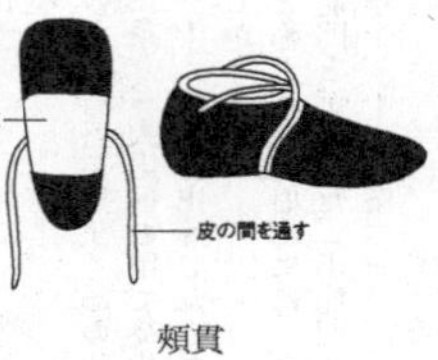

頬貫

1鴨川の東河原を西へ。
2若者の郎等たち。
3くつわ。馬の口にはめる金具。
4もちこたえる意。
5なぜ。
6伊勢を本拠とする平氏一族。平貞盛の子、維衡の代より伊勢に住した。

家の弓矢に傷つきぬるこそ口惜《くちを》しけれ」

と、高らかに申しければ、兵庫頭頼政《よりまさ》は、

「累代《るいたい》[8]、弓箭《きうせん》[9]の芸を失はじと、十善《じふぜん》[10]の君につき奉るは、全く二心にあらず。御辺、日本一[11]の不覚人《ふかくじん》、信頼卿に同心するこそ、当家の恥辱《ちじよく》なれ」

と申せば、ことわり、肝《きも》に当たりけるにや、その後は、言葉もなかりけり。

　かかりけるところに、伊藤武者景綱《かげつな》[12]・筑後守家貞《いへさだ》[13]、五百余騎ばかり、この川の東の端《はた》を上《のぼ》りへ向けて歩ませけるを見て、鎌田兵衛、左馬頭に申すやう、

「あれ、御覧《ごらん》候へ。敵《かたき》こそ、我らを取り籠めんと勢を回し候へ。ここを退かせ給ひて、事[14]のやうを御覧ぜられ候へかし」

とぞ、諫《いさ》めける。

　義朝、

「引かば、いづくまで延ぶべきぞ。討死よりほかは、また

7 対等の相手を呼ぶ時の語。
8 代を重ねること。代々。
9 弓と矢の芸で、武芸の意。
10 天皇のこと。前世で行った十の善行により、この世で天子に生まれるという仏教の教えから。十善は、殺生・偸盗《ちゆうとう》・邪淫・妄語・綺語《きご》・悪口《あつく》・両舌・貪欲《とんよく》・瞋恚《しんに》・邪見という十悪をしないこと。
11 ＊愚管抄は、義朝が信頼を「日本第一の不覚人」と評した言葉を伝えており（81頁注20）、この一句も淵源はそこにあるかも知れない。作中、彼は「不覚人」「臆病」と頻繁に難じられる。
12 52頁注34。
13 48頁注8。
14 事の成り行き。

別《べち》の儀、あるべからず」

とて、やがて[15]駆けんとしければ、鎌田、馬より飛び下り、轡《くつばみ》に取りつき、

「これは存ずるところありて、申し候ふものを。御《ご》当家は、弓矢を取りては神にも通じ給へり。[16]やうこそあるらめと、天下の人は申しあひて候ふに、平家の目の前にて御屍《おんかばね》を留め、馬の蹄《ひづめ》に当てさせ給はんこと、口惜しかるべし。

まつたく御《おん》命を惜しむためにあらず。敵《かたき》、何十万騎候ふとも、駆け場よき合戦なれば打ち払ひて、[17]小原《をはら》・[18]静原《しづはら》の深《み》山《やま》の中へ馳せ入り、御自害候ふべし。もしまた、延びぬべくは、[19]北陸道《ほくろくだう》にかかりて東国へ下らせ給ひなば、[20]東《とう》八か国に誰《たれ》か[21]御家人《ごけにん》ならぬ人、候ふ。

世を取らむずる大将の、[22]左右《さう》なく御命、捨てられんこと、後代《こうたい》のそしり、あるべし」

と申せども、なほ駆けんとはやりけるを、郎等あまた、

15 そのますぐに。

16 特別ないわく。

17 大原のこと。京都洛北の山里。118頁図参照。

18 大原と鞍馬の中間の地。

19 日本海沿岸の若狭・越前・加賀・能登・越中・越後・佐渡の七か国の地。また、そこを通る道。

20 足柄の関以東の八か国。相模・武蔵・安房・上総・下総・常陸・上野・下野の諸国。

21 主君家直属の武士。＊源氏と東国武士との主従関係は、前九年の役を戦った源頼義の時代から始まるとされる。義朝の居宅は、鎌倉の亀ヶ谷《かめがやつ》にあり、東海道十五か国を管領したという（吾妻鏡・一一八〇年一〇月、八九年九月条）。

22 簡単に。

23 馬の尻から鞍に、また胸から鞍に架け渡す組紐。

[23]鞦《しりがい》・胸懸《むながい》、手綱《たづな》・腹帯《はるび》に取りつきて、西へ向かせて引きもて行く。

五　源氏郎等の犠牲

六波羅の官兵《くわんぴやう》ども、

「我ら内裏より引き退きし心は、ただ今、思ひ知れ。など返し合はせぬぞ」[1]

と、ののしりかけけれども、郎等ども、手を放たねば、左馬頭、駆くるに及ばず、楊梅《やまもも》[2]を西へ、京極《きやうごく》を上《のぼ》りに落ち行くに、平家の郎等、勝つに乗り、いづくまでと[3]追つかけて、さんざんに矢を射かけたり。

義朝の勢のなかより、紺地《こんぢ》の錦《にしき》の直垂《ひたたれ》に萌黄匂《もよぎにほひ》[4]の鎧、薄《うす》紅《くれなゐ》の保呂《ほろ》[5]掛けて、白葦毛《しらあしげ》[6]なる馬に乗りたる武者、ただ一騎、取って返して名乗りけるは、

「さりとも音《おと》[7]には聞きこそしつらめ、信濃国の住人、平[8]賀《の》四郎源義信《のよしのぶ》、生年《しやうねん》十七歳。我と思はん者あらば寄り合

1 大声で呼びかけること。
2 100頁注5。信頼の逃走経路と同じ。
3 どこまで逃げる気かと。
4 77頁注13。
5 鎧の背につけて矢を防ぐ布。後世、かご状の骨を中に入れるようになる。次頁図。
6 77頁注15。
7 うわさ。
8 82頁注6。

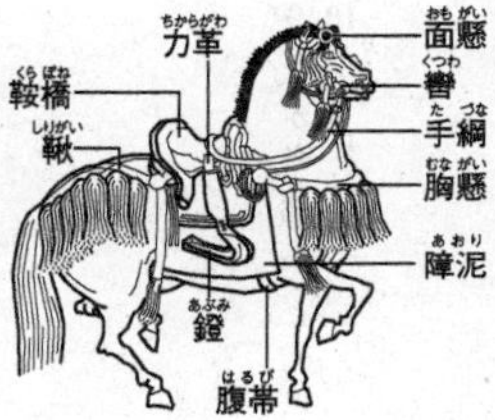

馬具

へ。一《ひと》勝負せん」

とて、さんざんに戦ふ。

　これを見て、

「同国の住人、片切《かたぎり》小八郎大夫景重《かげしげ》」

と名乗りて取って返す。

「相模国《さがみのくに》の住人、山内首藤刑部丞俊通《やまのうちすとうぎやうぶのじようとしみち》」

と名乗って返しあはす。

「武蔵国の住人、長井《の》斎藤別当実盛《さねもり》」

と名乗って返す。

　これらが身命《しんみやう》を捨てて戦ひけるにぞ、義朝、はるかに延びにける。

　その中にも山内首藤刑部は、嫡子滝口《たきぐち》が討たれたる所なれば、亡き跡までも懐《なつ》[9]かしう覚ゆ。[10]討死せんと思ひ定め、大勢《おほぜい》の中へ駆け入り、敵《かたき》三騎切りて落とし、あとはよき敵と引っ組み、取って押さへて首を取り、立ち直らんとしけるを、敵《かたき》、[11]すきをあらせず取り籠めて、首藤刑部丞を討ち

9 心ひかれ、離れがたい思い。
10 ↓本文校訂注。
11 ひまを与えず、すぐに。

保呂

にける。[12]

かかるところに、片切小八郎大夫景重、これを見て、刑部丞が討たれにける大勢の中へ駆け入り、よき敵《かたき》一騎切って落とし、その後《のち》、[13]面《おもて》も振らず戦ひける。運の極めにやありけん、太刀、二つに折れければ、[14]刀を抜き、[15]錣《しころ》を傾《かたぶ》けつと寄り、よき敵と差し違へてぞ死ににける。[16]

この者ども、[17]ふせき戦ひ討死しけるに、義朝は延び行きけるこそ、哀れなれ。

合戦すでに過ぎければ、信頼卿宿所《しゆくしよ》〈三か所〉[18]、義朝六[19]条堀川の館《たち》、季実《すゑざね》[20]大炊御門《おほひみかど》堀川の家、以上五か所に火を掛けたり。折ふし、風激しく吹き、咎《とが》なき民《たみ》の家、数《す》千家焼けければ、余煙《よえん》、京中に満ち満ちてけり。

かの[21]咸陽宮《かんやうきう》の煙《けぶり》、雲と上りしを伝へ聞きては、外国の昔なれども、[22]理《ことわり》を知るともがらは嘆くぞかし。いかに況《いはん》や、この平安城の[23]灰燼《くわいじん》となるを見ては、心あらむ人、誰《たれ》か国の衰微《すいび》、悲しまざらん。


12＊吾妻鏡・一一八〇年一一月条に、平治に六条河原で討死と伝える。

13わき目も振らず、ひたすら。

14腰刀（44頁図）などの短刀。六寸から一尺前後で鐔がない。
15 77頁図参照。
16＊吾妻鏡・一一八四年六月条に、乱後、所領の片切郷が平氏に没収されたと。

17「ふせぐ」は、当時、清音。

18↓本文校訂注。

19六条大路の北、堀川小路の東にあった源氏邸。かつて父為義も住む。

20源氏邸より北へ二キロメートル余りの地点。季実は32頁注16。＊百練抄・一一六六年二月条によれば、この時、一条小川新町の行願寺近くにあった季実邸が焼かれた。

21秦の始皇帝が首都の咸陽に造営した宮殿。項羽によって焼かれた。

22栄枯盛衰という無常の道理。

23灰と燃えさし。

六　斎藤実盛《さねもり》の機知

義朝は、相《あひ》従ひし兵《つはもの》ども、方々へ落ち行きて小勢《こぜい》になりて、[1]叡山西坂本[2]《えいざんにしさかもと》を過ぎて、小原《をはら》の方《かた》へぞ落ち行きける。[3]八瀬《やせ》といふ所を過ぎんとするところに、[4]西塔《さいたふ》法師百四五十人、道を[5]切りふさぎ、[6]逆茂木《さかもぎ》引いて待ちかけたり。この所は、一方は[7]山岸《やまぎし》高くそばだち、一方は川流れ、みなぎり落ちたり。

「後ろよりは、敵《かたき》、定めて攻め来たるらむ。前は山の[8]大衆《だいしゆ》、[9]支《ささ》へたり。いかがはせん」

と言ふところに、長井《の》斎藤別当実盛、[10]ふせき矢射て追ひつきたりけるが、

「ここをば実盛、通しまゐらせ候はん」

とて、真っ先に進みて、甲《かぶと》を脱いで臂《ひぢ》にかけ、弓脇《わき》に挟《はさ》み、膝《ひざ》をかがめて、

「[11]これは、主《しゆう》は討たれ候ひぬ。いふかひなき下人《げにん》・[12]冠者《くわんじや》

1＊愚管抄には、郎等十人未満になっての都落ちだったと。

2比叡山の西の山麓、雲母坂《きららざか》登山口の付近。以下、118頁地図参照。

3大原の南の山間地帯。高野川の上流、八瀬川が貫流する。

4比叡山を構成する東塔・西塔・横《よ》川《かわ》の僧坊群の、西塔に居住する僧徒。根本中堂のある東塔の西北。

5山やがけを崩し、道を塞ぐこと。

6先をとがらせた木を組んだ防御柵。

7川沿いの断崖絶壁。

8比叡山の僧兵。

9行く手をはばむ意。

10敵を防ぐために射る矢。

11自称。私は。

12元服して間もない若者。「ばら」は複数を表す語。

ばらが、恥をかへりみず命を惜しみ、妻子を今一度、見候はんとて、国々へ逃げ下る者どもにて候ふ。

たとひ首を召され候ふとも、罪つくらせ給ひたるばかりにて、勲功《くんこう》の賞にあづからせ給ふほどの首は、よも一つも候はじ。

たまたま僧徒《そうと》の御身《おんみ》にて候へば、[13]しかるべき人なりとも、御《おん》助けこそ候はんずれ。かかる下臈《げらう》のはてどもを、討ちとどめさせ給ひても、何の御用か候ふべき。[14]物具《もののぐ》まゐらせて候はば、かひなき命をば、御《おん》助け候へかし」

と申せば、大衆ども、

「さらば、物具、投げよ」

と言はせも果てず、持ちたる甲を、若大衆《わかだいしゅ》の中へ、からとぞ投げたりける。

下部《しもべ》・法師ばら、我取らん、人に取られじと、ひしめきけるほどに、ある法師、[15]ばひ取りてうち笑ひて立つたりけ

13 それ相応の身分の人。
14 鎧・兜などの武具。

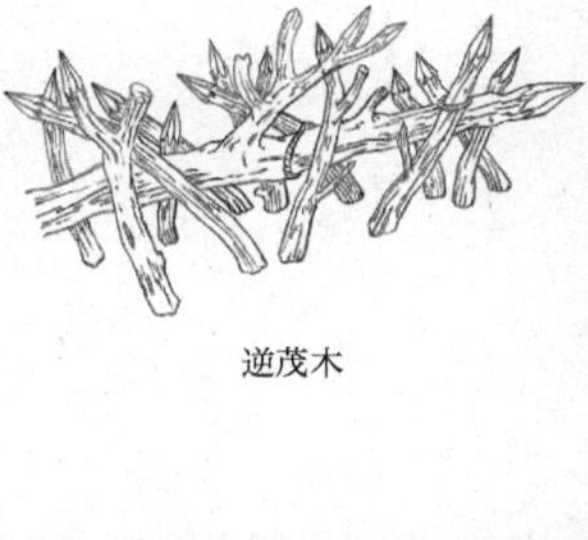

逆茂木

15 奪い取って。

るを、斎藤別当、をかしと思ひ、馬にうち乗りてつと馳せ寄せて、甲を[16]ひんばひてうち着て、太刀を抜き、「さりとも、[17]わ法師ばらも聞きこそしつらめ、日本一の剛《かう》の者、長井《の》斎藤別当実盛とは我がことぞ。我と思はん者あらば寄り合へや、勝負せん」とて、一鞭《ひとむち》打ってつと通る。義朝以下《いげ》の兵ども、一騎も残らず皆、通りぬ。

徒歩《かち》立ちの大衆・法師ばら、馬に当てられて、あるひは川に落ち入り、あるひは谷にころび入り、さんざんのことどもなり。

七　義朝、信頼に激怒、逃避行の艱難《かんなん》

実盛がはかりことにて、事ゆゑなく八瀬《やせ》川の端《はた》を北へ向かって落ち行くほどに、[1]ものが後ろより、

「[2]や」

と言ふを、義朝、返り見たれば、今はいづ方へも行きぬら

16 引き奪って。
17 お前ら法師たちも。
1 漠然と人を表した語。
2 呼びかけの言葉。おい。

むと思ひつる信頼卿、

「いかに、東国の方《かた》へか。同じくは我をも連れて落ち給へ」

とて、うち寄りたり。

義朝、あまりの憎《にく》さに、はたとにらみ、

「あれほどの大臆病の者が、かかる大事を思ひ立ちけることよ」[3]

とて、持ちたる鞭《むち》[4]を取り直し、左の頬先《ほうさき》を、二打ち三打ちぞ打ちにける。

乳母子《めのとご》[5]の式部大夫《しきぶのたいふ》[6]資能《すけよし》、

「いかにかやうに、恥をば与へ申さるるぞ」

と、とがめければ、義朝、怒《いか》つて、

「あの男、取つて引き落とせ。口裂け、者ども」

と下知すれば、鎌田兵衛、

「時にこそ、より候へ。敵《かたき》も今は近づき候ふらん。とうと[7]う延びさせ給へ」

3 81頁注20、107頁注11参照。
4 多く弾力のある熊柳を用い、よくしなるように屈曲部を作ってある。

鞭

5 乳母の子として主君に近侍。
6 藤原清高の子か。→本文校訂注。一一五六年に式部少丞、翌年に従五位上(大夫)となっており、式部大夫の呼称に照応。
7 早く早く。「とくとく」の音便。

と勧《すす》むれば、げにもやと思ひ、万事《ばんじ》を捨てて馳せ延びけり。

信頼卿は、面《つら》、打たれたるも恥づかしく、顔の鞭目《むちめ》も痛ければ、常に押しさすり押しさすりぞしける。いづくを頼むとしもはなけれども、8北山《きたやま》に沿うて、西の方へ落ち行きける。

9三郎先生《せんじゃう》・十郎蔵人《くらんど》、義朝に申しけるは、

「いかにもして東国へ御下向《おんげかう》候ひて、八か国の兵《つはもの》どもは、皆、10譜代《ふだい》の御家人《ごけにん》にて候へば、彼らを先として都へ攻め上らせ給はんこと、何の11子細か候ふべき。その時まで、我らも山林に身を隠して待ちたてまつり、12先途《せんど》の御《おん》大事には、などか13合はで候ふべき。御名残《おんなごり》こそ、惜しく候へ」

とて、泣く泣く暇《いとま》を乞ひ、小原山《をはらやま》の方へぞ落ち行きける。

左馬頭義朝も、この人々留まりしかば心細くなりて、14竜華越《りゆうげごえ》にかかりけるところに、15横川《よかわ》法師二三百人、落人《おちうど》留めんとて、道を切りふさぎ、逆茂木《さかもぎ》引き、高き所に16石弓《いしゆみ》張りて待ちかけたり。


8都の北方の山地。八瀬から岩倉を通り、山麓沿いに船岡山方面へ向かったのであろう。118頁地図参照。

9義朝の弟の義範と義盛（81 82頁注3 4）。河内と熊野に居住。

10主君家に代々仕える家来。

11面倒なこと。

12最後の。瀬戸際の。

13その場に立ち会う意。

14大原の北を経て、山城と近江との国境を超える峠道。標高三七四㍍。途中越ともいい、途中から南東に下り、竜華を通って琵琶湖畔の堅田近辺に出る道と、北に向かって若狭に至る道とに分かれた。

15比叡山の最も北に位置する僧坊群に居住する僧徒。112頁注4参照。

16がけの上などに石を結びつけておき、綱を切って落とす仕掛け。

石弓

「八瀬《やせ》をこそ、とかくして通りたるに、ここをば、また、いかがせんずるぞ」

と言ふところに、後藤兵衛尉、

「ここをば、実基《さねもと》、命を捨てて通したてまつらん」

とて、真つ[17]先に進み、

「足軽《あしがる》[18]ども、寄れや」

とて、逆茂木ども取りのけさせ、喚《をめ》いて駆け通る。左馬頭以下《いげ》の兵《つはもの》ども、一騎も残らず通りにけり。石弓、はづし[19]かけたれども、一つも当たらず通りてけり。

17 ↓本文校訂注。
18 雑役係の歩兵。足軽く働く意から。
19 石を落とすため、綱を切ること。

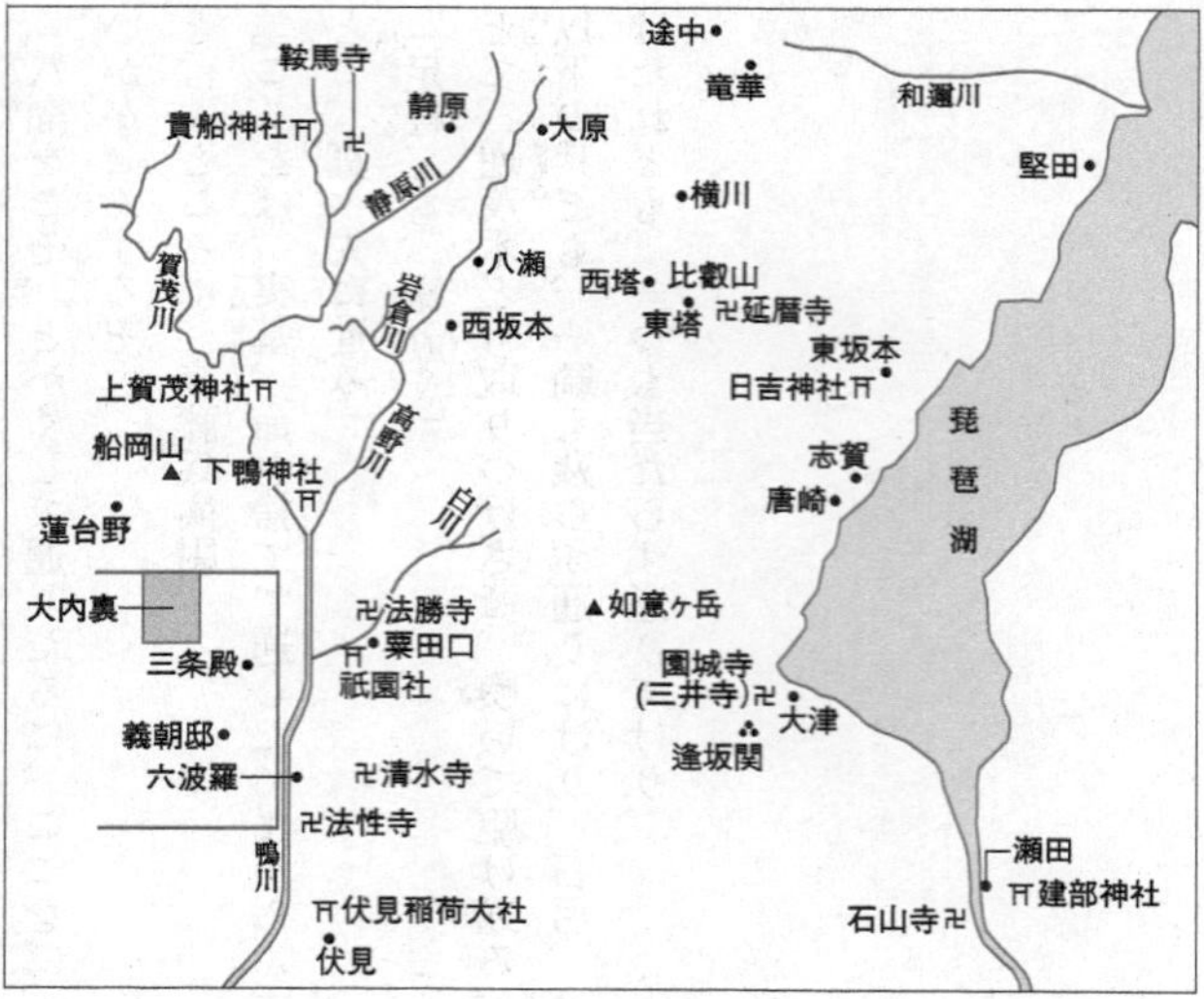
途中
竜華
和邇川
鞍馬寺
貴船神社
静原
大原
静原川
堅田
横川
賀茂川
八瀬
岩倉川
西塔
比叡山
東塔
延暦寺
西坂本
東坂本
上賀茂神社
日吉神社
高野川
琵琶湖
船岡山
下鴨神社
志賀
唐崎
白川
蓮台野
大内裏
法勝寺
如意ヶ岳
三条殿
粟田口
祇園社
園城寺
(三井寺)
大津
義朝邸
逢坂関
六波羅
清水寺
法性寺
鴨川
瀬田
建部神社
伏見稲荷大社
石山寺
伏見

義朝の逃避経路　1

八　叔父源義隆《よしたか》の死

　ここに義朝の叔父《をぢ》、[1]陸奥《むつの》六郎義隆《よしたか》は、相模《さがみ》の[2]毛利《もり》を知行《ちぎやう》せしかば、毛利冠者《もりくわんじや》とも申しけり。この人、馬が疲れて少し下がりたりけるを、法師ばらが中に取り籠めてさんざんに射けるほどに、義隆、太刀うち振りて追つ払ひ追つ払ひしけれども、山蔭《やまかげ》の道、難所《なんしよ》なれば、馬の駆け場もなし、[3]結句《けつく》、[4]内甲《うちかぶと》を射させて、心地、乱れければ、下り立ちてしづしづと座しゐつつ、木の根に寄りかかり、息つきゐたり。

　[5]山徒《さんと》のなかに、丈《たけ》[6]七尺ばかりなる法師の、黒革縅《くろかはをどし》の大腹巻《おほはらまき》の、同じ[7]毛《け》の袖つけたるに、左右《さう》の[8]籠手《こて》さして長刀《なぎなた》持ちたるが、義隆を討たんと寄りあひけるを、[9]上総介《かづさのすけ》八郎、取つて返して馬より下り、くだんの法師と打ちあうたり。

　介《すけの》八郎が下人《げにん》、左馬頭に追つ着きて

「毛利《もり》殿、痛手《いたで》負はせ給ひて候ふを、敵《かたき》に首取られじとて、

1 82頁注5。
2 神奈川県愛甲郡愛川町から厚木市にかけてあった荘園。
3 結局。最後は。
4 兜の内側の顔面。
5 比叡山の僧兵。
6 約二㍍一〇㌢余。
7 大腹巻と同じ黒革縅の袖。「毛」は縅の紐糸のこと。腹巻鎧は、通常、袖をつけない。51頁図。
8 肩から手までを覆う袋状の武具。当時は騎射戦が主ゆえ、通常、左手にのみつけた。次頁図。
9 広常。83頁注14。

介《すけの》八郎殿、返しあはせられ候ひつるが、それも今は、討たれやし候ひぬらん」

と告げたりければ、左馬頭、聞きもあへず取って返して喚《をめ》いて駆く。平山武者所《むしやどころ》・長井《の》斎藤別当も返しけり。

左馬頭、矢取ってつがひ、

「にくい奴ばらかな。その儀ならば、一人《いちにん》も[10]余すまじきものを」

と大音《だいおん》を上げてののしりかけて、相近《あひぢか》に攻め寄りければ、山僧、方々へ逃げ散りにけり。

なかにも、毛利冠者を討たんと寄りあひつる法師、山へ逃げ上《のぼ》りけるを、義朝、つがうたる矢なれば、[11]よつぴいてひやうど放つ。かの法師が腹巻《はらまき》の[12]押付《おしつけ》の板《いた》をつと射抜き、上げざまに射たる矢なれば、[13]胸板《むないた》のはづれへ、矢先《やさき》、五六寸ばかり、射出だしたり。うつ伏しざまに、がはとまろびて失せにけり。

かやうに敵《てき》を射散らして、左馬頭、馬より下り、毛利冠

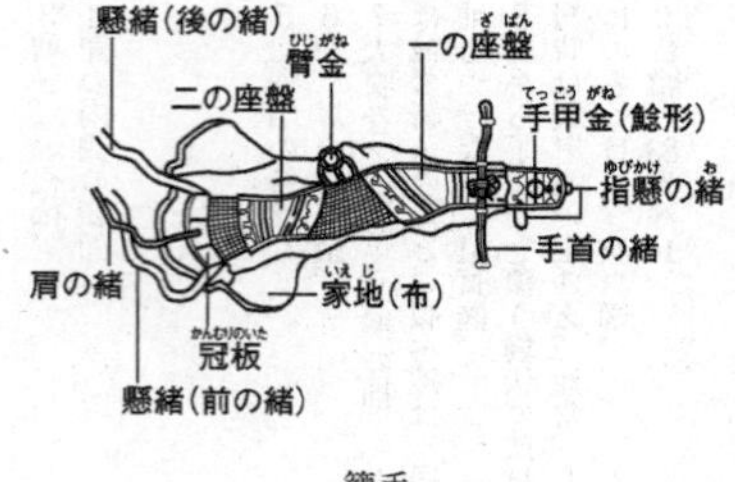

籠手

10 取り逃がすまい。
11 「よく引いて」の促音便。
12 鎧背面の最上部の、鉄板を革で包んだ横長の板。77頁大鎧図参照。
13 鎧前面の最上部の、鉄板を革で包んだ横長の板。同前。

者のゐたる所に行きて、手に手を取り組み、

「いかに候ふ、毛利殿。いかに、いかに」

と問はれければ、毛利六郎、目を開き、義朝の顔をただ一目見、涙をはらはらと流しけるを最後にて、[14]やがてはかなくなりにけり。


義朝、目も当てられず涙を抑へ、上総介《の》八郎に首取らせ、人には持たせず手ずから[15]ひさげて、馬に乗りて落ち行きけるが、人に知らせじと、目・鼻・顔の皮をはぎ削《けつ》りて、石を首に結《ゆ》ひそへて、[16]谷川の淵《ふち》に入れてけり。愛子《あいし》の坊門の姫を見てだにも、わろびれじと涙をつつみしに、この人に別れては、人目もはばからず、

「[17]八幡殿の御子《おんこ》の名残には、この人ばかりありつるものを」

とて、道すがら涙を流しければ、郎等ども、袖を濡《ぬ》らさぬはなかりけり[18]。

14 そのままぐに。

15 手にさげて持ち。

16 竜華越の北側を流れる和邇《わに》川であろう。118頁図参照。

17 八幡太郎と称した源義家。221頁注19。

18＊生後五十余日だった義隆の遺児頼隆は、乱後、下総国へ配流され、千葉常胤に養育される。頼朝が都から取り寄せた義朝の遺骨埋葬の際には、選ばれて遺骨に近侍した（吾妻鏡・一一八〇年九月、八五年九月条）。

九　義朝、東海道へ

「北陸道《ほくろくだう》へ赴《おもむ》かば、このこと聞きて都へ馳せ上る勢、多からん。誰《たれ》とも知らぬ雑兵《ざふひやう》にあひて犬死せんこと、口惜しかるべし。[1]なかなかこれより東坂本《ひがしさかもと》へかからば、たとひ人怪しむとも、[2]洛中《らくちゆう》の騒動により馳せ上るよしを言はば、子細あらじ」

と評定《ひやうぢやう》して、東坂本へ通りけれども、とがむる者、なかりけり。

[3]志賀・唐崎《からさき》・大津の浦を過ぎ行きけるが、[4]勢多《せた》には橋もなければ、舟にてぞ渡りける。[5]鈴鹿《すずか》・[6]不破《ふは》の関、平氏に志ある軍勢ら、固めたりと聞こえけれども、

「さりとては。不破の関にこそ、かからめ」

とて、[7]海道《かいだう》をぞ下りける。

後藤兵衛実基《さねもと》は、大の男の太り極めたるが、馬は疲れぬ、徒歩《かち》立ちになりて、かなふべくも見えず。左馬頭、これを

1 かえってむしろ、ここから都に近い東坂本の方へ。東坂本は、比叡山の東麓の登山口で、西坂本に対する呼称。日吉神社がある。この会話は、道が分かれる途中の地（116頁注14参照）でのことか。

2 都の中。唐都の洛陽になぞらえて。

3 東坂本から順次、南に下る琵琶湖畔沿いの地。118頁地図参照。

4 瀬田川。また、川の始まる琵琶湖南端の地。橋は、参戦する武士の上洛を防ぐため、壊されていたか。

5 近江から伊勢・尾張へ越える鈴鹿峠に設けられた、東海道の関所（三重県亀山市）。この道筋は、平安中期ころより裏街道化。以下、148頁地図参照。

6 近江から美濃へ通ずる道の要衝に設けられた、東山道の関所（岐阜県不破郡関ヶ原町）。東国へ向かう場合、この道の利用が主流となり、新東海道化する。

7 東海道の略。太平洋沿岸諸国と、そこを通る道をいう。

見て、

「実基は、はや留まれ」

と宣ひければ、なほ慕はしげにて行けどもかなはず、遂には留まりてけり。

この合戦を聞き及びて馳せ上る兵《つはもの》ども、怪しげに目をかけければ、道を行きては始終《しじゆう》[8]あしかるべしとて、三上《みかみ》[9]の岳《たけ》・鏡山《かがみやま》[10]の麓《ふもと》にかかり、木深《こぶか》き道を分け、夜に紛れて、伊吹《いぶき》[11]の嵩《だけ》、西の麓にぞ着きてけり。

一〇　信頼、仁和寺に出頭

右衛門督信頼卿は、北山の麓につきて、西を指して落ち行きけるが、鬨《とき》の声に心地を損じたりけるよりくたびれ果てて、さんざんのことどもなり。式部大夫資能《すけよし》、ある谷川の端《はた》に下ろし据《す》ゑて、干飯《ほしいひ》[1]、水にぬらして勧《すす》めけれども、胸ふさがりて少しも見ざりけり。また馬にかき乗せて押さへ、助け行く。

8 ついには。結局は。
9 滋賀県野洲《やす》市にある三上山。
10 三上山の北東、滋賀県蒲生《がもう》郡竜王町にある山。
11 近江と美濃との国境にある伊吹山（滋賀県米原市）。標高一三七七㍍。東南の麓に不破の関がある。「嵩」のふりがな、底本のまま。＊行き着いたのは夜とあるが、戦場の六条河原からは一二〇キロメートル余に及ぶ行程であり、翌日の夜になろう。

1 乾燥させた飯。

ころは十二月二十七日の夜なりければ、雪降り積みて、谷も峰も知らぬ道を、馬に任せて行くほどに、[2]蓮台野《れんだいの》へぞ出でたりける。死人葬送して帰りける法師ばら、[3]男、少々交じりたるが十四五人、[4]竹尻籠《たかしんこ》負ひて、弓持ちたるもあり、長刀の鞘《さや》はづしたるもあり、松明《たいまつ》ともして行き合ひたり。[5]この人々を見て、

「落人《おちうど》あり。打ち伏せてからめ捕りて、六波羅へ参らせよや」

とぞ、ひしめいたり。

式部大夫資能、

「我らは大将軍《たいしやうぐん》にもあらず、数ならぬ雑兵《ざうひやう》なり。討ちとどめさせ給ふとも、益《えき》あらじ。その上、亡者《もうじや》葬送の僧侶と見たてまつる。殺生《せつしやう》し給はば、[6]聖霊《しやうりやう》の罪ともなりぬべし。物《もの》具《のぐ》を召されよ、命をば助け給へ」

と言ひて、上より下まで脱ぎ取らせければ、この法師ばら、美麗《びれい》の物具、あくまで取つて、福徳《ふくとく》つきて帰りにけり。

2 船岡山の西方で、当時は葬送の地。巻末地図参照。

3 法師ではない俗人の男性。

4 竹矢籠《たかしこ》といい、竹筒製の壺胡簶《つぼやなぐい》状のものとも、箙《えびら》の方立《ほうだて》を割竹で組み上げたもの（鈴木敬三）とも。

5 ＊葬送は夜間に行われ、必ず魔除けの長刀を持った者が随行し、松明も必需品であった（北野天神縁起・一遍上人絵伝）。

6 死者の霊魂。

信頼卿は、今朝《けさ》までゆゆしげに見えし赤地の錦の直垂《ひたたれ》、7練貫《ねりぬき》の小袖8三つ着たりしを二つ、9精好《せいがう》の10大口《おほくち》まではぎ取られて、11大白衣《おほびやくえ》にぞなりにける。式部大夫資能、

12「さこそ果報尽きはて給はめ、かかることやある」

と口説《くど》きければ、右衛門督、

13「よしや、さな思ひそ。ことの悪《あ》しき時は、みな、さのみこそあれ」

と慰みけるこそ、はかなけれ。

さても上皇《しやうくわう》は仁和寺《にんわじ》の14御室《おむろ》にましますよしを承りて、

「昔の御《おん》恵みの名残ならば、御《おん》助けあらむずらん」

と思ひ、信頼卿、首を延べてぞ参りける。15

伏見源《のげん》中納言師仲《もろなか》卿も参りけり。越後中将《の》成親《なりちか》も参りけり。この二人は、

「主上《しゆしやう》、わたらせましませば、御方《みかた》に参り籠もりたるばかりなり。16させる罪科なき」

よしを、陳じ申しければ、上皇につき奉りたる人々、

7 生糸《きいと》を縦糸に、灰汁《あく》で煮て光沢を出した練糸《ねりいと》を横糸にして織った絹織物。
8 袂・袖口の小さい下着で、重ね着をした。
9 練糸を縦糸に、生糸を横糸に、または練糸を縦横ともに用いて織った厚地の絹織物。縦糸が太く、多く袴に使用。精密で優れている意から。
10 62頁注44。
11 白い下着のみの姿になったこと。
12 いくら果報が尽き果てなさるにしても。
13 仕方がない、ままよ。
14 高僧の住む部屋の尊称。宇多帝が入寺してから仁和寺の別称に。
15 ＊愚管抄では、上皇は六波羅に赴いたことになっており、信頼の出頭先は仁和寺の覚性法親王（69頁注16）のもととする。
16 それほどの。これというほどの。

「など物具《もののぐ》して、軍陣[17]にはうつ立ちけるぞ」と言へば、両人、口を開くことなし。

上皇、御書《ごしよ》をもつて、このよしを六波羅へ仰せられたりければ、左衛門佐重盛・三河守頼盛・常陸介[18]経盛、大将として、その勢三百余騎、仁和寺の御所へ参りて、この人々を受け取りて六波羅へ帰りにけり。

一一　信頼の死刑

同二十八日、六波羅へ参る人々は誰々《たれたれ》ぞ。大殿[1]《おほとの》・関白[2]殿・太政大臣[3]《だいじやう》宗輔《むねすけ》・左大臣[4]伊通《これみち》・花山院[5]《くわさんのいん》大納言忠雅《ただまさ》・土[6]《つち》御門《みかど》中納言雅通《まさみち》・四条三位[7]親隆《ちかたか》・大宮三位[8]隆季《たかすゑ》、この人々ぞ参られける。

越後《の》中将成親、六波羅へ召し渡されてけり。島摺[9]《しまずり》の直垂《ひたたれ》に折烏帽子[10]《をりえぼし》引き立てて、六波羅の厩[11]《うまや》の前に引き据《す》ゑられてぞありける。すでに死罪に定まりけるを、[12]左衛門佐重盛、「今度の重盛が勲功の賞には、越後中将を申し預かり候は

17軍の整列している場所。

18常陸は親王が守として任命される親王任国であるため、次官の介が事実上の守。経盛は前年に介を辞任しており、正しくは前常陸介。＊百練抄には、この時、「前常陸守経盛」を仁和寺に派遣し、信頼を召し取って斬首したとある。


1～5 上巻35 36頁に既出。

6権大納言源顕通の長男。叔父右大臣雅定の猶子。一一五六年に権中納言。のち内大臣。一一一八～七五年。

7参議大蔵卿藤原為房の七男。一一五六年に三位。のち参議。一〇九九～一一六五年。

8中納言藤原家成の長男。成親の異母兄。前年に従三位。のち権大納言。一一二七～八五年。

9洲や浜辺の模様を切り取った型紙で、摺り染めにしたもの。

10頂を折りたたんだ烏帽子。礼儀をただす時には、それを引き立てる。

11当時の厩は板敷で、猿が疫病に良いということで、一緒に飼われていた（石山寺縁起絵巻）。

ん」

と、[13]たりふし申されたりければ、死罪をば[14]申しなだめられてけり。

この成親は、院の御気色《ごきしょく》よき人にて、[15]仙洞《せんとう》のことは、内《ない》外《げ》ともに沙汰する[16]仁《じん》なりけるが、重盛出仕の時は、毎度、情けをかけて[17]申し承るよしなりけるが、今度は助けられてけり。されば、

「いかにも人は、心あるべかりけり」

とぞ、人ごとに申しける。

右衛門督信頼卿は、六波羅近き河原に引き据ゑられて、左衛門佐重盛して子細を召し尋ねらる。申し出だしたる方もなし。ただ、

「[18]大天魔《だいてんま》の勧《すす》めなり」

とぞ申しける。我が身の重科をば知らず、

「命ばかりは御《おん》助け候へ」

と泣く泣く申しければ、重盛、

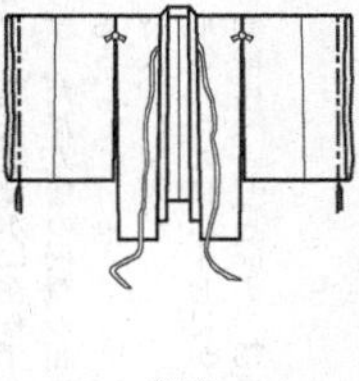

直垂

12＊愚管抄は、成親が深く関わった者でもなかったので、罪を問われなかったとする。死罪決定と重盛の救命話には、虚構があるか。
13切に。頭を垂れ伏しての意から。
14願い出て寛大に処置してもらったこと。
15院の御所。仙人の住む意から。
16人のこと。
17用件を聞くこと。また、親しくお付き合い申しあげる意。
18 25頁注6。＊愚管抄は、信頼が自分は間違っていないと弁明し、人々の不評を買ったと伝える。

[19]「なだめられておはすとも、何ほどのことか候ふべき。その上、よも助かり給はじ」
と返事せられければ、ただ泣くよりほかのことぞなき。

去んぬる十日ころより大内《おほうち》に住みて、さまざま[20]僻事《ひがこと》をのみ申し行ひしかば、[21]百官、竜蛇《りゅうじゃ》の毒を恐れ、万民、虎《こ》狼《らう》の害をぞ嘆きけるに、

「今日のありさまは、[22]田夫野人《でんぷやじん》はなほ尊《たつと》かるべし、乞食《こつじき》、[23]非人《ひにん》にも劣りたり」

とて、見物の上下、申しあへり。かの、
[24]「左《さ》納言《とうげん》右大夫、朝《あした》に恩を受け給ひて、夕《ゆふべ》に死を賜る」
と、[25]白居易《はくきょい》が書けるもことわりなり。泣けどもかひなく叫べどもかなはず、遂に首を刎《は》ねられぬ。[26]
大の男の肥ゑ太りたるが、首は取られて、むくろのうつぶさまに伏したる上に、砂子《すなご》、蹴掛《けか》けられて、折ふし、村《むら》雨《さめ》の降りかかりたれば、背《せ》溝《みぞ》にたまれる水、血混じりて紅《くれなゐ》を流せり。目も当てられぬさまなり。

19 寛大な処置をお受けになったとしても、どれほど罪科が軽減されましょうか。＊愚管抄は、清盛が顔を横に振り、死刑が執行されたとする。
20 まちがった事。
21 宮中に仕える多くの役人。
22 農夫や田舎者。
23 極貧の人。本来の仏教語では、人の姿でないものをいう。
24 白氏文集（三）・太行路の詩句の誤った引用。原典には「君は見ず左納言右納史、朝に恩を承り、暮に死を賜る。行路の難は水に在らず、山に在らず。ただ人情の反覆の間に在り」とある。
25 唐の詩人、白楽天。
26 ＊処刑されたのは二十七日が正しい（公卿補任）。67頁注1、73頁注1参照。

一二　信頼への非難、揶揄《やゆ》

ここに齢《よはひ》七十余りなる入道の、[1]柿《かき》の直垂《ひたたれ》着て、文書袋《もんじよぶくろ》首に掛けたるが、[2]平足駄《ひらあしだ》はき、[3]鹿杖《かせづゑ》つき、しきりに[4]しはぶきして、多き人を分け入る。

「信頼卿の[5]年ごろの下人《げにん》、主《しゆう》の果てを見んとて来たれるにや。哀れなり」

とて見るほどに、さはなくて、むくろをにらみて、

「おのれは」

といふ言葉を出だして、持ちたる鹿杖《かせづゑ》を取り直して、二打ち三打ちぞ打つたりける。

見物、これを怪しと思ふところに、この入道が言ふやう、

「[6]相伝《さうでん》の所を、無理におのれに[7]押領《あふりやう》せられ、多くの下人をも放ち失ひ、我が身をはじめ孫子《まご》ども、飢寒《きかん》の苦痛に責められつるは、おのれが所行《しよぎやう》ぞかし。その因果、報いて、おのれは首を切られて、入道が目の前にて恥をさらす。

1 柿渋で染めた赤茶色の直垂。身分の低さを示す。
2 歯の低く平たい下駄。
3 上端に横木を取りつけた杖。

鹿杖

4 咳をすること。
5 数年来の。また、長年の。
6 代々家領として伝わった土地。
7 力ずくで奪うこと。

入道、今まで生きて、おのれが死骸を打つ。入道が杖か、死してよも覚えじ。獄卒《ごくそつ》[8]の杖には今こそ当たらめ。魂魄《こんぱく》なほあらば、この言葉を確かに聞け。大弐殿《だいにどの》の嫡子、左衛門佐殿は、賢者《けんじゃ》の名誉おはしませば、この文書《もんじょ》、見参《げんざん》に入れて、本領安堵《あんど》[9]して、おのれが草の陰に見せんずるぞ。

　思へば、なほ憎きぞや」

とて、一杖《ひとつゑ》、しとと打ってぞ帰りける。

左衛門佐重盛、六波羅に帰りて、信頼が首を刎《は》ねられたるよし、人々に語り申されければ、

「最後はいかに」

と面々に尋ね給ふ。左衛門佐、

「そのことに候ふ。不憫《ふびん》なるなかにも、をかしきこと、あまた候ふ。いくさの日、馬より落ちて、鼻の先、少し欠け[10]て候ふ。また、落ち行き候ひける時、義朝に打たれて、左の頬先《ほうさき》に鞭目《むちめ》[11]うるみて候ふ」

と申されければ、大宮左大臣伊通公の申されけるは、

8 地獄の鬼が持つ細枝で作った鞭、または杖。

9 本来の土地の領有権を認め、保証すること。

10 損じ、損なう意。

11 青黒くあざになること。

「一日の[12]猿楽《さるがく》に鼻欠く、[13]といふ世俗の狂言[14]こそあれ。この信頼は、一日のいくさに、鼻欠きてけり」

と宣ひければ、皆《みな》人、一同にどつとぞ笑はれけり。
[15]御所にも聞こし召されて、
「何事を笑ふぞ」

と、御《おん》尋ねあり。右少弁成頼、ことのよしを奏聞《そうもん》すれば、主上も[16]笑《ゑ》壺《つぼ》に入らせ給ひけり。

この伊通公は、[17]節会《せちえ》、行幸《ぎやうかう》のみぎり、天下の御《おん》大事議定《ぎぢやう》の御座《ござ》にても、こと、をかしきことをのみ申さるれば、[18]公卿・殿上人、皆、興に入りて、礼儀もすたるるほどなり。されども、才覚も人に優れ、[19]芸能も世に超えて、[20]朝家《てうか》の鏡にておはせしかば、君も思《おぼ》し召しゆるし、[21]臣もそしり申さず。

一三　乱後の賞罰

伏見源《のげん》中納言師仲卿、子細を召し尋ねらる。

12 こっけいな物言いや物まね、曲芸をする雑芸。
13 大損をする意。猿楽見物で一日をつぶしたことをいう。
14 こっけいな、洒落のきいた言葉。
15 ここは二条天皇。
16 喜んで笑い出すこと。
17 正月一日などの節日《せちにち》や重要な公事《くじ》の際に宮中で催した宴会。
18＊今鏡（六）・弓の音に、「世の物言ひ（口達者な人）」と評されている。

19＊学識に優れていることを言い、古い記録類を多く読み（台記・一一四七年六月条）、歌人の藤原俊成が「物知りたる人」の代表と評したという（無名抄）。

20＊芸能は文学・書画・音楽・遊戯などの才芸をいい、今鏡の前掲箇所に、漢詩がうまく、書も優れていたと伝える。

21＊伊通は二条帝に、朝政のあり方を説いた大槐秘抄を献呈した。

「師仲は、勧賞《けんじやう》からむるべき身にて候へ。その故《ゆゑ》は、信頼卿、[1]内侍所《ないしどころ》をすでに東国へ下したてまつらんとたくみ候ひしを、女房《にようばう》[2]、坊門の局《つぼね》の宿所《しゆくしよ》、[3]姉小路《あねがこうぢ》東洞院《ひがしのとうゐん》に隠し置きまゐらせ候へば、朝敵に与同《よどう》せざる所見、何事かこれに過ぎ候ふべき。

信頼卿、伏見へと[4]聞こえ来たり候ふも、権勢に恐れて、心ならぬ交はりにてこそ候ひしか。よくよく[5]聞こし召し開かるべく候ふ」

とぞ、申されける。

[6]河内守《かはちのかみ》季実《すゑざね》・子息新左衛門尉季盛《すゑもり》、父子ともに切られにけり。

さるほどに、平家、今度の合戦の勧賞《けんじやう》、行はる。

大弐清盛の嫡男左衛門佐重盛、[7]伊予守に任ず。

次男大夫判官基盛は、[8]大和守に任ず。

三男宗盛、[9]遠江守《とほたふみのかみ》に任ず。

清盛舎弟三河守頼盛、[10]尾張守になる。

1 61頁注27。
2 右大臣藤原公能の娘、または兵衛尉平信重の娘（新日本古典文学大系『保元物語 平治物語 承久記』の人物一覧参照）。
3 三条大路の北を東西に走る姉小路と、南北の大路たる東洞院大路との交差する地点にあった邸宅（宿所）。＊愚管抄は、師仲が神鏡を開戦前から懐に入れて持っていたとし、百練抄・一一六〇年四月条には、唐櫃を壊して神鏡を取り出し、桂の地で一宿、その後、清盛邸に持って行き、仮の唐櫃を作って中に納め、自身の姉小路東洞院の家から宮中に返還したとある。古事談（一）の話も、それに近い内容。
4 こちらからお声をかけ、信頼卿が来ましたのも。
5 聞いて納得する意の尊敬表現。
6 32頁注16。＊尊卑分脈に、信頼の謀反に与し、河内守になったが、十二月三十日に処刑されたとあり、息子も同時の処刑と伝える。
7 公卿補任・重盛項に、十二月二十七日、勲功による補任と。

伊藤武者景綱、伊勢守[11]になる。

[12]上卿《しやうけい》は花山院《くわさんのゐん》大納言忠雅《ただまさ》、[13]職事《しきじ》は[14]蔵人《くらんど》左少弁朝方《ともかた》とぞ聞こえし。

信頼卿兄[15]兵部権大輔《ひやうぶごんのたいふ》家頼《いへより》・[16]民部少輔《みんぶのせうふ》基成《もとなり》・[17]新侍従《じじゆう》信《のぶ》親《ちか》・[18]尾張少将信説《のぶとき》・播磨守義朝・中宮大夫《の》進朝長・右兵衛佐頼朝・佐渡式部大夫重成・[19]但馬守有房《たぢまのかみありふさ》・鎌田兵衛尉政家、その親類縁者七十三人が官職を止《とど》めらる[20]。

昨日までは朝恩に浴して、余薫《よくん》を一門に与へしかども、今日は誅戮《ちゆうりく》をかうむりて、愁嘆を[21]九族《きうぞく》に及ぼす。夢の楽しみは、覚めての悲しみなり。一夜の月、早く[22]有漏《うろ》不定《ふぢやう》の雲に隠れ、朝《あした》の笑みは夕べの涙なり。片時《へんし》の花空しく、[23]無常転変《てんぺん》の盛衰のことわり、眼前にあり。生死《しやうじ》の境《さかひ》のなかに、誰《たれ》の人か、この難を逃るべき。

[24]堀河天皇の御宇《ぎよう》、[25]嘉承《かじよう》二年、[26]源義親《よしちか》、誅伐《ちゆうばつ》せられしよりこのかた、[27]近衛院《こんゑのゐん》の御宇、[28]久寿《きうじゆ》二年に至るまですでに三十余年、天下、風静かにして、民《たみ》、[29]唐堯《たうげう》・虞舜《ぐしゆん》の仁恵《じんけい》にほこ

8＊大和守就任は前年八月で、十二月には淡路守に移る（兵範記）。源平盛衰記（一）が、この時に左衛門佐へ昇進とするのが正しいか。

9公卿補任・宗盛項に、十二月二十七日、勲功による補任と。

10公卿補任・頼盛項、右同。

11系図纂要に、伊勢守・従五位上とあるが未詳。

12会議の進行役の公卿。

13実務を受け持つ蔵人。

14中納言藤原朝隆の長男。前年八月に左少弁、蔵人。のち権大納言。一一三五～一二〇一年。

15正しくは信頼の同母弟。兵部省の次官の権官。のち出家、願蓮房と称し大原に住む。↓本文校訂注。

16信頼の異母兄。民部省の次官。一一四三年に陸奥守となり奥州に下向、鎮守府将軍に（本朝世紀）。のち再度、陸奥守。娘は藤原秀衡と結婚、泰衡の母。平泉の衣川館に住み、義経隠匿の嫌疑により捕縛、のち不明（吾妻鏡）。↓本文校訂注。

17信頼の子。28頁注7。

18信頼の同母弟。29頁注20。↓本文

り、[30]海内《かいだい》、波治まりて、国、[31]延喜《えんぎ》・天暦《てんりやく》の徳政に楽しみしに、保元の合戦ありて幾ばくの年月をも送らざるに、また兵乱《ひやうらん》出で来ぬるあひだ、

「世、すでに末《すゑ》になりて、国の滅ぶべき時節にやあるらむ」

と、心ある人は嘆きけり。

同二十九日、また公卿僉議《せんぎ》あり。

「このほど大内には、凶徒、殿舎に宿《しゆく》して、[32]狼藉《らうぜき》、数日《すじつ》なり。皇居を浄《きよ》められずして行幸《ぎやうがう》ならんこと、しかるべからず候ふ」

と、定め申されしかば、八条烏丸《からすまる》、[33]美《び》福門院《ふくもんゐん》の御所へ行幸なる。左衛門佐重盛、矢負ひて供奉《ぐぶ》せられたり。

校訂注。

19大蔵卿源師行の子。師仲の甥。二年前に但馬守。この時の解官は未詳。のち中将。

20＊のち一一七六年六月、高倉帝の母建春門院平滋子の病による恩赦で「義朝党類」の流人は赦免された(吉記)。

21父方四、母方三、妻方二の九親族。

22煩悩のある状態は定まるところがない意。「漏」は煩悩のこと。

23万物は滞ることなく、変化し続けること。読みは底本のまま。

24白河帝の第二皇子。「御宇」は、その帝の統治時代。

25一一〇七年。義親誅伐は、正しくは翌年、鳥羽帝の時代のこと。

26源義家の次男。為義の実父。対馬守時代に反乱、隠岐配流後には出雲の国司を殺害、平正盛に討たれる。／27鳥羽帝の第九皇子。後白河帝の異母弟。一一三九〜五五年。／28一一五五年。保元の乱の前年。／29二人とも中国古代の伝説的聖王で、陶唐氏と有虞氏を称す。／30国内。／31醍醐帝と村上帝時代の年号。／32乱れて乱雑な状態をいう。／33鳥羽帝の皇后、近衛帝の母。二条帝の養母。権中納言藤原長実の娘、得子。一一一七〜六〇年。＊百練抄の同日条は、同御所へ清盛以下が甲冑姿で供奉したと記す。

一四　義朝の妻、常葉《ときは》の悲嘆

さても左馬頭義朝の末子《ばつし》ども、三人あり。九条《の》院[1]の雑仕《ざふし》[2]、常葉《ときは》[3]が腹なり。兄は今若《いまわか》[4]とて七つになる。中は乙若《おとわか》[5]とて五つになる。末は牛若《うしわか》[6]とて、今年生まれたる子なり。

義朝、これらがことを心苦しく思ひ置きて、童《わらは》、金王丸《こんわうまる》[7]を道より返して

「合戦に打ち負けて、いづちともなく落ち行けども、子どもに留まる心、都にのみ帰りて行く末も覚えず。いかなる国にあるとも、心安きことあらば、迎へ取るべきなり。そのほどは、深き山里にも身を隠して、我が訪れ[8]を待ち給へ」

と申しければ、常葉、聞きもあへず、引きかづきて伏し沈めり。

子ども、声々に、

「父は、いづくにましますぞ」

1近衛帝の中宮であった、皇太后宮の藤原呈子。当時は出家の身。父は左大臣伊通。九条院の呼称は、院号宣下（一一六八年）以前より見られ、九条大路北・堀川小路東にあった父所有の御堂を邸宅としていたからか。一一三一～七六年。
2中宮などの住む後宮《こうきゅう》の女官で、雑役を務めた雑仕女《ざうしめ》。
3出自未詳。名は出仕の際に与えられたもので、玉松・笛竹・綾杉といった例がある（明月記・一二三三年七月条）。＊吾妻鏡は「常盤」と記すが、この物語ではほぼ「常葉」。
4のちの全成《ぜんじょう》。220頁参照。一一五三～一二〇三年。
5のちの円成《えんじょう》。義円とも。220頁参照。一一五五～八一年。
6のちの義経。一一五九～八九年。
7100頁注6。
8便り。

「頭殿《かうのとの》[9]は、いかに」

と、泣き悲しみけり。

常葉、泣く泣く起き上がりて、

「頭殿は、いづ方へと仰せられつる」

と問ひければ、

「相伝譜代の御家人《ごけにん》どもを御《おん》訪ね候ひて、東国へと仰せられつる。片時《へんし》[10]もおぼつかなき御ことにて候へば、いとま申して」

とて、出でんとしけるを、今若、金王が袖に取りつきて、

「我はすでに七つになる。親の敵《かたき》、討つべき年のほどにあらずや。おのれが馬の尻に乗せて、父のまします所へ具して行け。とても、[11]我らここにありても、よも逃れじ。具して行くこと、かなはずは、平氏の郎等が手にかからんよりは、おのれが手にこそかからめ。いかにもなして行け」

と泣きければ、金王丸も目も当てられず、押し放たんもか[12]

9 左馬頭殿の略称。

10 わずかな時間。

11 →本文校訂注。

12 痛ましく。

はゆく覚えて、

「頭殿《かうのとの》は、[13]東山《ひがしやま》なる所に忍びてわたらせ給へば、夜に入りてこそ、御《おん》迎ひに参り候はんずるぞ。この袖、放たせ給へ」

と、[14]すかせば、

「さては」

とて手を放ち、涙をこぼしながら嬉しげなる顔に見えけるこそ、[15]むざんなれ。

　金王丸、いとまを乞ひて出でしかば、

「頭殿の行方を問へば、おのれが名残さへ惜しきぞや。今よりのちは、いつかは、またも見ん」

と、泣き悲しむこそあはれなれ。

一五　信西子息の配流

　少納言入道信西《しんせい》が子ども、僧俗十二人ながら遠流《をんる》に処せられけり。

13 鴨川の東の連山。
14 だまし、なだめる。
15 かわいそうだの意。本来の仏教語では、罪を犯しても恥じないこと。

「君のために命を捨てたりし忠臣の子どもなれば、信頼・義朝に流されたりとも、朝敵、滅びなば、召し還されて忠賞《ちゆうしやう》[1]こそせらるべきに、結句《けつく》[2]、流罪《るざい》の科《とが》をかうむる条、すべて心得がたし。

　この人々召し使はれれば、信頼卿同心の時のふるまひ、天聴《てんちやう》[3]にや達せんずらむと恐怖して、新大納言経宗・別当惟方が申し勧めたるを、天下の擾乱《ぜうらん》[4]にまぎれて、君も臣も、思《おぼ》し召し誤りてけり」

とぞ、心あるともがらは申しあへりける。

　この人々は、内外《ないげ》[5]の智、人に優れ、和漢の才、身にあまりたりしかば、配所《はいしよ》へ赴くその日までも、ここかしこの宿所[6]に寄りあひて、詩[7]を作り歌を詠みて、互ひに名残をぞ惜しみける。

　すでに道々へ下る時も、消息《せうそこ》[8]に思ふ心を述べて、二泊《ふたとま》り三泊りをぞ送りける。西海《さいかい》[9]に赴く人は、皆、八重《やへ》の潮路《しほぢ》を分けて行く。東国へ下るともがらは、千里の山川《さんせん》を隔てた

1忠功に対する賞。

2ついには逆に。

3天皇の耳に入ること。

4騒ぎ乱れること。

5仏典を内典、それ以外の儒教・道教などの経典を外典といい、その両方に詳しいこと。

6邸宅。

7漢詩。

8手紙。

9西海道の略称で、九州地域をいう。

10＊月詣和歌集（二）に載る信西息の静賢（憲）の歌の詞書によれば、東国に流された兄弟は相模国大磯から各々の配所に向かった。

11紀二位。24頁注37。

12のちに高倉帝の愛人となる小督は、この時、三歳（山槐記・一一八〇年四月条記載年齢より）。

13遥か遠い地。＊公卿補任の成憲（範）項は、戦乱終結以前の十二月二十三日に下野国に配流とする。

14言葉で言い尽くせない。

15心にあまるほどの。抑えがたい。

16三条大路から延びて東国へ向かう

り。関を越え、宿りは変はれども、思ひは更に慰まず。日を重ね、月を送れども、涙は尽きもせざりけり。[10]なかにも播磨《の》中将成憲《しげのり》の、老いたる母、[11]いとけなき子[12]を振り捨てて、遼遠《れうゑん》[13]の境《さかひ》に赴きける心の内こそ、言ふはかり[14]なし。[15]せめての都の名残惜しさに、所どころにやすらひて、行きもやり給はず。粟田口《あはたぐち》[16]に馬をとどめて、

　　みちのべの草の青葉に駒《こま》止めて
　　　なほ故郷《ふるさと》を返り見るかな[17]

かくて遥かなる海道[18]にうち向かへば、鳴海《なるみ》[19]の浦の塩干潟《しほひがた》、二村山《ふたむらやま》[20]・宮路山《みやぢやま》[21]・高師山《たかしやま》[22]、浜名《はまな》[23]の橋をうち渡り、小夜《さよ》[24]の中山《なかやま》・宇津《うつ》[25]の山、年ごろは都にて名をのみ聞きし富士の高《たか》嶺《ね》をうち眺め、足柄山《あしがらやま》[26]をも越えぬれば、いづくを道の限りとも知らぬ武蔵野や、堀兼《ほりかね》[27]の井も訪ねて見る。

さるほどに、中将、下野《しもつけ》[28]の国府《こふ》に着きて、我が住むべかんなる室《むろ》[29]の八島《やしま》とて見給へば、煙《けぶり》、心細く立ち上り、折からの思ひとどめ難くて、泣く泣くかうぞ思ひ続けらる。

道の都の出口。118頁地図参照。
17 新古今和歌集・羇旅に、東国へ赴いた道中の歌として載る。
18 東海道の略称。
19 名古屋市の鳴海町にあった海岸。
20 愛知県豊明市沓掛町の西方にあり、東海道が中腹を通る。
21 同豊川市にある山。
22 同豊橋市東南部の森林地帯をいい、実態は平地。静岡県との県境。
23 浜名湖と海との間の川に掛けた橋。長さ五十六丈（約一七〇㍍）。
24 静岡県掛川市と島田市との間の峠。東海道の難所。標高二五〇㍍。
25 藤枝市岡部町と静岡市駿河区丸子との間の峠。標高一七〇㍍。
26 箱根外輪山の静岡・神奈川県境の連山をいい、北端の標高七五九㍍の足柄峠に関所があった。
27 埼玉県狭山市堀兼にあった井戸。枕草子に「井は」として出る。
28 栃木市田村町付近にあった。
29 国府の北、同市惣社町の大神《おおみわ》神社（室八島明神）の付近。野中に島があり、清水が湧き出る時に立つ気を煙と見た（袖中《しゅうちゅう》抄・一八）。

我がために有りけるものを下野や　室の八島に絶えぬ思[30]ひは[31]

この所をば夢にも見んとは思はざりしかども、今は住みかと跡[32]を占め、ならはぬ[33]鄙《ひな》の草の庵《いほ》、何にたとへん方もなし。昔、今のことども、思ひ続くる旅の袖、いづれの年、いづれの日、乾くべしとも思ほえず。さすが[34]消えぬ露の命のながらへて、明けぬ暮れぬと過ぎ行けども、望郷の思ひは尽きざりけり。

一六　義朝謀殺の知らせ

平治二年[1]正月一日、新玉《あらたま》[2]の年、立ち替へれども、元日《ぐわんにち》元三《ぐわんざん》[3]の儀式、ことよろしからず。内裏《だいり》[4]にも天慶《てんぎやう》[5]の例とて、朝拝《てうはい》[6]もとどめらる。上皇《しやうくわう》も仁和寺にましませば、拝礼《はいらい》[7]もなかりけり。

同五日、左馬頭義朝が童《わらは》、金王丸《こんわうまる》、常葉《ときは》がもとに忍びて来たり。馬より崩れ落ち、しばしは息絶えて、ものも言は

30「思ひ」に「火」を掛ける。

31続詞花和歌集・雑に、配流の際の歌として載る。ただし第三句「東路の」。今撰集・雑、今鏡（二）掲載歌とは一致。諸書に見られる著名歌。

32居所を定める意。

33慣れ親しんだことのない。

34そうはいうものの、やはり。

1一一六〇年。

2「年」にかかる枕詞。
3 66頁注20。
4当時は八条烏丸の美福門院御所。134頁注33参照。

5天慶三年（九四〇）に平将門・藤原純友の乱で正月行事を中止。

6天皇が元旦に群臣から拝賀を受ける儀式。＊帝王編年記に中止と。

7上皇御所での拝賀の儀式。

ず。ほどへて起き上がり、

「頭殿《かうのとの》は、過ぎぬる三日[8]の暁《あかつき》、尾張国野間《のま》[9]の内海《うつみ》と申す所にて、重代《ぢゆうだい》の御家人《ごけにん》、長田《をさだ》[10]四郎忠致《ただむね》が手にかかりて討たれさせ給ひ候ひぬ」

と申せば、常葉をはじめ家中《かちゆう》にあるほどの者ども、声々に泣き悲しみける。

まことに嘆くもことわりなり。枕を並べ、袖を重ねし名残なれば、身一つなりとも悲しかるべし。いかにいはんや、はかなげなる子ども三人あり。兄は八つ、中は六つ、末の子は二歳なり。三人ながら男子《なんし》なれば、[11]
「取り出だされて、また憂き目をや見んずらむ」
と泣き、思ひあるを悲しむ心、たとへん方ぞなかりける。
金王丸、路次《ろし》[12]のことをぞ、語り申しける。

一七　金王丸《こんわうまる》の報告談―頼朝の落伍《らくご》―

「頭殿《かうのとの》、いくさに打ち負けさせ給ひて、小原《をはら》[1]へかからせ給

8＊帝王編年記は、四日、三十八歳で尾張国にて誅されたとする。

9愛知県知多半島の南部、美浜町野間から南知多町内海にかけての地。義朝の墓のある大御堂《おおみどう》寺は野間に属する。

10桓武平氏流。鎌田正清の舅で、鳥羽院の御願寺安楽寿院の所領、野間内海荘の庄司（愚管抄）。

11＊子らの年齢紹介、男の子ゆえどうなるかという記述は繰り返される。

12旅の道中のこと。以下、148頁地図参照。

1大原。

ひしほどは、八瀬《やせ》・竜華越《りゆうげごえ》、所どころにて山《やま》法師と合戦候ひしが、打ち払ひて西近江《にしあふみ》[2]へ出でさせ給ふ。北国《ほくこく》より馳せ上る勢のやうにて、東坂本《ひがしさかもと》・戸津《とづ》[3]・唐崎《からさき》・志賀の浦を通らせ給ひしかども、とがめ申す者も候はず。勢多《せた》を御《おん》舟にて渡り、野路《のぢ》[4]の宿《しゆく》より三上《みかみ》の嵩《だけ》の麓に沿ひて鏡山《かがみやま》の木隠《こがく》れにまぎれ、愛知《ゑち》[5]川へ御《おん》出で候ひしが、

「右兵衛佐、右兵衛佐」

と、度々《たびたび》仰せられ候ひしかども、御《おん》[6]いらへも候はざりしほどに、

「あな、むざんや。はや、さがりにけり」

と、御嘆き候ひしかば、信濃の平賀四郎殿[7]、取って返して、佐殿《すけどの》に尋ね会ひまゐらせて、小野《をの》[8]の宿《しゆく》にて追っ着きまゐらせて候ひしかば、頭殿、よに嬉しげに思《おぼ》し召されて、

「いかに頼朝は、などさがりたりけるぞ」

と仰せられ候ひしかば、

「遠路《ゑんろ》を夜もすがらは打ち[9]候ひぬ、夜[10]、明けてのち、馬眠《うまねぶ》

2 琵琶湖の西岸。

3 大津市下坂本のあたり。

4 滋賀県草津市野路町。

5 同県愛知郡愛荘町や彦根市南部を流れ琵琶湖に注ぐ川。

6 ご返事。

7 義信。82頁注6。

8 同県彦根市小野町。

9 馬を鞭打って走らせる意。

10 ＊75頁に、合戦当日を二十七日としており、ここは二十八日を迎えたことになるが、のちの文面に、美濃の青墓で一日を費やし、二十九日に野間の内海到着（149頁）とあるのと整合性が取れない。物語は史実と一日ずれており（67頁注1）、この報告談の方が事実に合致する。146頁注8参照。

りをして候ひける。

篠原堤《しのはらづつみ》[11]のほとりにて、ものがどよみ候ふあひだ、[12]目を見上げ候へば、男が四五十人、取り籠め候ひしほどに、太刀を抜いて、馬の口に取りつきたる男の頭《かしら》を、切り割り候ひぬ。今一人をば、腕を打ち落とし候ふとぞ覚え候ひし。太刀のかげ[13]に驚きて、馬がつと出で候へば、少々、踏み倒され候ひぬ。二人が討たるるを見て、残るところの奴ばら、ばつと退《の》き候ひし中を、駆け破りて参り候ふ」

と、御《おん》申し候ひしかば、頭殿、まことにいとほしげにて、

「いしう[14]、したり。大人《おとな》も良からん者こそ、かうはふるまはんずれ。まして小冠者《こくわんじや》[15]が身には、ようしたり」

と、ほめまゐらつさせ給ひ候ひき。

不破《ふは》の関、固めて候ふと聞こえしほどに、深き山[16]にかかりて、知らぬ道を分け迷はせ給ふ。雪深くて御《おん》馬をば捨て、木に取りつき、萱《かや》にすがり、険阻《けんそ》を越えさせ給ふに、兵衛佐殿、御馬にてこそ大人と同じやうにおはししか、徒歩《かち》に

11同県野洲市の小篠原・小堤・大篠原のあたり。

12人を漠然と表現したもの。

13光。

14よくぞ。賛嘆の気持ちを表す「いしく」の音便。

15元服して間もない少年。

16伊吹山。

てかなはせ給はず、御さがり候ひぬ。[17]

頭殿、深雪《じんせつ》の中にやすらはせ給ひて
「兵衛佐、兵衛佐」

と仰せられ候ひしかども、御いらへもなかりしかば、

「あな、むざんやな。はや、さがりにけり。人にや生け捕られやすらん」

と、御《おん》涙をはらはらと落とさせ給ひ候ひし時、人々、袖を[18]こそしほり候ひしか。

鎌倉の御曹司《おんぞうし》を呼びまゐらせて、

「わ君《ぎみ》は、甲斐《かひ》・信濃へ下りて、[19]山道《さんだう》より攻め上れ。義朝は東国へ下りて、海道より攻め上らんずるぞ」

と仰せられしかば、悪源太殿は飛騨《ひだ》の国の方へとて、ただ[20]ご一所《いっしょ》、[21]山の根につきて落ちさせ給ひ候ひぬ。

一八　同—朝長《ともなが》の死—

美濃国[1]青墓《あふはか》の宿《しゆく》と申す所に、[2]大炊《おほひ》と申す遊君《いうくん》は、頭殿《かうのとの》の

17＊愚管抄は、義朝一行が馬にも乗らず、はだしで尾張まで落ち行き、足も腫れて疲れていたと伝える。

18ぬらす意。

19東山道の略。本州内陸諸国と、そこを通る道をいう。不破で東海道と分かれる。122頁注6、7参照。

20お一人。

21山の麓。

1岐阜県大垣市青墓町にあった宿場。一三世紀末には、さびれた。

2内記大夫平行遠の娘。＊吾妻鏡・

年ごろの御宿《おんやど》の主《あるじ》なり、その腹に姫御前《ひめごぜん》[3]一人《いちにん》まします、この屋《や》へ着かせ給ひぬ。鎌田兵衛も、今様《いまやう》[4]うたひの延寿《えんじゆ》[5]がもとへ着き候ひぬ。

この遊女ども、さまざまにもてなしまゐらせ候ひし最中に、在地の者ども、

「この宿《しゆく》に落人《おちうど》あり。捜し取れ」

と、ひしめき候ひしに、頭殿、

「いかがはせん」

と仰せられ候ひしを、佐渡式部大夫重成《しげなり》殿、

「御《おん》命に代はりまゐらせん」

とて、頭殿の錦の御《おん》直垂を取つて召し、馬にひたと乗らせ給ひて、宿《しゆく》より北の山際《やまぎは》へ馳せ上り給ひしほどに、宿《しゆく》の人、追つかけたてまつりしほどに、式部大夫殿、黄金作《こがねづく》りの太刀を抜いて、きやつばらを追つ払ひ、

「おのれらが手には、かかるまじきぞ。我をば誰《たれ》とか思ふ、源氏の大将、左馬頭義朝」

一一九〇年一〇月条に、頼朝が上洛の際、青墓に宿し、義朝の愛人だった大炊とその娘らの演じた芸に祝儀を与えたとし、彼女の姉は祖父為義の最後の愛人で、保元の乱で死んだ内記平太政遠と、のちに登場する源光（俗名・平三真遠）も、行遠の子とある。彼は源氏の郎従で、相模国愛甲庄を本拠とした人物か（野口実）。為義の愛人は、桂川に入水したと保元物語で語られる。

3右の吾妻鏡記事に見える娘か。

4当時はやった歌謡。遊女や白拍子によって歌われ、青墓はその隆盛地の一つ。

5梁塵秘抄口伝集（十）に見える女性。それにより後白河院とは知己だったと分かる。

と名乗り、御《おん》自害候ひぬ。[6]宿人《しゆくにん》ら、

「左馬頭義朝、討ちとどめたり」

と喜びて、大炊《おほひ》が[7]後苑《こうゑん》の倉屋《くらや》に、頭殿、隠れてましますをば知らず。

[8]夜に入りて、頭殿、宿を出でさせ給ふところに、中宮大《の》夫《の》進朝長《ともなが》、竜華越《りゆうげごえ》のいくさに膝《ひざ》の節《ふし》を射させて、[9]遠路を馳せ過ぎ、深き雪を徒歩《かち》にて分けさせ給ひしほどに、腫《は》れ損じて一足《ひとあし》も[10]はたらかせ給ふべきやうなし。
「この痛手《いたで》にて、御供《おんとも》申すべしとも覚えず。とうとう、いとま、[11]たばせ給へ」

と申されしかば、頭殿、

「[12]こらへつべくは、供せよかし」

と、よに哀れげにて仰せられしかば、大夫進《の》殿、涙を流させ給ひて
「かなふべくは、いかでか御手《おんて》にかからんと申すべき」

とて、御首《おん》を延べさせ給ひたりしを、頭殿、[13]やがて打ちま

6＊愚管抄に、死に場所が分からないようにして死んだため、人々からほめられたとあり、ここでの自害をいったものか。

7家の裏庭、または畑にあった倉。

8＊物語の誤った日付（67頁注1）に従えば、近江の篠原で二十八日を迎えたことになり、その夜に伊吹山の山越えをして頼朝は落伍（123 162頁）、ここは二十九日の夜と考えるのが至当。同日、野間内海着とする後文（149頁）と矛盾する。正しくは二十八日の夜であったろう。142頁注10参照。

9＊112〜113頁の竜華越の合戦場面には、朝長の負傷記事はなく、伊吹山到着以前の頼朝落伍記事もなかった。この報告談が、物語作者の全体構想からは、独立性の濃いことを示唆。日付も、こちらが事実を反映。↓解説。

10動かす意。

11「賜らせ給へ」の短縮形。

12我慢できるならば。

13そのまま即座に。

ゐらせて、衣《きぬ》、引きかづけまゐらせて、

「大夫進《の》が、足を病《や》み候ふ。[14]ふびんにし給へ」

とて、出でさせ給ひぬ。[15]

14 面倒を見る意。
15 *帝王編年記には、二十九日、青墓の宿にて十六歳で自害と。

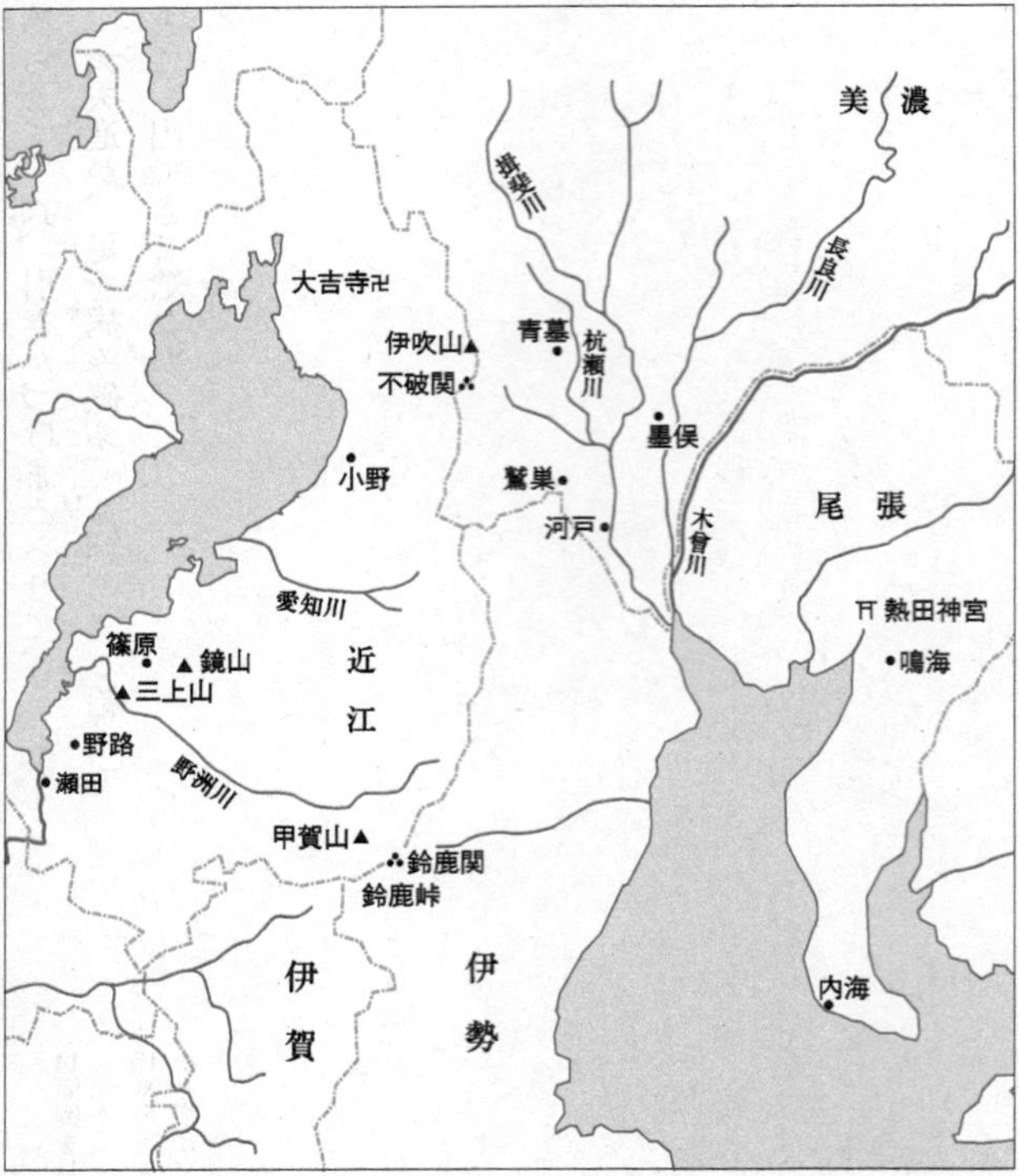
美濃
揖斐川
長良川
大吉寺
伊吹山
不破関
青墓
杭瀬川
墨俣
小野
鷲巣
河戸
尾張
木曾川
愛知川
熱田神宮
鳴海
篠原
鏡山
近
江
三上山
野路
瀬田
野洲川
甲賀山
鈴鹿関
鈴鹿峠
伊
賀
伊
勢
内海

義朝の逃避経路 2

一九　同―義朝の最期―

[1]上総介《の》八郎広常《ひろつね》、
「人数《ひとかず》あまたにて、路次《ろし》も難儀《なんぎ》に候はんずれば、東国より御上《おんのぼ》りの時、勢、語らひて参りあはん」

とて、いとま申して留まりぬ。
[2]杭瀬《ぐいぜ》川へ出でさせ給ひて候ひしほどに、舟の下りしを、
「[3]便船《びんせん》せん」

と仰せられ候ひしに、子細なく乗せまゐらせ候ひぬ。

この舟法師《ふなぼふし》は、[4]養老寺《やうらうじ》の住僧、[5]鷲巣《わしのす》の[6]源光《げんくわう》なり。頭殿《かうのとの》をよに怪しげに見まゐらせて、

「人につつむ御身《おんみ》にて候はば、萱《かや》の下に隠れさせ給へ」

とて、頭殿・鎌田《かまだ》、この童《わらは》にも、積みたる萱を取りかづけて、[7]こうつと申す所に[8]関所《せきどころ》の候ふ前をも、萱舟《かやぶね》と申して通り候ひぬ。

去年十二月二十九日、尾張国野間《のま》の内海《うつみ》、長田《をさだ》庄司忠致《ただむね》

1　83頁注14。
2　株瀬川とも表記。読みは底本のまま。青墓の東を南流、牧田川と合流して揖斐川に注ぎ、長良川となって伊勢湾に入る。流路が揖斐川と接していたため、両川を含む名称であったらしい。
3　来合わせた舟に乗る意。
4　岐阜県養老郡養老町の養老の滝にある奈良時代創建という寺。杭瀬川は養老町の北部を流れる。
5　同町鷲巣。
6　＊144頁注2の吾妻鏡、参照。同記事は、彼が義朝の供をし、「秘計」を巡らして内海に送ったと記す。
7　岐阜県海津市南濃町上野河戸《うえのこうず》か。流布本に「府津《コウヅ》」とあり、新撰美濃志の上野河戸村の項に、府津は国府津の落字で、この地をいうとある。
8　物資の運搬に対し、通過料を徴収した河関。

が宿所《しゅくしょ》へ着かせ給ひ候ひぬ。この忠致は、御当家《ごたうけ》重代の奉公人なる上、鎌田兵衛が舅《しうと》[9]なれば、御《おん》頼みあるも、ことわりなり。

「馬、物具《もののぐ》など、まゐらせよ。急ぎ通らん」

と仰せられしを、

「子ども、郎等、引き具して、御供《おんとも》に参り候ふべき」

よしを申して、

「しばらく御《おん》逗留あつて、御《おん》休み候ふべし」

とて、湯殿《ゆどの》[10]、清めて入れまゐらせ候ひぬ。鎌田をば舅がもとへ呼びて、もてなすよしにて討ち候ひぬ。

そののち、忠致郎等七八人、湯殿へ参り、討ちまゐらせ候ひしに、宵《よひ》に討たれたるをば知ろし召さで、

「鎌田はなきか」

と、ただ一声《ひとこゑ》、仰せられて候ひしばかり。[11]

この童は、御帯刀《おんはかせ》[12]を抱《いだ》きて臥して候ひしを、幼《おさな》ければとや思ひ候ひけん、目、かくる者も候はざりしを、御帯刀《おんはかせ》を

9＊愚管抄にも、鎌田の舅と。なお、吾妻鏡・一一九四年一〇月条には、鎌田の息女に尾張・丹波両国の荘園の地頭職が与えられたとあるが、忠致の娘との間の子かは未詳。

10当時は、湯釜で沸かした湯を浴槽に運び入れるか、樋を通して流し込む方法が取られていた。

11＊愚管抄は、入浴させようとした段階で鎌田がことを察し、義朝に忠告すると、すでに分かっていたことと答え、自らの首を打つよう下命、鎌田は主の首を打ち落としたのち、その場で自害したと伝える。

12貴人の太刀の敬称。

抜いて、頭殿を討ちまゐらせて候ふ者を二人、切り殺し候ひぬ。
同じくは、忠致を討ち取り候はばやと存じて、長田が家《か》中《ちゅう》へ走り入りて候へども、[13]塗籠《ぬりごめ》の内へ逃げ入って候ひしほどに力及ばず、庭に鞍置き馬の候ひしを取って乗り、[14]三日に罷《まか》り上り候ふなり」

二〇　絶望する常葉

と、詳《くは》しく語り申しければ、常葉《ときは》、これを聞きて、「東《あづま》の方をば頼もしき所とて下り給ひしかば、はるかに山《さん》河《か》を隔つとも、この世におはせばと訪れ[1]をこそ待ちつるに、[2]また帰らぬ別れの道を聞き定めながら、何を待つとて我が身に命の残るらん。淵川《ふちかは》にも身を捨てて、恨めしき世に住まじとこそ思へども、この身、空しくなり果てば、子どもは誰《たれ》をか頼むべき。[3]よしなき忘れ形見ゆゑに、惜しからぬ身を惜しむや」

13小窓と出入り口の妻戸があるのみの、厚い壁で塗り固められた部屋。
14三日間かけて。
1便り。音信。
2再び帰ってはこない死別。
3何の価値もない、無益な。

と泣き悲しみければ、六つになる乙若が、母の顔を見上げて涙を流し、

「母や母、身な投げそ[4]。われらが悲しからんずるに」

と言ひけるにぞ、童もいと[5]涙を流しける。

　金王丸、重ねて申しけるは、

「道すがらも、公達《きんだち》の御《おん》ことのみ、御《おん》心もとなきことに仰せられ候ひしほどに、この事、遅く聞こし召され候ひなば、立ち忍ばせ給ふべき御こともなくて、いかなる御《おん》大事にか及び給ひ候はんずらんと、幼き人々の御《おん》為に、かひなき命生きて、帰り参りて候ふなり。

　頭殿の草の陰の奉公[6]、これまでにて候へば、今は出家つかまつりて、御菩提《おんぼだい》をこそ弔《よぶら》ひたてまつらんずれ」

とて、

「いとま申して」

とて正月五日の夕《ゆふべ》、泣く泣く出でにけり。

「頭殿の名残[7]とては、この童ばかりこそあれ」

4「な……そ」で禁止を表す。

5ますます。

6あの世までの奉公。

7思い出させるよすが。

とて、常葉をはじめとして、家中《かちゆう》にあるともがら、世をもはばからず、声々に泣き悲しみけり。

二一　義朝のさらし首

同六日、[1]一院《いちゐん》は仁和寺の宮[2]の御所を出でさせ給ひて、八[3]条堀川の[4]皇后宮権大夫《ごんのだいぶ》顕長《あきなが》卿の宿所《しゆくしよ》へ御幸《ごかう》なる。これは、三条殿炎上《えんしやう》のあひだ、しばらく御所になるとぞ聞こえし。[5]

[6]同七日、尾張国の住人、長田庄司忠致《ただむね》・子息[7]先生《せんじやう》景致《かげむね》、上洛《しやうらく》して、左馬頭義朝が首を持参のよしを申す。

この忠致は、[8]平大夫《へいだゆふ》致頼《むねより》が末葉《ばつえふ》、[9]賀茂次郎致房《むねふさ》が孫、[10]平《へい》三郎行致《ゆきむね》が子なり。義朝が重代の家人《けにん》たる上、鎌田兵衛が舅《しうと》なり。京中の上下、聞き及ぶほどの者、

「忠致父子が首を、のこぎりにて引き切らばや」

とぞ、憎みける。

[11]平《へい》大夫判官《はんぐわん》兼行《かねゆき》・[12]宗《そう》判官信房《のぶふさ》・[13]志目《さくわん》範守《のりもり》・[14]善府生《ぜんふしやう》朝忠《ともただ》以下《いげ》、検非違使《けんびゐし》八人、行き向かつて二つの首を受け取り、

1院が二人以上いる場合、最初になった人をいう。ここは後白河院。ただし、当時、院は一人。

2覚性法親王。69頁注16。

3東西に延びる八条大路と南北に延びる堀川小路の交差する地。顕長邸は八条北、堀川西（本朝世紀）。

4中納言藤原顕隆の三男。当年四月に皇后宮権大夫。のち権中納言。一一一七～六七年。

5＊愚管抄も、院が正月六日に八条堀川の顕長邸に入ったと記す。

6＊百練抄・帝王編年記は、九日。

7先生は81頁注3。→本文校訂注。

8平公雅の子。大夫は五位の通称。今昔物語集（二三）・十訓抄（三）に登場。末葉は子孫。→本文校訂注。
9 10→本文校訂注。
11未詳。当時、大夫判官であった平信兼を誤ったか。

12宗は惟宗氏の略。判官就任は後代。のち平氏転覆を謀った鹿谷事件で捕縛。→本文校訂注。

13未詳。志は検非違使の四等官に用いる字で、目は国司の四等官を示す。

西洞院《にしのとうゐん》の大路《おほち》を、三条より近衛まで渡して、[15]左の獄門の樗《あふち》の木にぞ懸けてける。

いかなる者がしたりけん、[16]もとは下野守《しもつけのかみ》たりしことを歌に詠み、札に書きてぞ立てたりける。

下野は[17]きのかみにこそなりにけれ
よしとも見えぬ[18]あげつかさかな

昔、[19]将門《まさかど》が首、獄門に懸けられたりけるを、[20]藤六《とうろく》といふ歌詠みが見て、

将門は[21]こめかみよりぞ切られける
[22]俵藤太《たはらとうだ》がはかりことにて

と詠みたりければ、この首、しいとぞ笑ひける。[23]二月に討たれたる首を四月に持ちて上りて懸けたりけるが、[24]五月三日に笑ひたりけるぞ恐ろしき。

「義朝が首も、笑ひやしけん」

とぞ、申しあへる。

去んぬる保元の合戦には、[25]為義《ためよし》入道を郎等[26]波多野《はだの》次郎に

両者の混用か。→本文校訂注。

14 善は三善氏の略。府生は志の次の下級官人。後清録記（清獬眼抄所引）に出る友忠か。

15 南北に延びる西洞院大路を、三条大路との交差点から、左京の獄舎（東獄）のある近衛大路との交差点まで、首を衆目にさらして北上したことをいう。巻末地図参照。

16 ＊愚管抄には、右の狂歌が評判となり、太政大臣伊通こそ、こうした歌をよく詠んで落書にすると、人々は勘ぐったとある。

17 「紀伊守」と「木の上」との掛詞。

18 官職の昇進。

19 九四〇年に誅殺された平将門。

20 藤原輔相《すけみ》。越前権守弘経の子。機知に富んだ家集に藤六集がある。

21 俵の縁語の「米」を耳の上部の「こめかみ」に掛けたもの。

22 将門を誅した藤原秀郷。「俵」は、琵琶湖のムカデ退治により蔵物無尽蔵の俵を竜神から得たという伝から。もと田原。「藤太」は藤原氏の太郎の意。「はかり」は俵の縁語。

23 誅殺は二月十三日（日本紀略）、

切らせ、わづかに一両年の内ぞかし、今度の合戦にうち負けては、譜代の郎等忠致が手にかかりて身を滅ぼす。

「[27]逆罪《ぎやくざい》の因果、今生《こんじやう》に報《むく》ふにて心得ぬ、来世、[28]無間《むけん》の苦は疑ひなし」

と、群集《くんじゆ》する貴賤《きせん》上下、半《なか》ばはそしり、半ばは哀れみたり。

[29]同十日、世上の動乱によりて、

「この年号、しかるべからず」

と、御沙汰《おんさた》あつて改元あり。[30]永暦《ゑいりやく》元年とぞ申しける。去年[31]四月に保元を平治に改められしを、

「平治とは、平《たひら》ぎ治《をさ》まると書けり。源氏、滅びなんず」

と、心ある人々申しあへりしが、はたしてこの合戦出で来て、源家《げんけ》、多く滅びけるこそ不思議なれ。[32]

あるいは十四日（将門記）。首の都への搬入は四月二十五日（貞信公記）。

24さらし首は五月十日であったが（貞信公記）、後世、三日とも（師守記・一三四七年一二月条）。

25義朝の父。実父義親が誅殺され、祖父義家の子となって家督を相続。保元の乱では、敗れた崇徳院側に属し、戦後、出家して義朝のもとへ出頭するも、勅命で処刑される。

26相模国の武士、名は義通（81頁注1朝長・参照）。保元物語では、為義処刑を命じられたのは鎌田正清で、波多野は幼児四人を殺害。

27理に背いた極悪の罪。父殺しは五逆罪の一。

28八大地獄の最下底、無間地獄。間断なく責苦を受ける意から。

29＊百練抄・正月十日条にも、大乱により改元とある。／30↓本文校訂注。／31四月二十日のこと。／32＊顕時卿記の平治改元時の正月十日条に、左大臣伊通が「本年号、甘心せられず。山なく川なく平治たるか」と言ったので、満座の人々が笑い興じたとある。この実話をもとに、流布本（古活字本）等は、前年の平治への改元時のこととして、「其時、大宮左大臣伊通公は、「此年号、甘心せられず。平治とは山もなく河もなくして平地也。高卑なからんか」と咲《わらひ》給ひしが、つゐに皇居は武士の住家となり、主上は凡人の亭にやどらせ給けるこそ不思議なれ」と記す。同本は、伊通の官職

を正しく左大臣と記す場合は古態本系の、左大将と誤って記す場合は後代の改作本系を利用しているゆえ、この一話は原作にあった可能性が高い。ここはそれを改変し、源平抗争のテーマを前面に出したのであろう。なお、今鏡（三）は、源光保（32頁注17）父子が乱後に九州へ追放されたことに関し、源氏衰亡の必然性があったのかと推測している。

二二　悪源太義平の処刑

鎌倉《の》悪源太は、近江国[1]石山寺《いしやまでら》の傍《かたは》らに重病に冒《をか》されゐたりけるを、[2]難波《なんばの》三郎経房《つねふさ》、聞き及びて、病席へ押し寄せて生け捕り、六波羅へぞ参りける。

[3]伊藤武者景綱《かげつな》をもつて、子細を御《おん》尋ねあり。悪源太、申しけるは、

「故義朝が申し候ひしは、「我、東国へ下つて、武蔵・相模の家人《けにん》らを相具《あひ》して、海道を攻め上るべし」、義平には「甲斐・信濃の勢を相語《あひ》らひて、山道《さんだう》を攻めて上れ」と申ししかば、山づたひに飛騨国の方へ落ち行きて候ひしかば、[4]世《よ》になし者ども、三千人もつきてぞ候ひつらん。されども、義朝討たれぬと聞きて、ちりぢりになり候ひぬ。

1 滋賀県大津市石山の真言宗寺院。
＊尊卑分脈には、正月十八日に石山寺の辺で難波経房の郎等、橘貞綱に捕らえられたとある。
2 50頁注26。
3 52頁注34。
4 零落者。無頼の徒。

自害せんことは、[5]無下《むげ》にやすかりしかども、平家のしかるべき人を一人《いちにん》も狙《ねら》ひてこそ、世をこそは取らざらめ、本《ほん》意《い》は遂げんずれと存じて、人の下人《げにん》のやうに身をなして、[6]馬を控へて門外にたたずみ、履物《はきもの》を持って[7]沓脱《くつぬぎ》に近づきしかども、用心は厳しくせらる、力なくて、京にしばらく[8]やすらひて、六波羅に時々うかがひ寄りしほどに、怪しげに見る人もありしかば、片田舎《かたゐなか》へ下りて、ほど経てまた上らんと思ひしに、運の極めにて生け捕られたり」

とぞ、申しける。

伊藤武者、申しけるは、

「源氏の[9]嫡々《ちやくちやく》、さしも名大将の聞こえありし人の、たやすく生け捕られ給ひつる無念さよ」

と申せば、

「そのことよ。深雪《じんせつ》に山を数日《すじつ》[10]分けて、雨にうたれ、吹雪《ふぶき》にあひて、身はくたびれはてぬ。このほど六波羅・京にありしも、薄衣《はくゑ》にして川風に当たり、食《しよく》ともしけれども身を

5 実に。
6 主人の馬を引いたり、履物を持ったりする下男に変装したさま。
7 履物を脱ぐ、建物への上がり口。
8 うろつき徘徊したこと。
9 正統な血筋を受け継ぐ人。
10 踏み分けての意。

も休めず、ひとへに敵《かたき》を討たばやと思ひし心一つを力にて、月日を経しつもりに、病《やまひ》に冒《をか》されて、経房《つねふさ》に生け捕られたるなり。

　重病に冒され力だに落ちずは、つゐには討たるるとも、経房やうの者をば、二三人もねぢ殺してこそ死なんずれ。全く武勇《ぶよう》の[11]瑕瑾《かきん》にはあらず。運命の尽きはつるところなり」

と申せば、諸人、これを聞きて、

「ことわり、至極《しごく》せり」

とぞ申しあへる。

　[12]同二十一日の[13]午《うま》の刻に、難波《なんばの》三郎に仰せて六条河原にて切られける時、悪源太、申しけるは、

「清盛をはじめて伊勢平氏《いせへいじ》ほどの、[14]ものにも覚えぬ奴ばらこそなけれ。

　保元の合戦の時、源平両家《りやうか》の者ども、あまた誅せられしに、[15]夜陰《やいん》にこそ切られしか。弓矢取る身は、敵《かたき》に恥を与へ

11 きず。不名誉なこと。

12 ＊帝王編年記は、処刑日を十九日、年齢を二十歳とし、大乗院日記目録は、二十二日、六条河原で、尊卑分脈は、二十一日とした上、以下の記事と等しく、雷となって怨敵を討つ旨の荒言を吐いたとする。

13 午前十二時、前後各一時間。正午は午の三刻。

14 道理をわきまえない。

15 ＊兵範記・一一五六年七月二十八、三十日の保元の処刑記事のうち、前者は「今夕」とある。

16 道理にはずれた者。

17 人を惑わし、種々障害をなす悪魔。

18 落雷を雷神の「蹴る」行為と見た

じと互ひに思ふこそ本意《ほんい》なれ。さすがに義平ほどの者を、白昼に切る[16]不当人《ふたうじん》やある。

運の極めなれば、今生《こんじやう》にてこそ、合戦にうち負けて情けなき目にもあひけれ、恥辱をばかくとも、死しては[17]大魔縁《だいまえん》となるか、しからずは雷《いかづち》となつて、清盛をはじめ汝に至るまで、一々に[18]蹴殺《けころ》さんずるぞ。

保元には、[19]為朝《ためとも》が「[20]高松殿《たかまつどの》を夜討にせん」と申しし儀を用ゐられずして、いくさに負けぬ。今度の合戦には、清盛が熊野へ参りしを、「義平、追つかけて、[21]湯浅《ゆあさ》・[22]鹿瀬《ししのせ》の辺をばやりすぐさじ、[23]浄衣《じやうゑ》・[24]立烏帽子《たてえぼし》着たらん[25]馬鹿めらを[26]手取《ど》りにせん」と申ししを、「ことのほかなる[27]儀勢《ぎせい》なり」とて用ゐられず。[28]

去んぬる保元にも今度も、勇士のはかりことを捨てられて、[29]京家《きやうけ》の者ども、[30]筆取りが儀に従はんに、いかでかよかるべき。命の惜しさに長物語するにはあらず。これらの道理、汝らが心にあり。とうとう切れ」

表現。雷は、怨霊を意味する。
19 源為義の八男。保元の乱で崇徳院方に加わり、伊豆大島配流となる。
20 後白河天皇方が籠った里内裏。
21 和歌山県有田郡湯浅町。54頁地図参照。
22 同広川町河瀬。湯浅の南。
23 神事や祭事に着る白の狩衣。
24 中央部の立った烏帽子。

浄衣に立烏帽子

25 南北朝期からの用語という（新村出）。注28参照。
26 素手で生け捕る意。
27 うわべだけの強がり。
28 ＊上巻には、この義平進言とその拒否に照応する記述はない。改変され、のちに付加されたものであろう。
29 京に住む貴族。
30 文筆に従事する役人。

とて、首を延べてぞ切られける。

二三　長田《をさだ》忠致《ただむね》への非難

同二十三日、長田父子、勧賞《けんじやう》行はれ、忠致は壱岐守《いきのかみ》になる。[1]景致は兵衛尉になる。

「忠賞、不足なり。官をならば左馬頭にもなり、国を賜らば、義朝のあと、播磨国か、本国[2]なれば尾張国をも賜らばこそ、所存のままならめ。もし義朝、奥州などへ下着《げちやく》してあらんには、[3]貞任《さだたう》・宗任《むねたう》にや似候ふべき。従ふところのつはもの、幾千万か候はんずらん。それをここにて、ことゆゑなく討ちとりてまゐらせ候ふは、抜群《ばつくん》の奉公にてこそ候へ」

と申せば、[4]筑後守家貞《いへさだ》、

「あはれ、きやつを六条河原に[5]磔《はつつけ》にして、京中の上下に見せ候はばや。相伝の主《しゆう》と婿を殺して、勧賞《けんじやう》、かうぶらんと申す憎さよ。首を切らせ給へかし」

1＊尊卑分脈に壱岐守とあるも未詳。

2自分の住む国。

3前九年の役を起こした安倍頼時の二人の子息。

4 48頁注8。

5読みは底本のまま。当時の磔の刑は、額・左右の手足を釘で物に打ちつけ、背後より止めの矢を射るものであった（塵袋・六）。

と憎めば、大弐《だいに》、宣ひけるは、

「さ、あらんにおいては、朝敵を討ち奉る者が[6]あるべくはこそ」

と、宣ひける。

「もし行く末に、源氏世に出づることあらば、忠致・景致、いかなる目をか見んずらむ」

と、憎まぬ者なし。

二四　頼朝の身柄と朝長の首、都へ

同二月九日[1]、義朝が三男、[2]前《さきの》右兵衛佐頼朝、尾張守頼盛が郎等、[3]弥《や》平《へい》兵衛尉宗清《むねきよ》がために生け捕られて、六波羅へ参る。

宗清、尾張より上りけるが、美濃国青墓《あふはか》の宿《しゆく》の大炊《おほひ》がもとに留まりたり。夜明けて見れば、[4]園生《そのふ》の竹の中に、新しき墓の[5]卒塔婆《そとば》も立てぬがありけるを、[6]かねて聞くことありしに思ひ合はせて、掘り起こしてみれば、切りたる首を身

6あるだろうならいいが。


1＊愚管抄にも、この日、宗清が頼朝を連行したとあり、清獬眼抄・流人事にも、近江国で捕えられ、この日、上洛したとある。

2正しくは右兵衛権佐。前年十二月二十八日に解官されたゆえ「前」。

3桓武平氏季宗の子。家貞の甥。兵衛尉任官時は未詳。一一六七年七月に左衛門権少尉（兵範記）。

4庭園。

5死者供養のための細長い板で、上部を五輪塔の形に刻んである。

6前もって。

ともにぞ埋《うづ》みたる。子細を尋ぬるに、大炊、ありのままに申すあひだ、喜びて首を持たせ、上洛《しやうらく》しけり。

兵衛佐頼朝は、去年十二月[7]二十八日の夜、雪深き山を越えかねて、父には追ひ遅れぬ、ここかしこに、さまよひけるほどに、近江国[8]大吉寺《だいきちじ》といふ山寺の僧、[9]不憫《ふびん》がりて隠し置きけるが、御堂《みだう》の修造《しゆざう》も近づく、

「人、集まりては悪《あ》しかりなん」

と申せば、かの寺を出でて、[10]浅井《あざい》の北郡《きたのこほり》に迷ひ行くところに、老翁老女《らうおうらうにょ》の夫婦ありけるが、哀れをかけて隠し置く。

二月にもなりぬれば、

「さてもあるべきか。東国の方へ下りて、[11]年ごろの者に、ものをも言ひ合はせ、[12]親しき者のあるか、なきかをも尋ねん」

と、いろいろの小袖、[13]朽葉《くちば》の直垂《ひたたれ》をば宿《やど》の主《あるじ》に取らせて、肌には小袖一つ着て、主《あるじ》の子が着たりける[14]布《ぬの》の小袖、[15]紺《こう》の直垂を取りて着、[16]藁沓《わらぐつ》を履《は》き、[17]鬚切《ひげきり》といふ重代の太刀の[18]丸《まる》

7＊正しくは二十七日。67頁注1、142頁注10、146頁注8参照。

8滋賀県長浜市野瀬町の天吉寺山にあった天台宗の大寺院。織田信長の焼討ちにより衰微。

9かわいそうに思って。

10当時の浅井《あざい》郡は、現在の長浜市から米原市にわたる地域で、南北に分かれていた。

11長年仕えてきた者。

12血縁に当たる者。親戚。

13赤みがかった黄色。

14絹に対し、目の粗い麻などの織物。

15紺色。

16藁で作った履物。

鞘《ざや》なるを菅《すげ》にて包み、脇に挟んで、不破《ふは》の関を越えて関[19]が原といふ所に着きにけり。

[20]大衆《だいしゆ》うちて上りけるに憚《はばか》りて、道のほとりの藪陰《やぶかげ》に立ち隠れけるを、弥平《やへい》兵衛、[21]尾張より上るとて、これを見つけて怪しみ思ひ、郎等をもつて召し取りみれば兵衛佐なり。喜びて[22]乗替《のりがへ》に乗せてぞ上りける。

中宮大夫《の》進の首をも持たせて上りたり。首をば検非違使、受け取りて、[23]渡して懸けられぬ。兵衛佐をば弥平兵衛に預けられたり。この弥平兵衛、情けある[24]仁《じん》にて、さまざまにいたはり、もてなしけり。

二五　常葉、出奔《しゆつぽん》

左馬頭義朝が子ども、あまたあり。鎌倉《の》悪源太義平、切られぬ。次男、中宮大夫《の》進朝長、首を渡して懸けられぬ。三男、兵衛《の》佐頼朝、その身を召し置かれて、死生《ししやう》、いまだ定まらず。このほか、九条《の》院の雑仕《ざふし》、常葉《ときは》が腹に、子ども

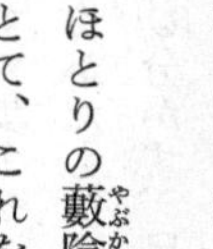

藁沓

17首を鬚もろとも切ったための称という。

18平鞘に対し、丸く楕円形をした鞘。刀身は肉厚。

19北国と伊勢への道が分岐する地。

20多くの人。「うちて」は、馬を鞭打ち走らせる意。↓本文校訂注。

21↓本文校訂注。

22乗り換え用の馬。部下が乗って随行、主の求めに応じて提供する馬。

23都大路を渡し、獄舎の木に。

24人の意。＊この時の恩義を感じた頼朝は、後日、宗清を鎌倉に招請しようとしたという（吾妻鏡・一一八四年六月条、平家物語・十）。

三人あり。幼けれども、皆男子《なんし》なれば、

「[1]さては、あらじものを」

など、世の人、申しあへり。

常葉、このことを聞きて、

「われ、左馬頭に後《[2]おく》れて嘆くだにもあるに、この子どもを[3]失はれては、片時《へんし》も生きてやはあるべき。いとけなき者ども引き具して、かなはぬまでも身を隠さん」

と、思ひ立つ。

老いたる母のあるにも知らせず、召し使ふ女もあまたあれども、[4]頼みがたきは人の心なれば、それにも知らせず、夜に紛《まぎ》れて迷ひ出づ。

兄は今若とて八つになる。中は乙若とて六つ、末は牛若とて二歳なり。[5][6]おとなしきをば先に立てて歩ませ、牛若をば胸に抱《いだ》きて宿所《[7]しゅくしょ》をば出でぬ。心の遣《や》るかたもなさには立ち出でぬれど、行く末《すゑ》はいづくとも思ひ分かず、足に任せて行くほどに、[8]年ごろ志《こころざし》を運びけるしるしにや、清水寺《[9]きよみづでら》

1そのままでは、すまないだろう。

2先立たれて。

3殺されては、しばしの間も生きておられようか。

4＊人への不信に凝り固まった心境。

5＊子どもの名と年齢の紹介は、ここで三度目。九条院雑仕常葉腹に子が三人いて、皆男子なので命が危ないという叙述も反覆される。常葉の話を始める際の定型が想像される。↓解説。

6年のいっている方の子。

7屋敷。すまい。

8長い年月。

9東山にある法相宗寺院。女性の信仰を集めていた。

へこそ参りたれ。

その夜は、[10]観音《くわんおん》の御前《おんまへ》に通夜《つや》す。二人を左右《さう》の傍《かたは》らに伏せて[11]衣のつまを着せ、幼きを懐《ふところ》に抱《いだ》きて、夜もすがら泣かせじと[12]こしらへける、心のうち、[13]言ふはかりなし。

所どころより参詣の貴賤《きせん》、肩を並べ、膝《ひざ》を重ねて並《な》み居たり。祈請《きせい》のおもむき、まちまちなり。あるいは、[14]ありはてぬ世の中なれども、[15]過ぎがたき身のありさまを祈るもあり、あるいは[16]世に仕《つか》へながら、[17]司《つかさ》・位《くらゐ》の心にかなはぬことを祈るもあり。されども常葉は、

「三人の子どもが命、助けさせ給へ」

と祈るよりほか、また心にかけて申すことなし。

九つの年より[18]月詣《つきまう》でを始めて十五になりしかば、十八日ごとに、[19]観音経《くわんおんぎやう》三十三巻、読みたてまつること、怠らず。歩みを運ぶ志の浅からざれば、本尊《ほんぞん》も、いかでか哀れと照らさせ給はざるべき。

「[20]大慈《だいじ》大悲《だいひ》の本誓《ほんせい》には、[21]定業《ぢやうごふ》の者をも助け、[22]朽《く》ちたる草《くさ》

10 清水寺の本尊、十一面千手観世音菩薩。
11 着衣の裾。↓本文校訂注。
12 なだめすかす意。
13 どう言っていいか分からない。
14 いつまでも生きてはいられない。
15 世を渡るのが難しい。
16 朝廷や貴人の家に仕えること。
17 官職と位階。
18 神仏の月ごとの縁日に参詣すること。観音は十八日。
19 法華経の第二十五品《ほん》、観世音菩薩普門品のこと。二〇六二字。三十三巻の読誦は、観音が、救う対象に応じ身《じん》を三十三身に変えると説かれているところから。
20 慈悲深さを強調した表現。「本誓」は、菩薩の修行中に立てた衆生を救うための誓願。
21 生前の業因で定まっている寿命。
22 当時のはやり歌、今様の「よろづの仏の願よりも　千手の誓ひぞ頼もしき　枯れたる草木もたちまちに花咲き実なると説い給ふ」（梁塵秘抄・二）による。

木《き》も花咲き、実なるとこそ承れ。[23]南無《なむ》、[24]千手千眼観世音菩薩《せんじゅせんげんくわんぜおんぼさつ》、三人の子ども、助けましませ」と、夜もすがら泣き口説《くど》き祈り申せば、観音も、いかに憐れみ給ふらんとぞ覚えし。

暁《あかつき》深く、[25]師《し》の坊へぞ行きにける。[26]湯漬《ゆづ》けなどして勧めけれども、常葉、胸ふさがりて、いささかも見ざりけり。子どもをば、[27]とかくすかして食はせてけり。日ごろ参りし時は、[28]さも尋常《じんじゃう》なる乗り物、下部《しもべ》・牛飼《うしかひ》も華《はな》やかに出で立ちて供せしかば、まことに左馬頭が最愛の志も現れて、[29]ゆゆしくこそ見えしに、今は人に怪しめられじとて、身に、[30]はかばかしき衣装をも着ず、いとけなき子ども引き連れて泣き[31]しほれたるありさま、目も当てられず。

師も涙をぞ流しける。

「雪の晴れ間までは、忍びておはせかし」

と言ひければ、

「嬉《うれ》しくは聞こゆれど、この寺は六波羅近きあたりなれば、

23 帰依し、敬礼《きょうらい》する意。
24 千手観音のことで、各手の掌に一眼を有するところから。なお、手の数は、一手で二十五世界を救うとされ、通常、四十二または四十。
25 師と仰ぐ僧の住む建物（坊）。
26 乾飯に湯をかけた物。
27 あれこれ機嫌を取って。
28 実に、きちんとしてりっぱな。
29 特別にすばらしく。
30 充分な。満足な。
31 ぬれる、ぬらす意。

いかにも悪《あ》しかるべし。今は仏神《ぶつじん》の御《おん》助けならでは、また頼もしき方も候はず。観音《くわんおん》にも、よくよく祈り申し給へよ」

とて、[32]卯《う》の時に清水寺《せいすいじ》を出でて、[33]大和大路《やまとおほち》に歩み出で、いづくを指すとしもなけれども、南へ向かひてぞ歩み行く。

二六　伏見の里へ

ころは[1]二月十日の曙《あけぼの》なれば、[2]余《よ》寒《かん》なほ尽きせず、[3]音羽《おとは》川の流れも氷りつつ、峰の嵐もいと激し。道の[4]つららもとけぬが上に、またかきくもり雪降れば、行くべき方も見えざりけり。


子ども、しばしは母にすすめられて歩めども、のちには足腫《は》れ、血出でて、ある時は倒れ伏し、ある時は雪の上にゐて、

「寒や冷たや、こはいかがせん」

と泣き悲しむ。母ひとり、これを見けん心の内、言ふはか

32午前六時、前後各一時間。

33三条橋口から鴨川の東岸を南下し、伏見・木津を経て奈良に至る道。

1＊常葉が夫の死を金王丸から知らされたのは一月五日（140頁）、その翌朝から娘は行方不明と語る母の後の言葉（186頁）と矛盾する。本来の日付が変更されたのであろう。→解説。

2立春後の寒さ。この年の立春は、前年十二月二十一日であった。

3清水寺背後の山が水源の川。

4氷。「垂氷《たるひ》」が今日言うつらら。

りなし。

子ども泣く声の高き時は、敵《かたき》や聞くらんと肝《きも》を消し、行きあふ人の

「こは、いかに」

と憐《あは》れみ[5]とむらふも、[6]憂き心ありてや問ふらんと魂《たましひ》を惑はす。

母、あまりの悲しさに、子どもが手を引きて、人の家の門の下にしばらく休み、人目のしげからぬ時、八つ子が耳にささやきて言ふやう、

「など、おのれらは、ことわりをば知らぬぞ。ここは敵《かたき》のあたり、六波羅といふ所[7]ぞかし。泣けば人にも怪しまれ、左馬頭《さまのかみ》が子どもとて捕らはれ、首[8]ばし切らるな。命惜しくは、[9]な泣きそ。腹の内にある時も、[10]はかばかしき人の子は、母の言ふことをばきくとこそ聞け。ましておのれらは、七つ八つになるぞかし。などかこれほどのことを、聞き知らざるべき」

5 問いかけ尋ねるのも。
6 下心。相手を陥れようとする心。
7 念を押す言い方。
8 上の語を強調する助詞。首なんか。
9 泣いてはいけない。
10 しっかりして頼もしい人。

と口説《くど》き泣けば、八つ子はいま少しおとなしければ、母のいさめ言《ごと》を聞きてのちは、涙は同じ涙にて、声立つばかりは泣かざりけり。六つ子はもとの心に倒れ伏し、

「寒や、冷たや」

と泣き悲しむ。常葉、二歳のみどり子を懐《ふところ》に抱《いだ》きたれば、六つ子を抱くべきやうなし。手を取り引きて歩み行く。左馬頭討たれぬと聞きしのちは、湯水《ゆみづ》をだにも見ざりければ、影のごとく衰へて心まどひのみしけるが、この嘆きをうち添へて、消え入るばかり思へども、子どもがことの愛《かな》[11]しさに、足にまかせて歩みけり。

まだ夜をこめて清水寺《きよみづでら》を出で、春の日の長きに歩めども、子どもが行きやらぬをとかくせしほどに日は暮れて、入相《いりあひ》[12]の鐘《かね》聞くころぞ、[13]伏見の里に着きにける。

二七　老婆の温情

日暮れ、夜に入れども、立ち寄るべき方も覚えず。山の

11 いとおしさ。
12 夕暮れに寺でつく鐘。
13 清水寺からは一〇キロメートルに満たない距離の京都市伏見区。

陰、野のほとりに人の家は見ゆれども、

「あれも敵《かたき》のあたりにやあるらむ。これも六波羅の家人《けにん》などの所にやあるらむ」

と思へば、心安く宿《やど》借りぬべき思ひもなし。

「[1]憂かりける人の子どもが母となりて、今日はかかる嘆きにあふことよ」

と思ひけるが、また思ひ返して思ふやう、

「愚かなる心かな。かやうに迷ひ出でてしづかならねば、[2]後世《ごせ》をこそ弔《とぶら》はざらめ、[3]ともに契《ちぎ》ればこそ子どももあれ。ひとりが咎《とが》になしけることの[4]はかなさよ。

今日[5]ひめもすに歩み疲れたる者どもに、足をも休めずは、いかにしてか明日の道をも歩ますべき。宿をも借らずは、必ず野山《のやま》にこそ泊まらんずれ。[6]いさとよ、野山にも恐ろしきものの多かんなる。[7]おだしく明かさんことも難《かた》し」

と思ふも悲しければ、道のほとりの[8]おどろが下に、親子四人の者ども、手を取り組み、身に身を添へて泣きゐたり。

1 私につらい思いをさせるに決まっていた人。そのことに、今気づいた気持ちを表す。
2 落ち着かないありさまゆえ。
3 ともに愛しあったからこそ。
4 幼くて愚か。目立たない夕方になって、ふと湧いてきた思いへの内省。
5 一日中。
6 さあ、そうしたら。
7 何事もなく、無事に。
8 いばらなどの生い茂っている所。

[9]たそかれ時も過ぎぬれば、行き交《か》ふ人も跡絶えて、所どころに見えし家も、[10]とぼそを閉ぢて心細し。里の煙《けぶり》も絶えぬれば、宿借らばやの[11]あらましだにも今はなし。夜も更《ふ》け行けば風荒く雪降りて、子どもも我が身も、明日を待つべき命とも覚えず。

「あはれ、[12]人品《ひとしな》も見知らざらん山里人《やまざとびと》の草の庵《いほ》[13]もがな。今《こ》宵《よひ》ばかり身をも隠して、子どもを助けむ」

と思ひゐたる。

幼き者どもも泣き弱りて、声も時々は絶え、息も絶え入るやうに聞こゆれば、

「かくても[14]助からばこそあらめ、[15]とてもながらふまじき身なれば、人里《ひとざと》に宿を借りてこそ、もしやの頼みもあらむずれ」

と思ひなして、たく火のかげの見えけるを頼みて、おづおづ近づきて[16]竹の網戸《あみど》を打ちたたく。あるじと思《おぼ》しくて、[17]おとなしき女、戸を開けてぞ出でたりける。

9 夕方。当時は清音。
10 家の扉。
11 前もって思いめぐらすこと。予定。
12 人の身分。
13 願望を表わす。あってくれたらなあ。
14 助かるのだったらいいが。
15 どうしたって生きながらえられない身。
16 竹を編んで作った戸。貧家を示す。
17 年配の女。

常葉を見て、よに怪しげに[18]うちまもり、

「いかにや、[19]かひがひしき人をも召し具さで、幼き人々を具しまゐらせて、この雪にいづくへとておはしますぞ」

と申せば、常葉、

「[20]さればこそ。夫の[21]憂き心を見せしかば、うらめしさのあまりに子どもを引き具して出でたれども、雪さへ降りて道を踏み違《たが》へてよ」

とて、しをしをとしたる気色《けしき》にて、[22]心ばかりはまぎらかさんと、[23]思はぬよしをすれども、涙は袖にあまりけり。

あるじ、

「さればこそ怪しかりつるが。[24]いかさまにも、[25]ただ人にてはおはしまさじ。かかる乱れの世なれば、[26]しかるべき人の北の方にてぞおはすらめ。[27]ゆくへも知らぬ君の御故《おんゆゑ》に、老い衰へたる下臈《げらう》が六波羅へ召し出だされて、縄をもつき、恥をもみて、命を失ふほどの目にあふとても、追ひ出だしたてまつるべきかは。


18見守る意。

19頼りになる人。下人など。

20そのことですよ。相手の質問を予想していた言葉。

21薄情な冷たい態度。

22本心。

23深い事情などないようなそぶり。

24いずれにしても。

25普通の人。

26それ相応の人。

27どうなるかも分からない貴女。

この里のならひ[28]、誰《たれ》か受け取りまゐらせん。ここをかなふまじと申すならば、野山にこそおはしまさんずらめ[29]。これほど寒く耐へがたきに、明日までも、いかでかながらへさせ給ふべき。家こそ多けれ、門《かど》こそあまたあれ、思《おぼ》し召し寄る御ことも、この世ならぬ御契りにてぞさぶらふらん。見苦しけれども、入らせ給へ」

とて、急ぎ呼び入れたてまつる。新しき莚《むしろ》、取り出だして敷かせたてまつり、たき火して当て、饗応《きやうおう》[30]してぞ勧《すす》めける。

常葉は、胸ふさがりて少しも見ず、子どもをば、とかくすかして食はせけり。常葉が物食はぬを、あるじ心苦しく思ひ、いろいろのくだもの[31]取り出だして、

「これはいかに。あれはや」

と勧むれば、ただ事とも覚えず、ひとへに清水《きよみづ》の観音《くわんおん》の御憐《あは》れみなりと、行く末も頼もしくぞ思ひける。

28 都近く損得にさといこの里の常として。
29 ここがだめと。↓本文校訂注。
30 ごちそうでもてなすこと。
31 果実のほか、お菓子の類。

二八　母子、心の交流、都落ち

六つ子は歩み疲れて、何心もなく膝《ひざ》の傍らにぞ臥したりける。八つ子は父義朝を忘れず、母が涙も尽きせねば、うちとけまどろむこともなし。常葉、壁に向かひて、忍び[1]あまる涙、せきあへず。

夜更《ふ》け、人しづまりてのち、母、八つ子が耳にささやきて言ふやう、

「あな、むざん[2]の者どもがありさまや。世にある人[3]は、十人二十人、子を育つる人もあるぞかし。後《をく》[4]れ先《さき》立つことは憂き世のならひと言ひながら、同じ[5]たけ諸白髪《もろしらが》になり、の[6]ちは二親《にしん》の跡を訪《と》ふためしもあるぞかし。

おのれらを三人持ちたるが、せめては一人《ひとり》、添ひ果てよかし。明日はいかなる者の手にかかりて、何たる目にかあはんずらん。水にや沈められんずらむ、土にや埋《うづ》まれんずらん。母とて我を頼まんことも、子とて汝《なんぢ》らを育《はごく》[7]まんこと

1 こらえがたい涙を、せき止められない。
2 いたましい。かわいそうな。
3 時めき、栄えている人。
4 相手に先立たれたり、自らが先に死ぬこと。
5 夫婦がともに長生きして、同じようにすっかり白髪になり。
6 そののち、子がその二親の後世を弔う例もあるでしょ。「かし」は念を押す言い方。文脈上は、諸白髪となった老夫婦が、その両親の後世を弔う意と解せるものの不自然。主語の「子」が省略されたと見る。
7 いつくしみ守ってあげることも。

も、明くるを待つ間《ま》の名残ぞかし[8]」

と、泣く泣くかき口説《くど》きければ、八つ子が言ふやう、

「さて、われ死なば、母は何となるべきぞや」

母、

「おのれらを先立てて、一日、片時《へんし》も耐へてあるべき身な[9]らばこそ。もろともにこそ死なんずらめ」

と言へば、八つ子、われらに離れじとて、母も死なんずらむ嬉《うれ》しさに、

「母にだにも添ひてあらば、命、惜しからず」

と言ひて、顔に顔を並べて、手に手を取り組みて、仮にもまどろまで泣き明かす。

ほどなき春の夜なれども、思ひある身は明かしかね[10]、暁《あかつき》の空を待つほどに、鶏《とり》[11]の八声《やこゑ》はしきりにて、寺々の鐘も聞こえけり。

夜もほのぼのと明け行けば、常葉、子どもをすかし起こいて出でなんとす。あるじ、急ぎ出でて留めけり。

8 残った最後の時間。
9 耐えて生きていられる身ならね。
10 穏やかには夜明けを迎えられず。
11 にわとりのさかんに鳴く声。

「今日はかくて、[12]幼《をさ》あい人々の御《おん》足をも休めまゐらせ、雪晴れてのち、いづ方へも御《おん》出で候へ」

と、[13]あながちにぞ留めける。

名残惜しかるべき都なれども、子どもがために憂き方なれば立ち別れ、あたりも遠く落ち行かばやと急げども、あるじの情けに留められて、今日も伏見に暮らしてけり。[14]

その夜も明け行けば、また子どもを起こして、あるじに暇《いとま》を乞ひ、出でてけり。あるじ、はるかに[15]門《かど》送りして、小声に申しけるは、

「いかなる人の御ゆかり[16]にてか、深く忍ばせ給ふらん。都近きこの里に留めまゐらせんこと、なかなか[17]、いたはしければ、今日は留めもまゐらせず。

誰《たれ》とも知らぬ君ゆゑに、心を砕くよしなさ[18]よ。御心《みこころ》安きことになり、都に住ませ給ふ御《おん》ことあらば、卑《いや》しき身なりとも、御訪ねさぶらへよ」

とて、涙を流しければ、常葉、

12「をさない」の転。

13むりやり。

14＊二晩寝ていない常葉に、心のゆとりをもたらした貴重な一日。

15門の口まで見送ること。

16縁者。

17かえって。

18理に合わないことよ。何の得にもならないのに、心配になってしょうがない自分の心情の吐露。

「前《さき》の世の親子ならでは、かかる契りあるべしとも覚えず。命あらんほどは、この志、いかでか忘れん」

とて、泣く泣く別れにけり。


道すがら、見る者憐れみ、情けをかけて、馬などにて送る者もあり、徒歩《かち》なる者も見過ごさず、子どもを負ひ抱《いだ》きて、[19]五町十町送るほどに、[20]思ひのほかに心安く、大和の[21]宇《う》陀《だ》の郡《こほり》に着きにけり。[22]親しき者どもありけるに訪ね会ひて、

「子どもが命を助けんとて、おのおのを頼みて惑《まど》ひ下れり」

と申せば、この世の中をはばかりて、

「いかがあるべき」

と、はじめは申しあひしかども、

「女の身にて、はるばる頼み来たれる志を空しくなさんこと、不憫《ふびん》なるべし」

とて、さまざまにいたはりけるほどに、末の世までは知らず、今は心安くぞなりにける。

19 一町は約一〇九メートル。
20 ＊常葉は人を信じる気持ちに変わっている。
21 奈良県宇陀郡の地。54頁地図参照。＊後年、頼朝から面会を拒否された義経が書いたという腰越状（吾妻鏡・一一八五年五月条所載）には、彼女の赴いた先が宇陀郡の竜門の牧とある。また、都落ちした義経に同道した源有綱（頼政の孫）は、宇陀郡に潜伏していて討たれており（同書・一一八六年六月条）、源氏とゆかりのある地であったかという。
22 親戚。

下巻梗概

六波羅に拘束されていた頼朝は、人に勧められ、清盛の継母で弟頼盛《よりもり》の実母たる池禅尼《いけのぜんに》に助命を願い出る。禅尼は、そのことに心を尽くす。一方、常葉は、年老いた母が六波羅に連れて行かれ拷問を受けていると聞き、子らを連れて出頭する決意をする。清盛の面前で、彼女は子供より先にまず我が身を殺してほしいと泣いて訴え、心打たれた清盛は子らを助け、頼朝の命もまた助けられることとなった。

父後白河上皇の威光を削《そ》ごうとする二条帝の意を汲んだその側近の経宗・惟方の行動が院の怒りを買い、二人は院の命を受けた清盛によって捕縛され、流罪となる。流されていた信西の子息たちは召還された。経宗は、後日、政界に復帰して大臣にまで昇進するが、伊通にそのことを揶揄される。

伊豆配流となった頼朝は、涙ながらに池禅尼に別れを告げて東国に赴く。途中まで同道した纐纈盛康《こうけつもりやす》は、将来、頼朝が天下を掌握する夢を、自分が見たと語って、出家を思い止まらせる。義平は斬首に際し、死後は雷となって恨みを晴らすと言ったが、その予言通り、切り手であった難波経房《なんばつねふさ》は雷に打たれて落命した。

常葉の子三人のうち、鞍馬寺に預けられた牛若は成長して寺を出奔、自ら義経と名乗り、下総へ、次いで藤原秀衡《ひでひら》を頼って奥州へ下る。頼朝は、流されて二十年後の治承四年（一一八〇）に挙兵、義経も馳せ参じ、平家を壊滅させた。彼は裏切り者の長田をなぶり殺しにし、義経と奥州の藤原氏をも追討、かつて恩を受けた人々に対する報恩も果たし、生涯を閉じた。

平治物語　下巻

一　頼朝の助命

兵衛佐《ひやうゑのすけ》、弥《や》平兵衛《へいびやうゑ》がもとに預けられてありけるが、立居《たちゐ》につけてのふるまひ、つねの幼き者にも似ず、[1]おとなしやかなりけるを見て、人ごとに助けばやとぞ申しける。ある人、兵衛佐にひそかに申しけるは、

「御身《おんみ》の[2]落居《らつきよ》、[3]池殿《いけどの》につきたてまつりて御《おん》申しあらば、御命、助かり給はんずる。池殿と申すは、大弐《だいに》清盛の継母《けいぼ》、尾張守頼盛の母儀《ぼぎ》、故刑部卿《ぎやうぶきやう》忠盛の[4]後室《こうしつ》にて、人の重く思ひたてまつる」

と申せば、兵衛佐、内々《ないない》池殿へ申されたりければ、池殿、昔より人の[5]嘆きを憐《あは》れみて思ふ人にて、このことを聞き給

1おとなびているようす。

2最終的ななりゆき。

3平忠盛の後妻、修理権大夫藤原宗兼の娘、宗子。夫の死に際し出家。邸宅池殿に住み、池禅尼と称す。崇徳院の皇子重仁の乳母。

4高貴な人の未亡人。

5嘆願。

ひ、むざんなることに思ひ給ひて、清盛の嫡子《ちやくし》重盛の、今度の勲功《くんこう》に伊予守になり、今年正月、[6]左馬頭《さまのかみ》になられたりけるを、池殿、招いて仰せられけるは、

「兵衛佐といふ十二三の者が首、切られんことのむざんさよ。頼朝一人ばかりをば助け給へかしと、大弐殿に申して給《た》[7]び候へかし」

とありければ、重盛、宣ひければ、清盛、聞きて、

「池殿のましますをば、故刑部卿殿のごとくにこそ思ひたてまつりしかば、万事、仰せをば背き申さじと存ずれども、このことこそ、[8]ゆゆしき難儀《なんぎ》なれ。

[9]伏見源《げん》中納言・越後中将などやうの者をば、何十人許しても苦しからず。かの頼朝は、[10]六孫王《ろくそんわう》の末葉《ばつえふ》には[11]もはら正《しやう》嫡《ちやく》なり。父義朝の名将も見るところありけるにや、官途昇《くわんどしよう》進《じん》も数輩《すはい》の兄に[12]超越《てうをつ》せり。合戦の場にても、[13]はしたなきふるまひをしけるとこそ聞け。遠国《をんごく》に流し置かるべき者とは覚えず」

6 同月二十七日のこと（公卿補任）。

7 …してくださいよ。

8 並み並みではない。
9 師仲と成親。
10 30頁注8。
11 純粋で正統な家督相続者。
12 上位者を飛び越え昇進すること。
＊長兄の義平は官位不詳。次兄の朝長は、十三歳で佐兵衛尉、十六歳で中宮少進、従五位下。頼朝は、十二歳で皇后宮権少進、十三歳で佐兵衛尉を経て上西門院蔵人、内裏の蔵人、右兵衛権佐、従五位下と昇進。
13 したたかな。

とて、[14]分明《ふんみやう》なる返事もなし。

重盛、池殿にこのよしを申されければ、池殿、仰せけるは、

「大弐殿の力をもて度々《たびたび》の乱を鎮《しづ》め、[15]君を守りたてまつるあひだ、一門は繁昌《はんじやう》し、源氏ことごとく滅び候ひぬ。頼朝一人を助け置かれて侍《はんべ》るとも、何ほどのことをか、し出だし候ふべき。前世《ぜんぜ》に頼朝に助けられたりけるにや、あまりに不憫《ふびん》に覚えさぶらふぞや。

また、[16]それに付きたてまつりて申すも、[17]使ひがらの頼りもやあるとこそ、頼みたてまつる。

大弐殿は、[18]尼が身を分けぬばかりなり。一門を育《はごく》み給へば、大事にも、いとほしくも思ひたてまつること、頼盛、幾たりにか思ひ替《か》へ申すべき。この志《こころざし》をば、さりとも、年ごろ見給ひつらむ。

もし、そなたにや、[19]腹にあらずと隔て給ふらんと、よに恨めしく」

14はっきりした、明白な。
15後白河院。
16そなた。対称代名詞。
17使者の性格ゆえの希望。
18この身を分けて生まれたのではないだけ。当時、出産することを「身身となる」と言った。
19私の血を引いていないと。

とて、うち涙ぐみ給ひけり。

重盛、重ねて大弐殿に申されけるは、

「池殿の恨み、もってのほかに候ふ。女房の[20]おろかなる心に思ひ立ちぬることは、難儀、極まりなきならひにて候ふ。さのみ背き申させ給ひ候はんこと、[21]うたてしくや候はんずらむ」

と申されければ、大弐、聞き給ひて、

「大事《だいじ》、仰せらるる人かな」

とて、[22]ことのほかにもなかりけり。

池殿、これに力つき給ひて、継孫《ままご》の重盛と我が子の尾張守頼盛とを使ひにて、うちかへうちかへ嘆き給ひければ、

「兵衛佐は、今日、切らるべし」

「明日、必ず」

とありしかども、しだいに延びて切られず。兵衛佐、心に思ひけるは、

「[23]八幡大菩薩、おはしましけり。命だに助かりたらば、なも」

20 おろそか、いい加減なの意とも、愚昧なの意とも。
21 嘆かわしく困ったこと。
22 それ以上、特別な言葉も。
23 皇室の守護神で、かつ源氏の氏神。応神天皇が主神の弓矢・武道の神。神仏習合説を背景に菩薩の尊号が付与された。
24 早くもの意。
25 殿上に昇れない役人をいい、ここは池殿邸の下級伺候人。
26 未詳。
27 杉や檜の材を薄くそいだ板（片木《へぎ》）で作った一尺ほどの小さな卒塔婆。経木《きょうぎ》塔婆（水塔婆、笹塔婆とも）。

どか本意《ほんい》を遂げざらむ」

と、[24]いつしか思ひけるぞ恐ろしき。

兵衛佐、

「一日も命のある時、父の為に卒塔婆《そとば》を作らばや」

と宣へども、木もなし、刀も許さねば、思ふばかりなり。池殿の[25]公人《くにん》、[26]丹波藤三頼兼《たんばのとうざうよりかぬ》といふ者、この志をいとほしく思ひて、杉・檜《ひのき》にて、[27]小《こ》卒塔婆を作り集めて奉る。兵衛佐、かぎりなく喜びて、[28]梵字《ぼんじ》と思はしきものを書きまなび、その下に[29]弥陀《みだ》の名号《みやうがう》を書きて、数《す》百本、卒塔婆を掻《か》き束《つか》ね合はせ、

「童《わらん》べどもに取り散らされず、牛馬にも踏まれぬ所に、この卒塔婆を置きて奉らばや」[30]

とありしかば、藤三、

「置きてまゐらせん」

とて、昔、六波羅に[31]万功徳院《まんくどくゐん》といふ古寺《ふるてら》ありけり、その庭の池の小島に置かんとて、さしも激しき[32]余寒《よかん》に裸になり、

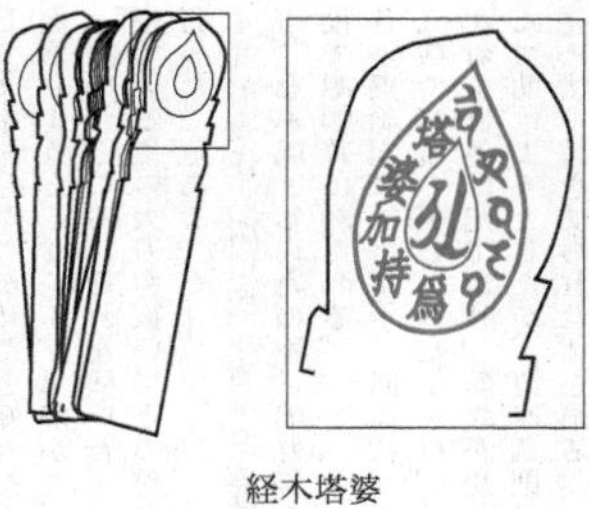

経木塔婆

28 サンスクリット語記載用の文字。
29 南無阿弥陀仏という尊号。
30 「亡き父の為に」の省略。
31 *吉記・一一八〇年十一月条の後白河院が池殿邸へ渡御した際の記事中に「池を隔てて精舎あり」とする。
32 立春の日以後の寒さ。

卒塔婆を髻《もとどり》に結《ゆ》ひつけて、泳ぎ渡りて置きてけり。兵衛佐、かやうに藤三《とうざう》が当たるも、

「[33]しかしながら、池殿の御志の末《すゑ》なり」

とぞ思はれける。

二　世評

「[1]大草香《おほくさか》の親王《みこ》の御子《おんこ》、[2]眉輪王《まゆわのおほきみ》は、七歳にて、継父《けいぶ》、[3]安《あん》康《かう》天皇を滅ぼしたてまつり、[4]厨川次郎貞任《くりやがはさだたう》が子、[5]千代《ちよ》童子は、十三の年、甲冑《かつちう》をよろひ、盾《たて》の面《おもて》に現れて、矢を放ちて敵《かたき》を討つ。[6]弓箭《きうせん》の道は幼きにもよらず。昔の人は、かうこそありしか。

兵衛佐は、父討たれなば討死し、自害をこそすべきに、尼公《にこう》につきて命助からんと申す。いふかひなさよ」

と、上下、難じける。

ある者、申しけるは、

「[7]やんごとなき名将・勇士といへども、誰《たれ》か命を惜しまざ

33すべて。ことごとく。

1仁徳帝の第五皇子。無実の罪を受け安康帝に討たれる。

仁徳帝┬允恭帝─安康帝
　　　└大草香皇子─眉輪王

2古事記に目弱王。母は安康帝の皇后となる中蒂姫《なかし》。

3允恭帝の第二皇子。古事記（下）に、大草香殺害後、后に迎えた中蒂姫との昼寝の際、宮殿の階下で遊ぶ目弱王に気づかず、お前の子が成長して父を殺したのが私だと知ったら復讐しようとしないか、気がかりだと語ったところ、それを聞いた王は、寝ている帝の大刀を抜いてその首を切った、とある。

4安倍貞任。厨川柵（岩手県盛岡市）を本拠とした為の称。前九年の役で源頼義に討たれる。

5陸奥話記に千世童子。同書に、十三歳で容貌の美しかった童子は、兜を着て柵外に出て奮戦、頼義が憐んで助けようとしたが、清原武則が認めず、首を切られた、とある。

6弓矢の道、即ち武芸。

る。その上、[8]漢家《かんか》の昔を思ふに、[9]越王勾践《ゑつわうこうせん》と[10]呉王夫差《ごわうふさ》と合戦せしに、越王いくさに負けて、呉王のために生け捕られぬ。越王、呉王に仕《つか》ふること、[11]年来《ねんらい》の従僕《じゆうぼく》に超えたり。呉王、その志《こころざし》を感じて、越王を誅《ちゆう》せず。

呉の臣下に[12]伍子胥《ごししよ》といふ臣あり。「越王を誅せずは、呉の国滅びん」と諫《いさ》む。呉王、聞かず[13]。伍子胥、強《し》ひて諫めしかば、呉王怒りて、伍子胥を切る。伍子胥、誅せらるる時に、「我が眼《まなこ》を抜いて呉の門に掛けよ。越、起こりて呉国を滅ぼさんを見ん」と言ひて[14]、遂に切られぬ。

越王、暇《いとま》を得て本国へ帰る時に、[15]蟾蜍《せんじよ》、高く躍りて道を越えけり。越王、下馬《げば》して、これに礼をなす。見る人、問ふて曰く、「なんぞ蝦蟇《がま》に礼をなすや」。越王の臣、[16]范蠡《はんれい》が言ひて、「我が君は勇める者を賞じ給ふぞ」と答へければ、勇士多く付きにけり。

多年を経て[17]、いくさを起こして呉国を攻む。[18]会稽山《くわいけいざん》といふ所にて呉を滅ぼすゆゑに、会稽の恥をきよむといふこと

7この上ない、最高の。

8中国。

9春秋時代の越の王。呉王の夫差に会稽山で敗れ捕虜となったが、後年、呉を倒す。

10勾践に父王を討たれ、薪《たきぎ》に臥して復讐を誓った話が著名。一旦は勝利を収めるも、のちに敗亡。

11長年仕えてきた召し使いの男。

12楚の人。夫差の父王に仕える。勾践の処刑を夫差に進言するも、讒言にあって自害。読みは底本に従う。

13史記の呉太白世家や越世家、伍子胥伝に載る逸話。

14右書に、「吾が眼を抉《えぐ》りて呉の東門に置け、以て越の呉を滅ぼすを観るなり」と言ったとある。

15ヒキガエル。韓非子（内儲説《ないちょ》・上）に、越王が呉を討つため、死を軽んずる勇者を求めるべく、怒った蛙にわざと礼をし、従者から理由を問われて、気迫があるからだと答えたので、翌年から人が集まったとある（呉越春秋などにも）。ここの記述は、帰国途上のこととする等、原話との相違がある。

あり。そのごとくに、兵衛佐も、命だにあらばとこそ思ふらめ。尼にも大弐にも、[19]所存こそ知りがたけれ。恐ろし、恐ろし」

と、申す人もあり。

三　常葉、六波羅に出頭

[1]さても、九条院《くでうのゐん》の雑仕《ざふし》、常葉腹《ばら》の義朝が子ども、三人あり。皆男子《なんし》なれば、ただは置きがたしとて、六波羅より兵《つはもの》どもを差し遣はし尋ねければ、常葉・子どもはなし、常葉が母の老尼《らうに》ばかりぞありける。

「姫・孫の行方《ゆくへ》、知らぬことは、よもあらじ」

とて、六波羅へ召し出だして尋ねらる。

常葉が母、申しけるは、

「左馬頭討たれぬと聞こえし[2]朝《あした》より、いとけなき子ども引き具して、行方も知らずなりさぶらひぬ」

と申しければ、

16勾践を助けて呉を倒した忠臣。史記（越世家）に、力を合わせ、深謀を巡らして二十余年、会稽の恥に報いたとある。ただし、蛙に礼をした理由を説明したのは、前注にある通り、勾践自身。
17軍勢を招集する意。
18浙江省紹興県の東南の山。が、同山は勾践がかつて捕虜となった地で、正しくは姑蘇山。
19心中で考えていること。

1 164頁注5参照。
2翌朝。＊義朝の死を聞いたのは正月五日であった（140頁）。常葉の都落ちは二月十日（167頁）、家を出奔したのは前日の九日。それと矛盾することになる。→解説。

「いかで知らざるべき」とて、さまざまの拷問《がうもん》に及ぶ。母、片時《へんし》の暇《いとま》ある時、申しけるは、

「われ、六十にあまる老いの身なり。事なくして過ぐすとも、幾ほどの命かあるべき。三人の孫どもは、いまだ十歳にもならぬ幼き者ども、もし事なくありえば、行方はるかなるべし。今日明日とも知らぬ露の命を惜しみて、末《すゑ》はるかなる三人の命をば、いかでか失ひ候ふべき。たとひ行く方《かた》知らせたりとも、申し候ふまじ。まして夢にも知らず候ふ」

とぞ申しける。

常葉、大和《やまと》にて、このこと聞き伝えて、

「わが子を思ふやうにこそ[3]、母もわれをば、愛《かな》しむらめ[4]。われゆゑ苦を受くと聞きながら、いかでか出でて助けざるべき。

前世《ぜんぜ》の果報つたなくて、義朝が子と生まれ、父が科《とが》[5]の子

3 私が子を思うように。
4 いとおしむ意。
5 罪科。

にかかりて失はれんことは、そのことわり、ありぬべし。そのゆゑもなきわが母の憂き目を見ることは、[6]さながらわが身の咎《とが》ぞかし。

　このちも子ほしくは、同じ[7]ゆかりの子を養ひても慰みぬべし。[8]無量劫《むりやうごふ》を経てもあらざる親子の仲なり。責め殺されてのちは、悔《くや》しむともかひあらじ。母、この世にある時、出でて助けん」

と思ひて、三人の子どもを引き具して、故郷《こきやう》の都へぞ帰りける。

　もとの住みかに立ち入りて見ければ、[9]閉《た》て納めて人もなし。[10]あたりの人に近づきて、

「御《おん》年寄りは」

と問ひければ、

「[11]一日《ひとひ》、六波羅へ召されさせ給ひて、そののちは、下《しも》ざまの人々も逃げ失せて、かやうに[12]あさましげにならせ給ひて候ふ」

6 すべて。

7 血のつながりのある子。

8 計り知れない長い時間。「劫」は仏教でいう長い時間の単位。

9 門戸を閉め切って。

10 近所の人。

11 先日。

12 あきれるほどにひどいありさま。

と申しければ、

「さればよ」

とて、常葉、いつも尽きせぬ涙をぞ流しける。

常葉、九条院へ参りて、泣く泣く申しけるは、

「女の心の[13]はかなさは、遂に逃れじと思ひながら、この子どもがむざんさに、片時《へんし》も身に添へてや見候ふとて、いとけなき者ども引き具して、[14]片ほとりに立ち忍びて候ひつるが、[15]行方も知らぬ老いの母が、六波羅へ召し出だされて、さまざまいましめ問はるるよし承り候へば、子どもがことは何ともなり候へ、母の苦しみを助け候はんとて、子ども相具《あひ》して参りてこそ候へ」

と申しければ、[16]御所をはじめまゐらせて、ありとあるほどの女房《にょうばう》たち、皆、涙をぞ流しける。

「世の常の女房の心ならば、「老いたる母は今日とも知らぬ命なり。[17]はかなくなるならば、後《のち》の世をこそ弔《とぶら》はめ。行く末遠き子どもを助けん」と思ふべきに、子をみな失ふと

13浅はかさ。

14都から離れたへんぴな片いなか。

15これからどうなるかも分からぬ。

16九条院呈子のこと。

17亡くなったなら。

も、母ひとりを助けんと申す志《こころざし》の[18]ありがたさよ。仏神《ぶつじん》、定めて御憐《あは》れみ、あらんずらん。

子どももまた、武士の子とも覚えず、みな[19]右へ向く。むざんげなる[20]顔ばせなり。

年ごろ、この御所へ参るとは、みな人、知りてさぶらふ。[21]尋常に出で立たせ給へ」

と、面々に申されければ、[22]中宮もさこそ思《おぼ》して、親子四人、清げに装束させ、牛・車・下部《しもべ》、いづれも[23]さる体に出で立たせて、六波羅へこそ遣はしけれ。

九条院を出で、[24]河原を東へ遣《や》り行けば、[25]衣《ころも》を脱げと言ふ者こそなけれ、[26]三途川《さんづのかは》を渡る心地して、すでに六波羅に近づけば、[27]屠所《としよ》に赴《おもむ》く羊の歩み、今日はわが身に哀れなり。

六波羅へ出でたりければ、[28]伊勢守景綱《かげつな》、預かりてけり。

常葉、申しけるは、

「女心のはかなさは、この子ども、もしや助かるとて、片《かた》田舎《ゐなか》へ引き具して下り候ひしかども、咎《とが》なき母が召し出だ

18 めったにない意。
19 言うことを素直にきく意か。
20 顔つき。
21 きちんとりっぱに。「出で立つ」は身支度をする意。
22 呈子。当時、正しくは皇太后宮。
23 それ相応に見えるよう装わせ。
24 鴨川を渡り、河原を東へ。
25 死者の着物をはぎ取るという、三途川にいる脱衣婆。着物は懸衣翁が衣領樹《えりょうじゅ》の枝に懸け、死者の生前の罪の軽重を計る（十王経）。
26 冥土に行く死者が七日目に渡る川。緩急の異なる三つの瀬があり、生前の業により渡る瀬が相違する。
27 知らず知らず死地に近づいていることのたとえ（涅槃経・一八）。
28 52頁注34。133頁注11。

されて、恥を見、苦しみにあふと承り候ふほどに、子どもこそ失《うしな》ひ候はめ、母をばいかでか助けでは候ふべきと思ひ定めて、御《おん》尋ねある子ども、相具《あひ》して参りて候ふ上は、母をば許させ給へ」

と、泣く泣く申しければ、聞く人、孝行の志を感じて、皆々涙をぞ流しける。

伊勢守景綱、このよしを大弐殿に申しければ、常葉が母をば[29]宥《なだ》められけり。

母、景綱が宿所《しゅくしょ》へ来て、姫・孫どもをうち見て、絶え入るばかり嘆きけり。[30]ややはるかにありて起き上がり、常葉が顔を[31]つらげに見て、申しけるは、

「あな、恨めしの心遣ひや。老いたるわが身は、[32]とても近き後《のち》の世なれば、ながらふべくとも、いつまでぞ。わざとも身に替へて、孫どもをこそ助けたけれ。何しに子どもをば具し出でて、われに憂き目をば見せ給ふぞ。

姫・孫どもを再び見ることの、まことに嬉《うれ》しけれども、

29寛大に処置し、許すこと。
30だいぶ時がたってから。
31うらめしそうに。
32どうせ近づいている来世だから。

孫どもが空しくならんことこそ、悲しけれ」とて、手を取り組み、顔を並べて、同じ所に伏し沈む。

四　清盛との対面

大弐《だいに》清盛、常葉を召し出だしければ、子ども引き具し清盛の宿所へ出でけり。

六つ子・八つ子、左右《さう》の傍らにゐたり。二歳の牛若は懐《ふところ》にあり。常葉、泣く泣く申しけるは、

「左馬頭《さまのかみ》、罪深き身にて、その子ども、皆失はれんを、ひとりをも助けさせ給へと申さばこそ、[1]そのことわり知らぬ身にても候はめ。

子ども、[2]かくもならざらん先に、まづこの身を失はせ給へと申さんを、などか聞こし召されでは候ふべき。

高きも卑しきも、[3]親の子を思ふ心の闇は、[4]さのみこそ候へ。この子どもに別れて片時《へんし》も耐へてあるべき身とも覚え候はず。わらはを失はせ給ひてのちにこそ、子どもをば御《おん》

1 物事の道理。

2 殺される前にの意。

3 広く知られていた歌、「人の親の心は闇にあらねども　子を思ふ道に惑ひぬるかな」（藤原兼輔。後撰集・雑一）を踏まえる。

4 おしなべて皆そうですの意。

はからひ候はめ。[5]

この心ざしを申さんためにこそ、左馬頭が草の陰[6]に恥を見せて、かかる憂きありさまを思ひも知らず[7]、これまで参りて候へ。この世の御《おん》情け、後《のち》[8]の世の御功徳《おんくどく》、何事かこれに過ぎさぶらふべき」

と、泣く泣く口説《くど》き申せば、六つ子、母の顔を頼もしげに見上げて、

「泣かで、よくよく申してたべや」

と言ひければ、ただ今までも、よに心強げにおはしける大弐殿も、

「けなげ[9]なる子が言葉かな」

とて、傍らにうち向きて、しきりに涙を流されけり。兵《つはもの》ども、あまた並《な》み居たりけるに、涙にむせびてうつぶさまになり、面《おもて》を上げたる者もなし。

常葉が年、二十三なりき。中宮の官女《くわんじよ》にて、もの慣れたる上、思ひ胸にあれば、言葉、口に出でて、猛《たけ》き武士《もののふ》も哀

5＊出頭に際し、わが子を殺されたら「同じゆかりの子を養ひても」(188頁)と考えたのは、自らの心を説得するための自己欺瞞だったことになる。
6あの世の夫に恥をかかせて。
7自覚もせず無我夢中で。
8後世に旅立つ者へのおめぐみ。
9殊勝な。事態がよく呑み込めぬまま口出しする子のいじらしさに感極まった言葉。

れと思ふばかりに申し続けて、青き黛《まゆずみ》[10]、深き涙に乱れ、嘆き日数《ひかず》を経て、その人ともなく痩《や》せ衰へたれども、なほ世の常に超えたり。見る人、これをあはれまず[11]といふことなし。

「これほどの美女をば目にも見ず、耳にも聞き及ばず」

と申しあひければ、ある人、申しけるは、

「よきこそ、ことわりなれ。大宮《おほみやの》[12]左大臣伊通《いとう》公の、中宮の御所へ見目《みめ》よからん女を参らせんとて、よしと聞こゆるほどの女を、九重《ここのへ》[13]より千人召されて百人選び、百人より十人選び、十人が内の一にてこの常葉を参らせられたりしかば、わろかるべきやうなし。

さればにや、見れども見れども、めづらかなる顔ばせなり。唐の楊貴妃《やうきひ》[14]、漢の李夫人《りふじん》[15]が、一たび[16]笑《ゑ》めば百《もも》の媚《こび》をなしけんも、これには過ぎじ」

と、たはぶれ申す人もあり。

常葉、伊勢守が宿所《しゅくしょ》に帰りぬ。そののち、荒き足音の聞

10 染料の藍の泡から作った藍蠟《あいろう》の眉墨。それで描いた眉。

11 賛嘆する意。

12 呈子の実父。呈子は摂政藤原忠通の養女として近衛帝のもとに入内。

13 宮中。

14 玄宗皇帝の妃。安禄山の乱で殺される。

15 武帝の妃。早世したため、帝は面影を慕って反魂香《はんごんこう》を焚いたという。

16 楊貴妃を題材にした白居易の長恨歌の一節、「眸《ひとみ》を回らして一たび笑めば、百の媚、生まる」による。

こゆる時は、

「今や、わが子どもを失ひに来たるらん」

と、肝魂《きもたましひ》も身に添はず。母は、子どもが顔を、

「今、いつまで」

と、[17]まもりて泣く。子どもはまた、頼もしからぬ母を頼みて、手に取りつきて見上げて泣く。互ひに尽きせぬ涙の[18]色、袖に余りてせきあへず。

大弐清盛、宣ひけるは、

「義朝が子どものこと、[19]わたくしに清盛がはからふべきにあらず。賞罰のことは、[20]勅諚《ちよくぢやう》に任せて奉行《ぶぎやう》するばかりなり。なほ伺《うかが》ひて、[21]天気《てんき》にこそ依らめ」

と宣へば、六波羅の人々、

「いかにかやうに、御心弱きことをば仰せられさぶらふぞ。この幼き者ども三人が生ひ立ちなば、末の世、いかなる大事をか引き出だし候はんずらむ。御子孫のためこそ、[22]いたはしけれ」

17 見まもって。
18 ようすの意。
19 個人的に。
20 天皇の命令に従って事を執り行うばかり。
21 天皇の意向。
22 気がかりでかわいそう。

と諫《いさ》めければ、清盛、

「[23]誰《たれ》もさこそは思へども、[24]おとなしき兵衛佐を、池殿、助けんと申さるる上は、[25]成人の頼朝をば助けて、幼き者をば切らんこと、その[26]謂《いは》れ、逆さまなるべし。[27]言ひても言ひても、頼朝が死生《ししやう》によるべし」

とぞ、宣ひける。

常葉、

「一日、片時《へんし》も、命のあるこそ不思議なれ。これ[28]さながら、清水の観音の御助けなり」

と頼もしくて、わが身は観音経《くわんおんぎやう》を読み、子どもには観音の御名《みな》を教へて唱へさせけり[29]。

兵衛佐が死罪のこと、池殿、[30]やうやうに申されければ、死罪許されて、流罪《るざい》にぞなりにける。

「これ、ただ事にあらず。八幡大菩薩の御はからひなり」

と、[31]信敬《しんきやう》、極まりなし。兵衛佐は、東国伊《い》豆国《づのくに》へ流さるべしと定まりてけり。

23 私も含め、誰も。
24 年のいっている。
25 成長を遂げた人。一人前の。
26 理屈。
27 何と言っても。
28 すべて。
29 ＊二十六年後、頼朝配下の武士が義経探索に奔走していた時、洛陽七所観音として信仰を集めていた一条河崎の観音堂（巻末地図参照）の辺で、その母と妹を生け捕ったという（吾妻鏡・一一八六年六月条）。常葉の観音信仰を示唆する事実かも。
30 さまざまに。
31 信じ、うやまうこと。

まして常葉が子どもは幼ければ
「助かりぞせんずらん」
と申しあへりしが、子細なく罪科なき者どもなりとて、死罪を宥《なだ》められけり。[32]

五　経宗《つねむね》・惟方《これかた》の流罪

二月二十日ころに、院は[1]八条堀川の皇后宮権《ごんの》大夫顕長《あきなが》卿の宿所の[2]桟敷《さじき》へ常に出御《しゆつぎよ》ありて、四方《よも》の山辺《やまべ》の霞わたれる夕けぶりの景色を叡覧《えいらん》あつて、御慰みありけるを、[3]内裏より御使ひとて、桟敷殿《でん》を打ち付けてけり。[4]

上皇《しやうくわう》、御憤《おんいきどほ》り深くして、大弐清盛を召して、

「主上《しゆしやう》、[5]若年《じやくねん》にましませば、これほどの御計らひあるべしとも覚えず。これは、経宗・惟方がしわざなり。[6]召しいましめよ」

と仰せ下されければ、清盛、[7]勅諚《ちよくぢやう》を承りて申しけるは、

「保元の御乱れにも、御方《みかた》へ参りて忠節を尽くし候ひぬ。


32＊常葉母子は観音の、頼朝は八幡の加護により助かったという見取り図で構成されている。↓解説。
1　153頁注34。
2　地面より高く作られた観覧席で、下半分を板で囲い、屋根がある。

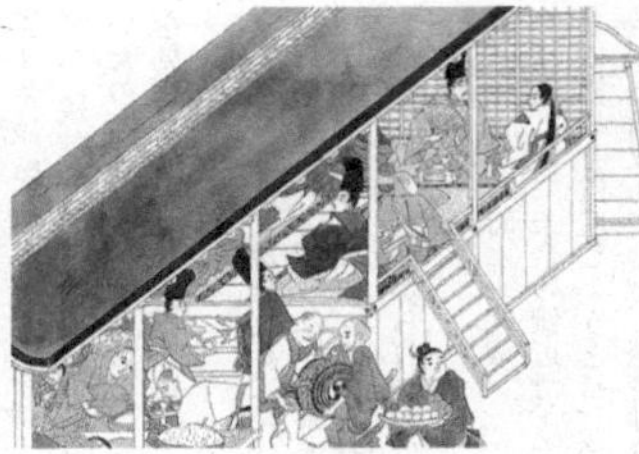
桟敷

3＊愚管抄には、院が大路を御覧になり、下衆《げす》などを召し寄せられていたとあり、今様を愛し、遊女から習

去年の合戦にも、身命《しんみやう》を惜しまず、忠節を致して乱世を鎮め候ひぬ。幾たびも勅命に従ひたてまつるべく候ふ」

とて罷《まか》り出で、経宗・惟方両人の宿所へ兵《つはもの》ども差し遣はす。[8]新大納言のもとには、[9]雅楽助通信《うたのすけみちのぶ》・[10]前《さきの》武者所信泰《のぶやす》、二人討死す。

経宗・惟方、両人召し捕りて、[11]御坪《おんつぼ》[12]の内に引っ据ゑたり。すでに死罪に定まつたりけるを、[13]法性寺大殿《ほつしやうじおほとの》、御《おん》申しありけるは、

「[14]嵯峨天皇の御宇《ぎよう》、[15]左衛門督仲成《なかなり》が誅せられてよりこのかた、死罪をとどめられて年久しかりしを、[16]保元の乱れに、少納言入道信西ほどの才人が誤りて死罪を申し行ひ、なか二年あつて去年の逆乱《げきらん》は起これり。死罪を行へば兵乱《ひやうらん》の絶えぬことわざ、[17]たちまちに現れて候ふ。[18]公卿《くぎやう》の首を左右《さう》なく切られんこと、いかが候ふべからん。

「遠流《をんる》は再び帰ることなし。死罪に同ず[19]」と承る。死罪を

得したほどの後白河院ゆえ、その「下衆」は大道の芸人たちであったろう。顕長邸の近く八条大路北・東大宮大路東には、稲荷祭に神輿の渡御する旅所《たびしよ》があり（拾芥抄・京程図）、桟敷は祭見物用に常設されていたのであろう。院が桟敷で稲荷祭を見物した記録も残る（兵範記・一一六八年四月条）。

4 外部に面した部分を板で覆ったことをいう。＊愚管抄は、経宗・惟方らが命じて堀川にあった板（90頁注5参照）で、外側から打ち付けさせたとする。

5 二条帝は、時に十八歳。

6 ＊二人は二条帝の側近で、天皇による親政を推進しようとし、後白河院派と対立していた。愚管抄は、二人の策謀を知った院が、清盛を召して、自分の存亡はこの二人にかかっているゆえ、思う存分いましめよと、泣く泣く命じたと伝える。

7 天皇の命令。ここは院のそれ。

8 経宗。

9 雅楽寮次官の人物。未詳。

10 院御所の警備に当たる武者所の前

宥《なだ》められて、遠流に処せられば、よろしかるべく候ふ」

と申されければ、

「大殿は、[20]ゆゆしく申させ給ふものかな。[21]大織冠《たいしょくわん》よりこのかた、代々、君の御守りとして善政のみ申し御沙汰あれば、[22]当時もめでたくまします。[23]御子孫の繁昌も、さこそましまさんずらめ」

と、諸人、誉めしめけり。


任者。未詳。

11＊二人の捕縛は、八条烏丸の里内裏でのこと。百錬抄は、二月二十日に宮中で捕縛、帝王編年記は、院が内裏に出向き、近辺にて両人を捕らえ、宮中で乱闘があったとする。今鏡（三）も内裏での事件とする。

12中庭。顕長邸のそれとなろう。

13前関白藤原忠通。36頁注13 15。

14桓武帝の第二皇子。平城帝の弟。

15藤原種継の子。妹の薬子が平城先帝の寵愛を受け、その再即位を画策、八一〇年に死刑。官は右兵衛督が正しい。／16＊薬子の乱から保元の乱まで三四六年間。死刑復活には批判的意見が多かった（玉葉・一一八五年四月条）。／17格言。同じ言葉は平家物語（二・小教訓）にも。／18「公」は太政大臣と左右大臣、「卿」は大中納言・参議と三位以上の人。／19一一九一年四月に出された後白河法皇院宣に、同様の文言が見え、死刑が嵯峨朝以来、停止されてきたことも記す（吾妻鏡・同年五月条）。／20格別りっぱに。／21藤原氏の祖、鎌足。「大織冠」は大化の改新後に制定された位階の最高位。鎌足に初めて授与。／22現在の意。／23後代、摂関の地位は彼の子孫が継承、五摂家の祖と仰がれるに至る。

六　流人たちの召還

少納言入道信西が子ども、僧俗十二人あり。国々へ流し置かれたるを面々に召し還さる。

これにつけても、紀二位《きのにゐ》の心の内こそ、いとほしけれ。権を争ひし信頼は誅せられぬ。少納言入道も命だにあらましかば、いかなる国よりも帰らなましを、数輩《すはい》の子どもが召し還さるるを見聞き候へども、[1]後《のち》の世の別れをぞ嘆きける。上皇《しやうくわう》も、御政《まつりごと》の度ごとには、仰せ合はせらるる方のなきままに、信西をぞ忍び思し召されける。

新大納言経宗は、阿波国《あはのくに》へ流さる。[2]別当惟方は、出家すと聞こゆ。[3]長門国《ながとのくに》へぞ流されける。伏見源《ふしみのげん》中納言師仲卿は、内侍所《ないしどころ》、取り留めまゐらせたりける故に、信頼与同《よとう》の[4]重科は宥《なだ》められてけり。しかれども、

「都の内に留め置かれんこと、いかが」

と、諸卿、申されければ、[5]播磨《の》中将の召し還されたるあと、下野国《しもつけのくに》、室八島《むろのやしま》へぞ[6]流されける。三河の[7]八橋《やつはし》を渡るとて、師仲、からうぞ口すさみける。

夢にだにかくて[8]三河の八橋を
渡るべしとは思ひやはせし

1 死別。
2 二月二十八日に解官、三月十一日に阿波配流（公卿補任・清獬眼抄）。
3 経宗と同日に解官、同日に長門配流、当日またはそれ以前に出家、法名寂信（公卿補任）。
4 重い罪科。ただし乱直後の十二月二十八日に解官（公卿補任）。
5 信西子息の成憲。139頁参照。
6 配流は経宗らと同日（公卿補任）。
7 伊勢物語の東国下向話に出る地。河が蜘蛛手のように流れ、八つの橋が架かっていたといい、業平の歌「から衣着つつ慣れにし妻しあればはるばる来ぬる旅をしぞ思ふ」で著名。愛知県知立市八橋町。
8 「見る」に掛ける。

上皇、この歌を聞こし召されて、急ぎ召し還されてけり。[9]
新大納言経宗は、阿波国より召し還されて右大臣まで経《へ》昇《のぼ》り[10]て、のちには阿波の大臣とぞ申しける。大宮左大臣[11]伊《い》通《とう》公の申されけるは、
「世に住めば、をかしきことをも聞くものかな。昔こそ我が朝《てう》[12]に吉備《きび》大臣はありてんなれ。また、粟《あは》の大臣、出で来たり。いつかまた、稗《ひえ》の大臣、出で来んずらん」
とぞ宣ひける。
[13]大饗《だいきやう》、行はんとて、伊通公を尊者《そんじや》[14]に請じ申されければ、使者の聞くをもはばからず、
「阿波《あはの》大臣の帰洛して、旅籠振舞《はたごふるまひ》[15]すなるに、参るまじ」

とぞ宣ひける。これをも人、

「例の御《おん》こと」[16]

とぞ笑ひける。

別当入道は、なほ御憤《いきどほ》り深くして、召し還さるまじきよし聞こえければ、心細くや思はれけん、御所[17]の女房たち

9＊一一六六年三月のことで、「急ぎ」とあるのは事実に反する。藤原俊成の長秋詠藻には、帰京後の師仲から配所での詠歌を送られてきて返送する際に詠んだ歌があり、俊成撰の千載集（羇旅）には鳴海での詠が載る。
10召還は一一六二年三月（百練抄）、右大臣昇進は二年後の閏十月（公卿補任）。
11当時、正しくは太政大臣。
12吉備真備。称徳朝の右大臣。遣唐使として著名。
13大饗宴の意で、大臣昇進披露の宴。多くの招待客を招いた。
14大饗の主賓。
15旅を終えた時に開く祝宴。「旅籠」は旅中の食物などを入れる籠、またその中味をいい、旅で余ったそれを人々に供する意から。
16＊伊通の言動は、40頁、74頁、130頁と、しばしば描かれ、彼の言動がもとにあると考えられる記事もあった。154頁注16、155頁注32参照。↓解説。
17上皇御所。

の方へ[18]消息《せうそこ》を参らせける奥に、

この瀬[19]にも沈むと聞けば涙川
流れしよりも濡《ぬ》るる袖かな

女房たち、御所にてこの歌をものがたり申されければ、君も哀れと思《おぼ》し召して、急ぎ召し還されてけり[20]。

七　池禅尼《いけのぜんに》、頼朝に対面

兵衛佐が死罪のこと、[1]池殿のやうやうに御申しありければ宥《なだ》められ、伊豆国へぞ流されける。池殿、兵衛佐を召して仰せられけるは、

「昨日までは、[2]それのことに心を砕きつるが、今日すでに喜びになりて伊豆国とかやに流さるべかんなる。尼は若《わか》う盛りなりし時より、[3]かはゆく憐《あは》れなることだにもあれば、聞きて[4]耐へしのばぬ心ありて、多くの者の命を[5]申し助け、首をも継ぎてさぶらひしなり。今はかかる[6]朽《く》ち尼《あま》のさまなれば、申すことも耳なれて、

18手紙。

19時を表す「せ」を掛ける。

20＊師仲と同時の召還で（201頁注9参照）、経宗より四年遅れであった。この歌は、続詞花集（雑）、今鏡（三）、治承三十六人歌合（三番）、千載集（雑）、十訓抄（十）、古今著聞集（五）と、諸書に載る。


1↓本文校訂注。

2そなたのこと。

3かわいそうで。

4がまんできない。

5願い出て助ける意。

6老いぼれて役に立たぬ尼。

大弐殿、よも聞かじと覚えしかども、もしやとて申しつれば、それには、[7]よもよらじかなれども、死罪とかやは宥《なだ》められぬ。尼が命のうちの喜び、これに過ぎたること、またあるべしとも覚えず」

と宣ひければ、兵衛佐、

「御《ご》恩《おん》によりて、命を助けられまゐらせぬ。この御芳志、生々世々《しやうじやうせせ》にも、いかでか報じ尽くしまゐらせ候ふべき。[8]道にていかにもなり、国にて憂き目を見候ふとも、何の恨みか候ふべき。[9]ただし、はるばると下り候はん道に、召し使ふ者一人も候はでは、旅の空こそ心苦しく候はんずれ」

と申されければ、池殿、

「それは、さぞ思はれん。[10]父祖《ぶそ》の時より召し使はれし者、多くこそ候はめども、恐れをなしてぞ出でざるらめ。[11]科《とが》を宥《なだ》められぬと披露《ひろう》せば、などか[12]年ごろの者どもの、[13]見え来たらざるべき」


7私の申し入れには。

8死ぬことを遠回しに言ったもの。

9＊以下、頼朝が道中の使用人を求め、池禅尼が重代の源氏家人の探索を勧める会話は、再度の対面場面で涙ながらに言葉を交わす両者の姿になじまない。頼朝の将来を予告する人物（盛康）を登場させるために、加筆されたのであろう。↓解説。

10父と祖父。ふりがな、底本のまま。

11刑罰。

12長年、仕えてきた者。

13姿を現し。

と仰せられければ、兵衛佐、[14]弥平《やへい》兵衛に申し合はせて披露すれば、[15]侍《さぶらひ》・下人《げにん》ども、七八十人ぞ出で来たる。その内に、侍、三十余人ぞありける。この侍ども、同心に申しけるは、

「あはれ、ご出家ありて、池殿にも御心やすく[16]見えまゐらせて、伊豆国へも御下りさぶらへかし」

と申す。[17]纐纈源五《かうけつげんご》盛康《もりやす》ばかりこそ、

「いかに人、申すとも、[18]そら聞かずして、[19]御髻《おんもとどり》をば惜しませ給へ」

と、耳にささやきけれ。ある時、盛康、申しけるは、

「千人がうちの一人とさぶらふ身の助からせ給ふは、ただ事にては、よも候はじ」

と、うち拝み、

「八幡大菩薩の御計らひにてこそ、候ふらめ」

と申せば、

「髻、切れ」

14 宗清。161頁注3。
15 主人の身辺に「さぶらふ」意から、従者、家人。
16 見られ。思われ。「え」は受身を表す。
17 仁明源氏、基康の子。頼朝の祖父為義の代より源氏郎等で、一一九二年没という（古代氏族系譜集成）。新日本古典文学大系43付録「保元物語 平治物語 人物一覧」参照。
18 聞かぬふりをして。
19 頭頂で束ねた髪。出家の際に切る。

と言へども返事もせず、

「な切りそ」

と言ふにも音[20]もせず。心のうちこそ恐ろしけれ。

八　池禅尼の訓戒

永暦《えいりやく》元年三月二十日[1]、兵衛佐、伊豆国へ下さるべしと聞こえければ、池殿へ暇《いとま》申しに参りけり。池殿、簾《すだれ》をかかげて御覧じ、

「近《ちか》う、近う」

と召して、つくづくとまぼり給ひ、

「かやうにありがたき[2]命を助け申し候へば、尼が言葉の末[3]、少しも違《たが》ふまじきなり。弓矢・太刀・刀といふことは、目にも見、手にも取るべからず。狩・漁《すなどり》のあそび、また思ひ寄るまじきなり。人の口は、さがなき[4]ものにて候へば、なにといふ[5]讒言《ざんげん》にあひてか、尼がほどなき命のうちに、再び憂きことを聞かんずらむ。その身もまた、再び憂き目を見

20 声。

1 正しくは十一日（清獬眼抄・公卿補任〈頼朝項〉）。

2 生き延びるのが難しい。
3 言葉のはしばしまで。

4 意地悪で品がない。

5 人をおとしいれる言動。

んこと、口惜しかるべし。[6]

いかなる前世《ぜんぜ》の報ひにてか、親子ならぬ人を、これほどにいとほしく思ふらん。人の[7]嘆きを受けて、わが心を苦しむることよ」

と、涙せきあへず見え給へば、兵衛佐は生年《しやうねん》十四の春なり、思へば幼稚のほどぞかし、されども人の志《こころざし》の切《せつ》なるを思ひ知りて、涙にむせびて顔も持ち上げず。

ほど経て、涙を抑へ申しけるは、

「頼朝、[8]去年三月一日、母に後《おく》れ、今年正月三日、父に別れぬ。定まれる孤児《みなしご》となりて、「哀れ、不憫《ふびん》」と申す人も候はぬに、かやうに御助け候へば、その[9]おそれ候へども、父とも母とも、[10]この御方《おんかた》をこそ頼み申し候はん」

とて、さめざめと泣きければ、池殿、

「まことに、さこそあるらめ」

とて、また涙を流されけり。

「人は皆、父母《ふぼ》のため[11]孝養《けうやう》の志あれば、[12]冥加《みやうが》もあり、命も

6＊人から疑われる行動を戒めるこの言葉は、重代の家人を探させる先の言動と相容れない（203頁注9参照）。冒頭の「かやうに」の句は、本来、前段前半の禅尼の言葉の末尾「またあるべしとも覚えず」（203頁）に続くものであったか。→解説。

7嘆願。

8＊この日、母の喪に服したことが、公卿補任・頼朝項に載る。母は、熱田大宮司藤原季範の娘。

9恐れ多いこと。

10こちらのお方。

11亡き親のための追善供養。

12目に見えない神仏の加護。

13忠盛の次男。清盛の異母弟。一一四八年一月に右馬頭・従四位下。翌年三月死去。

14清盛。

15正しくは、その上の大輔。詔勅文案の審査などをする中務省の次官。一一三六年に就任。

16東山区の八坂神社の旧称。＊事件は一一四七年六月に勃発、清盛が社頭で田楽を奉納するため、武器を帯

長く候ふなるぞ。経を読み、念仏をも申して、父母の跡を弔《とぶら》ふべし。

尼が子に、[13]右馬頭家盛《うまのかみいへもり》とて候ひしぞとよ。その幼かりし面影、思ひ出でてこそ、いとほしく思ひ染めたりしか。鳥羽院に召し仕へて、権勢、並びなかりしに、この大弐、[14]いまだ[15]中務少輔《なかつかさのせう》と申しし時ぞ、[16]祇園《ぎおん》の社《やしろ》にて事を引き出だし、[17]山門《さんもん》の大衆《だいしゅ》に訴へられ、遠流《をんる》せらるべきよしありしかば、[18]君、思《おぼ》し召し煩《わづら》はせ給ひしに、「清盛が流罪《るざい》の遅々《ちち》するは、弟《おとと》の家盛が[19]ささへ申す故なり」とて、さまざま[20]呪詛《しゆそ》すと聞こえしが、[21]山王《さんわう》の御祟《おんたた》りとて、二十三の年、[22]失せ候ひしぞとよ。

家盛に後れて、一日片時《へんし》もこの世にあるべしとは思はざりしかども、はや十一年になり候ひけるぞや。昨日まで、[23]それのことをうち添へて心苦しかりしに、今日こそ涙の[24]たゆむ時ともなりて候へ。

行く末、はるかなるその身は、年月《としつき》を経ては召し還さる

した護衛の武士をつけたところ、神職の下部が武器の携行を制止、乱闘となり、神社側に矢傷・刃傷を負う者が出て、騒ぎは深夜まで続いた（本朝世紀、台記、同月条）。

17祇園社は延暦寺に帰属していたために、比叡山の僧集団から弾劾された。＊事件の十三日後、叡山の衆徒らは日吉社の神輿をかついで入洛する強訴を企て、忠盛・清盛父子の流罪を訴えたが、朝廷の裁断は遅延、七月に及び強訴の差し迫るなか、清盛に罰金刑が科され、祇園社には謝罪の奉幣使が派遣されて落着する（本朝世紀、台記、同月条）。

18鳥羽院。

19防ぎ、はばむ意。

20＊家盛呪詛の有無は不明。二年後に死去したための付会か。

21日吉神社の祭神、山王権現。

22＊二年後の三月十五日のこと。病を押して鳥羽院の熊野参詣に供奉、帰路、宇治川の辺で没す（本朝世紀）。

23そなたのこと。

24とだえる。

る時もありこそせんずらめ。今日明日とも知らぬ老いの命は、それを待つべき頼みもなし。これこそ最後よと思へば、ただ名残こそ惜しけれ」

とて、うち泣き給へば、兵衛佐も、[25]いとど袖をぞ[26]しほりける。

九　頼朝、東国へ出立

永暦元年三月二十日の暁、六波羅池殿を出で、東路《あづまぢ》はるかに赴きけり。供の者ども、あまたありけれども、ここにては履物《はきもの》つくろひ、かしこにては人にもの言ひなどせしほどに、まことに従ひつく者は三四人には過ぎず。纐纈《かうけつ》源五盛康ばかりぞ、旅装束、さる体《てい》にて、[1]大津までとて供しける。兵衛佐、

「いくらも見えつる者どもは、何とて見えぬぞ」

と宣へば、盛康、

「[2]遼遠《れうゑん》の境《さかひ》へ下り候へば、あるいは妻子に、あるいは父《ふ》

25 ますます。
26 ぬらす、湿らすの意。

1 琵琶湖畔の滋賀県大津市。以下、148頁地図参照。

2 はるかに遠い地。

母《ぼ》の名残を惜しみてぞ、遅く参り候ふらん」

と申しけれども、その後は遂に見えず。

みな人は流さるるを嘆けども、兵衛佐は喜びけり。ことわりかな、切らるべき身が流さるれば。されども、都の名残、せん方なし。所どころに馬を控《ひか》へ、しきりに後《あと》をぞ返り見ける。
[3]内《うち》の蔵人《くらんど》にてもありしかば、[4]雲上《うんしやう》の交はりも思ひ出で給ふ。[5]后《きさい》の宮の宮司《みやづかさ》にてもありしかば、その名残も忘られず。
「父にも母にも、[6]よしみおはせぬ池殿に助けられたてまつる。志《こころざし》厚く、恩深き人をも、今は見たてまつらむこと、ありがたし」

と思ひ続けて、敵陣の六波羅さへ、名残惜しくぞ思はれける。
[7]胡馬《こば》、北風《ほくふう》に嘶《いば》ひ、越鳥《えつてう》、南枝《なんし》に巣を懸くる。畜類の心なきだにも、故郷はしのぶ心あり。[8]東平王《とうへいわう》といひし人、旅にてはかなくなりしかば、その塚の上なる草も木も、故郷

3内裏に勤める蔵人。前年六月に六位蔵人に就任。それ以前、上西門院御所の蔵人。
4宮中における人との交流。
5中宮職《しき》などの役人。前々年二月に皇后宮権少進に就任。＊皇后は後白河院の姉の統子。翌年二月に上西門院と称するに至り、頼朝もその蔵人に。母方の伯母も院御所の女房。
6親交。また、縁故。
7北の胡国から来た馬は、北風にいななき、南の越国から来た鳥は、南に延びた枝に巣を作る、の意。玉台新詠（一・雑詩）所収の漢詩による。
8漢の宣帝の第四子、劉宇《りゆう》。東平国を与えられ、東平思王を称す。帰郷を常に望み、死後、塚の上の松柏が都のある西になびいたという。

の方へぞなびきける。[9]遊子《ゆうし》は神となりて、巷《ちまた》を過ぐる人をまもり、[10]杜宇《とう》は鳥となりて、旅なる者を帰れと鳴く。これらは[11]長途《ちやうと》に命を落とし、他郷にかばねを留めしが、望郷の魂、浮かれて、[12]外土《ぐわいど》の恨みを表ししたぐひなり。兵衛佐が心も、さこそと覚えてあはれなり。

一〇　纐纈《かうけつ》盛康の夢告談

[1]追立《おつたて》の使ひは、[2]青侍季通《あをさぶらひすゑみち》なり。[3]粟田口《あわたぐち》辺より[4]路次《ろし》にて会ふ者をば、物を奪ひ取る。兵衛佐、

「かう、なせられそ[5]。頼朝下向《げかう》の時、路次《ろし》に狼藉《らうぜき》ありけりと聞こえんこと、穏便《おんびん》ならず」

とぞ、制しける。

纐纈《かうけつ》源五、

「いづくまでも御供《おんとも》申すべく候ふが、[6]八旬《はつしゆん》にあまりたる老母、今日とも明日とも知らぬ身にて候へば、盛康に別るべきことを、あまりに嘆き申し候ふ。この老尼《らうに》[7]、いかにもな

9 中国古代の王、黄帝《こうてい》の子。旅を好み、旅中の路上で死去したため、旅人を守るべく、道の神になったと伝わる。江談抄（六）に伝が載る。
10 蜀王の望帝。譲位後に国を去り、死後にホトトギスとなったため、その鳴き声は「不如帰去」（故郷へ帰るのが一番よい）と聞こえるという。
11 長い旅路。
12 旅先の外地で死んだゆえの未練。

1 流人を配所へ追い立てる使者。検非違使庁の下級役人（志《さかん》や府生《ふしよう》など）が任に当たる。
2 身分の低い若い侍《さぶらい》。また、青い袍《ほう》を着用した、貴人に仕える六位の侍。季通は未詳。
3 三条大路が鴨川の東に延びた先の、東海・東山両道の出入り口に当たる地。東国北陸方面への流人は、ここで身柄を追立の使者から、配所まで護送する領送使に託される。季通の行為は領送使としてのもの。
4 道中。
5 「な……そ」で禁止を表す。
6 八十歳。旬は十の単位を表す。

り候ひなば、急ぎ罷《まか》り下りて奉公申すべく候ふ。せめて勢《せ》多《た》まで」

とて、供しけり。

　勢多をば舟にて渡しけり。

「かしこに見ゆる杉むら[8]の前に、鳥居《とりゐ》の立つたるは、いかなる神にてましますぞ」

と問へば、盛康、

「勢多は近江の国府《こふ》[9]にて候へば、極重《ごくぢう》[10]の神をこそ祝ひたてまつりて候はめ」

と申せば、

「名を何の宮と申すぞ」

と問ひ給へば、

「建部《たけべ》[11]の社《やしろ》」

と申す。兵衛佐、

「今夜、あの社《やしろ》に泊らん」

と宣へば、盛康、

7死ぬことの婉曲表現。

8杉がむらがって立っている所。

9国司の役所がある地。

10極めて重要な。

11近江国の一宮。瀬田川東岸にあり、主神は日本武尊。＊清和源氏頼綱の孫、経光が社務職に就いており（本朝世紀・一一四六年三月条）、源氏と関わりがあったか。神縁年録（一五一〇年成立、神社大系所収）には、頼朝が一一九〇年の上洛の際に参詣、神領を寄進したとある。

「[12]宿《しゆく》に御泊り候へ」

と申す。兵衛佐、

「身の行く末、祈り申さんがために、[13]社頭《しやとう》に通夜《つや》申したけれ」

とて、建部の社へ参り給ひぬ。

夜更《ふ》けて、下部《しもべ》ども寝《い》ね入りたる時、盛康、兵衛佐にささやきて申しけるは、

「都にて御出家あるまじきよしを申ししは、全く盛康が言葉にあらず。正《しやう》八幡大菩薩の御《ご》託宣《たくせん》なり。その故は、京にて不思議の[14]霊夢《れいむ》の告げ、さぶらひき。君は[15]浄衣《じやうえ》に立烏帽子《たてえぼし》にて、[16]石清水《いはしみづ》へ御参詣あり。盛康、御供《おんとも》申して候ひしが、君は神殿《しんでん》の[17]大床《おほゆか》、盛康は[18]瑞垣《みづがき》の下《もと》に伺候し候ふ。御年、十二三ばかりの天童の、弓矢を掻《か》い抱《いだ》いて大床に立ち給ひつるが、

「義朝が弓・[19]箙《やなぐひ》、召して参りて候ふ」

と申されければ、[20]御宝殿《ごほうでん》の内より、けだかき御声《みこゑ》にて、

12 旅人の泊まる宿場。
13 社殿の前。神前。
14 神仏の霊力が秘められた夢。
15 参詣時に着る白い狩衣。
16 源氏の氏神をまつる石清水八幡宮。主神は応神天皇。京都府八幡市。
17 正面階段上の広い板敷の間。
18 神社を取り囲む垣根。
19 ふりがな、底本のまま。「やなぐい」には壺胡籙《やなぐい》と平胡籙とがあるが、戦闘には箙《えびら》（105頁）を用いる。ここはそれであろう。
20 神殿。

「深く納め置け。終《つひ》には頼朝に賜《た》ばんずるぞ。これを、まづ頼朝に食はせよ」

と仰せられければ、天童、御簾《ぎよれん》の際《きは》へ参りて、押し出だされたりける物を掻き抱きて、君の御前《おんまへ》に置き給ふ。何物ぞと見れば、[21]熨斗鮑《のしあはび》、六十六本あり。

先の御声《みこゑ》にて、

「頼朝、それ食べよ」

と仰せられければ、御手《おんて》に掻い握りて、広きところを三口まゐりて候ふ。細きところをば、盛康に投げて賜りしを[22]懐中《くわいちゆう》して、[23]によほによほ喜ぶと見て、夢覚め候ひぬ。

この夢を心の内に合はせ候ふやうは、御当家《ごたうけ》の弓矢をば大菩薩の御宝殿に納めさせ給ひて候ひける[24]頭殿《かうのとの》こそ、一旦、朝敵となりて滅びさせ給ふとも、君の御行方は頼もしき夢想なり。

六十六本の鮑は、[25]六十六か国を掌《たなごころ》に握らせ給ふべき相なり。まゐり残つしを賜つて懐中すと見て候へば、人数《ひとかず》な

21 鮑を縁側から薄く長くそぎ取り、のばして干したもの。儀式用の肴《さかな》として用いられ、祝儀の贈答品ともなる。贈り物につける熨斗の原型。

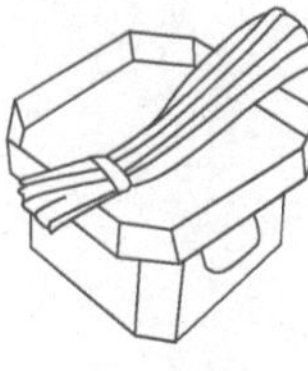

熨斗鮑

22 懐に入れて。

23 笑顔の表現。松本には「如法〳〵」とあり、たいそう、の意となる。

24 義朝。

25 国の総数。正確には、五畿七道の六十六国に壱岐・対馬を含めた六十八か国。

らぬ我らまでも、頼もしくこそ候へ」

と、申しけれども、兵衛佐は返事もせず。ほれほれとして、

「いざ盛康、せめて[26]鏡《かがみ》の宿《しゅく》まで」

と宣へば、あまりにいとほしさに、

「母は何ともならばなれ、いづくまでも御供せん」

とぞ思ひける。

　鏡の宿に着いて、

「いづくまでも御供に参らん」

とぞ申せば、兵衛佐、

「それこそ、あるまじきことなれ。志はさることなれど、汝《なんぢ》が母の嘆きは、頼朝が身に負ふ[27]べきなり。孝行の志を空しくなさば、仏神《ぶつじん》の[28]冥慮《みやうりよ》に背くべし。冥慮に違《たが》ひなば、頼朝が冥加《みやうが》のためこそ恐ろしけれ」

とて、止められけり。

一一　頼朝、伊豆へ

26 鏡山の北麓の地。早朝に都を出た旅人の多くが最初に宿泊する地。
27 責任を負う意。
28 目に見えない神仏の考え。

兵衛佐は不破《ふは》の関を越えて、美濃国青墓《あふはか》の宿《しゅく》を過ぐる時、父義朝の、この宿にて兄中宮大夫進《のたゆふのしん》朝長《ともなが》を手にかけて失はれけん心のうち、思ひ知られて悲しかりけり。杭瀬《くいぜ》川を渡りし時は、源光《げんくわう》が舟にて下られける川なれば、知らぬ舟《ふな》人《びと》の漕《こ》ぎ行くも、心なき水の流れも、[1]なつかしくぞ思はれける。

尾張国[2]熱田宮《あつたのみや》に着きても、

「故左馬頭、討たれ給ひし野間《のま》の内海《うつみ》は、いづくぞ」

と、所の者に問ひ給へば、

「[3]鳴海潟《なるみがた》を隔てて、霞わたりたる山こそ、そなたにて候へ」

と申しければ、心の内に、

「南無八幡大菩薩、頼朝を今一度、世にあらせましませ。忠致《ただむね》・景致《かげむね》を手にかけて、[4]亡父《ばうぶ》の草の陰に見せまゐらせ候はん」

と、泣く泣く祈誓《きせい》したるこそ、ことわりなれ。

1心がひかれる意。

2熱田大神を主神とし、天照大神・素戔嗚尊・日本武尊をまつり、草薙剣を安置。名古屋市熱田区にある。

3同市緑区鳴海町周辺にあった海岸。

4ふりがなは、底本のまま。

兵衛佐は、当社[5]大宮司《だいぐうじ》季範《すゑのり》が娘の腹の子なり。この腹に男女《なんによ》三人の子あり。女子《によし》は[6]坊門《ばうもん》の姫とて、後藤兵衛実基《さねもと》が養君《やうくん》にて都に留まりぬ。いま一人の男子《なんし》は、駿河国[7]香貫《かつら》といふ所にありけるを、母方のをぢ、[8]内匠頭範忠《たくみのかみのりただ》といふ者、からめ捕りて平家へ奉りしを、[9]名字《みやうじ》なくては流さぬならひにて、[10]希義《まれよし》とつけられて、土佐国[11]介良《けら》といふ所に流されておはしければ、介良の冠者とは申しけり。

希義は[12]南海土佐国、頼朝は東国伊豆国、兄弟、東西へ別れ行く、[13]宿執《しゆくしふ》のほどこそ無惨《むざん》なれ。

一二　悪源太義平、雷となる

そもそも、保元に為義《ためよし》誅せられ、平治に義朝《よしとも》誅せられしよりこのかた、平家の一門、繁昌《はんじやう》す。我が身は太政大臣にあがり、子息、近衛大将《こんゑのだいしやう》に相並び、親類の昇進、思ふさまにて、卿相《けいしやう》・雲客《うんかく》、六十余人なりき。[1]

[2]仁安《にんあん》二年十一月、清盛、病《やまひ》に冒《をか》されて、年五十一にて出

5尾張国目代藤原季兼の子。母方の祖父尾張員職より、熱田社神職の長たる大宮司職を譲り受ける。一〇九〇〜一一五五年。
6 88頁注7。
7↓本文校訂注。静岡県沼津市の香貫《かぬき》の誤読か。

8↓本文校訂注。季範の子。熱田大宮司職を相続。一一六一年十一月当時、内匠頭（山槐記）。同職は、儀式のための諸設営、調度の製作などを担当する内匠寮の長官。

9実名。

10配流時、九歳（清獬眼抄）。

11高知市介良。＊吾妻鏡・一一八二年九月条に、配流地を介良庄とする。

12南方の国々をいう南海道の略。紀伊・淡路・阿波・讃岐・伊予・土佐。

13前世からの因縁。


1＊以上の部分、平家物語（一）にある類似文（覚一本、二代后・吾身栄華）からの影響。公卿と殿上人だけで「六十余人」とあるのは、平家に「諸国の受領、衛府、諸司」を含めた数として示されていたものを、

家して、法名《ほうみやう》、浄海《じやうかい》と改む。[3]兵庫に[4]経島《きやうじま》を築《つ》いて、諸国運送の舟を助け、[5]福原に宿所《しゆくしよ》を構へ、[6]大略《たいりやく》、在国なり。

　ある時、清盛、遊覧のために、一門・侍《さぶらひ》ども数《す》十騎うち連れて、[7]布引《ぬのびき》の滝へあがりける。[8]難波《なんばの》三郎は
「夢見、悪《あ》しきこと候ふ」

とて、その日は宿所に籠もりゐけり。[9]傍輩《はうばい》ども申しけるは、

「弓矢取る者の、夢見、[10]物忌《ものいみ》ぞなど言ふこと、口惜しき恥《ち》辱《じよく》ぞ」

と笑ひければ、げにもとや思ひけん、遅ればせに出で来けり。

　布引の滝、見て帰られける山の麓《ふもと》にて、にはかに風荒く吹き落ちて、空かきくもり稲光《いなびか》りしきりにして、雷《いかづち》、雲を響かす。

　難波、色を失ひて、傍《かた》はらなる者に申しけるは、

「夢見、悪しかりつるは、このことなり。悪源太《あくげんだ》が切られし時に、「果ては雷《いかづち》になりて蹴殺《けころ》さん」と言ひし[11]面魂《つらだましひ》が、

誤ったと考えられる。→解説。
2 一一六七年。＊清盛の出家は、仁安三年二月十一日が正しい。平家物語はそれを十一月としており（右注同、禿髪《かぶろ》）、ここはその誤りを継承、かつ、仁安三年を二年と誤ったもの。
3 神戸市兵庫区。
4 一一七三年、福原輪田泊《わだのとまり》に築く。風波で工事が難航したため、海神に人ひとりを人身御供とし、石の面に一切経を書写して海中に沈めたところからの称（帝王編年記）。平家物語（六）にも。
5 神戸市兵庫区の湊川公園の東方。
6 おおかた。
7 同市中央区の山際にあり、生田川の上流。54頁地図参照。
8 経房。50頁注26。
9 同じ主人に仕える同僚。
10 不吉として物事を忌み嫌うこと。
11 顔に現れた強い覇気。

つねに面影に立ちて恐ろしかりし心にや、過ぎし夜も夢に見えつるなり。[12]鞠《まり》ばかりなる物の光りて[13]辰巳《たつみ》の方へ飛びつるをば、人々は見給ひけるか。悪源太が霊《りやう》かと、心に覚えつるなり。それが帰りさまにぞ、経房《つねふさ》は[14]一定《いちぢやう》、蹴殺されぬと覚ゆる。命のあらん限りは、雷にてもあらばあれ、一切りは切らんずるぞ。[15]後《あと》の証人に立ち給へ」

とて、太刀を抜く。[16]案のごとく、難波が上に黒雲、渦巻《うづま》き降《くだ》つて、雷、鳴り下がりけり。

清盛も危ふく見え給ひけれども、[17]弘法大師《こうぼうだいし》の[18]五筆《ごひつ》の[19]理趣《りしゆ》経《きやう》を、錦《にしき》の袋に入れて首に懸けられたりけるを、打ち振り打ち振りし給ひければ、雷、鳴り上がりて、清盛は助かり給ひけり。[20]

難波は蹴殺されてありけるを、雲散じてのち、おのおの寄りて見ければ、五体、千々《ちぢ》に切れて、目も当てられぬありさまなり。太刀は鍔《つば》まで煮《に》えかへりたりけり。[21]大師の御《ご》

12 蹴鞠《けまり》の鞠。直径七、八寸（二一～二四㌢）。
13 東南の方角。
14 まちがいなく。
15 本人死後の、生前に関する証人。
16 ＊雷となった菅原道真の霊に抗すべく左大臣藤原時平も抜刀したといい（大鏡・二）、長刀で立ち向かい雷死した実例も（本朝世紀・一一四六年三月条）。経房雷死の事実を伝える十訓抄でも、抜刀したと記す（注21参照）。水を司る点で雷神と繋がる竜神は、金物を嫌うとされ、それと関連しよう。滝が舞台となっているのも、竜との結びつきから。
17 真言宗の開祖、空海。
18 空海は両手両足と口で五本の筆を使い、字を書いたという。
19 真言宗で常に読誦《どくじゆ》される経典。
20 経典の力で落雷から免れた話は、注16の雷死した男の妻や、拾遺往生伝（下）の皇太后宮歓子の場合など。
21 ＊経房の雷死自体は、一二五二年成立の十訓抄（六）に福原から京へ帰る途次のこととして載り、悪源太とは関係なく、信仰心のなさゆえ、

筆《ひつ》だにも護《まも》りに懸け給はずは、清盛も失せ給ひなまし。

昔、北野《きたの》[22]の天神は、配流《はいる》の恨みに雷を起こして、本院《ほんゐん》[23]の大臣を罰し給ふ。これは、権化《ごんげ》[24]の世に出でて讒佞《ざんねい》[25]の臣を退《しりぞ》けられ、忠臣を賞ずべき政《まつりごと》を示さんがためなり。今の悪源太、廃官《はいくわん》[26]の将となりて、白昼に誅せられしを憤《いきどほ》り、雷となりて難波を蹴殺しぬ。

「知らず、いかなる根性《こんじやう》[27]にて、遺恨を死の後《のち》に散ずらん[28]」

と、恐るる人も多かりけり。

一三　鞍馬寺の牛若

大弐《だいに》清盛は、尋常《じんじやう》[1]なる一局《ひとつぼね》をしつらひて、常葉を住ませてぞ通ひける。昔より今に至るまで、賢き帝《みかど》も猛《たけ》き武士《もののふ》も、情けの道には迷ひて政《まつりごと》を知らず、勇める道を忘れけるとかや。

「しかじ、傾城《けいせい》[2]の色に遇《あ》はざらんには」

と、香山居士《きやうざんこじ》[3]が書き置きけるは、ことわりかな。

雷に打たれた話となっている。彼の兄次郎経遠は、平家物語（二）で平氏転覆を謀った藤原成親を残虐な方法で暗殺したと語られ、その一族が祟られた話が伝わる（延慶本など）。弟の六郎経俊も雷死したという（源平盛衰記・十一）。祟られる一族という連想の環があり、経房の雷死もそれゆえ悪源太の怨霊に結びつけられたのであろう。

22 菅原道真。讒言で左遷され太宰府で死去。後世、神として祀《まつ》られる。

23 左大臣藤原時平。右大臣の道真を左遷、雷神となったその怨霊に襲われたとされる（大鏡・二）。

24 神仏が形を変えて現れた姿。

25 人をおとしいれるべく、上位者にへつらうこと。

26 官職を解かれること。

27 その人の生来の性質。もと仏教語。

28 晴らす意。

1 きちんとした、りっぱな一部屋。

2 白氏文集（四）・李夫人の一節。「傾城」は、絶世の美女をいう。

3 白居易のこと。住んだ山の名から。

常葉が腹の子ども三人、年月《としつき》を経しかば、丈《たけ》大にして、兄、今若《いまわか》は[4]醍醐寺《だいごでら》にて学問し、出家して[5]禅師公全成《ぜんじこうぜんじやう》と名乗りけり。悪禅師とて、[6]稀代《きたい》の荒者《あらもの》なりけり。中、乙若《おとわか》は、[7]八条宮《はちでうのみや》に召し使はれて、[8]卿公円成《きやうのきみえんじやう》とて、[9]坊官《ばうぐわん》にてぞありける。

弟《おとと》の牛若《うしわか》は、[10]鞍馬《くらま》の[11]東光坊阿闍梨《とうくわうばうのあじやり》蓮忍《れんにん》が弟子、[12]禅林坊《ぜんりんばうの》阿闍梨覚日《かくじつ》が[13]同宿《どうじゆく》して、沙那王《しやなわう》とぞ呼ばれける。十一の年、家々の系図を覚えて、諸道の日記などを見るほどに、心さかしくなりて、

「我が身のありさまを思ふに、清和天皇より十代、[14]台《うてな》を出でて九代、[15]六孫王《ろくそんわう》より八代、[16]多田満仲《ただのまんぢう》が後胤《こういん》、[17]伊予入道頼《より》義《よし》が末葉《[18]ばつえふ》、[19]八幡太郎義家《よしいへ》より[20]四代、[21]六条判官為義《はんぐわんためよし》が孫、左馬頭《さまのかみ》義朝が末子《ばつし》にてありけるものを。伊予殿、[22]相模守《さがみのかみ》にてありし時、奥州の[23]貞任《さだたう》・宗任《むねたう》を九か年の間、攻め給ふに、その[24]功ならざりしかば、八幡殿、奥州に下向して後《のち》、[25]三年の合戦にうち勝つて出羽守《ではのかみ》になされ

4京都市伏見区の、醍醐帝の勅願寺。

5禅定に通達した僧で、「公」は尊称。頼朝挙兵時に鎌倉へ下向、一寺を与えられ（吾妻鏡・一一八〇年八月条等）、頼朝邸の近隣に居住（玉葉・一一八三年十一月条）、妻は北条時政の娘で、実朝の乳母。後日、駿河国阿野に住むが、謀叛の嫌疑を受け、一二〇三年、誅殺。

6世にまれな。

7後白河院の第五皇子、円恵法親王。園城寺に入寺。天王寺別当。一一五二～八三年。

8常葉が大蔵卿長成と再婚したゆえの呼称か。のち義円と改名。頼朝の挙兵に応ずるも戦死。

9皇族などの入る門跡寺院に仕える在家の僧。帯刀・妻帯が許された。

10京都市左京区の鞍馬山にある寺。

11鞍馬寺の十院九坊の一つ。寺の鎮守社、由岐明神の傍らにあった（山城名勝志）。「阿闍梨」は弟子に教授する地位の僧。「蓮忍」は未詳。

12未詳。

13住む寺坊と師とを同じくすること。

14高い建物。宮中を意味する。

たりし、その時のごとくに我もなりて、父義朝の本望《ほんまう》を達せん」

とぞ、思ひける。

[26]坊主《ばうず》の禅林坊に申しけるは、

「[27]毘沙門《びしやもん》の佩《は》き給へる剣《つるぎ》と似たらん太刀まうけて、取り替えて賜《た》べ」

とぞ、乞ひける。禅林坊、

「あるべからざることなり。[28]本尊《ほんぞん》の御宝《おんたから》となりて、年久し。[29]別当以下《いげ》の大衆《だいしゆ》に、このこと聞かれなば悪《あ》しかるべし」

と申せば、その後は乞はざりけり。

隣りの坊に同じき稚児《ちご》のあるを語らひて、常に[30]出行《しゆつぎやう》して、[31]辻冠者《つぢくわんじや》ばらの集まりたるを、小太刀《こだち》・[32]打刀《うちがたな》などにて切りたり追ひたりしけり。追ふも早く逃ぐるも早く、[33]築《つい》地《ぢ》・[34]端板《はたいた》を躍《をど》り越ゆるも相違なし。[35]僧正《そうじやう》が谷《たに》にて、天狗《てんぐ》・化《ば》け物の住むといふも恐ろしげもなく、夜な夜な越えて[36]貴布祢《きぶね》へ詣でけり。そのふるまひ、

15 源経基。30頁注8。
16 経基の子。頼光・頼信の父。摂津国多田に住す。諸国司を経、正四位下に至る。
17 頼信の嫡男。一〇五一年に陸奥守となり、奥州の安倍氏一族を追討（前九年の役）、伊予守となる。晩年は仏道に帰依。
18 子孫。
19 頼義の嫡男。石清水八幡宮の神前で元服、八幡太郎と称す。父と共に奥州安倍氏を追討、出羽守に。一〇八三年に奥州清原氏の内紛に介入して討伐（後三年の役）、武勇が喧伝される。一〇三九～一一〇六年。
20 系譜上は五代目に当たるが、祖父為義が相続者を失った義家の養子となったため、四代と称す。
21 155頁注25。六条堀川に居住したための称。一一四六年に判官。
22 正しくは陸奥守。相模守は前職。
23 安倍頼時の子。貞任は捕えられて死去、宗任は伊予国に流され、のち大宰府に移される。
24 戦功があげられなかったので。
25 正しくは五年か。陸奥話記によれ

[37]凡夫《ぼんぷ》にはあらずとて、寺僧《じそう》ども、舌をぞ振りける。

常葉は、大弐に思はれて、[38]女子《によし》一人《いちにん》、まうけてけり。大弐にすさめられてのち、[39]一条大蔵卿長成《おほくらきやうながなり》に相具《あひ》して、[40]子ども、あまたありけるとかや。

沙那王をば、師の阿闍梨も、坊主の禅林も、

「はや、出家し給へ」

と言へば、

「伊豆にある兵衛佐に申し合はせて、剃《そ》れと言はば剃らん、剃るなと言はば剃らじ。その上、兄二人が法師になりたるをだにも、[41]いふかひなしと思ふに、身に於いては剃るまじきを、強《し》ひて剃れと言ふ者あらば、狙《ねら》ひて突き殺さん」

と言ひければ、

「げにも、人突きよげなる稚児の眼《まなこ》ざしなり。恐ろし、恐ろし」

とぞ申しあへる。[42]大師《だいし》の蓮忍も、[43]小師《こじ》の禅林も、上には憎むやうに申せども、その心中を存じたりけるほどに、内々、

ば、父と共に戦ったのは最後の五年間。前九年の役を、古くは頼義の陸奥守就任時より数えて十二年合戦と称していた。↓本文校訂注。
26寺坊のあるじの僧。
27仏法守護の武将神、四天王の一つ多聞天。鞍馬寺の本尊。

毘沙門

28寺院の中心に安置する仏菩薩。
29寺務を統括する僧。
30出歩くこと。
31市中にたむろする若者たち。
32 72頁注24。
33屋根のある土で塗り固めた塀。
34板塀。
35鞍馬寺の西北、貴船神社に至る山中の渓谷。同類の他本（松・資・師

哀れにいとほしくぞ思ひける。

一四　鞍馬出奔、下総へ

そのころ、毎年、陸奥《むつのおく》へ下る金商人《かねあきひと》[1]、常に鞍馬へ参りけり。沙那王が坊主を師と頼みけり。沙那王、近づき寄りて、

「われを奥州へ具して下れ。ゆゆしき者[2]を一人《いちにん》、知りたり。金《こがね》二三十両[3]、乞うて取らせん」

と、語らひければ、

「承り候ひぬ」

と約束す。

また、坂東《ばんどう》武者のなかに、陵助重頼《みささぎのすけしげより》[4]といふ者あり。これも鞍馬へ参りける。沙那王、語らひ寄りて、

「御辺《ごへん》は、いづくの人ぞ」

「下総国《しもをさのくに》[5]の者にて候ふ」

「いかなる人の子ぞ。氏《うぢ》はいづれの姓《しやう》ぞ。名をば誰《たれ》と申すぞ」


本）には、僧正が谷で天狗・化け物の住む所へ夜な夜な行って兵法を習い、貴船へ参詣した旨の記述がある。
36 貴船神社の本来の表記。水神で、朝廷の祈雨祈請の対象。
37 ふつうの人。
38 清盛の娘が嫁した左大臣藤原兼雅の猶子となり、廊の御方と呼ばれる。高倉帝即位に伴う大嘗会の御禊行幸に女御代を務める（兵範記・一一六八年八月条）。
39 参議藤原忠能の子。一一五七年に長官職たる大蔵卿。翌年四位。
40 子として知られる能成（一一六三？〜一二三八年）は、義経の都落ちに同行、のち従三位。
41 ふがいない。
42 高徳の僧の敬称。
43 受戒後の独立していない若い僧。

1 砂金などの売買をする人。後世、「吉次」の名で知られる人物。
2 特別りっぱな人物。
3 一両は、三七・五グラム。
4 皇室の墓所を管理する諸陵寮《みささぎのつかさ》の次官。清和源氏。尊卑分脈は「頼重」

など、問へば、

「深栖《ふかすの》[6]三郎光重《みつしげ》が子に、陵助重頼といふ不肖《ふせう》[7]の身にて候へども、源家《げんけ》の末葉《ばつえふ》にて候ふ」

「さては、左右《さう》[8]なき人ごさんなれ。誰《たれ》と申し承り[9]給ふ」

「兵庫頭頼政とこそ、むつび[10]候へ」

「かやうに尋ね申すことは子細あり。この童《わらは》は、平治の乱を起こして失はれし左馬頭義朝が末子《ばつし》にて候ふ。九条院の雑仕、常葉が腹に三人候ふが、兄二人は法師になりぬ。沙那王は出家なく、男に[11]ならばやと存ずるが、男になりなば、平家、いかが思はんずらんの憚《はばか》りあり。御辺、連れて下り給へ。物射て[12]遊ばん」

陵助《みささぎのすけ》、

「伴ひ申しては、寺僧たちに、稚児《ちご》勾引《かどはかし》とて咎《とが》められまゐらせんずらむ」

と申せば、

「この童、失せて候へばとて、誰か咎め申すべき。わが身

とし、「諸陵頭・皇后宮侍長　堀三郎」と注記。
5 千葉県北部から茨城県の一部にかけての地。
6 清和源氏、光信の子。同族の仲政の猶子で頼政の義弟。巻頭系図参照。「深栖」は、千葉県野田市古布内・中戸のあたり。
7 取るに足りない身。
8 またとない。
9 おつきあいする意。
10 親しくする。
11 元服して成人の男子になること。
12 弓矢を使って狩などすること。

のほどを思ふに、それのみぞ心やすし」

とて、うち涙ぐめば、

「さ、承り候ひぬ」

と契約してけり。

沙那王十六と申す[13]承安《ぜうあん》四年三月三日の暁、鞍馬寺をぞ出でてける。世の中を恐れて、上にこそ、

「さる稚児」

など憎むよしなれ、内々の[14]心際《こころぎは》、人に優れたりしかば、[15]申し承りし同宿《どうじゆく》・稚児なども、皆、名残をぞ惜しみける。

その日、[16]鏡の宿《しゆく》に着きて夜半ばかりに、手づから[17]髪を取りあげて、日ごろ[18]武勇《ぶよう》せんとて懐《ふところ》に持ちたりける刀を差し、常に[19]戯《ざ》れて着ける烏帽子《ゑぼし》、取り出だして着てけり。次の朝、うち出でける時、陵助、

「御《ご》元服、候ひけるや。[20]御《おん》烏帽子親は」

「自《みづか》ら」

「御《おん》名はいかに」

13 一一七四年。出立の年には諸説があり、不明。
14 気だて。心ざま。
15 つきあっていた同じ坊で寝起きした仲間。
16 214頁注26。
17 垂らしていた髪を取りあげて髻《もとどり》に結うこと。元服の儀式。
18 武力のほどを見せようとして。
19 ふざけて。
20 武士の元服の際、烏帽子をかぶせ、自らの名の一字を与えるなどして、実名をつけてやる仮の親。

「源《げん》九郎義経、候ふぞかし。弓矢がなくては、かなふま[21]じ」

とありしかば、

「承り候ふ」

とて、矢一腰《ひとこし》[22]、弓一張《いつちやう》、奉る。矢負ひ、弓持つままに、

「馬は御心《みこころ》のままに」

と申せば、道すがら選び乗り、馬の足立ちよき所[23]にては、馳せ引き[24]、物射ならうてぞ下りける。

駿河国《するがのくに》、黄瀬川《きせ》[25]へ着きて、

「北条[26]へ寄らん」

と宣へば、

「父にて候ふ深栖は見参に入りて候へども、重頼はいまだ見参に入らず。まづ国[27]へ落ち着かせ給ひて、御文《おんふみ》にて御申し候へ」

と申せば、

「よかりなん」

21 すまされないだろう。
22 腰につける物を数える語。ここは矢を入れる箙《えびら》。
23 足場のよい場所。
24 馬を走らせ、弓を射ること。
25 静岡県沼津市大岡にあった黄瀬川の東岸の宿場。以下、234頁地図参照。
26 同県伊豆の国市四日町、及び寺家付近。黄瀬川宿の東南一〇キロメートル余り。同地にいる頼朝に会おうとしたもの。
27 重頼の住む下総国。

とて、通りけり。深栖、状をもて、このよしを兵衛佐殿へ申したりければ、

「さる者、候ふ。[28]相構《あひかま》へて、ふびんにし給へ」

とぞ、返事にはありける。

かくて一年ばかり、[29]ありける。御曹司《おんざうし》、野に出でて狩し給ひけるに、馬盗人《ぬすびと》のありけるを、人々からめんとしけれども、その丈《たけ》[30]六尺ばかりなる男、大木《たいぼく》を後ろに当て、[31]刀を抜き死に狂ひにせんとしけるほどに、寄りてからむる者もなし。

御曹司、盗人の脇の下へつと寄り、刀持ちたる臂《ひぢ》をしたたかに足にて蹴《け》給へば、刀をからりと落としてんげり。袴《はかま》の腰に取りつき、中《ちゆう》に上げ、しとと打ちつけて搦《から》め捕る。

またある時、深栖が[32]宿《やど》の近きあたりなる百姓の家へ強盗《がうどう》の入りたりけるに、御曹司、太刀ばかりにて出であひ、盗人六人が中へ走り入つて、四人切り殺し、二人痛手《いたで》負ふせて、我はつつがもなかりけり。このことども、[33]国中《こくちゆう》に披露《ひろう》

28 心して、面倒を見てほしい、の意。
29 →本文校訂注。
30 一八〇センチ余り。
31 小刀のこと。
32 屋敷。
33 ふりがな、底本のまま。

しければ、

「平家に聞きつけられて悪《あ》しかりなんず」

と、深栖、[34]もてあつかふ。[35]

一五　奥州へ

そののち、伊豆へ越え[1]て兵衛佐に対面す。

「義経、すでに人と[2]なりぬ。平家に聞かれては悪《あ》しかりなんと、当国、他国まで沙汰し候ふなり。身[3]のことは次なり。御為こそ、いたはしけれ。なほ人の知らぬ国へ落ち下りて、世間のやう、見候はばや」

と、しのびやかに申されければ、兵衛佐、

「陸奥《むつのく》に大切に思ふべき者、一人《いちにん》あり。それを尋ねて行くべし。

上野国《かうづけのくに》、[4]大窪《おほくぼ》太郎が娘、十三の年《とし》、熊野へ参りし時、故頭殿《かうのとの》の見参《げんざん》に入りて、「この後《のち》は、いくらの男子《をのこご》ども候ふとも、[5]嫡子《ちやくし》には[6]これを立て候ふべし。誰々《たれたれ》も[7]御覧じ知らせ

34もてあます意。

35＊義経の盗賊退治譚は、場所と盗賊名を異にしながら種々伝えられている。義経伝説の骨格の一つ。


1＊下総から逆戻りしたことになり、深栖が以後に登場しない点も含め、不自然。複数の伝承を接合した結果かと思われる。

2元服を遂げた成人。

3わが身。

4群馬県北群馬郡吉岡町大久保の出自か。現地にその墓と称する十石塚があり、かつて娘の墓もあった（上野国郡村誌）。鎌倉街道が通り、近世には宿場となる。

5家督相続者。長幼には依らず、母の出自で決められる場合が多い。

6頼朝を指す。

7御覧になり、理解していただきたい、お見分けください、の意。

8先立たれてのち。

9藤原基衡の子。のち鎮守府将軍、陸奥守。藤原信頼の兄基成（133頁注

給へ」と申し入れたりしが、父に[8]後れてのち、「同じ人の妻《め》にならんには、平侍《ひらさぶらひ》の妻《め》にはならじ。奥州[9]秀衡《ひでひら》が妻《め》にならん」とて、[10]女夜這《をんなよばひ》に行くほどに、秀衡が郎等《らうどう》、[11]信夫小太《しのぶのこた》夫《ゆふ》といふ者、道にて横[12]さまに取りて妻《め》にして、子ども二人まうけたんなり。

[13]信夫六郎に後れてのち、二人の子どもをば、[14]生《お》ふじ立てて、[15]後《ご》家《け》分《ぶん》、屋敷などを得て、貧《ひん》にもなくてあんなり。それを尋ねて行け。[16]消息《せうそく》、やらん」

と宣へば、御文《おんふみ》を賜つて陸奥《むつのく》へ下り、御文[17]つけたりければ、夜に入りて対面し、兵衛佐殿の[18]幼生《おさなお》ひも思ひ出でて

「故左馬頭《さまのかみ》殿を、幼き目にも、よき男かなと見たてまつりしが、[19]似悪《にわろ》くこそおはすれども、その御子《おんこ》かとも覚ゆる。もし、兵衛佐殿の御弟《おんおとと》にておはするか」

と申せば、

「さぞ」

と名乗りてけり。

16）の娘を妻とし、泰衡をもうける。義経が彼を頼ったのは、この関係によるかという。？～一一八七年。
10女の方から求婚すべく、男の寝所に忍び込むこと。

11佐藤元治。信夫庄司を称し、福島県福島市にあった信夫庄の荘官。同市飯坂の大鳥城跡をその居館と伝え、同地の医王寺が菩提寺という。奥州藤原氏の郎従。「小太夫」は誤りで、小太郎か（古代氏族系譜集成）。

12横取りすること。

13信夫小太夫と同一人。「六郎」は太郎の誤りか。注11参照。＊彼の生存は一一八九年まで確認でき（吾妻鏡）、この死亡記述は事実に反する。また、彼の妻は尊卑分脈に藤原基衡あるいは弟の清綱の娘とあり、本書はそれと相違。

14養い育てあげること。

15夫の死後、妻に与えられる領地。

16手紙。

17相手に届ける意。

18幼時のおもかげ。

19平家物語（十一）に、上あごの前歯が突き出ていたとあるのに照応。

「[20]尼は、男子《なんし》二人《ににん》、持ちて候ふ。[21]佐藤三郎、[22]佐藤四郎と申す。三郎は[23]上戸《じやうご》にて、沈酔《ちんすい》しぬれば道理も知らぬ荒者《あらもの》なり。弟《おとと》の四郎は[24]下戸《げこ》なる上、極めて[25]実法《じつぽう》の者なり」

とて、かの四郎を呼びて見参に入れ、

「これは伊豆におはします兵衛佐殿の御弟《おとと》なり。相《あひ》構へてもてなし、かしづきたてまつれ」

と言へば、

「承りぬ」

と[26]領状《りやうじやう》す。

[27]多賀《たが》の国府《こふ》へうち越えて、鞍馬にて契約しける商人《あきんど》に尋ね会ひて

「商人は、いづくへも[28]推参《すいさん》するに苦しからぬ者ぞ。秀衡が舘《たち》へ、我、具して行け」

と宣へば、[29]平泉《ひらいづみ》へ越えてけり。

京よりも下る度ごとに、[30]湯《ゆ》巻《まき》・[31]薫物《たきもの》など、取り下しける[32]得意《とくい》の女房《にようぼう》につきて申し入れたりければ、秀衡、対面す。

20＊義経のために献身的死を遂げた佐藤兄弟の母は、室町期作品の義経記・謡曲・幸若舞曲に尼姿で登場し、二人の死を悼む。この時に尼であるはずはないが（注13）、兄弟の母＝尼という通念が、すでに出来上がっていたのであろう。

21継信。一一八五年の屋島の合戦で義経に放たれた矢を受けて死亡。

22忠信。頼朝から追われる身となった義経に随行、一一八六年、都に舞い戻り潜伏中に討たれる。

23大酒のみ。

24酒の飲めない人。

25実直でまじめ。

26承服。

27陸奥国の国府があった地。宮城県多賀城市。

28自ら押しかけて参上すること。

29岩手県西磐井郡平泉町。＊鞍馬出奔後、一年以上経て到着したわけで、不自然。深栖伝承と金商人伝承との強引な接合の結果であろう（228頁注1）。

30入浴に奉仕する女性が、衣服の上から腰にまとう白い絹製のもの。

「いかなる人にておはす」

と問へば、

「平治の乱に滅びし左馬頭義朝が末子《ばつし》にて候ふ」

「さては、手づから元服して、源《げん》九郎義経と名乗り給ふなる曲人《くせびと》[33]ごさんなれ。もてなし、かしづきたてまつらば、世の聞こえもしかるべからず。また、御身《おんみ》のためにも、いたはしかるべし。

出羽《では》・陸奥《むつのく》両国には、国司[34]・目代のほかは、秀衡がままにて候ふ。その内におはしまして、いかならん人をも頼み給へ。見目《みめ》よき冠者《くわじゃ》[35]殿なれば、婿《むこ》に取る人もあるべし。また、子なからん者は、養子にもせんずらむ。

御所存《ごしょぞん》を心得《こころえ》候へば、始終《しじゅう》[36]のために申すなり。かかる打ち解けたるものがたりなどをば、秀衡が家僕《かぼく》なればとて、洩《も》らし給ふべからず」

と、末《すゑ》頼もしげに申しければ、義経、

「[37]いつしかなることにて候へども、今度、義経を扶持《ふち》[38]して

31 焚いて芳香を楽しむ香。種々の香木を粉にして蜜などで練り合わせる。
32 商売上のひいき。
33 一筋縄ではいかぬ者。
34 朝廷の任じた国守とその代官。
35 若者。
36 最終的に行き着く所。結末。
37 早すぎることながら、の意。
38 生活の面倒をみること。

候ふ金商人《こがねあきふど》に、物こそ賜《た》びたく候ふ」

と所望《しよまう》すれば、

「これにしかじ」

とて、砂金《しやきん》三十両、取らせてけり。

その後、信夫《しのぶ》へ越えて、常は坂東[39]へ通ひ、秩父《ちちぶ》[40]・足利《あしかが》[41]・三浦[42]・鎌倉[43]・小山《をやま》[44]・長沼[45]・武《たけ》[46]・吉田[47]、彼らに近づきて、ここに十日、かしこに五日ぞ遊ばれける。よき所領《しよりやう》持ちたるを見ては、

「きやつを討つて、この領を知行《ちぎやう》[48]し、力つきて本意を遂げばや」

と思ひ、猛勢《まうぜい》なる者を見ては、

「あはれ、きやつを相語《あひかた》らひて、謀叛《むほん》を起こさばや」

とぞ思ひける。

上野国《かうづけのくに》、松井田《まつゐだ》[49]といふ所に、下臈《げらう》のもとに一夜留まられたりけるに、あるじの男を見て、

「きやつが面魂《つらだましひ》こそ、かう[50]、けなげなるものかな。きやつ

39 相模・武蔵・安房・上総・下総・常陸・上野・下野の八か国。
40 埼玉県秩父郡を本拠とした桓武平氏流氏族。
41 栃木県足利市周辺を本拠とした、藤原秀郷流と清和源氏流の二氏族。
42 神奈川県横須賀市、三浦市周辺を本拠とした桓武平氏流氏族。
43 同鎌倉市を本拠とした桓武平氏流氏族。
44 栃木県小山市を本拠とした藤原秀郷流氏族。
45 同真岡市長沼を本拠とした小山氏支流の氏族。
46 神奈川県横須賀市武を本拠とした三浦氏支流の氏族。
47 茨城県水戸市元吉田町周辺を本拠とした桓武平氏大掾《だいじよう》氏支流の氏族。
48 土地を支配し、治めること。
49 群馬県安中市松井田町松井田。東山道の宿駅。
50 なんともはや、勇ましそうな。

を語らひて、平家を攻めん時の[51]旗差しにせん」

と思ひ、なほ泊まらんとし給へば、この男、申すやう、

「この冠者《くわじや》、徒歩《かち》はだしにて、[52]惑《まど》ひ歩《あり》くべき者とも見えず。[53]博奕《ばくち》か盗人《ぬすびと》か、我を殺さん者か」

とて、追ひ出だしてけり。

51 旗印を馬上にかかげ、戦場で先頭に立つ者。

52 当てもなく、さまよい歩く。

53 博打で生活する者。梁塵秘抄(二)に放浪する博打打ちや、諸国の「博党」が歌われている。

出羽
陸奥
平泉
佐渡
多賀
越後
信夫
白河の関
信濃
上野
下野
大久保(大窪)
松井田
足利
小山
長沼
常陸
吉田
秩父
甲斐
武蔵
深栖
鎌倉
下総
相模
黄瀬川
駿河
武
北条
上総
三浦
伊豆
安房

義経の足跡

一六　頼朝の挙兵

九郎冠者、都を出でて七年と申しし治承《ぢしよう》[1]四年の秋八月十七日、兵衛佐頼朝、伊豆の目代[2]、和泉判官《いづみのはんぐわん》[3] 兼隆《かねたか》を夜討にせしよりこのかた、石橋山《いしばし》[4]の合戦、小坪《こつぼ》[5]・衣笠《きぬがさ》、所々《しよしよ》の戦ひにうち負けて、安房《あは》・上総《かづさ》へ渡り、上総介《かづさのすけ》[6]以下《いげ》、なびかぬ者なし。下総《しもつさ》へ越えて千葉介《ちばのすけ》[7]を召し具し、武蔵国へ出でしかば、従ひつかぬ兵《つはもの》はなし。

このこと、京都に聞こえしかば、醍醐《だいご》[8]の悪禅師《あくぜんじ》・八条の卿公《きやうのきみ》、関々《せきぜき》の固められぬ先にとて、笈《おひ》[9]取つて懸けて、修行の体《てい》にて夜《よ》を日に継《つ》いで下りけり。平家、これを聞きて、

「土佐へ流されし希義《まれよし》、討つて参らせよ」

とて、当国の住人、蓮池《はすいけ》[10]次郎権守《ごんのかみ》家光《いえみつ》に仰せらる。

家光、御曹司《おんざうし》に申しけるは、

「兵衛佐殿、伊豆国にて謀反を起こし給ふとて、君をば討ちたてまつれと、平家より仰せ下され候ふ」

1 一一八〇年。なお、義経の都出奔後七年は、その年を含めての年数。
2 国守の代理。
3 桓武平氏、和泉守・出羽守を歴任した信兼の子。当時の伊豆守は平時兼。＊この時の夜襲は吾妻鏡が詳述。
4 神奈川県小田原市の海岸沿いの山地。八月二十三日の戦い。
5 同県逗子市小坪（由比ガ浜の南）と、三浦半島の横須賀市衣笠町。頼朝を支援した三浦氏が畠山氏に敗れた、八月二十四、二十六日の戦い。
6 83頁注14。
7 常胤。桓武平氏、下総介常重の子。千葉庄が本拠。のち下総国守護。一一一八〜一二〇一年。
8 220頁注58。
9 行脚《あんぎや》僧や修験者が仏具等を入れて背負う箱。
10 高知県土佐市蓮池が本拠。吾妻鏡・一一八二年九月条に、名を家綱、平重盛の家人とする。

と申しければ、

「うれしく知らせたり。父の為に、毎日、法華経《ほつけきやう》読むが、今日はいまだ読み候はず。しばらくの暇《いとま》を延べよ」

とて、[11]持仏堂《ぢぶつだう》に入りて、法華経、心しづかに読誦《どくじゆ》して、腹、かき切りてぞ失せにける。[12]

九郎冠者、秀衡が宿所《しゆくしよ》の平泉へうち越えて、

「兵衛佐の謀反、しかしかと候ふなり。暇《いとま》申して、坂東へうち越えん」

と宣へば、秀衡、対面し、

「定めて、御用に候はんずらん」

とて、紺地《こんぢ》の錦《にしき》の直垂《ひたたれ》に、紅裾濃《くれなゐすそご》の鎧《よろひ》、黄金作《こがねづく》りの太刀《たち》を奉る。

「馬・鞍、あまた候へば、いづれにても」

と申せば、[13]烏黒《からすぐろ》なる馬の[14]八寸《やき》ばかりなるを、十二匹《ひき》立てたる馬の中より選びとりて、金覆輪《きんぶくりん》の鞍《くら》置きて乗りてけり。

佐藤三郎は、

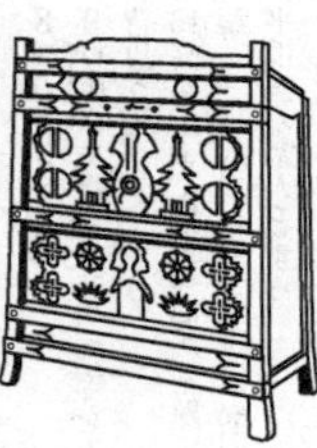
笈

11信仰する仏を安置する堂や部屋。
12＊注10の吾妻鏡に、親交のあった夜須行宗を頼って逃亡する途中の年越山（南国市廿枝の坂折山）で討たれたとある。頼朝は直ちに報復（吾妻鏡・同年十一月条）、後日、希義の遺髪は鎌倉にもたらされる（同・一一八五年三月条）。
13真っ黒な毛をいう。
14 76頁注10。

「公私、したため、参らん」[15]

とて留まりぬ。弟《おとと》四郎は供しけり。[16]

[17]白河《しらかは》の関、ふさぎてければ、[18]那須《なす》の湯詣《ゆまう》でと言ひて通りけり。

かの金商人《こがねあきふど》は、もとは[19]公家《くげ》の青侍《あをさぶらひ》にてありしが、身《み》貧しく、せん方なさに、初めて商人《あきふど》になりけるが、今度、九郎冠者につきて、また侍《さぶらひ》になされ、[20]窪弥太《くぼのやた》郎《らう》とぞ申しける。[21]伊勢《いせ》三郎と申すは、もとは伊勢国の者なり。上野《かうづけ》松井田に住みて、家中《かちゆう》豊かなりき。御曹司の忍びて彼がもとにおはせしを、恐れて追ひ出だしたりし者なり。彼がもとへ着き給ひて、

「先年、これにありし時は、よも知らじ、兵衛佐頼朝が舎弟、源《げん》九郎義経とは、我なり」

と名乗られければ、

「[22]やうある人と、見たてまつりしが、違《たが》はざりけるものを。御供、申し候はん」

15 諸般を整理し、支度して。
16 ＊吾妻鏡・一一八〇年一〇月条に、秀衡は義経を抑留しようとしたが、出奔されたため、後から佐藤兄弟を送って供奉させたとある。
17 下野と陸奥の国境にあった、福島県白河市旗宿の関所。
18 栃木県那須郡那須町の温泉に、湯治の為に行くこと。
19 貴族に仕える六位の伺候人。青い袍《ほう》を着ていたところから。
20 未詳。玉葉・一一八六年九月条に、佐藤忠信と共に捕縛されたとある堀弥太郎景光のことか。
21 義盛。系図纂要に、三重県四日市市川島町を本拠とした河島二郎俊盛の子。四歳の時に父を失って鈴鹿山に籠もり、所領の仇の伊勢守伊藤景綱（52頁注34）の代官を討ち、捕縛されて流罪になったとある。玉葉・一一八六年七月条に、さらし首となった旨記す。
22 特別な事情のある人。

とて、うち連れけり。

兵衛佐、相模《さがみ》の[23]大庭野《おほばの》に、十万余騎にて、陣取つておはしけるところへ、その勢八百騎ばかり、白旗《しらはた》差させて参られたり。

「何者ぞ。[24]左右《きう》なく錦の直垂《ひたたれ》着、白旗の差しやう、心得ず」

と宣へば、

「源九郎義経」

と名乗り申されければ、

「これほど成人するまで、見ざりけることよ」[25]

とて、昔をや思ひ出でられけん、涙ぐみ給ふ。

「八幡殿、奥州後《のち》三年の合戦の時、[26]弟義光《おとよしみつ》、刑部丞《ぎやうぶのじよう》にておはしけるが、官を辞して[27]弦袋《つるぶくろ》を[28]陣《ぢん》の座《ざ》に留めて、陸奥《むつのく》[29]金沢城《かなざはのじやう》へ馳せ参らせられたりければ、八幡殿、「[30]故伊予入道殿、再び生き返り給へる心地こそすれ」とて、鎧の袖を濡らされたり。先祖の昔語り、今のやうにこそ覚ゆれ」

23 神奈川県藤沢市大庭。
24 あれこれ考えもせず、大将の着る錦織の鎧直垂を着て。
25 228頁によれば、頼朝は義経に五年前に会っており、この言動は不自然。同頁注1参照。
26 源頼義の三男。新羅《しんら》三郎と称す。刑部丞には後日就任、当時は左兵衛尉。笙の笛の名手。
27 予備の弓の弦を巻き納めておく具。弦巻《つるまき》のこと。朝廷から、兵衛尉には赤皮の、衛門尉には藍皮の品が下賜されたという（源平盛衰記十二）。

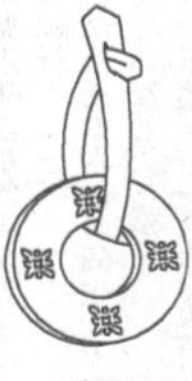
弦巻

28 近衛府の武官の詰所。
29 秋田県横手市金沢《かねざわ》にあった城柵。
30 父の源頼義。
31 ＊吾妻鏡・一一八〇年一〇月条の両者の対面場面でも、頼朝が義家・義光の例を引いたと伝える。

と、兵衛佐、宣ひけるとかや。[31]

一[32]条・武田・小笠原、甲斐国《かひのくに》より打って出で、駿河《するが》の目代[33]弘正《ひろまさ》討たんとて、駿河国へ発向す。目代弘正、その勢、いくほどもなかりければ、平家に志あるともがら一千余騎、馳せ集まりて目代を[34]見継《みつ》ぎけり。甲斐源氏、三千余騎を三手に分かちて、中に取り籠め攻めければ、目代弘正、討たれにけり。[35]

平家、このことを聞きて、官軍を差し下さる。大将軍《たいしやうぐん》には[36]権亮《ごんのすけ》少将維盛《これもり》、その勢五万余騎にて[37]、富士川の岸、[38]蒲原《かんばら》に陣を取る。兵衛佐、二十万余騎の勢にて[39]、[40]足柄《あしがら》と箱根《はこね》、二つの山を越えて、駿河国[41]黄瀬《きせ》川に陣を取る。明日《みやうにち》合戦と定めたりける夜[42]、富士の沼に降《お》りゐたりける水鳥の立ちける羽音《はおと》を、鬨《とき》の声と聞きなして、一矢《ひとや》も射ず逃げ上りける。[43]養和《やうわ》元年三月、平家、美濃国[44]墨俣《すのまた》川に馳せ向かふ。十郎[45]蔵人行家《くらんどゆきいへ》は、

「一門の[46]長者《ちやうじや》たるべし」


32甲斐に勢力を張った源義光の子孫で、当主はそれぞれ忠頼、その父信義、信義のいとこの長清。

33未詳。吾妻鏡・注31同月条には、橘遠茂と。

34加勢すること。

35吾妻鏡は、囚人になったと記す。

36平重盛の嫡男。当時、春宮権亮・右少将。

37＊玉葉・一一八〇年十一月条は、五千余騎が二千余騎に激減と記す。

38静岡市清水区蒲原。

39＊玉葉・注37九月条には、数万。

40両山は、神奈川と静岡の県境の北と南にあり、源氏勢は二方面から進軍。吾妻鏡は足柄山とのみ。

41富士川の約二五キロメートル東。226頁注25。

42十月二十日の夜。＊山槐記・十一月条に、池の鳥、数万の飛び立った羽音が雷のようだったと伝える。

43一一八一年。

44岐阜県大垣市墨俣町を流れる長良川の旧称。
45 82頁注4。八条院暲子邸の蔵人。
46その一族の長。

と、高倉宮《たかくらのみや》[47]の令旨《りやうじ》[48]には書き下されたりしかども、兵衛佐と木曾《の》冠者[49]と二人の甥《をひ》に権勢を取られて、わづかに五百余騎の勢にて、墨俣川の東の端《はた》に控《びか》へたり。八条の卿坊円《きやうのぼうえん》成《じやう》[50]は、

「親の敵《かたき》の平家を川の向かひに置きて、今夜、合戦をせずして、人の命の知りがたさは、夜の間にも只死《ただじに》しなば、後《ご》[51]生《しやう》の障《さは》りともなりぬべし。暇《いとま》申して」

とて、我に従ふ兵《つはもの》ども五十余騎にて、川を渡して敵の中へ駆け入りぬ。大将軍には、頭中将《とうのちうじやう》[52]重衡《しげひら》・能登守《のとのかみ》[53]教経《のりつね》なり。この人々の中に取り籠められて、卿坊円成は討たれにけり。[54]

一七　報復

寿永《じゆえい》[1]二年七月二十五日、木曾冠者《きそのくわんじや》、都へ攻め上《のぼ》り、平家、都を落ちぬ。

「池殿《いけどの》の御子息[2]は、御《おん》留まり候ふべし。故尼御前《あまごぜん》を見まゐらすると存じ候ふべし」

47 前年に蜂起した後白河院の第三皇子、以仁王。
48 皇太子や親王の出す命令書。
49 源義仲。義平に討たれた義賢（84頁注11）の次男。
50 「坊」は坊官の意。220頁注89。
51 来世で悟る障害となる、の意。
52 平清盛の五男。当時、蔵人頭・左中将。
53 清盛の弟、教盛の次男。前々年に能登守。彼の参戦は諸記録に未見。
54 ＊吉記と吾妻鏡の同年三月条に、討死のよしを記すが、前者は兄の悪禅師と混同。平家物語（六）にも。

1 一一八三年。

2 池禅尼の実子、頼盛を指す。

と、内々《ないない》、[3]起請状《きしやうじやう》、進ぜられたりければ、それを頼みに留まり給ひぬ。[4]本領《ほんりやう》、少しも違《たが》はざりける上、所領、あまた参らせられけるとかや。

左馬頭《さまのかみ》討ちたりける長田庄司忠致《をさだのしやうじただむね》・子息先生《せんじやう》景致《かげむね》は、平家へも参らず、重代《ぢゆうだい》の主《しゆう》、討ちたりしかば、天の責めをやかうぶりけん、五十騎ばかりにて、首を延べて、鎌倉へぞ参りける。兵衛佐、

「[5]いしう参りたり」

とて、[6]土肥《とひの》次郎に預けらる。

その後、木曾追討のために、[7]蒲《かばの》冠者範頼《のりより》・九郎冠者二人、兄弟を差し上《のぼ》せらる。木曾を追討して、一谷《いちのたに》の合戦に打ち勝ち、いくさの次第を[8]注進《ちゆうしん》せられける御《おん》使ひごとに、

「長田が合戦は、いかに」

と、御尋ねあり。

「[9]大剛《だいかう》の者にて候ひける。所々《しよしよ》にて[10]神妙《しんべう》にふるまひ候ふ」

と申しければ、

3偽りないことを神仏に誓った文書。

4もとからの領地。

5よくぞ。ほめ言葉。

6実平。桓武平氏流、宗平の子。本拠は神奈川県足柄下郡湯河原町土肥。頼朝挙兵時より尽力。

7頼朝の異母弟。遠江国蒲御厨《かばのみくりや》(伊勢神宮の領地、静岡県浜松市東部)に生まれ、順徳帝の外祖父藤原範季に養育される。

8戦いの実状を逐次、報告すること。

9格別に強いこと。

10けなげで、りっぱ。

「これら父子に、[11]向後《きやうこう》、合戦なさせそ」

とぞ宣《のたま》ひける。

平家、長門国《ながとのくに》、壇浦《だんのうら》にて滅び終はりてのち、長田、鎌倉へ参りたりければ、

「[12]成綱《なりつな》に申し含めたることあり。とくとく本国へ帰りて、故殿《ことの》の御菩提《おんぼだい》を弔《とぶら》へ」

と仰せられければ、長田、喜びて上《のぼ》りにけり。

安堵《あんど》の思ひをなすところに、[13]野三《のみ》の小次郎《こじらう》、押し寄せて、忠致・景致をからめ取り、[14]磔《はつつけ》にこそしてんげれ。世の常の磔にはあらず、義朝の墓の前に板を敷きて、左右《さう》の足手を大釘《おほくぎ》にて板に打ち付け、足手の爪《つめ》を放ち、頬《つら》の皮をはぎ、四五日のほどに、なぶり殺しにぞ殺されける。

相伝の主《しゆう》を討ちて、子孫繁昌せんとこそ思ひつらめども、因果今生《こんじやう》に報ひ、名を流し、恥をさらしけり。

「[15]向後《きやうこう》も末代《まつだい》も、かやうのことを弁《わきま》へずふるまはん者は、名こそ変はるとも長田庄司に同じかるべし。恐ろし、恐ろ

11 これ以降。
12 武蔵七党の横山氏流、野三《のみ》氏。吾妻鏡・一一九五年六月条に、尾張国守護、一二〇〇年六月条に、その娘は野間内海を頼朝から拝領とある。
13 成綱のこと。
14 160頁注5。
15 →本文校訂注。

し」

とぞ、人々申しける。

一八　報恩

池殿の公人《くにん》[1]丹波藤三《たんばのとうざう》、鎌倉へ参り、庭上《ていしやう》に推参《すいさん》し、

「昔、池殿に候ひし頼兼《よりかぬ》こそ、参りて候へ」

と申せば、鎌倉殿[2]、

「丹波の藤三か」

と宣へば、

「さん候《ざうら》ふ」

と申す。

「いしう参りたり。頼朝も尋ねんと思ひつる」

とて、御侍《みさぶらひ》[3]へ召さる。

「この仁《じん》[4]は、往時《わうじ》[5]、忘れがたく、芳志《はうし》、身にあまる人なる上、故池殿の公人《くにん》にて、かたがた大事に存ずる客人なり。引出物《ひきでもの》[6]、せばや」

1 183頁注25。
2 頼朝の通称。
3 側近の武士の詰所。
4 人の意。
5 過ぎ去った過去。昔。
6 褒美の品。進物。

と仰せられければ、近習《きんじゆう》のともがら、[7]納殿《をさめどの》より、豹《へう》・虎《とら》の皮、[8]鷲《わし》の羽《は》・鷹《たか》の羽《は》、絹《きぬ》・小袖《こそで》、面々に抱《いだ》き出だしたり。[9]その外、鎧・腹巻・太刀・刀、数を知らず。頼兼が前後に積み置かれたれば、その人は見えぬほどなり。

「[10]訴訟はなきか」

と宣《のたま》へば、

「丹波国[11]細野郷《ほそののがう》は、重代《ぢゆうだい》の所領にて候ふを、権勢《けんせい》の人に[12]押《あふ》領《りやう》せられ候ふ」

と申せば、

「頼朝が状にて院へ申さば、よも子細あらじ」

とて、[13]御下文《おんくだしぶみ》を賜ひてけり。種々の宝をば、

「[14]宿継《しゆくつ》ぎに送れ」

とて、都まで送り給ひてけり。

九郎判官《はんぐわん》義経、[15]梶原《かぢはら》が讒言《ざんげん》によりて鎌倉殿に仲たがひ、陸奥《むつのく》へ下り秀衡《ひでひら》を頼みて年月を送られけるが、秀衡[16]一期《いちご》の後《のち》、[17]泰衡《やすひら》をすかして九郎判官《はんぐわん》を討たせて、その後《のち》、泰衡を

7 貴重品の収納庫。
8 羽は矢羽用。
9 ↓本文校訂注。
10 訴えごと。土地に関すること等。
11 旧丹波国の京都市右京区京北細野町の地か。
12 力ずくで奪うこと。
13 上位者の命令書。
14 宿駅から宿駅へ順送りすること。
15 景時。桓武平氏流。本拠は鎌倉。平氏追討の際、義経と意見が合わず、頼朝に悪口を言ったとされる。
16 生涯を終えた後。一一八七年十月のこと。
17 秀衡の次男。母は藤原信頼の兄基成（133頁注16）の娘。義経追討は一一八九年閏四月、泰衡の滅亡は同年九月。

滅ぼし、日本国《につぽんごく》、残る所なくぞ従へ給ひ、奥州[18]多賀国府《たがのこふ》に入らせ給ひ、

「日本国の内に、朝夕、心にかけて大事に思ふ者、二人あり。首を継がれたる池殿の御子《おんこ》、[19]大納言殿をば世にあらせたてまつりぬ。髻《もとどり》を惜しませたりし纐纈源五《かうけつげんご》に、いまだ恩を返さぬこそ、心にかかれ」

と、[20]斎院次官親能《さいゐんのじくわんちかよし》[21]に仰せられければ、親能、申しけるは、

「盛康《もりやす》は[22]双六《すごろく》の上手《じやうず》にて、常に院御所へ召さるる者にて候ふ」

と申せば、

「さては、頼朝が私《わたくし》には、いかでか召すべき」

とて、召されず。親能、[23]便宜《びんぎ》をもて、

「鎌倉殿の御所存《ごしよぞん》、かやうにこそあれ」

と、申し上《のぼ》せたりけれども、昼夜、双六にうち入れて下向せず。

[24]建久《けんきう》元年十一月七日、鎌倉殿、初めて上洛《しやうらく》あり。近江国

18 230頁注27。

19 頼盛。頼朝の推挙で大納言に返り咲いたが、平家滅亡の翌年、死去。

20 明法《みやうほう》博士　中原広季の子。相模国で育ち、波多野氏の婿。頼朝と早くから昵懇の関係にあり、都の情報をもたらす。大江広元の実兄。

21 →本文校訂注。

22 二つの賽を振り、出た目の数に合わせ、罫線を引いた盤上で敵の陣地に味方の石（白か黒の十五箇）を送り込む遊戯。

23 よい機会を利用して。

24 一一九〇年。この日に入京。

千《せん》[25]の松原《まつばら》に着き給ふ。痩《や》せ衰へたる老翁《らうをう》、同じ体《てい》なる姥《うば》、引き具して参りたり。人の中を分けて参る。

「いかなる者ぞ。狼藉《らうぜき》なり」

と叱《しか》れば、

「参るべき者にてこそ、参れ」

とて、鎌倉殿の御前《おんまへ》に参りたり。

「汝《なんぢ》は何者ぞ」

と仰せられければ、

「昔、君のしばらくおはしましし浅井《あざゐ》[26]の北郡《きたごほり》の尉《じよう》と姥《うば》と、今まで長生きして候ふが、御上洛のよし、承り及び候ひて、拝みまゐらせんがために参りて候ふ」

と申せば、

「事はしげし、思ひ忘れたりつるに、いしうも参りたり。汝が持ちたるは、何物ぞ」

と仰せられければ、

「君の、昔まゐり[27]し濁酒《じよくしゆ》[28]、候《ざう》ふ」

25 滋賀県彦根市松原町の琵琶湖畔。

26 162頁注10。

27 飲む意。

28 濁り酒。どぶろく。

とて、[29]土瓶《どびん》二つに入れて進上せり。

鎌倉殿、笑《ゑ》みを含ませ給ひて、酒・[30]肴《さかな》・[31]椀飯《わうばん》のいくらもあるには御目《おんめ》もかけられず、これを三度まゐりて、

「子の一人ありし、[32]まゐらせよ。[33]ふびんに当たらんずるぞ」

と仰せられければ、

「召し具して候ふ」

とて、まゐらせけり。近江冠者とて召しつかはる。[34]足立《あだち》の新三郎清経《きよつね》がことなり。[35]白鞍《しろくら》置きたる馬二匹、長持《ながもち》二合に絹・小袖入れてぞ賜《たま》ひける。

鎌倉殿、御上洛《しやうらく》ありて、院御所へ参り給ふ。昔召しつかはれしことども、思《おぼ》し召し出でて、あはれに不思議にぞ思《おぼ》し召されける。[36]鬚切《ひげきり》といふ太刀《たち》、錦《にしき》の袋に入れて御前《おんまへ》に召し出ださせ給ひて、

「これは源家《げんけ》の重宝《てうほう》と聞こし召されき。清盛が持ちたりしを、[37]御守《おんまも》りのために召して、年ごろ御所中を出だされず。


29注ぎ口のある陶製の容器。

30酒のつまみ。

31椀に盛った飯。

32差し出す意。

33面倒を見る意。

34頼朝の雑色。＊吾妻鏡に一一八四年八月条からすでに登場、ここの記述と合わない。義経の愛妾、静の生んだ男子を由比浦に捨てる。

35銀を前輪と後輪《しずわ》にかぶせた白覆輪の鞍。
36 163頁注17。
37院の護身用。＊吾妻鏡・一一八五年十月条は、義朝所持の吠丸《ほえまる》が院の御護りの剣として献上されたとする。

しかれども家の名物《めいぶつ》なれば、所存《しよぞん》あらん」

とて、下されける。頼朝、三度拝して、賜《たまは》つて罷《まか》り出でけり。

その後《のち》、纐纈源五《かうけつげんご》盛康《もりやす》を召して、馬・物具[38]《もののぐ》・絹・小袖、数を尽くして賜《た》びにけり。鎌倉へ参らざりける故に、御恩[39]《ごおん》はなかりけり。

一九　死去

建久[1]三年三月十三日、後白河院、崩御[2]《ほうぎよ》なりぬ。その後《のち》、纐纈源五、鎌倉へ参りたりければ、

「とく参りたらば、国をも庄をも、申し沙汰[3]して賜《た》ぶべきに、今まで参らねば力及ばず。闕所[4]《けつしよ》の出で来んほどは、小《こ》所《どころ》なれども、馬、飼《か》へ」

とて、美濃国多芸[5]《たき》の庄、半分を賜《た》びにけり。

盛康が妻《め》は、尾張《をはり》の野間《のま》にて左馬頭の討たれし時、討死したりける鷲巣《わしのす》の源光[6]《げんくわう》が後家《ごけ》なり。一両年の後《のち》、盛康に嫁《か》

38 鎧・兜などの武具。
39 領地を恩賞としてもらうこと。

1 一一九二年。
2 享年六十六歳。
3 申請して手配すること。
4 領主が欠けている土地。
5 岐阜県養老郡養老町の中央部一帯から大垣市多芸島あたりまでの地。
6 149頁注6。

したりけり。夫婦ともに奉公の者なりければ、美濃国上《うへ》[7]の中村《なかむら》をぞ賜《た》びける。

[8]建久九年十二月に下向す。鎌倉殿、盛康を召して、

「明年《みやうねん》正月十五日過ぎて参ぜよ。多芸《たき》の庄をば、みな汝に取らせん」

とぞ仰せ下されける。

[9]正治《しやうぢ》元年正月[10]十五日、鎌倉殿、御年《おんとし》五十三にて失せ給ひにけり。盛康、恩をかうぶるに及ばず。盛康、申しけるは、

「故[11]大将《だいしやう》殿の、世を取らせ給ふべき夢想《むさう》をば、盛康が見て候ひし」

と申せば、斎院次官親能《さいゐんのじくわんちかよし》、

「その鮑《あわび》の尾を賜って食ふとだに見たらましかば、大御《だいご》恩《おん》をかうむるべきに、懐中《くわいちゆう》すと見けるあひだ、御恩はなかりけるぞ」

と申しければ、恥づかしさに音もせざりけり。

7＊岐阜県可児郡御嵩町の願興寺には、盛康の子と縁起に伝える「中村上地頭源康能」を施主と奥書に記す、一二三七年六月書写完了の大般若波羅蜜多経が現存する。同地に纐纈神社もある。中村郷は御嵩町の中から加茂郡八百津《やおつ》町伊岐津志《いぎつし》にかけての地。また、美濃国諸旧記は、この地を方県郡上中村（岐阜市中）のこととし、斎藤道三の家臣の纐纈安秀、明智光秀の家臣の同晴遠を、盛康の子孫とする。

8一一九八年。＊仁明源氏花房氏系図（古代氏族系譜集成所収）には、建久三年（一一九二）に彼は死去と記す。

9一一九九年。建久十年四月二十七日に正治元年と改元。

10十三日が正しい。

11頼朝は、上洛した一一九〇年十一月に、権大納言・右大将となった。

二〇 跋

九郎判官《はんぐわん》は二歳の年、母の懐《ふところ》に抱かれてありしをば、太《だい》政《じやう》入道、我が子孫を滅ぼさるべしとは思はでこそ、助けおかるらん。今は彼がために累代《るいたい》の家を失ひぬ。[1]趙《てう》の孤児《こじ》は、袴《はかま》の中に隠れて泣かず、[2]秦《しん》のいそんは、壺《つぼ》の中に養はれて人となる。末《すゑ》絶えまじきは、かくのごとくのことをや。

1 中国春秋時代の晋国の臣、趙武のこと。父が殺された直後に誕生、母の袴の中に隠れて声をたてず、探索の手を逃れて、後日、趙家を再興した(史記・趙世家)。
2 未詳。

本文校訂注

行頭の数字は（頁―行）を示す。

上巻

19―2　「王者」の読みは、『日葡辞書』による（以下『日葡』と略称）。
〃―2　「人臣」の読みは、底本（陽明文庫蔵本）の表記に従う。尊本「しんしん」。
〃―2　「賞ずる」の読みは、『日葡』による。
〃―3　「文武」の読みは、『日葡』による。
〃―4　＊「たすけ」は、底本「おきのひ」。資・尊本に従う。
〃―10　＊「専ら」は、底本「せん〳〵」。資・尊本に従う。「勇悍」は、底本「勇捍」。正しく改む。読みは尊本の表記に従う。
〃―11　「薬に」は、底本「薬を」。尊本に従う。
20―2　「軽かり」は、底本「は、かり」。資・尊本に従う。
〃―2　「兵、身」は、底本「ひやうしん」。資本の表記に従う。
〃―8　＊「人臣の祖」「尊」は、底本なし。誤脱と見て、資・尊本より補う。
〃―9　「基隆」は、底本「するたか」。正しい尊本の「もとたか」に従う。
〃―10　「忠隆」は、底本「仲隆」。正しい尊本の「た、たか」に従う。
〃―13　「経て」は、底本「えて」。資・尊本に従う。
〃―15～21―1　「わづか」は、底本「か」虫損。資本に従う。

21—4　「官途」の読みは、『日葡』による。
〃—8　「弥子瑕」は、底本「施子瑕」。資本に従う。
〃—11　＊「鳥羽院の御宇」は、底本なし。誤脱と見て、資・尊本より補う。
〃—12　「儒業」は、底本「しゃうごう」。資・尊本に従う。
〃—13　「百家」は、底本「四が」。資本「百河」。他諸本に従う。
〃—16〜22—1　「絶えたる跡を」は、底本「たえたるをあとを」。「を」を衍字とみて削除。
「廃れ」は、底本「やふれ」。資・尊本に従う。
22—3　「淳素」の読みは、『日葡』による。
〃—3　「返し」は、底本「通し」。資・尊本に従う。
〃—8　「外郭」は、底本「けくわく」。資・尊本に従う。
〃—10　＊「の榱」「梱」は、底本欠字。資・尊本より補う。
〃—10　「年を」は、底本「年の」。資・尊本に従う。
〃—11　「しかども」は、底本「し共」。資・尊本に従う。
24—2　＊「去んぬる」は、底本「その」。資・尊本に従う。「三年」は、底本「くわんねん」。
正しい資・尊本に従う。「十一日」は、底本「一日」。正しい資・尊本に従う。
25—3　「重くて」は、底本「かさねて」。資本に従う。尊本「おもりて」。
〃—8　＊「この者は」は、底本「これをは」。資・尊本に従う。「危ぶめ」は、底本「あやふみ」。資本に従う。

26―3「られければ」は、底本「けれ」なし。資・尊本より補う。
〃―4～5「ぬるは」と」は、底本「と」なし。資・尊本より補う。
〃―7「司召を以て」は、底本「つかさをめしおゐて」。資本に従う。
〃―7～8「叙位・除目」は、底本「けんいちょもく」。尊本に従う。「除目」の読みは、『日葡』による。
27―8「経ざる」は、底本「へす」。資・尊本に従う。
〃―9「先途とす」は、底本「と」なし。資本より補う。
〃―11「滅ぼされ」は、底本「ほろはされ」。資・尊本に従う。
〃―16「まゐらせ」は、底本「しんしらせ」。資・尊本に従う。
28―4＊「安からぬ……と号して」は、底本なし。誤脱と見て、資本より補う。尊本もほぼ同文。
〃―10「思ひけるが」は、底本「が」なし。資・尊本より補う。
〃―10～11「大宰」の読みは、『日葡』による。「大国」は、底本「大園」。資・尊本に従う。
〃―12「思ひとどまる」は、底本「とどまる」なし。資・尊本より補う。
〃―14「懇ろに」は、底本「こひの」。資・尊本に従う。
29―4「仰せられ候ふ上は」は、底本「おほせあけられは」。資・尊本に従う。
〃―9＊「御乳母子」は、底本「御ちの人」。資本「御乳人」、尊本「御めのと」。誤写誤脱と見て、事実に即して改む。

29—10〜11 ＊「信説」は、底本「のぶとし」。正しい表記とす。
30—2 ＊「かやうに」は、底本なし。資・尊本より補う。
31—1 「術」は、底本「ちまた」。資本に従う。「陣」は、底本「かたき」。資・尊本に従う。
32—2 「申す旨の」は、底本「申むねに」。誤写と見て訂す。資本「申旨候とかやとこそ」。
〃—5 「追つさま」は、底本「とさまに」。資本に従う。
〃—9 「余騎」は、底本「余」なし。資・尊本より補う。
〃—10 ＊「馬に」は、底本なし。資・尊本より補う。
〃—13 「纔に」は、底本「わつかに」。誤読と見て資本に従う。
33—8 「ましけるが」は、底本「が」なし。資本より補う。
〃—10 「一本」は、底本「一品」。正しい表記に改む。以下同。
〃—11 ＊「重成……守護し奉る」は、底本なし。誤脱と見て、資・尊本より補う。
〃—15 「奉る」は、底本「る」なし。尊本より補う。
34—2 「たれば」は、底本「られは」。誤写と見て訂す。資・尊本「たり」。「虚空」は、底本「塵空」。資・尊本に従う。
〃—3 「暴風」は、底本「慕風」。資・尊本に従う。読みは、『日葡』による。
〃—7 「下なるは」は、底本「は」なし。資本より補う。
〃—9 「埋みて」は、底本「埋して」。誤写と見て訂す。
〃—10 「阿房」は、底本「あは」。資本に従う。「采女」は、底本「うねめ」。誤読と見て訂す。

〃―13　「右衛門尉」は、底本「ゑもんのかみ」。正しい資本に従う。「康忠」は、底本「康火」。資本に従う。
35―2　「安楽にして」は、底本「して」なし。資・尊本より補う。
〃―8　「成憲」は、底本「重憲」。正しい表記に改む。「貞憲」は、底本「定憲」。同上。「脩憲」は、底本「修憲」。同上。以下同。
〃―9　「是憲」は、底本「惟憲」。正しい表記に改む。
〃―12　「かけける」は、底本「かけらる」。資本に従う。
〃―14　「行幸」は、底本「行なか」。資本のミセケチ以前の表記に従う。
36―1　「関白」の読みは、『日葡』による。
〃―2　「中殿の」は、底本「の」なし。資・尊本より補う。
〃―3　＊「宗輔」は、底本「師方」。正しい資・尊本に従う。
〃―5　「万人」の読みは、『日葡』による。
〃―13　「兼成」は、底本「兼重」。正しい表記に改む。
37―6　「南家の」は、底本「の」なし。尊本より補う。
〃―7　＊「経敏」は、底本「つねしげ」。正しい名に改む。
38―1　＊「御前にて」は、底本「御所にては」。資・尊本に従う。＊「申しけるは……覚え候ふ」は、底本なし。誤脱と見て資本より補う。尊本ほぼ同文。
〃―5　「この官は」は、底本「此官を」。資・尊本に従う。

38—10〜11 ＊「その子どもは」は、底本、「貫首を経」の下に続く。前後逆転の誤写と見て正す。

〃—11 「三事」は、底本「三司」。誤写と見て正す。

〃—12 「加はり」は、底本「かり」。資・尊本に従う。

39—12 「頼憲」は、底本「頼範」。正しい表記に改む。＊「摂津守になる」は、底本なし。誤脱と見て、資・尊本より補う。

〃—13 ＊「播磨守になる」は、底本なし。誤脱と見て、資・尊本より補う。

〃—15 ＊「正清が改名なり」は、底本なし。誤脱と見て、資・尊本より補う。ただし、「政清」とあるのを正す。

40—1 「左衛門尉に」は、底本「に」なし。誤脱と見て、資・尊本より補う。「兼経」は、底本「兼殊」。資・尊本に従う。

〃—4 ＊「右馬允に……なり」は、底本「等也」とのみで、遠元の記述なし。誤脱と見て、資・尊本より補う。

〃—7〜8 「殺したり」は、底本「うやまひしたり」。資・尊本に従う。

〃—10 ＊「北、大宮より東に」は、底本なし。誤脱と見て、資本より補う。

〃—13 ＊「て、内裏の兵ども、甲の緒を締めて」は、底本なし。誤脱と見て、資本より補う。

41—4 「日ごろの」は、底本「の」なし。資・尊本より補う。

〃—13 「推条」は、底本「擭条」。資・尊本に従う。

42―2　「強き者」の読みは、資・尊本の表記に従う。「弱き者」は、底本「今者」。資・尊本に従う。

〃―7　「成景」は、底本「成」なし。資・尊本より補う。

〃―15　「行幸」は、底本なし。資本のミセケチを生かして補う。なお、七と一二の章段に同文あり。

43―4　「思ふやう」は、底本「思さま」。資・尊本に従う。

〃―9　「いしう」は、底本「い、う」。資・尊本に従う。

〃―9～10　「所に」は、底本「に」なし。資・尊本より補う。

〃―11　「大道寺」は、底本「大通寺」。誤写と見て正す。

44―4　「髻」は、底本「もとり」。資本に従う。

〃―8　「右衛門尉成景」は、底本「さゑもんのせうなりかけ」。正しい資本と他諸本に従う。「西実」は、底本「にしさね」。誤読と見て訂す。

〃―10　「片名」は、底本「かんみやう」。資本に従う。

〃―11　「左衛門尉」は、底本「うゑもんのせう」。正しい資本に従う。

45―11　＊「資経」は、底本「季殊」。誤写と見て、資・尊本に従う。

〃―12　「大路」は、底本「やまとし」。資・尊本に従う。読みは、『日葡』による。

46―2　「目にあふ」は、底本「めにあひ」。資本に従う。

〃―4　＊「孔子」は、底本「し、」。「くし」の誤写と見て、資本に従う。

46—4 「儒林」は、底本「しゅろん」。資本の「儒倫」に従い、正しい表記とす。
〃—7 「存ぜ」の読みは、『日葡』による。
〃—15 ＊「心のうち」は、底本なし。誤脱と見て、資本より補う。
〃—16 「行方」は、底本「ゆくすゑ」。資本に従う。
47—1 「大路」は、底本「大みち」。誤読と見て訂す。
〃—6 「いかなる」は、底本「なになる」。資本に従う。「あはんずらん」は、底本「あはすらん」。「ん」の誤脱と見て補う。
〃—9 「さるほどに」は、底本「さる」なし。資本より補う。
〃—10 「追つ付きけり」は、底本「おつつけけり」。他諸本の表記にならい、誤写と見て訂す。
〃—13 「行幸」は、底本なし。資本より補う。
48—3 「入道の」は、底本「の」なし。誤脱と見て補う。
〃—4 「ささやき」は、底本「蜜言」。資本の表記に従う。
〃—10 「いかがせん」は、底本「なにせん」。資本に従う。
〃—11 「筑後守」は、底本「ちくせんのかみ」。正しい資本に従う。
〃—15 ＊「鎧」は、底本「介」。『運歩色葉集』の読みによる。以下同。
〃—16 「杁」は、底本「をこ」。資本に従う。
49—3 「とぞ」は、底本「そと」。資本に従う。
〃—4 「当家に」は、底本「たうけの」。資本に従う。

〃―11　「とぞ」は、底本「そと」。資本に従う。「宣ひけるは」は、底本「のたまはる」。資本に従う。
〃―13～14　＊「留めて……ざらんこと」は、底本「と、めんこと」。誤脱と見て、資本より補う。
〃―16　「逆臣」は、底本「きゃくしう」。誤写と見て訂す。
51―5～6　「雄ノ山」は、底本「小野山」。正しい表記に改む。
〃―8　「ほとり」は、底本「辺」。『類聚名義抄』の読みによる。
〃―14　「まだ」は、底本「又」。意を解し、表記を改む。
〃―16　「物詣」は、底本「ものかたり」。資本に従う。
52―12　「実景」は、底本「さねかげ」。資本の表記に従う。
〃―12　＊「旗」は、底本なし。誤脱と見て、資本より補う。
53―1　＊「遅ればせに馳せ集まる」は、底本「をくれはせあつまる」。誤脱と見て、資本より補う。
55―3　「左衛門督」は、底本「うゑもんのかみ」。正しい資本に従う。
〃―13　「紫宸殿の」は、底本「の」なし。資本より補う。
〃―15～56―1　「左大弁」は、底本「右大弁」。誤写と見て、正しく改む。「末座の」は、底本「の」なし。資本より補う。
56―4　「座上」の読みは、『日葡』による。

56―5 「信頼卿」は、底本「信頼も」。誤写と見て訂す。
〃―16 「庭上」の読みは、『日葡』による。
57―1 「大剛」の読みは、『日葡』による。
〃―2 「座上」は、底本「ていしやう」。資本に従う。
〃―9 ＊「傍らに……ありけるが」は、底本「かたはらより」とのみ。誤脱と見て、資・尊本より補う。「資長」は、資本「助長」。正しい表記に改む。
58―8 「人数」の読みは、『日葡』による。
59―4～5 「ゐながら」は、底本「いかなる」。資本に従う。
〃―5 「車の尻」は、底本「車の下」。資本に従う。「先規」の読みは、『日葡』による。
〃―14～15 「聖代に」は、底本「聖儀」、「に」なし。資本に従う。
60―1 「有道」の読みは、『日葡』による。
〃―6～7 ＊「なるが、和泉……集まりて」は、底本なし。誤脱と見て、資本より補う。
〃―8～9 「いくばく」は、底本「きく」。「幾く」の誤読とみて、資本に従う。
〃―14 「王道」の読みは、『日葡』による。
〃―15 ＊「は、御辺」は、底本なし。誤脱と見て、資本より補う。
61―8 「温明殿に」は、底本「に」なし。資本より補う。
〃―11 ＊「左衛門督……尋ね給ひければ」は、底本なし。誤脱と見て、資本より補う。
〃―13 「穴」は、底本「空」。資本に従う。

62―5　「日月」の読みは、『日葡』による。
〃―8　「奪ふ」は、底本「ういふ」。資本に従う。
〃―10　「王法」の読みは、『日葡』による。
63―5　「大口」の読みは、『日葡』による。＊「冠に」は、底本なし。資本欠文により、他諸本より補う。
65―3　「宗輔」は、底本「師賢」。資本に従う。本文校訂注36―3参照。
〃―6～8　「一等」は、底本「一」なし。資本より補う。「滅じて」は、底本「めつして」。資本に従う。＊「俗は……還俗せさせらる」は、底本なし。誤脱と見て、資本より補う。ただし、末尾「られ」とあるを訂す。
〃―14～15＊「法橋寛敏……安芸国」は、底本なし。誤脱と見て、資本より補う。ただし、僧名「観敏」とあるを正しい表記に改む。
〃―15　「陸奥国」は、底本「国」なし。資本より補う。
66―8　＊「元日」は、底本なし。資本より補う。
67―4　「思し召し」は、底本「召し」なし。資本より補う。
68―9　「御馬」は、底本「御寺」。資本に従う。
〃―11～12　「北山おろし」は、底本「北山下風」。資本に従う。
〃―12　「空」は、底本なし。資本より補う。
69―2　＊「これは、さるべき者」は、底本「これもさるへきを」。資本に従う。

69—4 「のち、日吉社」は、底本「後日ひよし社」。衍字と見て訂す。
〃—5 「とぞ」は、底本「そと」。資本に従う。
〃—10 「ひととせ」は、底本「一ねん」。誤読と見て訂す。
70—1 「玄象」は、底本「其象」。資本に従う。
〃—3～4 「唐櫃」の読みは、文明本『節用集』による。
〃—5 「留め」は、底本「とめ」。資本に従う。
〃—12 「御在位の」は、底本「の」なし。資本より補う。
〃—13 「くまませ」は、底本「くまらせ」。「ら」を「、」の誤写と見て、訂す。
〃—14 「竜顔」の読みは、『日葡』による。
〃—15 「かかやく」という清音表記は、『日葡』による。
71—4 「柏夾」は、底本「かしはさみ」。資本に従う。
〃—9～10 「より」は、底本なし。資本より補う。「左衛門」は、底本「右衛門」。正しい資本に従う。＊「経盛」は、底本「教盛」。資本、及び底本後出本文に常陸守（介）を経盛とするのに従う。
〃—16 「なりぬ」は、底本「なり又」。誤写と見て訂す。
72—4 「下部に」は、底本「下部に至まで」。資本に従う。
〃—8 「とぞ」は、底本「そと」。資本に従う。
73—6 「近づきて」は、底本「ちかつけて」。誤写と見て訂す。

〃—12〜74—1　＊「上皇も……参りたれども」は、底本なし。誤脱と見て、資本より補う。
74—11　「信頼卿の」は、底本「の」なし。流布本（古活字本）等にならい、補う。
〃—12　「肝に」は、底本「折に」。資本に従う。
75—4　「万人」の読みは、『日葡』による。
〃—6　「寄する」は、底本「よる」。資本に従う。
〃—9　＊「菊の……ける」は、底本なし。誤脱と見て、資本より補う。
〃—14　「まゐらせ」は、底本「まいられ」。資本に従う。
〃—15　「金覆輪」の読みは、『日葡』による。
76—3　「裾金物」は、底本「すなかなもの」。資本に従う。
〃—9　「日華門」の読みは、『運歩色葉集』による。
〃—13　「当てて」は、底本「あたつて」。資本に従う。
79—3　「時刻をや」は、底本「をや」なし。反語の意を復元すべく、補う。
〃—4　「たまたま」は、底本「適」。『類聚名義抄』の読みによる。「回禄あらば」は、底本「くわいろくあらめ」。他本に従い、誤写と見て訂す。
〃—11　＊「経盛」は、底本「教盛」。本文校訂注71—9〜10参照。
〃—15　「今」は、底本「と」。誤写と見て訂す。＊「平安城」は、底本「平」とのみ。他諸本より補う。
80—4　「大宮面へ」は、底本「大宮おもてを」。誤写と見て訂す。

80―5　「見入れたれば」は、底本「見入たれ共」。誤写と見て訂す。「承明」は、底本「照明」。正しい表記に改む。
〃―12　「人並み」は、底本「人みな」。誤写と見て訂す。
81―8　「知らずして」は、底本「知して」。誤脱と見て補正。
〃―15　「十三歳」は、底本「十二歳」。正しい記述の資本に従う。「義範」は、底本「義章」。正しい表記に改む。「叔父」は、底本「伯父」。事実に即して改む。以下同。＊なお、資本は、「一九」段本文に、この「二一」段本文を直結、「二〇」部分は削除する。中・下巻が後出の金刀比羅本系統のテキストで、そこと重複する記述となるためである。以後の合戦場面も、同じ事情から削除している。また、「二一」本文は、義朝勢の紹介文のみ。
82―2～3　「郎等」は、底本「郎」なし。資本より補う。＊「後藤兵衛……基清」は、底本なし。誤脱と見て、資本より補う。
〃―3　「後通」は、底本「よし通」。正しい名に改む。
83―5　「立て」は、底本「たち」。誤写と見て訂す。
〃―7　「樗」は、底本「檽」。誤写と見て訂す。
84―3　「下知」の読みは、『日葡』による。
〃―6　「聞きつらん」は、底本「きこへらん」。誤写と見て訂す。
〃―8　「叔父」は、底本「伯父」。事実に即して改む。
〃―8～9　「義賢」は、底本「義方」。正しい表記に改む。

〃—11　「櫨」は、底本「木」。他諸本に従い補う。以下同。
〃—16　「遠元」は、底本「遠光」。誤写と見て訂す。
85—10　「蝶」は、底本「煠」。誤写と見て訂す。
86—12　＊「景康」は、底本「かげやす」。諸本「景安」「景泰」「景康」とあり、保元物語・平家物語の表記に合わせ採択。
〃—14　「最中」の読みは、文明本『節用集』による。
88—1　「ざらん外は」は、底本「さらんは外は」。衍字と見て「は」削除。
91—2　「首を取る」は、底本「くひをとり」。誤写と見て訂す。
〃—7　「立ち上がり」は、底本「たちのぼり」。誤読と見て訂す。
〃—15　「討たれぬべく」は、底本「うちぬへく」。「被討ぬへく」の誤読と見て訂す。
92—3　「討たせて」は、底本「うたさせて」。誤写と見て訂す。
〃—4　「ある小家」は、底本「あるいは小家」。「或」の誤読と見て訂す。
〃—11　「まろびて」は、底本「辷て」。『字鏡集』にある読みによる。
〃—14　＊「家継」は、底本「いへつく」。諸本「家継」「家次」「家能」「家吉」とあるが、最多の表記を採用。
〃—16　「失せにける」は、底本「うしなひにける」。誤読と見て訂す。
93—7　＊「下りに追うて」は、底本「下追て」。「に」の誤脱と見て補う。
〃—8　「思しくて」は、底本「おほえしくて」。「覚しくて」の誤読と見て訂す。

93―13 「相近に」は、底本「相近い」。誤写と見て訂す。
94―3 「逸物」の読みは、底本の表記に従う。同じ読みは『日葡』にも。
〃―5～6 ＊「鐙」は、底本「介（よろひ）」。「鐙」を「鎧」と誤読したと見て訂す。「ある辻堂」は、底本「あるひはつちたう」。誤読と見て訂す。
〃―15 「組む」は、底本「くみ」。誤写と見て訂す。
95―1 「大息」は、底本「大気」。『類聚名義抄』の「気」の読みにより、字を当てる。
〃―2 ＊「取付につきて」は、底本「と付にきて」。「つ」の誤脱と見て補う。
96―2 「平家の兵」は、底本「の」なし。省略表記と見て補う。
〃―4 「進藤」は、底本「近藤」。誤写と見て訂す。
〃―9～10 「池殿に」は、底本「に」なし。誤脱と見て補う。
〃―11 「抜ける」は、底本「ぬきける」。誤写と見て訂す。
〃―15 「抜けけり」は、底本「ぬきけり」。誤写と見て訂す。
97―3 「当腹」の読みは、『日葡』による。

中巻

99―3 「待ちまうけ」は、底本（以降、学習院大学蔵本）「待ち」なし。陽・松本より補う。
100―1 「包まれては」は、底本「は」なし。陽・河・松本より補う。
101―7 「ふるまひ」は、底本「翔」。『類聚名義抄』の読みによる。

〃―15　「さんざんに」は、底本「に」なし。陽・河・松本より補う。
〃―16　「俊綱」は、底本「俊通」。傍書に「綱《つな》歟（か）」。父の名の誤写と見て、正しい傍書に従う。
102―2　「下河辺」は、底本「下」なし。陽・松本より補う。※「行義」は、底本「行泰」。『尊卑分脈』により、名を改む。
〃―3　「けれども」は、底本「は〈ィとも〉」。異本表記、陽・河・松本に従う。
〃―9　「鎌田、下人を」は、底本「鎌田か下人を」。陽・河・松本に従う。
104―7　「たりける」は、底本「たりけり」。陽・河・松本に従う。
〃―11　「片切」は、底本「片桐」。正しい表記に改む。以下同。
〃―15　「北の対」は、底本「北の台」。陽・松本のかな表記を採り、「対」を当てる。「間」のふりがなは、底本「あいだ」。陽・松本に従う。
105―10　「七、八寸」は、底本「七寸」。誤脱と見て、陽・河本より補う。
〃―11　「たりける」は、底本「たりけり」。陽・河・松本に従う。
109―10　「射かけたり」は、底本「た」なし。陽本より補う。
110―13　＊「討死せん」以下、次頁12行目の「満ち満ちてけり」まで、一連の文、底本なし。誤脱と見て、松本より補う。
111―9　＊「〈三か所〉」は、一連の文の補訂に用いた松本（前注参照）になし。誤脱と見て、本作を基にした平治物語絵巻の六波羅合戦巻（模本）の詞書より補う。

111—13「咸陽宮」は、底本「感陽宮」。誤写と見て訂す。
112—6「そばだち」は、底本「岐」。「峙」の誤写と見て訂す。
113—16「うち笑ひて」は、底本「うちはらひて」。陽・河本に従う。
115—10 ＊「式部大夫資能」は、底本「式部大輔資義」。陽本「しきふの大夫すけよし」、河本「式部大夫資義」、松本「式部大夫助能」。「大輔」は誤認と見て他本に従い、「資義」は実在の人名に改む。以下、同。
116—2「打たれたるも」は、底本「うたれたる所も」。誤写と見て陽本に従う。
〃—3〜4「頼む」は、底本「頼《たのみ》」。陽本に従う。
〃—6「十郎蔵人」は、底本「十郎蔵人は」。誤写と見て陽本に従う。
〃—12「小原山」は、底本「山」なし。陽・河本より補う。
117—1「とかくして」は、底本「とかく」。誤写と見て陽・松本に従う。
〃—5〜6 ＊「真つ先……寄れや」は、底本なし。誤脱と見て陽本より補う。松本、ほぼ同文。
119—2「義隆」は、底本「義高」。正しい表記に改む。以下、同。
〃—4〜5「さんざんに」は、底本「に」なし。陽・河・松本より補う。
〃—8「寄りかかり」は、底本「かかり」なし。陽・松本より補う。
120—6〜7「まじきものを」は、底本「き」なし。陽・河・松本より補う。
〃—12 ＊「ひやうど」は、底本なし。河・松本より補う。

〃—16　＊「かやうに……馬より下り」は、底本なし。誤脱と見て陽本より補う。松本ほぼ同文。
121—7〜8「落ち行きけるが」は、底本「ける」なし。陽・松本より補う。
〃—11「別れては」は、底本「はかれては」。陽・河・松本に従う。
〃—12「御子の名残」は、底本「御名残」、傍注に「子の」。傍注と陽・河本に従う。
122—5「言はば」は、底本「いわゝ」。陽・河・松本に従う。
123—11〜12「鬨の声」は、底本「鯨波」。一般的表記に改む。※「心地を」は、底本なし。陽・松本より補う。「くたびれ果てて」は、底本「くたひれ出て」。誤写と見て、陽・松本に従う。
124—1「雪」は、底本「六出」。一般的表記に改む。六出は、雪の結晶の形から生まれた表記で、六出花とも。
〃—12「僧侶」は、底本「僧俗」。誤写と見て訂す。
125—15「させる」は、底本なし。陽・河・松本より補う。
126—3「このよしを」は、底本なし。陽・河本より補う。
〃—9　＊「宗輔」は、底本「師資」。正しい人名に改む。本文校訂注36—3、65—3参照。
〃—13「引き据ゑられて」は、底本「引き」なし。陽・松本より補う。
128—2「よも」は、底本「にも」。陽・松本に従う。
〃—5「竜蛇」は、底本「竜地」。誤写と見て訂す。

128—10 「恩」は、底本「小恩」。陽本および他諸本に従う。
〃—13 「男の」は、底本「の」なし。陽・松本より補う。
129—10 「打ったりける」は、底本「打ったりけり」。河本に従う。
131—6 ＊「右少弁」は、底本「左少弁」。誤写と見て、正しい官職に改む。
132—10 ＊「季盛」は、底本「季守」。尊卑分脈により、正しい表記に改む。
133—4 ＊「家頼」は、底本「基家」。「基成」は、底本「基通」。ともに右同。
〃—5 ＊「信説」は、底本「信俊」。右同。
136—12 ＊「我らここにありても」は、底本なし。誤脱と見て松本より補う。
137—3 「この袖」は、底本「此小袖」。陽・松本に従う。
139—3 「成憲」は、底本「重憲」。正しい表記に改む。
〃—9 「うち向かへば」は、底本「うちむけは」。陽本に従う。
〃—11 「宇津の山」は、底本「宇都の山」。正しい表記に改む。
141—3 ＊「忠致」は、底本「忠宗」。正しい表記に改む。以下同。
〃—5 「常葉」は、底本「常盤」。他箇所に合わせる。
142—14 「さがりたりけるぞ」は、底本「さかりけるそ」。陽・河・松本に従う。
143—5 「とぞ覚え」は、底本「ぞ」なし。河本より補う。
144—13 「山の根」は、底本「山ふり」。陽・松本に従う。
145—2 「延寿」は、底本「近〈延歟〉寿」。傍書と陽・河・松本に従う。

〃―9　「式部大夫」は、底本「式部太輔」。陽・河本に従う。以下同。

146―5　「ところに」は、底本「所を〈に歟〉」。傍書と陽・松本に従う。

149―2　「広常」は、底本「広道」。誤写と見て河本に従う。

〃―6　「杭瀬川」は、底本「株河《ぐいぜがは》」。通行の表記に改む。

153―7　＊「景致」は、底本「景宗」。正しい表記に改む。

〃―9　＊「致頼」は、底本「知頼」。「致房」は、底本「行房」。続群書類従・桓武平氏系図に従い改む。

〃―10　＊「行致」は、底本「宗房」。右同。

〃―14　＊「宗判官信房」は、底本「惣判官宣房」。正しい表記に改む。「志目」は、底本「忠目」。誤写と見て訂す。資本中巻の混用古態本系本文も「志目」。

155―8　＊「改元あり」は、底本なし。誤脱と見て陽本より補う。

156―8　「義平には」は、底本「義平を〈傍書「に歟」〉は」。誤写と見て、傍書に従う。

158―5　「ねぢ殺してこそ」は、底本「こそ」なし。陽・河本より補う。

〃―6　「瑕瑾には」は、底本「は」なし。陽・河・松本より補う。

〃―8　＊「これを聞きて」は、底本なし。誤脱と見て陽本より補う。

159―11　「儀勢」は、底本「議勢」。誤写と見て訂す。

〃―15　「長物語するには」は、底本「は」なし。河・松本より補う。

160―7　＊「のまま」は、底本なし。松本より補う。

160—11 「抜群」の読みは、『日葡』による。
161—2 「討ち」は、底本「うて」。陽・河本に従う。
〃—5 「行く末」は、底本「向後《ゆくすゑ》」。一般的表記に改む。
〃—13 ＊「園生の」は、底本なし。陽・松本より補う。
162—5 「いふ山寺」は、底本「小山寺」。誤写と見て、陽本に従う。
〃—9 「ありける」は、底本「ける」なし。陽・松本より補う。
〃—14 「をば」は、底本「を」なし。陽・河・松本より補う。
163—3 ＊「大衆うちて」は、底本「大従うて」。陽本の「たいしゅうちて」に従う。松本は「大せいうちて」。
〃—4 ＊「尾張より上るとて」は、底本なし。誤脱と見て、陽・河本より補う。
〃—7 「首をも」は、底本「も」なし。陽本より補う。
165—3 ＊「衣のつまを着せ」は、底本なし。誤脱と見て、陽・松本より補う。
〃—5 「所どころより」は、底本「所々の」。陽本に従う。
〃—6 「祈請」は、底本「祈誓」。意を解し、改む。
〃—16 「本誓」の読みは、文明本『節用集』による。
167—1 「仏神」の読みは、『日葡』による。
〃—2 「祈り」は、底本なし。河本より補う。
168—8 「しげからぬ時」は、底本「しげからぬ時は」。「は」のない河本に従う。

169―6　「手を取り引きて」は、底本「手をとりて」。河本に従う。
〃―8　「心まどひ」は、底本「心まひ」。陽本に従う。
〃―15　＊「立ち寄る」は、底本「立帰」。陽・松本に従う。
171―4　「雪降りて」は、底本「雪ふかく」。河本に従う。
〃―12　「もしやの」は、底本「の」なし。松本より補う。
〃―14　「たく火」は、底本「た、火」。陽・河・松本に従う。
172―14　「老い衰へ」は、底本「老衰」にふりがな「らうすい」。陽・河本の表記に従う。
173―1～2　＊「ここをかなふまじと申すならば」は、底本なし。誤脱と見て、松本より補う。
〃―7　「たてまつる」は、底本なし。陽・松本より補う。
〃―8　「たてまつり」は、底本なし。陽・松本より補う。「たき火」は、底本「たき木〈火ィ〉」。陽・河・松本に従う。
174―12　「おのれらを」は、底本「らを」なし。松本より補う。
175―3　「母は」、底本「は」なし。陽・河・松本より補う。
176―1　「今日は」は、底本「は」なし。陽・河・松本より補う。
177―6～7　「宇陀」は、底本「宇多」。通行の表記に改む。
〃―12　「はじめは」は、底本なし。河・松本より補う。

下巻

180―4　「切られんことの」は、底本「の」なし。松本より補う。
〃―8　「池殿の」は、底本「池殿に」。松本に従う。
181―5　＊「あひだ」は、底本「は」。誤写と見て、松本の「間」に従う。
〃―6　＊「侍《はんべ》るとも」は、底本「候はゝ」。松本に従う。
〃―10　＊「たてまつる」は、底本「奉らめ」。松本に従う。
184―7　「厨川」は、底本「栗屋川」。通行の表記に改む。
186―6　「常葉腹の」は、底本「の」なし。松本より補う。
187―2　「に及ぶ」は、底本「に及び」。松本に従う。
〃―8　＊「たとひ」は、底本なし。松本より補う。
188―6　「悔《くや》しむ」は、底本「悔《くひ》しむ」。松本に従い、読みを改む。
189―5　＊「心の」は、底本なし。松本より補う。
〃―15　＊「はかなくなるならば」は、底本なし。誤脱と見て、松本より補う。
196―12　「池殿」は、底本「池殿に」。「に」のない松本に従う。
197―6　「院は」は、底本「院も」。松本に従う。
〃―12　「とも覚えず」は、底本「も」なし。松本より補う。
199―3　「大織冠」は、底本「大職冠」。正しい表記に改む。
200―2　「られぬ」は、底本「ぬ」なし。底本の傍書と松本より補う。
〃―4　＊「後の世の」は、底本「世の」なし。誤脱とみて、松本より補う。

〃―5　「合はせらるる」は、底本「合をかる、」。松本に従う。
〃―7　「新大納言」は、底本「新」なし。松本より補う。
201―8　「とぞ宣ひける」は、底本「ぞ」なし。松本より補う。
〃―13　「御こと」は、底本「御」なし。松本より補う。
〃―15　「深くして」は、底本「し」なし。松本より補う。
202―2　「瀬」は、底本「世」。意を取り、改訂。
〃―4　＊「御所にて」は、底本なし。誤脱と見て、松本より補う。
〃―7〜8　＊「池殿……流されける」は、底本なし。誤脱と見て、松本より補う。
〃―15　「朽ち尼」は、底本「ぐち尼」。松本に従う。
203―11　「旅の空こそ」は、底本「こそ」なし。松本より補う。
〃―12〜13　＊「池殿、「それは、」は、底本なし。誤脱と見て、松本より補う。
204―2　「七八十人ぞ」は、底本「ぞ」なし。松本より補う。
205―5　「下さる」は、底本「さ」なし。松本より補う。
〃―12　「取るべからず」は、底本「とらす」。松本に従う。
209―8　＊「后の宮の宮司」は、底本「みやのつかさ」。松本に従う。
〃―9　＊「よしみおはせぬ」は、底本「身をよせぬ」。誤写と見て、松本に従う。
210―3　「留め」は、底本「とめ」。松本に従う。
211―1〜2　＊「せめて勢多まで」は、底本「と勢多まて」。誤写と見て、松本に従う。

216―2　「坊門」は、底本「かもん」。誤写と見て、松本に従う。
〃―3　「いま一人の」は、底本傍書の異本注記、「今一人のィ」に従う。＊「香貫」は、底本「かつら」。流布本の古活字本に「香貫」、同整版本のふりがなに「カツラ」とあるに従う。
〃―4　＊「範忠」は、底本「朝忠」。正しい名に改む。
〃―6　「介良」は、底本「きら」。誤写と見て、松本に従う。
218―1　＊「過ぎし夜」は、底本「過ぎし」なし。誤脱と見て、松本より補う。
219―14　「しかじ」は、底本なし。誤脱と見て、松本より補う。
220―2　＊「全成」は、底本「全済」、傍書「成ィ」。正しい表記に改む。
〃―4　＊「円成」は、底本「円済」。正しい表記に改む。以下同。
〃―14　「伊予殿」は、底本「伊予守」。松本、及びこの後日譚部分が同類の資本（国文学研究資料館蔵本）と師本（彰考館文庫蔵京師本）に従う。
〃―16　＊「して後《のち》、三年の合戦に」は、底本「して・後《のち》三年の合戦・に」と、朱点を挿入。朱点を後世の記入と見て、「後《のち》」を、本来、上の句に接続するものと解す。
222―1　＊「舌をぞ振りける」は、底本「申しけるは」とあり、「は」に「ヒ〈抹消符号〉歟」と傍書。脱文があると見て、仮に松・資・師本の本文に従う。
〃―3　「長成」は、底本「仲成」、傍書「長ィ」。傍書と松・資本に従う。
〃―13　＊「眼ざし」は、底本「眼きは」。松・資・師本に従う。
223―10　＊「また」は、底本なし。誤脱と見て、松・資・師本より補う。「陵助」は、底本

224―4　＊「申し承り給ふ」は、底本「申うけ給ふ」。松・資・師本に従う。「清助《きよすけ》」、傍書に「本ノマヽ」「おかのすけ歟」。

〃―13「寺僧たちに」は、底本「に」なし。誤脱と見て、補う。他本、この句なし。「勾引」は、底本「勿引」。誤写と見て、正す。

225―11〜12　＊「刀を差し、常に戯れて着ける」は、底本なし。誤脱と見て、松本より補う。師本ほぼ同文。資本、異文。

226―12　＊「父にて候ふ」は、底本なし。松・資・師本より補う。

227―5　＊「ありける」は、底本なし。誤脱と見て、松本より補う。資・師本も近似文。

〃―11　＊「足にて」は、底本なし。誤脱と見て、松・資・師本より補う。

〃―12　＊「取りつき」は、底本なし。誤脱と見て、松・資・師本より補う。

〃―13　＊「また」は、底本なし。松・資・師本より補う。

228―13「十三の年」は、底本「十三の時」。松・資・師本に従う。

229―11「よき男かな」は、底本「な」なし。松・資・師本より補う。

230―4「とて」は、底本なし。資・師本より補う。

〃―12「推参するに」は、底本「に」なし。松本より補う。

231―15〜16　＊「義経、「いつしかなることにて候へども、今度」は、底本なし。誤脱と見て、松・師本より補う。資本ほぼ同文。

232―14「上野国」は、底本「上野に」。松・資・師本に従う。

232―15 「たりけるに」は、底本「に」なし。松・資・師本より補う。
235―3 「兼隆」は、底本「兼高」。正しい表記に改む。
〃―4 「小坪」は、底本「小壺」。正しい表記に改む。
〃―8 ＊「京都に」は、底本なし。松・資・師本より補う。
〃―9〜10 ＊「修行の体にて夜を日に継いで」は、底本なし。誤脱と見て、松本より補う。資・師本ほぼ同文。
〃―13 ＊「家光」は、底本なし。松本より補う。「けるは」は、底本「は」なし。松・師本より補う。
236―5 「にける」は、底本「にけり」。松・資・師本に従う。
238―2 「十万余騎にて」は、底本「にて」なし。松・資・師本より補う。
〃―15 「入道殿」は、底本「殿」なし。松・資・師本より補う。
239―8〜9 「大将軍には」は、底本「に」なし。松・資・師本より補う。
〃―14 「元年」は、底本「二〈元ィ〉」。松・資・師本と傍書に従う。
〃―16 ＊「長者たるべし」は、底本「長者たり」。松本に従う。資・師本「長者たるべき」。
240―3 「卿坊」は、底本「卿房」。通常の表記に改む。
〃―12 「三十五日」は、底本「三十」なし。松・資・師本より補う。
242―8 「野三」は、底本「祢三」。正しい表記に改む。
〃―15〜243―2 ＊「「向後も…」…申しける」は、底本なし。誤脱と見て、松本より補う。

243—14 「公人」は、底本「候人」。通常の表記に改む。
244—3 ＊「その外……知らず」は、底本なし。誤脱と見て、松本より補う。資・師本もほぼ同文。
245—5 「惜しませたりし」は、底本「をしまれし」。松・資・師本に従う。
〃—6 「返さぬ」は、底本「せぬ」。松・資・師本に従う。
〃—7 ＊「と」、「に仰せられければ、親能」は、底本なし。誤脱とみて、資・師本より補う。
〃—7～8 「所領」は、底本「所」。「押領」は、底本「領」。いずれも、松・資・師本に従う。
〃—16 「上洛あり」は、底本「あり」なし。松・資・師本より補う。
「親能」は、底本「親義」。正しい表記に改む。
247—12 「出でて」は、底本「て」なし。松・資・師本より補う。
248—4 ＊「その後」は、底本なし。松・資・師本より補う。
249—3 「に下向す」は、底本「下向」。松・資本に従う。
〃—7 「日」は、底本なし。松・資・師本より補う。
250—5 「隠れて」は、底本「て」なし。松・資・師本より補う。

現代語訳

平治物語　上巻（現代語訳）

一　序

大昔から今の世に至るまで、国王たる者が臣下を推賞することに関しては、中国日本両国について調べてみるに、文と武の二つの道を最優先にしている。文をして国王の政治万般を補助させ、武をして国内各地の戦乱を鎮圧させる。それゆえ、天下を安寧に保ち、国土を十全に統治するためには、文を左にし、武を右にすと、古い書物にも見えている。たとえて言えば、人の左右二つの手のようなものである。一つでも、欠けることがあってはならない。

特に末の世の末になっては、（政治にたずさわる）人はおごり高ぶって朝廷の権威を軽んじ、一般の民は心が猛々しくなって分不相応な野心を心中に抱くようになる。よくよく心して、何にも優先して抜きん出た賞を与えるべきは、勇敢なる者たちである。

であるがゆえに、唐の第二代皇帝の太宗《たいそう》は、自らの鬚を切って薬にすべく焼いて、勲功ある臣下に与え、また、傷口の血を自ら吸い取って戦士をいたわったので、彼らの心はその恩ゆえに、主君に忠実に仕え、自らの命はその義理ゆえに軽んじてかまわぬように思われたから、兵士は我が身を犠牲にすることを惜しまず、ただ主君のために死ぬことをのみ願っていたと聞く。自身は手を下さなくとも、厚情を相手に与えれば、人々はみな、主君に心服して、ことをなすと言われている。

二　藤原信頼《のぶより》と藤原信西《しんぜい》

最近、権《ごん》中納言と中宮権大夫《ごんのだいぶ》をも兼務する右衛門督《うえもんのかみ》藤原朝臣信頼《あつそんのぶより》という人がいた。天皇に仕える臣下の祖先神という天児屋根尊《あまつこやねのみこと》の御子孫で、中《なかの》関白と言われた藤原道隆《みちたか》から八代目の子孫、播磨《はりまの》三位基隆《もとたか》の孫、伊予三位忠隆《ただたか》の子息である。

文に優れているわけでもなく、武に優れているわけでもなく、能力もなく、また才芸もない。ただ朝廷から受ける恩恵だけにうぬぼれて、昇進は滞ることなく、父祖は諸国の守《かみ》という受領《ずりょう》職ばかりを経て、年齢が高くなり人生の先が見えてきたのちに、わずかに従三《じゅさん》位《み》に到達したのに、彼は、天皇に近侍する武官たる近衛《このえ》府の役職から、宮中の庶務を管轄する蔵人所《くろうどどころ》の長官、皇后宮の役職、参議《さんぎ》にして近衛の中将、内裏内の警備に携わる兵衛府の長官、京市中の治安維持に当たる検非違使庁《けびいしちょう》の長官、こうした役職をわずか二、三年の間に経験して昇進を重ね、年二十七歳にして、中納言と右衛門府の長官を兼ねる地位にまで到達したのであった。

　摂関家の家督相続者くらいの者こそ、このような破格の昇進はなさるもの、家柄の低い通常の人では、今までにこうした例を聞いたことがない。官吏としての地位のみならず、役職に伴う報酬もまた、意のままであった。その家では就任することが絶えて久しくなっていた大臣と、武官の最高位たる近衛の大将《だいしょう》を兼務する地位に望みをかけ、恐れ多くも分不相応なふるまいばかりをしていた。それを見た人は目を丸くし、聞いた人は耳を疑がう。それは、中国の衛《えい》の霊公《れいこう》の寵臣だった弥子瑕《びしか》の行ないよりもひどく、唐の玄宗《げんそう》の寵臣、安《あん》禄山《ろくざん》よりもなおひどかった。弥子瑕が、おいしかった食べ残しの桃を霊公に献上し、後日、それゆえに罪せられた先例のあることを恐れもせず、ただただ我が身の栄華にのみおごり高ぶっていた。

　そのころ、少納言入道信西《しんぜい》という人がいた。山井《やまのい》の三位藤原永頼《ながより》卿の八代目の子孫で、越後守季綱《すえつな》の孫、鳥羽院の時代に文章生《もんじょうしょう》で蔵人を務めた実兼《さねかね》の子である。儒者の血筋を受けていながら儒者としての学業を伝えてはいなかったが、色々な学問の道を併せ学んでさまざまな事柄に精通し、中国で言う九種の学問、百にも及んだという諸家の学派のことを知っていた。現代では並ぶ者がないほど、才知にたけ、該博であった。

　信西は、後白河院の乳母《めのと》の紀二位《きのにい》の夫であったから、院が乱に勝利し実権を握るに至った保元《ほうげん》元年（一一五六）より以来、国家の政治万般を思うままに取りしきり、絶えていた行事を復活して継承、すたれていた分野を再興し、後三条帝が延久元年（一〇六九）に設立した記録荘園券契所《けんけいじょ》の例にならって記録所を設置して土地に関する訴訟を裁定し、訴えの是非をよく調べて決定を下した。（それに基づいた）天皇の最終決定には、個人的な偏りがなかったから、人の恨みも残るようなことはなかった。世のあり方を本来の純朴な姿に戻し、帝を中国古代の理想的二人の君主、堯《ぎょう》・舜《しゅん》のようにしてあげた。すばらしい時代だったという醍醐・村上帝の延喜《えんぎ》・天暦《てんりゃく》二朝の政治と比較しても恥ずかしくなく、花山帝の治政を支えた藤原義懐《よしちか》、同惟成《これしげ》の三年間にわたる奉仕をも超える働きであった。

大内裏は長い間、修復が加えられていなかったから、御殿は傾いて危うく、重層の高楼は荒廃していた。敷地内は牛馬の放牧される場、雉《きじ》や兎の住みつく所となっていたのを、一、二年の内に建造物を作りだして、天皇は居所を元の内裏へ移された。外回りを囲う築《つい》地《じ》塀が幾重にもある、大極殿《だいごくでん》、豊楽院《ぶらくいん》、多くの役所、八つの省庁の建物、大内裏の外の大学寮、太政官庁内の会食所に至るまで、花のように美しい垂木《たるき》、沸き立つ雲のごときみごとな木組み、堂々たる大きな建築物、それらのりっぱな造作を、年数をかけずして作り上げた。実に短期間のことと言いながら、民に損害を与えることもなく、国家に迷惑をかけることもなかった。

詩文を作る宮中の正月行事たる内宴《ないえん》、諸国から相撲人《すまいびと》を集めて行う七月行事たる相撲《すまい》の節《せち》、これらの長く断絶していた行事を復活させ、詩歌や管弦などの諸芸を披露する会を、折に触れて開催した。宮中の儀式は、昔に比して恥じるところなどない。あらゆる礼儀作法も正しく守られ、古き時代のごとくであった。

三　両者の抗争

去る保元三年（一一五八）戊寅《つちのえとら》の年の八月十一日、後白河天皇は退位され、御子の宮に皇位をお譲り申しあげなさった。その尊い宮様と申すのは、二条院のことである。しかしながら、信西の権勢はますます強まり、飛ぶ鳥も落ち、草木もなびくばかりである。信頼に対する院の寵愛も、それに劣らず強まり、肩を並べる人もいない。

こうした状況で、どんな天魔が二人の心に入り替わったのか、両者が不仲となり、信西は信頼のようすを見て、

「どう考えても、この人物は国家を危うくし、世の中を乱すことになる人だ」

と見抜いたので、何とかして、亡き者にしたいとは思ったけれども、現在、並ぶ者もないほどの院の寵臣である上、他人がどう考えているか心中は知りがたいので、心を許して相談する相手もいない。好機でもあってくれればと、躊躇していた。信頼の方もまた、何でも意のままなのに、この信西入道をうっとうしく思って、都合のいい時があれば亡き者にしてしまおうと考えていた。

上皇が、ある時、信西におっしゃられるに、

「信頼が近衛の大将《だいしょう》の地位を望んでいるが、どうだろう。必ずしも、代々大将を経て太政

大臣に至るという家柄ではないにしても、時の状況によっては大将になされる場合もあったと聞いている」

と言われたので、信西が心中に思うに、

「さあいよいよ、この世が損なわれることになったぞ」

と嘆かわしくなり、上皇に申したことは、

「信頼ほどの者が大将になりますならば、いったい誰が望まないでいましょうか。国王の政治は、官位任命をきちんとするのを第一とします。位を与え、役職を与える人事で間違った事が生じてしまえば、上《かみ》は天の耳に逆らうことになり、下《しも》は人々の非難を受けることになって、世が乱れていきます。そうした例は、中国や我が国で似たようなことが少なくありません。

それゆえでしょうか、幼少時より白河院から阿古丸《あこまる》の愛称で呼ばれた大納言宗通《むねみち》卿を、院が大将にしようとお思いになったけれども、寛治《かんじ》の世の聖帝、御子《おんこ》の堀河天皇がお許しになりませんでした。故中御門《なかのみかど》中納言藤原家成《いえなり》卿を、鳥羽院が大納言にしたいとおっしゃったけれど、『四位、五位どまりの家柄の諸大夫が大納言になることは、絶えて久しくなっております。家成が中納言になりましたのすら、罪に当たりますものを』と、諸卿が忠告いたしましたので、お思い留まりました。でも院は、思いに余るお気持ちがあったのか、年頭のお手紙の上書きに、『中御門新大納言殿へ』とお書きになったのを、家成卿は拝見して、「本当の大臣・大将になったのよりも、なお勝る面目よ。お気持ちの深さが、かたじけなくて」と言って、老いの涙を流したと聞いております。

昔は大納言の地位すらなお大切にお思いになり、臣下もいいかげんにすまいと考えて、お諫《いさ》め申しました。まして近衛大将の地位を軽んじてはなりません。太政大臣・左大臣・右大臣という三公に名を列ねる立場に至りながらも、大将を経験しない臣下ばかりです。摂関の子息、優れた特別な家柄出身の者も、この大将の職を目指すべき最高の官職としています。信頼ごときの身分で大将の地位を辱《はずか》しめるようなことになれば、本人はますます驕《おご》る気持ちを高じさせ、反逆を企てる臣となりはてて、天から滅ぼされる身になりましょうことは、院御自身、どうしてかわいそうにお思いにならないですみましょうか」

と、お諫め申したけれども、院は確かにその通りとお思いになったご様子もない。

信西は、思い余って、唐の時代に安禄山が驕っていた昔のことを絵巻に仕立て、院に献上したけれども、なるほどとお思いになることもなかった。

四　信頼の裏面工作

信頼は、信西がこのように悪しざまに言ったことを伝え聞き、不愉快に思ったので、いつも病気と称して出仕もせず、伏見《ふしみ》の中納言源師仲《もろなか》卿を仲間に引き込んで伏見という所に引き籠もりながら、馬を走らせつつ弓を引くことに身を慣れさせ、力仕事をして身体を鍛え、武芸の訓練をしていた。これはすべて、信西を亡き者にしようとするためであった。

信頼は、子息の新侍従信親《じじゅうのぶちか》を平清盛《きよもり》の婿にして接近し、平家の武力でもって目的を果たそうと思ったが、清盛は大宰府の次官たる大弐《だいに》である上、収入の良い大国《たいこく》を幾つも朝廷からいただいて、一族の者、皆、朝廷の恩をこうむり誇らしげで恨みもないからには、決して同意すまいと考え、思いとどまった。源氏の左馬頭義朝《さまのかみよしとも》は、保元の乱以後、平家に比べて評価が劣り、気分を害している者だと思ったので、近づいていって懇意を伝えた。いつも顔を会わせて、

「この信頼が、こうしておりますからには、国でも荘園でも希望通り、官職も位の昇進についても、私が仲介すれば、天皇の御気色が好ましい方向に向かいますこと、決して難しくはありますまい」

と語りかければ、

「このように裏表なくおっしゃられますからには、あれやこれやお考えに従って、容易ならざることをも謹んでお引き受けしましょう」

と申したのであった。

信頼は、新大納言藤原経宗《つねむね》をも仲間に引き込む。中御門中納言藤原家成《いえなり》の三男、越後中将成親《なりちか》も、院のお気に入りの者ということで、この人をも引き込み、また、二条天皇の御《おん》乳母子《めのとご》の検非違使別当《べっとう》藤原惟方《これかた》をも仲間とする。中でも、この別当は、信頼卿の母方の叔

父に当たる。その上、我が弟の尾張少将信説《のぶとき》を惟方の娘と結婚させ、特別深く信頼した。

五　信頼と源義朝《よしとも》の決起

このように画策して、事を起こす機会をうかがっていたところ、平治元年（一一五九）十二月四日、大宰大弐清盛は神への宿願があって、嫡男の左衛門佐《さえもんのすけ》重盛《しげもり》を連れて、熊野《くまの》参詣に出かけた。

この好機を得て、信頼が義朝を招き寄せ、

「信西は、院の乳母の紀二位《きのにい》の夫だということで、国家のあらゆることを意のままにしている。子供たちには、官職・位の昇進をほしいままに申し出て与え、この信頼方のことは火をも水と言いくるめ、悪口を言って上にへつらうこと、この上ない入道だ。こいつが長く世にあるならば、国家をも傾け、社会をも乱すことになる災いの大元だ。院もそうはお思いになっておられるが、適当な機会がないので、おしかりになることもない。さあ、貴殿とても、最後はどうなるであろう。よくよく考えられるのがよいぞ」

と話せば、義朝が申したのには、

「六孫王《ろくそんおう》と言われる祖先の源経基《つねもと》より、義朝までは七代です。代々、弓矢の武芸によって謀叛の連中をこらしめ、昔から戦略の方法を伝えきて、敵軍の張った陣をも破ってきました。しかしながら、去る保元の乱で、源氏一門は朝敵となり、親類一族、ことごとく殺され、義朝一人になってしまいましたから、清盛も内心、考えるところがあるでしょう。それは前々から分かっていることですから、驚くべきことでもありません。

このように私を信頼しておっしゃられますゆえ、あなた様の一大事に当たって、好機がありますれば、我が家の浮沈をも賭けてみますこと、本望でございます」

と申すと、信頼は大喜びして、外装の派手な太刀《たち》を一振り取りだし、喜びの初めの引き出物として贈った。

義朝が恐れ入りつつ退出したところ、白黒の馬二頭、その背に金銀の薄板を張りつけた鏡鞍《かがみくら》を置き、引き立てて待たせてあった。夜の暗闇の中だったけれども、松明《たいまつ》を部下に振り上げさせて馬を見て、

「合戦の備えには、馬ほど大切なものはありません。この素晴らしい馬で、どんな敵陣であろうとも、どうして突破しないわけがありましょう。

周防《すおう》の判官源季実《すえざね》、出雲守《いずものかみ》源光保《みつやす》、伊賀守《いがのかみ》源光基《みつもと》、佐渡の式部大夫《しきぶのたゆう》源重成《しげなり》などにも、相談されますよう。これらの人々は、内々、言いたいことがあると聞いております」

と言い置いて外に出た。

義朝が自邸に帰ると、あの信頼卿、常日ごろ準備しておいた武具があったゆえ、鎧《よろい》五十領を、後を追うように送り届けたのであった。

六　後白河院御所三条殿《さんじょうどの》、夜襲

こうして事を起こす機会をうかがっているうち、同九日の夜、丑《うし》の刻（午前二時ころ）に、右衛門督《うえもんのかみ》信頼卿と左馬頭《さまのかみ》義朝とが大将となって、総勢五百余騎、後白河院の御所三《さん》条殿《じょうどの》へ押し寄せ、四方の門々を取り囲む。

右衛門督信頼が馬に乗りながら御所の南面《みなみおもて》の庭に立って、大声で申しあげたのは、

「この数年来、他の人に勝って御愛情を注いでいただきましたが、信西の告げ口で殺されるだろうとお聞きしたので、取るに足りない私の命ながらも助けてやろうと考え、東国の方へ下向いたします」

と言うと、上皇は大そう驚かれて、

「それならばいったい何者が、信頼を殺そうとするのだろう」

と、おっしゃるその言葉が終わりもせぬうちに、兵《つわもの》どもが御車《みくるま》を縁に差し寄せて、急いで御車にお乗りになるよう、荒々しく申して、

「早く御所に火をつけろ」

と、声々に命じた。

上皇は、あわてて御車にお乗りになる。御妹の宮の上西門院《じょうさいもんいん》も、同居していらっしゃったから、同じ御車にお乗りになる。

信頼・義朝・光保・光基・重成・季実が、御車の前後左右を取り囲んで大内裏《だいだいり》へお入れし、書籍を収納してある一本御書所《いっぽんごしょどころ》に押しこめ申しあげる。重成と季実とが近くに控えて、君をお守り申しあげる。中でもこの重成は、保元の乱の時、讃岐《さぬき》の院、こと崇徳院《すとくいん》が仁和寺の寛遍《かんぺん》法務の坊舎に閉じ込められていらっしゃったのをお守り申しあげ、そのまま讃岐へ御配流の時、鳥羽の地までお供をした者である。

「どんな前世からの因縁があって、二代にわたる君をお守り申しあげるのか」

と、情を解する人は申したことであった。

三条殿御所のありさまは、言葉では言い切れない。門々を武士たちが取り囲み、方々から火をつけたので、激しい炎が空に満ちあふれ、強い風が煙を巻き上げる。公卿《くぎょう》・殿上《てんじょう》人《びと》・局《つぼね》の女房たち、どの人も信西の一族だろうということで、射伏せ、切り殺した。火に焼かれまいと外に出れば矢に当たり、矢に当たるまいとすれば、火に焼かれた。矢を恐れ、火から逃げようとする者は、井戸の中へ飛び込んだ。下になった者は水に溺れて助からず、上に重なった者は、重厚に造作された御殿御殿が激しい風にあおられて焼け落ちたゆえ、灰や燃え杭に埋もれて助かる者は少しもいない。

あの、秦《しん》の始《し》皇帝《こうてい》の宮殿、阿房宮《あぼうきゅう》が炎上した時には、后妃や女官が身を滅ぼすことはなかったではないか。この院御所の火災には、公卿・殿上人が命を落としたのは、悲しいことであった。

反乱軍は、右衛門尉《うえもんのじょう》大江家仲《いえなか》・左衛門尉平康忠《やすただ》の二人の首を矛《ほこ》の先に貫き、大内裏の待賢門《たいけんもん》のところに掲げた。

同夜の寅《とら》の刻（午前四時ころ）に、信西の姉小路西洞院《あねのこうじにしのとういん》にあった邸宅を捜索して焼き払う。ただしこれは、大内裏の武士どもの下人《げにん》のしわざと、世に広まった。

この三、四年は、世の治安が保たれて安らかに生活し、都も田舎も家の門戸を閉じるのを忘れ、娯楽に興じて酒宴を開き、身分の上の人も下の人も、仲良く建物を並べていたのに、今度はあちこちの火災によって、近辺の民も落ち着かず、これはいったいどうなってしまう世の中かと、嘆かない者はいなかった。

七　信西子息の処遇

少納言入道信西の子息五人は、官職を解かれた。嫡子の新宰相俊憲《としのり》、次男の播磨の中将成憲《しげのり》、権右中弁貞憲《さだのり》、美濃の少将脩憲《ながのり》、信濃守是憲《これのり》である。解任の議事進行役の公卿は花山院大納言藤原忠雅《ただまさ》、実務担当者は、蔵人の右少弁藤原成頼《なりより》と世間に伝わった。また、京中に広まったのは、

「右衛門督が左馬頭を抱き込み、院御所の三条殿を夜討にして放火したため、上皇も天皇も煙の中からお出になっていない」

ともうわさし、また、

「大内裏へ、ご両人とも御幸《ごこう》・行幸《ぎょうこう》なされた」

とも伝わった。

そうしているうちに、大殿《おおとの》と関白殿とが、大内裏へ馳せ参じなさる。大殿とは、前関白の法性寺《ほっしょうじ》藤原忠通《ただみち》殿、関白殿とは、(その長男で、父君と弟君との間の摂関を務めたので)中《なか》殿《どの》と言われた基実《もとざね》公のことである。

太政大臣藤原宗輔《むねすけ》、大宮の左大臣藤原伊通《これみち》以下の公卿・殿上人、さらに院御所の北面に詰めている連中に至るまで、我先にと馳せ参ずる。馬や車の行き違う音は、天に響き、大地を揺り動かす。あらゆる人々が、あわてふためいているようすである。

播磨の中将成憲《しげのり》は、清盛の婿だったので、十日の夜に六波羅の屋敷へ逃げ込んだのだが、大内裏よりしきりに呼び出しがあったので、致し方なく、六波羅邸から出てしまった。播磨中将は検非違使の手に渡され、

「清盛さえいてくれれば、私をこんなふうに簡単には決して出すまいものを。平家の人々の熊野参詣こそが、この成憲の不運ということだ」

と思った。

明法《みょうほう》博士で検非違使の尉《じょう》、すなわち判官《はんがん》である坂上兼成《さかのうえかねしげ》が、播磨中将の身を鴨川の六条河原で受け取って大内裏に参向したところ、越後中将成親《なりちか》を介してご尋問があり、そのまま成親に身柄が預けられた。

新宰相俊憲《としのり》は、出家したと伝わった。美濃の少将脩憲《ながのり》は、惟宗《これむね》氏の判官信澄《のぶずみ》を頼って出頭してきたのを、検非違使の別当惟方《これかた》にその旨、告げたところ、そのまま信澄が身柄を預かることとなった。信濃守是憲《これのり》は、髪の髻《もとどり》を切って検非違使の教盛《のりもり》を頼って出頭したのを、これも別当に報告して身柄を預かった。

八　信西出家の由来

そもそも少納言入道信西は、藤原氏の南家《なんけ》出身の博士であったが、高階経敏《たかしなつねとし》の子になって、勢力のある家たる高家《こうけ》の人となったものの、儒官にもつかず、その家柄でもないので弁官にもならず、以前に日向守《ひゅうがのかみ》だったので日向前司通憲《ひゅうがのぜんじみちのり》と称して、鳥羽院のもとに召しつかわれていた。

ある時、通憲が鳥羽院の御前で申すに、

「私は出家したいと考えておりますが、日向入道と呼ばれることになりますのが、この上なくみすぼらしく思われます。少納言の地位をお許しいただきたい」

と、奏上したところ、上皇は、

「この官職は、摂関家の臣もなりなどして、容易には認めない職だ。どうしたものだろうか」

と困惑なさったのを、しいて申し込んだので、お許しが出て（少納言に昇進）、彼はそのまますぐに出家、少納言入道と呼ばれることになったのであった。

昔はこのように、官職を与えることに躊躇される信西の身であったが、それでも今は、彼の子供らは、ある者は五位の蔵人・衛門佐・弁官という三つの要職を兼務する地位に昇り、ある者は蔵人の頭《とう》を経、ある者は弁官職七人の中に加わり、ある者は公卿に上り、ある者は弁官の中弁、少弁の役職を辱《はずか》しめる立場に至った。しかし、昨日の楽しみは今日の悲しみへと変わり、思えばこの世は夢であり、幻である。あらゆることが転変するという諸行無常の真理が、目の前に示されたのであった。いいことと悪いこととの吉凶は、撚《ね》り合せて作った縄のようだと、今になってよく分かったことであった。

九　反乱軍の論功行賞、信西の死

同十四日、出雲守光保が内裏に参上して、

「少納言入道の行方を尋ね出しました」

と申したところ、直ちに、

「首を切れ」

と命じられ、承諾して退出した。


そうしているうちに、去る九日の夜の論功行賞が行われた。上皇と天皇の身を確保し申しあげ、一本御書所に押しこめ申しあげたほかには、たいした功績もなかったから、武士たちを勇気づけるためのもくろみと世には伝わった。

信濃守には、源重成。佐渡式部大夫のことである。

多田蔵人大夫源頼憲《ただのくらんどたゆうよりのり》は、摂津守になる。

前左馬頭源義朝は、播磨守になる。

右兵衛佐《うひょうえのすけ》には、頼朝《よりとも》。

左兵衛尉《じょう》には、藤原政家《まさいえ》。鎌田《かまだ》兵衛正清《まさきよ》が改名した名である。

左衛門尉には、源兼経《かねつね》。

左馬助《さまのすけ》には、やすただ。

左馬允《じょう》には、為仲《ためなか》。

右馬允には、藤原遠元《とおもと》。これは足立《あだち》四郎のことである。

このように尋常ではない論功行賞が行われたので、大宮左大臣伊通《これみち》公が申されたのには、

「どうして井戸には官職が与えられないのか。井戸こそ、多くの人を殺したのだ」

と言ったので、聞いた人は笑ったとか。

同十六日、卯《う》の刻(午前六時ころ)、大炊御門大路《おおいみかどおおじ》より北、大宮大路《おおみやおおじ》より東に、にわかに火事が発生して、

「敵が押し寄せて、火をつけた」

と、内裏に籠もる武士たちは兜《かぶと》の緒《お》をしめ、騒ぎ立てたけれども、しかし、敵襲というこ

とではなく、騒ぎは収まった。大内裏の郁芳門《いくほうもん》の前の火事だったから、あわてたのもよく分かることであった。

同日、出雲守光保がまた内裏へ参上して、

「今日、少納言入道の首を切って、神楽岡《かぐらおか》の自邸に持ってきております」

と申し入れたところ、信頼と惟方とが同車して神楽岡に出向いて、首の実否を検分した。

（その首を見た）信頼は、常日ごろの怒りを、今、やっと晴らしたのであった。

一〇　信西の死に至る経緯

この禅門、信西は、去る九日、夜討のことを前もって内々に知っていたのか、その事情を申し入れようとして院の御所へ参ったが、ちょうどその時、管弦の御遊《ぎょゆう》の最中だったので、その興趣《きょうしゅ》を冷ましてしまうのは思慮のないことと思い、ある女房に詳しい内容を言い置いて帰った。

彼自身は、そば近くに仕える侍《さぶらい》、三、四人ばかりを引き連れて、大和路《やまとじ》を南へ下り、宇治を経て田原《たわら》の奥、大道寺《だいどうじ》という自分の領地に着いた。この人は、天変によって吉凶を占う方法をとことん知り尽くしていて、そこから事を推し量る術は、まるで手のひらのものを指差すごとくであったが、前世からの宿運がこの時には尽きていたのか、三日前に出ていた天変を、今夜になって初めて見つけたのであった。それは、

「木星寿命死にあり。忠臣、君に代わる」

という天変である。強い者は弱くなり、弱い者が強くなり、上位者は弱く、下位者は強い、というもの。それを見て、この時、自らの命を捨て、君に代わってさしあげようと思う気持ちになったのであった。

十日の朝、右衛門尉藤原成景《なりかげ》という侍《さぶらい》を招き、

「京の方では、何か事が起きているか、すぐに見て来い」

と命じたので、成景が馬に乗って馳せ行くうち、木幡峠《こはたとうげ》に来た時、禅門の召し使っていた舎人男《とねりおとこ》が、ことのほかあわてたようすで現れた。

「どうしたのか、おい。何事があったのか」

と問うと、舎人男は涙を流して、

「何事とは、なんという言い方。京中は暗闇になっておりますものを。衛門督殿と左馬頭殿が大軍を率いて三条殿に夜討をかけ、すぐに放火されましたため、上皇も天皇も煙の中からお出になっていないとも言い、また、大内裏へご両人とも御幸・行幸なされたとも伝わっています。

同夜の寅の刻には、信西様の姉小路のお屋敷も焼き払われました。この夜討も入道様をお討ち申しあげようがためと、京中の人は申しています。このようすをお告げ申そうとして参るところです。

入道殿は、どちらにいらっしゃいますのか」

と言ったので、成景、考えてみるに、

「身分の低い下﨟《げろう》は、困った性格の者。人が厳しく問いただす時は、その場の苦痛をまぬがれようとして、後日、大変な事になるのも顧みない（でしゃべってしまう）。事実を知らせては具合が悪かろう」

と思って、

「よくぞやって来た。入道殿は春日山の後ろの、これこれの所にいらっしゃるぞ。どれほど感動されるか。急いで行け」

と教えて行かせ、その後ろ影も見えなくなったところで、大道寺に馳せ返り、ことの次第を話すと、我が身の滅びることを心配せず、ただ天皇と上皇の御ことにばかりに、心を痛められた。

「この信西が代わってさしあげなければ、いったい誰が君をお助け申しあげられよう。急いで私を土に埋めよ」

というので、穴を掘り、穴の周りに板を立てて、彼はその中に埋められた。

「死ぬ前に敵が尋ね来たら自害をするゆえ、刀を差し出せ」

と言うので、成景は泣く泣く自分の腰刀を抜いて差しあげる。四人の侍《さぶらい》たちは、それぞれに髻《もとどり》を切って穴の中に埋めた。

「最後の御恩に、出家者に与える法名を頂戴したい」

と、それぞれが申し出ると、

「簡単なことだ」

と言って、右衛門尉成景を西景《さいけい》、右衛門尉師実《もろざね》を西実《さいじつ》、修理進師親《しゅりのしんもろちか》を西親《さいしん》、前武者所師清《さきのむしゃどころもろきよ》を西清《さいせい》と、おのおの西の字に各人の俗名の一方の字を併せて、順次、このように名をつけたのであった。京にいた左衛門尉藤原師光《もろみつ》も、このことを聞いて出家し、西光《さいこう》と呼ばれる身となった。

少納言入道が土中に埋まれなさったのは、十一日である。同十四日、光保の郎等が木幡という所に用があって出向いたところ、木幡山峠で、飼いならした馬に良い鞍を置き、舎人と思われる人物がそれを引いて現れた。泣きはらした顔を見て怪しく思い、

「誰の馬か」

と聞くと、しばらくは答えなかったのを、ひっとらえて地面に引き伏せ、

「お前の首を切ってしまうぞ」

と責めたところ、下臈の身で嘆かわしいことに、

「少納言入道の馬でございますのを、京へ引いて上るところです」

と告白する。

この男を前に立てて、田原の奥へ行ってみれば、土を新しく掘り上げた所がある。すぐ

さま掘ってみれば、自害して埋もれた死骸がある。その首を切って、差し出したのであった。

一一　信西、哀悼

同十七日、源判官資経《すけつね》以下の検非違使が、鴨川の大炊御門《おおいみかど》河原で信西の首を受け取り、その首を高く掲げて都大路を歩き、大内裏の東にある牢獄の門前の楝《おうち》の木に懸けた。京中の人々、身分の上下に関係なく、群れをなしてそれを見た。

その中に、色の濃い墨染めの衣を着た、隠遁生活を長年しているらしい僧侶がいた。この首を見て、涙を流して言うに、

「この人がこのような目にあう、その罪は何なのか。

天下の明鏡が、今、とうとう割れてしまったに等しい。これからは、いったい誰が、昔と今とを照らし合わせて考えるようなことができようか。彼が孔子や老子の書物を読み聞かせる時は、代々儒学を専門としてきた儒家の人々も黙ってしまい、仏教の顕教・密教の奥深い秘事を講釈する時は、世俗を捨てた釈迦の弟子たる僧侶も、耳を傾けたものだ。

この人が長く生きていたならば、国家もますます安泰であったであろうに。君におもねりへつらうばかりの臣下に滅ぼされて、この人の、忠義にして賢者だったという名をのみ残すことのいたわしさよ。

朝敵でもない人の首を、都大路を引き回して木に懸けた先例があるか。罪科は、何だと言うのか。前世からの宿業か、現在の所業ゆえの報いか、本当に推し量りがたいことだ」と、世間も気にせず、他人に遠慮もせず、しきりに嘆いて泣いたので、これを聞いた連中で、袖を涙でぬらさない者はいなかった。

紀二位の心中を想像するに、かわいそうである。夫の入道の行方すら分からずに嘆いていた時の気持ちもたとえようがなかったのに、死骸を土中から掘り出して首を切り、その首が都大路を引き回され、獄舎の門の木に懸けられたと世に伝えられて、どれほどのことを思っているであろうか。海とも山ともお頼り申しあげていた院は幽閉されてしまわれ、月日の光すら御覧になれない。僧俗十二人の息子たちは、それぞれ捕縛されて、死ぬか生きるか、まだ決まってはいない。

「私も女の身ながら、どのような目にあうのであろう」

と、嘆き沈んで泣いていた。

一二　平清盛への急報

さて、清盛が熊野参詣途次の切目《きりめ》の宿にいるところへ、六波羅から発した早馬が追いついた。使者が申すに、

「衛門督殿と左馬頭殿とが、去る九日の夜、院御所の三条殿へ押し寄せて、放火されまし

たため、上皇も天皇も煙の中をお出になっていないとも言い、また、大内裏へご両人とも御幸・行幸なされたとも伝わっています。

少納言入道の御一門は、皆、焼け死んでしまわれたなどと、うわさしております。このことは、常日ごろからの準備がありましたのか、源氏の家来どもが、京中に参集しております。少納言入道の身の上のみではございません、御当家もいかがかと、世間ではささやいております」

と、報告した。

清盛一族は、下男まで一か所に集合する。これはどうしたものかと、評議する。清盛がおっしゃったのには、

「ここまで来たけれども、朝廷の御《おん》大事が出来《しゅったい》したからには、参詣先導役の先達《せんだち》だけを我々の代わりに熊野へ参らせ、これより下向するよりほかあるまい。ただし、武具もないのを、どうしたらよいか」

と言うと、筑後守平家貞《いえさだ》が、

「少々は用意しております」

と答えて、長櫃《ながびつ》五十箱、日ごろは何を入れてあるとも人には知らせず、一行より少し遅らせて人足にかつがせていたのを召し寄せ、蓋《ふた》を開けたのを見れば、種々の鎧に太刀と矢を入れてあり、それらを取り出す。長櫃をかつぐ竹の棒五十本は、中の節《ふし》を突き破って、弓

五十張をそこに入れて持たせていた。

「家貞は、まことに武勇の道を究めた者、思慮深い兵《つわもの》よ」

と、重盛は感動なさった。

紀伊国にも平家に家来として名を列ねる家人《けにん》らはいたが、このことを聞き駆けつけて来たものの、武装した武者、百騎ばかりに過ぎなかった。

そうしているところに、

「都より、左馬頭義朝の嫡子の悪源太《あくげんた》義平《よしひら》を大将として、熊野参詣路へ討手が向かったが、摂津国の天王寺、阿倍野の松原に布陣して、清盛の下向を待っている」

という情報が届いた。清盛がおっしゃるに、

「悪源太が大軍で待っているのでは、都へ帰りつけず、阿倍野と天王寺の間に死骸を残し、天皇と上皇の御《おん》なりゆきを最後まで見申しあげないことになるのは、道理をわきまえた勇士とは言えない。

詮ずるところ、この国の浜辺から、船を集めて四国に押し渡り、九州の軍勢を招集して都へ攻め上り、逆臣を滅ぼして、君のお怒りをお鎮め申しあげようと考える。

皆それぞれ、どう思うか」

と、言葉をかけられたので、重盛が進み出て申されたのには、

「このご命令、もっともなご意見ではありますが、重盛の愚考では、上皇と天皇を大内裏

に幽閉し申しあげましたからには、今やきっと諸国へ、天皇・上皇の命令書たる宣旨・院宣を下していることでありましょう。我々が朝敵となっては、四国や九州の軍勢もまったく我らに従わないはず。

君の御身《おんみ》のことと言い、六波羅が留守ゆえと言う、公私ともに、しばらくも躊躇すべきではありません。筑後守家貞、どうか」

と、おっしゃられると、家貞は涙をはらはらと流し、

「今に始まった御ことではございませんが、このお言葉、いさぎよく思われます」

難波《なんば》三郎経房《つねふさ》も、こうあるべきと同感して御前を立ち、馬に乗って北へ向け歩を進めたので、清盛もこの人々の心に打たれて、同じようにふるまった。

重盛は、前後の軍勢を見渡して、

「悪源太が待つと聞く阿倍野で討死するのは間違いない、もうすぐのこと。少しでもきびすを返し逃げ腰になるような人々は、戦場で逃げるのは見苦しかろう。ここから暇乞《いとま》いして、この地に留まれ」

と、おっしゃられたところ、武士連中は皆、その御返事には前に進むのが一番と、それぞれ先を争って馬を走らせるうちに、和泉と紀伊との国境《くにざかい》の雄《お》ノ山に着いたのであった。

ここに、腹巻鎧《はらまきよろい》に矢を帯び、弓を持った者で、葦毛《あしげ》の馬（黒や褐色の混じり毛のある白馬）に乗った武士が、道のほとりで馬から下り、居ずまいを正して座っていた。

「何者か」

と問うと、

「六波羅より御使《おん》いの者」

と答える。詳しい事情をお問いになると、

「昨夜半に六波羅邸を出ました。まだその時までは、特別なことはございません。

「大弐殿こそ参詣した後であろうとも、留守の人々は大内裏へ参上されよ」と、宮中よりの御使者がしきりに責めたてましたが、「ただ今、ただ今」とご返事しまして、今までは屋敷内に引き籠もっていらっしゃいます。

播磨中将成憲殿は、十日の夜の明け方、六波羅邸へ逃げ籠もらせなさいましたのを、院宣と称して、御使者がしきりに責め申されたので、致し方なくお出し申しあげました」

と申したので、重盛はそれをお聞きになり、

「ということは、頼りにできると思って逃げてきた播磨中将を出したのだな、口惜しいことをも、しでかしてしまった人たちだ。

それにしても、道中に何事かあったか」

「特別な事情はありません。天王寺・阿倍野に、伊勢の伊藤武者景綱《かげつな》・館《たての》太郎貞保《さだやす》・後平《ごへい》四郎実景《さねかげ》などが、旗を少々用意してお待ち申し上げておりますが、「どこまでもお迎えに参るべきではありますが、ここから南には何ごとがありましょうか。ここで馬に草を食《は》ま

せて、足を休めさせ、今後の御大事に役立とう」というふうに、申しておりました。その勢は、三百騎ばかりあるでしょう。伊賀・伊勢の御家人たちが、遅ればせに馳せ集まるとお聞きしましたので、今は四、五百騎にもなっているでしょう」

と言うと、

「悪源太とは、これを言っていたのだ」

と、皆、人々は気を取り直したのであった。

一三　藤原光頼《みつより》、信頼を愚弄

同十九日、内裏では殿上《てんじょう》の間《ま》で公卿の会議を開催するということで招集がかかり、左衛門督藤原光頼《みつより》卿は、ことさら華やかな装束を着て、鞘《さや》に蒔絵《まきえ》を施した儀仗用の細い太刀を腰に帯び、身近に仕える侍《さぶらい》は一人も連れず、身だしなみを整えた雑色《ぞうしき》、四、五人、そこに、侍の右馬允範義《うまのじょうのりよし》に雑色の着物を着せ、細太刀を懐に差させて紛れ込ませ、

「もしものことあったなら、私をお前の手で討て」

と、頼まれたのであった。

内裏では、大軍勢が陣を張り、隊列を整え厳守していたので、たまたま参内《さんだい》される公卿・殿上人も恐れをなし、身を低くしてお入りになったのに、この光頼卿は、あふれかえ

る武士連中に遠慮することもなく堂々とお入りになる。武士は威圧されて、弓を寝かし、矢を脇に控えてお通し申しあげる。

紫宸殿《ししんでん》の北側の御後《ごご》を（沓《くつ》を履いたまま）通られて、清涼殿《せいりょうでん》の殿上の間の小庭を巡って室内をご覧になると、右衛門督信頼が最上席に着いて、その場の上位者たちが、皆、下座に着かれていた。光頼卿は、これは納得しがたい奇妙なこととご覧になり、（殿上の間に上がって）左大弁宰相《さだいべんさいしょう》藤原顕時《あきとき》が末席の宰相として着座していたのに、笏《しゃく》をきちんと持ち直し、あらたまって挨拶し、

「お座敷のようす、たいそう、だらしのうございます」

と言って、しずしずと上席に歩み寄り、信頼卿の着いている上座にむずと乗りかかるようにお座りになると、信頼卿は顔色を失い、うつ伏しになった。着座していた公卿らは、ああ何とあきれたことと、目を見開いて驚きなさる。

（左衛門督たる）光頼卿は、

「今日の会議は、衛府の督が主催するものと拝見しました」

と言って、束帯《そくたい》装束の下襲《したがさね》の長い裾《すそ》をたたんで引き直し、着衣の襟元《えりもと》や折り目を整え、笏を取って居ずまいを正し、

「そもそも今日は、どういう案件を決定いたすべきなのでありますか」

と申したけれども、着座していた公卿・殿上人は、一人も言葉を発しようとされない。ま

して、下座からの発議など、まったくない。

光頼卿は、やや時が経ってから、さっと立って静かに歩いて外にお出になられたので、庭にあふれるほどいた武士たちは、これを見て、

「ああ、肝のすわった強靭な人よ。ここのところ、人は多く出仕なさったが、信頼の上座に着きなさった人はいなかったのに、この人が初めてだ。門をお入りになった時から、少しも怖じ気づくようすもおありではなかったが、とうとう、しでかしなさったことよ。ああ、この人を大将にして合戦をしたいものだ。どれほど頼もしかろう。昔の武人、源頼光の名をひっくり返して光頼とお名乗りになるから、こんなふうでいらっしゃるのか」

と言ったところ、また、そばに右大弁藤原資長に仕える雑色がいたのだが、

「どうしてそれなら、頼光の弟の頼信の名をひっくり返して信頼と名乗りなさる信頼卿は、あれほど臆病なのか」

と言ったので、

「壁に耳あり、石に口あり、ということわざがある。そのこと、聞いても、聞かなかったことにしよう」

と言いながら、（皆）忍び笑いに笑っていた。

一四　光頼の弟諌言《かんげん》、清盛の帰洛

光頼卿は、こんなふうにふるまったけれども、急いでも宮中から退出されず、殿上の間の小蔀《こじとみ》の前、天皇に会いに行く人が踏むと音を出す見参の板を、音高く踏んで立っていた。清涼殿の東側の長い廊下の奥に置いてある昆明池《こんめいち》の衝立障子《ついたてしょうじ》の北、遠く脇の戸の辺に弟の検非違使別当惟方が立っていたのを招き寄せて、おっしゃったのには、

「今日、公卿の会議があるという知らせがあったので急いで馳せ参じたけれども、たいして議案を聞いて決定するようなこともない。

本当かどうかは知らぬが、この光頼は死罪にされる人数に数えられていると、伝え聞いた。その人々の名前を聞けば、現代においては学問や儀礼に精通した、相応の賢い人たちだ。私がその数に入るということは、たいそうな面目ということになろう。

それにつけても、そこもとが、右衛門督信頼の車の後ろに乗って、少納言入道の首を検分するため、神楽岡とかへ出向いたことは、どれほど、ふさわしからぬ行動であることか。近衛大将や検非違使の別当は、他とは異なる重職だ。その職に就いていながら、他人の車の後ろに乗るなどとは、先例もない。また、その場にとっても恥だ。

特に首実検は、非常に穏やかではない」

と、おっしゃると、別当惟方は、

「それについては、天皇の御意向でありましたので」

と言って、赤面された。

光頼卿は、

「これは、何と。天皇の御意向だからとて、こちらの考えるところは、どうして一言、申さなくてよかろうか。

我々の祖先、勧修寺《かじゆうじ》内大臣高藤《たかふじ》、そのお子の三条右大臣定方《さだかた》が、醍醐天皇の御代《みよ》にお仕えして以降、君はすでに十九代、臣下の我が家はまた十一代、命《めい》をお受けして行ってきたことは、みな民を重んずる徳政だ。一度も悪事にまじわったことはない。我が家は、太政大臣にまで昇進できるほどの、それほどの名家ではないものの、正しい道をわきまえた臣下にひたすら連れ添って、おもねりへつらうような連中の仲間にはならなかったゆえ、昔から今に至るまで、人から後ろ指を指されるほどのことはなかった。

貴殿が初めて逆臣に引っぱり込まれて、代々続いてきた我が家の名声を失うことになるのは、口惜しいであろう。

清盛は熊野参詣を遂げないで、切目の宿から都に馳せ上ると聞くが、和泉や紀伊国、伊勢や伊賀の家来らが馳せ集まって、大勢になっているであろう。信頼卿が仲間に呼び込んだ武士など、たいした数ではないだろう。平家の大軍が押し寄せて攻めて来るのに、それほど時間はかかるまい。

もしまた、皇居に放火でもしたなら、君もどうして安心できる状態でいらっしゃれようか。大内裏が燃えかすの地になってしまうのすら、皇室にとってはお嘆きのもととなるであろう。まして、君や臣下の身に、万一のことがあったなら、徳を基本とする王の政治の滅亡、今、この時に現実となってしまおう。

右衛門督信頼は、貴殿にあらゆることを相談していると聞く。充分に気配り、心配りをして、機会をうかがって、計略をめぐらし、天皇や上皇のお身体に災難が及ばないように、よく考えをめぐらされるべきだ。

天皇は、どちらにいらっしゃるのか」

「黒戸《くろど》の御所（清涼殿と後宮《こうきゅう》の弘徽殿《こきでん》との間にある長い廊下の部屋）に」

「上皇は」

「一本御書所《いっぽんごしょどころ》に」

「三種の神器の内侍所《ないしどころ》（八《や》咫鏡《たのかがみ》）は」

「もと通り、温明殿《うんめいでん》に」

「剣璽《けんじ》（草薙剣《くさなぎのつるぎ》と八《や》尺瓊勾玉《さかにのまがたま》）は」

「もと通り、天皇の御寝所《ごしんじょ》の夜《よる》の御《お》殿《とど》に」

と、左衛門督光頼が順次お尋ねになると、別当惟方は、このように答えられたのであった。

「天皇の食事どころの朝餉《あさがれい》の方に人音がして、殿上の間をのぞく櫛形《くしがた》の窓に人影がしているのはだれか」

とお問いになると、別当が、

「それは、右衛門督信頼が住んでおりますので、その世話をする女房などの姿が横切ったのでしょう」

と申されたので、光頼卿は聞くに耐えられず、

「世の中、今はこんなありさまだ。天皇のいらっしゃるべき朝餉《あさがれい》には、右衛門督が住みつき、君を黒戸の御所にお移し申しあげたようだ。世の末ではあるが、太陽も月も、まだ地には落ちておられない。（とはいえ）私は、どのような前世からの宿業で、このような世に生を受け、嘆かわしいことばかり見聞くのだろう。

　臣下の者が王位を奪うこと、中国にはその例が多くあるとはいえども、我が国にはいまだ、このような先例を聞いたことがない。皇室の神たる天照大神《あまてらすおおみかみ》・石清水《いわしみず》八幡宮《はちまんぐう》の神は、国王の正しい政治を、どのようにしてお守りになるつもりなのか」

と遠慮もなく、繰り言をおっしゃるので、別当は、人が聞いているだろうかと、本当に凍りつくようなようすで立っておられた。

「中国の昔の許由《きょゆう》は、いやなことを聞いて潁川《えいせん》という川で耳を洗った。今の内裏のありさまを見聞きしては、耳も目も洗ってしまいたく思われる」

と言って、束帯の上衣の袖を、涙でぬらすばかりに悲しんで退出された。

右衛門督信頼の上座にお着きになった時は、あれほど堂々とお見えであったのに、今、君の御ありさまを見申しあげては、顔色がお変わりになり、うちしおれたようすで退出なさったのであった。

一方、信頼卿は、いつも小袖《こそで》に赤い大口袴《おおくちはかま》を着、冠には巾子紙《こじかみ》を入れていた。まるで天皇のなさるありさまである。

そうしているうちに、その夕方、清盛は熊野参詣の道から下向してきたが、途中で伏見の稲荷大社に詣で、それぞれが神木の杉の枝を折って鎧の袖に挿《さ》し、六波羅へと到着した。大内裏では、今夜にでも六波羅から攻撃してくるかと、兜《かぶと》の緒《お》を締めて待っていたが、そういうこともなくて夜が明けていった。

一五　信西子息の流罪《るざい》、高まる戦雲

二十日、殿上の間で公卿の会議があるというので、大殿の前関白忠通、関白殿基実、太政大臣宗輔、左大臣伊通、そのほかの公卿・殿上人が、おのおの馳せ参じられた。これは、少納言入道信西の子息、僧侶と俗人、合わせて十二人の罪名を決定されようとするためである。

大宮左大臣伊通公が寛大に取り計らうよう申されたので、死罪一等に当たる絞首刑と斬首刑とを減刑して、遠流《おんる》の刑に処せられた。俗人の場合は、官位を記した文書を破棄し、僧侶の場合は、出家得度を認可した文書を取りあげて、俗人に戻された。昨日も、このことがあるはずであったが、光頼卿の列席着座によって、すべて興ざめとなり、今日、このことに及んだと世間に伝わった。

新宰相俊憲は、出雲国へ。播磨中将成憲は、下野国へ。右中弁貞憲は、土佐国へ。美濃少将脩憲は、隠岐国へ。信濃守是憲は、佐渡国へ。法眼静憲《ほうげんじょうけん》は、安房国へ。法橋寛敏《ほっきょうかんびん》は、上総国へ。大法師勝憲《だいほっししょうけん》は、安芸国へ。憲耀《けんよう》は、陸奥国へ。覚憲《かくけん》は、伊予国へ。明遍《みょうへん》は、越後国へ。澄憲《ちょうけん》は信濃国へ。

このように、国々へ流されたのであった。

同二十三日、大内裏の武士連中は、六波羅より押し寄せて来るというので、兜の緒を締めて待ったけれども、それはなかった。去る十日より、六波羅方では、大内裏より寄せて来るといって騒ぎ、大内裏方では六波羅より寄せて来るといって騒ぎ立てる。源平両家の武士らの白旗や兜などに付けた布の赤じるしが馳せ違うようすは、いとまもない。

年もすでに暮れようとしている。それなのに、正月の元日や三が日の準備をするにも及ばず、心も落ち着かなかったから、

「ともかく、事件が終息して、世間が静かになってほしい」

と、京中の身分の高い人も低い人もみな、嘆いていた。

一六　後白河院、仁和寺へ脱出

同二十六日の夜更けて、蔵人右少弁《くらんどうしょうべん》藤原成頼《なりより》が、一本御書所に参上して、

「君はどのようにお考えですか。世の中は、今夜、夜明け前に、戦乱が起こりそうです。経宗や惟方らが申し入れたことは、ございませんでしたでしょうか。天皇も、他所へお出ましになられるはずになっております。急いで急いで、どちらへでも、お出ましなされませ」

と奏上すると、上皇は驚きなされ、

「仁和寺の方へと、思いついた」

ということで、殿上人のような目立たないお姿に変装なされ、宮中をこっそり隠れてお出になった。


大内裏の西側の最北の門、上西門《じょうさいもん》の前で、北野神社の方へ遥拝《ようはい》なされ、その後、御馬にお乗りになる。一国の主君でいらっしゃったけれど、お供の公卿・殿上人は一人もいない。ただ、御馬に身を任せて先へ行かれる。

まだ夜明けではない真夜中ゆえ、有明の月も出てはいない。京の北山から吹き降ろす風の音が寒く感じられ、空がさっと曇って降る雪に、御幸《みゆき》にふさわしい道もない。草木に風が吹いてそよめくのも、兵《つわもの》連中が追って来ているのかと、肝を消すような思いをされた。

そうしたことから、保元の乱の時、兄の讃岐院（崇徳院）が東山の如意山《にょいさん》へ逃避行をなさったことも、思い出されたのであった。けれどもその場合は、臣下の平家弘などもお供にいたから、戦いに敗れたとはいえ頼もしくお思いであられたろうか。今度の場合は、そのようなお供の者一人もいないゆえ、ご相談される相手もいない。そうしたなかで、御心の中に、種々、神仏への御願をお立てになった。世が治まったのち、日吉神社に御幸なされたのも、この時の御願から、と世に伝わった。

あれこれして何とか、仁和寺にお着きになる。ことの次第を、弟君の覚性法親王《かくしょうほっしんのう》にお告げになると、法親王は大いに喜ばれ、お座席をつくってお入れ申しあげ、お食事などをお勧めして、かいがいしく接待してさしあげたのであった。

先年、讃岐院が同じように仁和寺にお入りになった時は、寛遍法務《かんぺんほうむ》の坊舎にお入れ申しあげ、それほどの御接待もなかった。同じご兄弟の御仲ながら、はなはだ異なっていらっしゃったことであった。

一七　二条天皇、六波羅へ

天皇も、内裏の北の門、北の陣ともいう朔平門に御車を立て、女房の髪のかつらをお付けになり、幾重にも重ね着した女房のお召し物を着用なさる。

「琵琶の名器の玄象《げんじょう》、和琴の名器の鈴鹿《すずか》、お食事の際に座る脚付きの台の大床子《だいしょうじ》、官印と倉庫のかぎの印鎰《いんやく》、時刻を知らせるための時《とき》の簡《ふだ》、すべてをお運びしろ」

とご命令があったけれども、そんなにはできず、内侍所《ないしどころ》(八咫鏡《やたのかがみ》)を納める御唐櫃《おんからびつ》も、広板敷の部屋まで持ち出し申しあげたのを、鎌田兵衛正清の郎等が見つけて、その場にお留め申しあげた。

天皇の御車《みくるま》を進め出すと、武士たちが、お疑い申しあげる。別当惟方が、

「これは女房の外出される車だ。不審に思う必要はない」

とおっしゃったけれども、武士たちはなお怪しく思い、近づき申しあげて、松明《たいまつ》の火を振り上げさせ、弓の先端で御車の簾をかき上げて見申しあげると、二条天皇は御在位の初めころのことで、お年は十七歳になっていらっしゃった。まだお肌も黒ずんでおられぬ上、もともとお顔が美しくおありで、華やかなお着物は召されている、実に目もまぶしくなるほどの女房にお見えであったから、何事もなく、お通し申しあげた。

中宮も、同じ車にお乗りになった。紀二位は、女ながらも引き出されて、どんな目にあうだろうかと不安で、帝のお着物の裾に埋もれるようにして伏していた。

経宗と惟方は、平常服の直衣《のうし》を着て、冠の纓を巻き柏夾《かしわばさみ》をした姿でお供をした。清盛の郎等の伊藤武者景綱《かげつな》は、黒糸縅《くろいとおどし》の腹巻鎧《はらまきよろい》の上に雑色《ぞうしき》の装束を着、二尺余りの小太刀《こだち》を腰に差してお供をする。館太郎《たてのたろう》貞保《さだやす》は、黒革縅の腹巻鎧に打刀《うちがたな》を腰に差し、その上に牛飼い童の装束を着て、御車を先導し申しあげる。

大内裏の東側の最北の門たる上東門をお出になり、土御門大路を東へ進む。六波羅より左衛門佐重盛・三河守頼盛・常陸守経盛が、その勢三百騎ばかりを率い、土御門大路と東洞院大路との交差する地点で参り会う。そこでやっと君も、安堵したお気持ちになられた。無事に六波羅へお着きになったので、清盛も勇ましい言葉を発し、お味方の兵《つわもの》たちは、面白がって喜びあった。

蔵人右少弁成頼を以て、

「六波羅が皇居になった。朝敵となるまいと思う連中は、皆々馳せ参れ」

と触れさせたところ、大殿・関白殿・太政大臣・左大臣以下、公卿・殿上人は、全員、馳せ参じられた。

六波羅の門前には、馬や車を控えさせておく所もなく、きらびやかに着飾った下部に、兜の緒を締めた連中が混じって、築地の際から鴨川の河原に至るまで、ひしめきあっていた。清盛は、このようすをご覧になり、

「我が家門の繁昌ぶり、弓矢取る家にとって面目なことだ」

と言って喜ばれたのであった。

一八　信頼、狼狽

信頼卿は、とてつもなく愉快な気分に浸っていて、いつものことゆえ、今夜も酒にすっ

かり酔って横になっていたが、女房たちに、

「(身体の)ここをたたいてくれ、あそこをさすってくれ」

などと言って、何を考えるということもなく、のびのびと寝ていた。

二十七日の明け方に、越後中将成親《なりちか》が近寄って、

「どうして、こんなにしておいでなのか。天皇は、はや他所へ行幸《みゆき》なさった。また、それに伴って、残り留まっている公卿・殿上人は、一人もおりません。ご運命の果てと思われます」

と告げたところ、信頼は、

「断じて、そんなことはあるまいものを」

と言って、急ぎ起き上がり、一本御書所へ参ったけれども上皇もいらっしゃらない、黒戸の御所へ参ったけれども天皇もいらっしゃらない。手をぱちんと打って走り返り、中将成親の耳にささやいて、

「決して、このこと、世に知らせなさるな」

と言ったので、成親はたいそうおかしそうにして、

「義朝以下の武士たちは、皆、知っておりますものを」

と答えると、

「出し抜かれた、出し抜かれた」

と言って、大男の肉づきよく太っていたのが、飛んで躍り上がり、躍り上がりしたものの、板敷が響いただけで、躍り出したものとて何もなかった。

別当惟方は、もともと信頼卿と親しく、深く約束を交わしていたけれども、兄の光頼卿のお諫めになったことが肝に染みて悲しかったので、天皇をも、このように盗み出し申しあげたのであった。その時から、京中の人は、「中小別当」というあだ名でお呼びしたのを、大宮左大臣伊通公が申されたのには、

「この中小別当の中は、中媒の中では、決してあるまい。忠臣の忠ということであろう。その理由は、光頼が諫めたことにより、惟方が過ちを改め、また、賢者が続いた家の余徳で忠臣の行動を取ったからには、忠の字こそふさわしい」

とおっしゃったところ、あらゆる人が、なるほどと感じ入ったのであった。

一九　臨戦態勢へ

同二十七日、六波羅の武士たちが大内裏へ押し寄せるという情報が入ったので、大内裏の武士らは甲冑《かっちゅう》を身につけて待ち構えていた。

中でも大将の右衛門督信頼は、赤地の錦の鎧直垂《よろいひたたれ》を着、紫裾濃《むらさきすそご》の鎧には袖や草摺《くさずり》に菊の裾金物《すそかなもの》を打ち付けてあった。鍬形《くわがた》をつけた、銀色の輝く白星《しらほし》の兜《かぶと》の緒を締め、鞘《さや》に金をかぶせた黄金《こがね》作りの太刀を腰に帯び、紫宸殿《ししんでん》の正面の額《がく》の間《ま》の長押《なげし》に尻をかけて座っていた。

年齢二十七、大男で外見《そとみ》のいい人物が、装束はすばらしいものである、その心は分からないものの、あっぱれな大将と見えた。

乗る馬は、奥州の藤原基衡《もとひら》が奥州六郡のうちの最高の馬といって院へ献上した黒い馬で、背丈が四尺八寸余り（一四五センチ余）あるというのに、金でふちどりした金覆輪《きんぷくりん》の鞍を置き、紫宸殿右手の右近《うこん》の橘《たちばな》の木の下に、頭を東へ向けて引き立てていた。

越後中将成親は、紺地の錦の鎧直垂を着、先端を薄くぼかした萌黄匂《もえぎにおい》の鎧には鴛鴦《おしどり》を丸くかたどった飾りを裾金物《すそかなもの》に打ち付けてあった。白馬に近い葦毛《あしげ》の馬に銀でふちどりした銀覆輪《ぎんぷくりん》の鞍を置き、信頼卿の馬の南側に、その馬を同じ方角に向けて引き立てていた。成親は年齢二十四、身のこなし方や人品は、人より優れて見えたことであった。

左馬頭義朝は、赤地の錦の鎧直垂を着、黒糸縅の鎧に、鍬形をつけた、䥫《しころ》の五段ある五枚兜を着ていた。年齢三十七、そのようすは他人と変わって、あっぱれ大将軍と見えた。黒馬に黒鞍を置き、紫宸殿の東の出口の日華門《にっかもん》に引き立てていた。

出雲守光保《みつやす》と伊賀守光基《みつもと》とに、心変わりしそうなようすが見えたので、義朝は、

「ああ、討ってしまいたいもの」

とは思ったが、

「大きな仕事を前にして私ごとのいくさをし、敵方に力をつけさせることになるのは、口惜しい」

と考えて、思い留まった。

二〇　平氏軍進発、信頼の失態

六波羅では、公卿による会議が持たれる。そこで、

「王室はもろく崩れることなどないゆえ、逆臣を誅伐するのに、時がかかるまでもなかろう。折しも新しく造作されたばかりの皇居、火で焼け落ちてしまえば、朝廷にとっては一大事となろう。臨機応変に、官軍が敵をだまして退却すれば、凶徒どもはきっと皇居から外へ進み出てこよう。その時に、官軍が皇居に入り替わって内裏を守り、火災の被害を防ぎ、朝敵を道の半ばにおびき出して誅戮《ちゅうりく》するように」

というふうに、宣旨が下された。

この天皇の命をお受けして六波羅より向かう大将軍は、左衛門佐重盛・三河守頼盛・常陸守経盛の三人である。その総勢三千騎は、鴨川の六条河原へ打って出て、馬の鼻を皇居のある西の方へ向けて待機した。重盛は、この軍勢を見回して、

「今日の戦いは、最高にうまくいくと思われますぞ。なぜなら、今、年号も平治だ、都も平安城だ、我らも平氏だ。三つの事柄が照応しているからには、どうして戦いに勝たないことがあろうか」

と申されると、兵《つわもの》どもは面白がり、互いに気持ちを奮い立たせた。

この大軍が鴨川の河原を上流へ向かい、近衛《このえ》と中御門《なかのみかど》の二つの大路から大宮《おおみや》大路に面した大内裏の東面《おもて》へ押し寄せてみれば、陽明《ようめい》門・待賢《たいけん》門・郁芳《いくほう》門の三つの門を開いていた。門の内をのぞいてみると、内裏の南正面の内門と外門に当たる承明・建礼両門を開いており、門の外の大庭には、鞍を置いた馬が百頭ばかり引き立ててあった。大宮大路から平家軍の上げる鬨の声が三度聞こえたゆえ、大内裏の方でも鬨の声を上げて、それに応じた。

紫宸殿の額《がく》の間《ま》に座っていた右衛門督は、顔色やようすが、とてつもなく変わって見えた。顔の色は草の葉のように青い。何の役にも立ちそうに見えなかった。

信頼は、人並みに馬に乗ろうと立ち上がったものの、膝が震えて歩き進むこともできない。南正面の階段を下りるのも、うまくいかない。馬のそばに寄りはしたが、片方の鐙《あぶみ》に足を懸けただけで、鎧の草摺《くさずり》の触れ合う音が聞こえるほどに震え出して、乗ることができない。

侍《さぶらい》が一人、さっと寄って馬上に押し上げたところ、左手の方へ乗り越えて、まっさかさまに地面へどうと落ちた、それを、侍がすぐに近づき引き起こしてみれば、顔には砂が一面について、鼻の先が傷つき損ない、血が赤く流れて、すっかり怖じ気づいて見えた。侍たちは、驚きあきれながらも、おかしげに見ている者もいる。

左馬頭は、そのようすをただ一目見て、怖じ気づいたと思ったので、憎らしさのあまりに物も言わなかったが、我慢しきれず、「大臆病者が、このような一大事を思い立ったことよ。尋常なことではない。大天魔が心に入り替わったのを知らず、仲間になって汚名を世に流すことよ」とつぶやき、つぶやき、馬を引き寄せてうち乗り、日華門の方へ向かった。

二　迎撃の陣容

義朝が頼みとする武士たちは、嫡子の悪源太義平《よしひら》、十九歳、次男の中宮大夫進朝長《ちゅうぐうたゆうのしんともなが》、十六歳、三男の兵衛佐頼朝《ひょうえのすけよりとも》、十三歳。義朝の弟の三郎先生義範《せんじょうよしのり》、同じく十郎義盛《よしもり》、叔父の陸奥六郎義隆《むつのよしたか》、信濃源氏の平賀四郎義信《ひらがよしのぶ》。郎等には、鎌田兵衛正清《まさきよ》、後藤兵衛実基《さねもと》、子息の新兵衛基清《もときよ》、三浦介二郎義澄《のすけよしずみ》、山内首藤刑部丞俊通《やまのうちすどうぎょうぶのじょうとしみち》、子息の滝口俊綱《たきぐちとしつな》、長井斎藤別当実盛《ながいのさねもり》。信濃国の住人、片切小八郎大夫景重《かたぎりこはちろうかげしげ》、上総介八郎広常《かずさのすけひろつね》、近江国の住人、佐々木源三秀義《げんぞうひでよし》。

これらを筆頭に、その軍勢は二百余騎に過ぎなかった。

信頼卿は、鬨の声に気分を損なってしまったが、鼻血を拭い、顔についた砂をうち払い、しばらくの間、心を落ち着けて、馬にかき乗せられ、その軍勢三百騎ばかりを率いて、待賢門を固めた。実際、頼もしげにも見えなかった。

出雲守光保・伊賀守光基・讃岐守末時《すえとき》・豊後守時光《ときみつ》、これらを筆頭に三百騎、陽明門を固めた。

三河守頼盛は、左馬頭の固めた郁芳門に向かい、常陸守経盛は光保・光基の固めている陽明門へ向かった。左衛門佐重盛は、信頼卿が固めている待賢門へと向かった。

二二　悪源太義平《よしひら》、平重盛《しげもり》を圧倒

いくさは、巳《み》の刻の半ば（午前十時ころ）より鏑矢《かぶらや》を射交わす矢合わせをして、互いに退くことなく、二時間ほど戦った。

左衛門佐重盛は千騎の勢を二手に分け、五百騎を大内裏の大宮面《おもて》に待機させ、五百騎を率いて、待賢門を突破し喚声を上げて馬で駆け入る、すると、信頼卿は一こらえもこらえられず、重盛は、大庭の（建礼門の脇にあった）棟《おうち》の木のもとまで攻め込んだ。

郁芳門を固めていた左馬頭はこれを見て、嫡子悪源太に目配せして、

「あれは見えないか悪源太。待賢門を、信頼というあの臆病者が、攻め破られたようだ。敵を追い出せ」

と命を下すと、悪源太は父に言葉をかけられ、その手勢十七騎と共に、大庭に向かって馬を歩ませた。

敵に近づき、声を上げて名乗るに、

「我が名はすでに聞いていようが、今は目にも見よ。左馬頭義朝の嫡子、鎌倉の悪源太義

平、年は十九歳。十五の年に、武蔵国の大蔵《おおくら》の城の合戦で叔父の帯刀先生《たてわきせんじょう》義賢《よしかた》を我が手にかけて討ち取ってよりこのかた、度々の合戦に一度も不覚を取ったことはない。（味方の者よ、）赤を黄色くぼかしてある櫨《はじ》の匂《にお》いの鎧を着て、桃色の鴾毛《つきげ》の馬に乗ったのは、平氏嫡流の嫡男、今日の大将、左衛門佐重盛だぞ。馬を押し並べて組んで討ち取れ、討ち取れ、者ども」

その下知に従って、十七騎、馬の轡《くつわ》を横一線に並べて駆け出した。

その中でも抜きん出て見えたのは、三浦介二郎義澄《よしずみ》・渋谷《しぶや》庄司重国《しょうじしげくに》・足立《あだち》四郎右馬允遠元《うまのじょうとおもと》・平山武者所季重《むしゃどころすえしげ》、悪源太の下知に従い、重盛に目をつけて馳せ巡る。悪源太は一人当千《いちにんとうぜん》の実力者たるこれらを引き連れ、馬の鼻を並べるように一団となってさんざんに打ってかかれば、重盛の五百余騎、わずかの手勢に馬で圧倒され、大宮面へさっと引いて出たのであった。

悪源太の戦いぶりを見て義朝は機嫌を直し、使者を送って、

「りっぱに見えるぞ、悪源太。敵にいとまを与えるな。ただ一心に馬を走らせよ」

と、下知をした。

重盛は大宮面に待機して、しばらく人馬に息を継がせて気分を落ち着かせた。赤地の錦の鎧直垂を着て、櫨《はじ》の匂いの鎧には、平氏の家紋の蝶をかたどった裾金物《すそかなもの》が打ち付けてあ

った。鴾毛《つきげ》の馬の並外れてたくましいのが背丈四尺八寸余りあるのに、金覆輪の鞍を置いて乗っていた。年二十三歳、馬にまたがった姿や品格、戦場での指揮ぶり、確かに平氏の正しい血筋を引く、武勇に秀でた者、あっぱれ大将軍と見えた。

重盛は馬の鐙《あぶみ》を強く踏んで、馬上に立ち上がり、

「相手をだまして退却せよとの天皇の命をお受けした身とはいえ、合戦はまた、その時々の状況に応ずるものだ。わずかの小勢に打ち負けて引き退いたこと、我が身には、面目を失った。もう一度、敵に駆け合わせ、その後に、天皇の意向に従おう」

と言って、先ほど戦った武士らは大宮面に待機させ、新手《あらて》五百余騎を引き連れて、また待賢門を突破し、喚声を上げて門内に駆け入った。

悪源太義平は、先と同じ人馬の色も変わらぬ十七騎と共に、陣取った元の所に控えていた。重盛が駆け入って来たのを見て、

「武者は新手と思われるが、大将軍は以前の重盛だ。他の者には目をかけるな。櫨《はじ》の匂いの鎧に鴾毛《つきげ》の馬は重盛だ。馬を押し並べて組み落とせ、駆け並べて討ち取れ、者ども」

と、馳せ巡って下知すれば、重盛の郎等たち、筑後左衛門平貞能《さだよし》・伊藤武者景綱・館太郎貞保・与三《よそう》左衛門景康《かげやす》・後平《ごへい》四郎実景《さねかげ》・同十郎かげとしを筆頭として、総勢五十余騎、重盛を真ん中にして脇目も振らず戦った。

それでも悪源太は、

「敵に馬の足を止めさせるな。櫨の匂いの鎧に組め。鴇毛の馬に押し並べよ」

と、大声を張り上げて馳せ巡る。その声が、しだいに近づいてきて、また組まれてしまうと思ったのか、重盛は大宮の大路へさっと引いて出たのであった。

二三　義朝の苦境、信頼の逃避

悪源太が敵を二度、追い出したのを見て左馬頭は、

「さあこれで安心だ」

と言って、郁芳門から外へ打って出る。

鎌田兵衛・後藤兵衛・子息の新兵衛尉・山内首藤刑部丞《やまのうちすどうぎょうぶのじょう》・子息の滝口・長井斎藤別当・片切小《こ》八郎《はちろう》大夫・上総介・佐々木源三《げんぞう》、これら九騎が太刀の切先をそろえ、喚声を上げて攻めかかれば、三河守頼盛の千騎の真ん中に駆け入る、（それに圧倒されて）敵勢がばらばらにむらがって控えているさまを見て、義朝が二百余騎の軍勢を引き連れ、喚声を上げて敵陣に駆け込めば、三河守の大軍は、馬の足を止めることもなく、三手になって退却していった。

大内裏は、もともと堅固な城郭ゆえ、火をつけなければ簡単には攻略し難かったので、敵をだまして外におびき出すべく、官軍が六波羅へ向かって引き退く、その段階で、出雲守光保・伊賀守光基・讃岐守末時・豊後守時光、この連中は心変わりして、六波羅の軍勢

に馳せ加わる。大内裏に残る勢とては、左馬頭の一党と、臆病ながらも信頼卿ばかりとなる。

合戦のありさま、先に希望があるようにも見えなかったので、義朝の女の子で今年六歳になったのを特別に父は愛していたが、六条坊門小路と烏丸小路の交差する地に母親の住む里があったから坊門の姫と呼んでいた、その子を、後藤兵衛実基が養育していたから、

「もう一度、ご覧ください」

と言って、鎧の上に抱いて戦場の陣地へ出て来たところ、義朝はただ一目見て、涙がこぼれたのを、なんでもない振りをし、

「そんな者は、右近の馬場にある井戸に沈めてしまえ」

と言ったゆえ、実基は、中次という恪勤《かくご》身分の下級侍《さぶらい》の懐に抱かせ、急いで逃がしたのであった。

信頼卿は、鬨の声に気分を損なわれ、さんざんなようすであったが、左馬頭が六波羅へ押し寄せたので、人並みにその後について馬を進めていく道すがら、

「この大路は、どちらへ行く道か。どっちへ行ったらいいだろうか」

と逃げ道を問うと、郎従たちは主君に返事をせず、後ろについて行きつつ爪弾《つまはじ》きをして、

「これほどの大臆病の人が、こんな一大事を思い立ったことよ。ここ数か月、伏見で習得された武芸は、どこへ失くしたのか。兵法を習うと臆病になるのか。ああ憎らしい、ああ

憎らしい」
と言ったものの、どうにもならない。

二四　平氏軍、退却

重盛は、しばらく合戦をして敵をおびき出し、引き退く。悪源太が勝った勢いに乗って追いかけると、重盛の馬が、草分《くさわき》という胸先部分と、膨らんだ太腹《ふとばら》部分とを、矢の箆《の》（竹製の矢柄《やがら》）まで深く射込まれ、しきりに飛び跳ねたため、重盛は、堀川沿いに積んであった材木の上へ下り立った。

後を追う鎌田兵衛が川を馳せ渡し、馬から下り、上からかぶさるように重盛に組もうとしたのを、重盛の郎等の与三《よそう》左衛門景康が鎌田にむずと組みつく。上になり下になり、互いに組み合って争ううち、与三左衛門が上になり、鎌田を取り押さえたところに、悪源太が馳せ寄り馬から落ち重なって、与三左衛門を討ち取る。

下にいた鎌田を悪源太が引き起こし、そのまま重盛に打ちかかったところへ、重盛の郎等の進藤《しんとう》左衛門尉が少し隔たった地点に控えていたが、これを見て、馬に鞭《むち》打ち、鐙《あぶみ》で腹を蹴って馳せ寄り、材木の際で飛び下りて、重盛を馬にかき乗せ、轡《くつわ》を東へ向けて鞭打ち、

「お逃げください」

と言ったのを最後に、主君と後ろ合わせになって悪源太に打ってかかり、さんざんに戦っ

た。

進藤左衛門は、悪源太の打ちつけた太刀で兜の中心の鉢《はち》を激しく打たれ、がばと転びながら、太刀も捨てずに起き直ろうとしたのを、鎌田がその場に来合わせ、取り押さえて首を取る。二人の郎等が討死した間に、重盛ははるかに逃げ延びたのであった。

三河守頼盛は、中御門大路を東へ引いたが、それを、鎌田の下部で腹巻鎧に熊手《くまで》を持った男が、よさそうな敵と目をつけて走り寄り、兜に熊手を投げかけて、えいえいと声を上げて引いた。

三河守は少しも傾かず、鐙を踏ん張って馬上にさっと立ち上がり、左手で鞍の山形になった前輪《まえわ》を抱え、右手で抜丸《ぬけまる》という名の太刀を抜いて、熊手の柄を切ってしまった。熊手を引いていた男は、仰向けに転ぶ。三河守は、さっと逃げ延びてしまった。熊手は、兜に残り留まった。

見物していた上下の身分の人々、これを見て、

「あ、切った。よくぞ切った」

と、誉めない者はいなかった。

三河守も、あやうく討たれてしまいそうに見えたが、来合わせて戦った者は誰々か、八《はち》幡《まん》三河左衛門資綱《すけつな》・少監物《しょうけんもつ》成重《なりしげ》・その子の監物太郎時重《ときしげ》・兵藤内《ひょうとうない》・その子の藤内太郎、これらを筆頭にして二十余騎、しばらくの間、敵の攻撃を防いで攻め戦う。

兵藤内は、馬を射られて徒歩の武者になってしまった。その上、老武者ゆえ、入り乱れた戦いは無理で、ある小さな家に立ち入って見ていると、

「どこそこの国の住人、だれそれ」

「かしこの国の住人、だれそれ」

と、名乗りを上げて、鎧には紅の血を流し、袖・草摺《くさずり》には折れた矢をひっかけ、互いにここを最後と戦っていた。太刀のきらめく光は、稲妻のごとく、馳せ違う馬の足音は雷のようである。重傷を負って肩に引きかけられて行く者もあり、また、その場で転倒して死ぬ者もいる。馬の腹を射られて控え、また、軽傷を負いながら、なお返し合わせて戦う者もいる。火が燃えだすかのように、両軍が激しくもみ合っていた。

藤内太郎家継《いえつぐ》は、年三十七歳、そのふるまいは優れていた。武に長けた敵、七、八騎を討ち取り、よい敵と引っ組み、刺し違えて死んでしまった。父の藤内は、家の中からこれを見て、

「ああ、若い時なら走り出て、息子とともに戦ったであろうに」

と思うが、年寄りにはどうにもならず、致し方なく、泣く泣く屋敷へ帰ったのであった。

藤内太郎の討死のあと、三河守の軍勢も、一気に退却したことであった。

二五　源氏武士の活躍

　後藤兵衛と平山との源氏武士二騎、別々に市街地を南に下り敵を追いかけて行く。先を見ると、六波羅勢らしく赤じるしの布を付けた武者が二騎、残り留まって、時々、馬を返し合わせ返し合わせ戦っていた。一騎は、照り映える赤の緋縅《ひおどし》の鎧を着て、赤黒い栗毛の馬に乗り、一騎は、黒糸縅の鎧を着て、白みを帯びた桃色の鴾毛《つきげ》の馬に乗っていた。後藤兵衛と平山、逃がすまいと後を追いかけた。

　緋縅の鎧を着た武士は、間近に攻めたてられて馬の鼻を引き返させ、後藤兵衛とただ一太刀、打ちあって、むずと組んでくる。後藤兵衛が相手の上になり敵を取って押さえたのを、平山は見取って、

「良く見えるぞ、後藤」

と言い捨て、黒糸縅に目をつけて追いかけた。

　敵の馬は、この上ない優れもので間遠《まどお》になったため、平山は、小さい鏑矢《かぶらや》を取り出してつがえ、よく引いて放った。矢は、敵の馬の太腹《ふとばら》を追いかけざまに、はたと射た。しきりに馬が飛び跳ねたので、敵は鐙を飛び越えるようにして地面に下り立ったが、ある辻堂の敷地内へさっと入り、平山も馬より下りる。馬を門の柱にしずしずとつなぎおき、太刀を抜いて門の内へさっと入る。

敵は太刀を打ち折ったのか、矢を取ってつがえ、堂の庭に積み置いてある材木の陰へ走り込み、矢を少し引いて待ち構えていた。平山がいとまを与えずさっと近寄ったのを、引き構えていた矢ゆえ、ひょうと放つ。平山が身体をひねると、兜の内側の顔面をねらって射た矢は、兜の錣《しころ》から外に突き出た。

敵は弓を捨てて腰刀を抜き、少しも退かない。平山の打ち込んだ太刀で左腕の臂《ひじ》から上を切り落とされ、さっと近寄ってむずと組んでくる。平山は太刀を捨て、取り押さえて首を取り、材木の上にそれを置いて、大きく息をついて休んでいるところへ、後藤兵衛も、組み打ちして討った緋縅の男本人と思われる首一つを、鞍の後部につけた紐の取っ付けに結びつけて、現れた。

平山はこれを見て、

「おい貴殿、後藤殿。その首、捨てなされ。今日は首の不足もあるまい。そんなふうに持っていては、名ある人の首を得たら、誰に持たせたらいいか。早く捨てなされよ」

と申すと、後藤兵衛が申すには、

「こいつらのふるまいも、尋常の者とは思われない。この首をここに置いて、ここの在地の連中に持たせておいて、後日に取ろう」

と言って、二つの首を材木の上に置き、

「この首を失くしたら、在地の者らの罪科になるぞ。大切に守れ」

と言いおき、二人は馬に乗って足音高くとどろかせ、六波羅勢を追うて行く。

二六　平家軍、六波羅に帰還

平家の武士らが返し合わせ返し合わせ、所どころで討死した間に、左衛門佐も三河守も六波羅へ到着した。

「与三左衛門・進藤左衛門、二人の侍《さぶらい》がいなければ、重盛はどうして身を全うすることができたであろう。名刀の抜丸がなかったら、頼盛も命拾いするのは難しかったろう。二人の郎等、一振りの太刀、どちらも代々伝わったものは、価値があったものだな」

と、見ていた人は感動した。

この抜丸という太刀は、故刑部卿忠盛の太刀である。六波羅の池殿《いけどの》の邸宅で忠盛が昼寝をしている時に、枕元に立てておいた太刀が、二度、抜けたと夢のように音を聞いて、目を見開いてご覧になると、池より長さが三丈（九㍍余り）ほどある大蛇が浮かび出て、忠盛に襲いかかろうとする。ところが、この太刀が鞘《さや》から抜け出たのを見て、蛇は池に入り、太刀は元のように鞘に収まり、蛇がまた出てくれば、太刀もまた抜けた。蛇はその後、池に入ったままで再びは見えない。

忠盛は、この太刀が霊を秘めた剣だということで、名を抜丸とつけられた。清盛は嫡子なので、間違いなく譲り得られるだろうと思っていたにもかかわらず、頼盛がその時の妻から生まれた愛の対象たる子だったので、この太刀を譲り得た。このことによって、兄弟の仲が不仲になったと世には伝わった。

平治物語　中巻（現代語訳）

一　信頼の逃亡

左馬頭義朝が鴨川の六条河原に押し寄せてみれば、対岸の六波羅方は五条の橋を壊して材を集め、楯や板を並べて垣楯《かいだて》に組み立て、待ち構えていた。垣楯の外にも内にも、兵《つわもの》たちが満ち満ちていた。諸方の道や関所へも朝廷は人を派遣し、

「六波羅が皇居になった。お味方に参らない者は、朝敵となる。皆、参上せよ。あとで後悔をしないように」

と命令を下されたので、大勢も小勢も、次々と連れ立って六波羅へばかり参向した。

右衛門督信頼は、おずおずと六条河原の川端まで臨んだが、このようすを見て、

「あの大軍に包囲されては、取るに足りない命とはいえ助かりがたい。どちらへでも逃げ落ちて、助かりたいもの」

と思ったので、川端から楊梅小路《やまももこうじ》を西へ引き返し、京極大路《きょうごくおおじ》を北へ上《のぼ》って落ちて行った。

左馬頭の召し使う童《わらわ》の金王丸がこれを見て、

「あれをご覧ください。右衛門督殿が逃げ落ちられます」

と言えば、義朝、

「よしよし、ほうっておけ。目をくれるな。いたとて、ものの役に立つならいいが。却って足手まといになって、面倒ゆえ」

と答えた。

二　源頼政《よりまさ》、平氏に同調

源氏の兵庫頭頼政は、三百余騎ほどで五条河原の西側の川辺に待機していた。悪源太はこれを見て、

「頼政のふるまいは解しがたい。当家と平家と、両方を見計らって、強い方へつこうとするのだろう。この義平の目の前では、そうはさせまいものを」

と言って、京極大路を北へ上り、五条大路を東へ馬を進めるのを見て、兵庫頭が思うに、

「出雲守光保と伊賀守光基が六波羅へ行くなら、声をかけてあいさつしよう」

と思っていたところに、悪源太が十五騎の手勢で、白旗一本、差しあげさせて現れた。あれはと驚いて見ているうちに、悪源太が大声を張り上げて、

「見苦しい兵庫頭のふるまいだな。源家《げんけ》にもその名を知られるほどの者が、二股を掛けるごとき心があっていいものか。この義平の目の前は、一度も通らせまいものを」

と言って、太刀を振り上げ、喚声を上げて馬を駆けさせた。東西南北、十文字に、さんざんに駆けまわる。兵庫頭の三百余騎、相手に追い回され、七むら八むらに散らばり、所どころに控えた。

悪源太は、一度、挑みかかっただけで、本当の敵ではないゆえ、左馬頭の待機している六条河原に向かって馬を歩ませて行くと、兵庫頭の郎従七、八騎が追いかけて、さんざんに矢を射かけてくる、そこで悪源太の郎等、山内首藤刑部《やまのうちすどうぎょうぶ》の子息の滝口俊綱が引き留まって戦った。

頼政の郎等、下総国の住人、下河辺《しもこうべ》庄司三郎行義《ゆきよし》の射た矢に、滝口は首の骨を射られ、意識を失いかけたものの、それ相応の兵《つわもの》、矢を折り抜いて捨て、鞍の前部の前輪《まえわ》にすがって、兜の正面の真向《まっこう》を馬首の平らな所にもたせかけ、息を継いでいた。

悪源太はそれを見て、

「滝口は重傷を負ったと見える。敵に討たせるな。首を味方へ取れと命じろ」

と言えば、鎌田が下人を呼び寄せ、

「滝口の首を敵に取らせるな。お前が行って、重傷か軽傷か、見ろ」

と申しつけられて、その下人が長刀を持ったまま走り寄ると、滝口は目を見合わせ、

「なんと、お前は。味方だろうに」

「そうです。鎌田殿の下人でありますが、鎌倉の御曹司《おんぞうし》悪源太様のご命令で、重傷ならば

他人の手におかけ申すな、御首を頂戴せよとの仰せによって、良し悪しを見申しあげるために参りました」

と言えば、滝口は、

「深手《ふかで》であること、間違いない。弓矢取る武士は、すばらしい大将に召し仕えるべきであったよ。部下のしかばねをすらも、大切にお思いになって、他人の手にかけるなとおっしゃられるのは、かたじけないこと」

と涙を流し、

「さあ早く切れ」

と言って、馬からこぼれるように落ちて、切られたのであった。

父の刑部丞は、

「弓矢取る者の常として、合戦の場に出て命を捨てること、人ごとに皆、覚悟していることながら、我こそ子より先に討死し、子孫に我が弓矢の名誉を残してやろうと思ったのに、将来ある頼もしい滝口を討たれて、惜しくもない我が老いの命、何になろうか、ともども死出の山を越えよう」

と、身も命も捨てて馬で馳せ巡ったものの、命は自分の思い通りにはならぬものゆえ、敵の剣の先にもかからず、矢に当たりもしないのを嘆いたことであった。

左馬頭義朝は、悪源太が小勢で戦っているのに心を痛め、五条河原に向けて馬を駆けさせた。結局、兵庫頭の三百余騎は、六波羅の勢に加わった。

悪源太は鴨川を東へ馳せ渡し、父と一隊になって六波羅へ向けて馬を駆った。これが最後の戦いと思われたゆえ、伴う連中は誰々かと言えば、

悪源太・中宮大夫進・右兵衛佐・三郎先生・十郎蔵人義盛・陸奥六郎・平賀四郎・鎌田兵衛・後藤兵衛・子息新兵衛・三浦荒次郎・片切小八郎大夫・上総介八郎・佐々木三郎・平山武者所・長井斎藤別当実盛、これらを筆頭に二十余騎、六波羅へ押し寄せ、一列目、二列目の垣楯《かいだて》を突破、喚声をあげて駆け入り、さんざんに戦った。

三　清盛の出陣

大宰大弐清盛は、寝殿《しんでん》の後方に位置する北の対屋《たいのや》の、西側に妻戸《つまど》がある部屋にいて、いくさの下知をしていたが、妻戸の扉に敵の射る矢が雨の降るごとくに当たったため、大弐清盛、激しく怒り、

「恥ある武士がいないゆえ、これまで敵を近づけたのだ。どけ、清盛、馬を駆ろう」

と言って、兜の緒を締め、妻戸の部屋よりさっと出て、庭に立てていた馬を縁側の際まで引き寄せさせて、ぱっと乗る。

清盛、その日の装《よそお》いは、播磨の飾磨《しかま》染めの濃紺の鎧直垂を着用、黒糸縅の鎧に、漆《うるし》塗りの箆《の》（矢柄《やがら》）に黒い保呂羽《ほろば》（鷲の両翼の下の羽）を取りつけた矢、それを十八本差した箙《えびら》

を腰に帯び、弓は籐を全体に巻き漆で塗り固めたものを持っていた。黒漆の鞘の太刀に、足には熊皮の頬貫《つらぬき》を履いていた。黒い馬で、七《なな》、八寸《やき》ばかりある太くたくましいのに、黒鞍を置いて乗っていた。下より上まで、年長者らしく真っ黒に装ったのであった。兜ばかりは、銀製の大鍬形を取りつけてあったから、白くきらめいて人とは変わり、あっぱれ大将かなと見えた。

腹巻鎧を着、太刀・長刀を抜き放った徒歩武者《かち》が三十余人、清盛の馬の前後左右に走り散り、西の門から駆け出した。嫡子重盛・二男基盛・三男宗盛以下の一門三十余騎、大将軍の清盛を矢面に立てまいと、我先に我先にと駆けて行った。

四　頼政の義朝批判、義朝退却

左衛門佐重盛も、源《げん》兵庫頭頼政に目をつけて、

「兵庫頭は新手《あらて》であろう。馬を駆れ、進め」

と言葉をかけられ、兵庫頭三百余騎、鴨川の東河原を西へ向けて馬を駆った。

左馬頭は兵庫頭に駆けたてられ、川を馳せ渡り、もとの西の河原へ引き退く。しばらく馬に息を継がせ、

「ここが最後だ、若者ども。一引きも引くな」

と言って、馬の轡《くつわ》を横一線にそろえ、喚声をあげて駆ければ、追ってきた兵庫頭の三百余

騎は川の東へ退却する。源平両陣、川を隔てて、しばし対峙した。

義朝が申すには、

「やい、兵庫頭。名を源《げん》兵庫頭と呼ばれながら、ふがいなくも、なぜ伊勢平氏にはつくのか。貴殿の二心《ふたごころ》による裏切りで、我が家の武芸に傷のついたのが口惜しい」

と声高に言うと、兵庫頭頼政は、

「代々受け継いできた弓矢の武芸を失うまいと、十善の君の天皇におつき申しあげるのは、まったく裏切りにあらず。貴殿が、日本一の臆病者、信頼卿に同心したのこそ、当家の恥辱だ」

と言えば、道理が胸に響いたのか、その後は、言葉もなかった。

そうしているところに、伊藤武者景綱・筑後守家貞が五百騎ばかりで、鴨川の東の川端を上りに向けて馬を歩ませているのを見て、鎌田兵衛が左馬頭に言うに、

「あれをご覧ください。敵が我々を取り籠めようとして、軍勢を迂回させております。ここを退きなさり、事のなりゆきを、ご覧なさりませ」

と、忠告した。

義朝は、

「引き退くとならば、どこまで逃げ延びられようか。討死よりほか、また、別の考えなどあってはならぬ」

と言って、すぐさま駆けようとしたので、鎌田は馬から飛び下り、馬の轡に取りついて、

「私は考えるところがあって、申しましたものを。ご当家は、弓矢を取っては、神にも等しい力をお持ちです。特別ないわくがあるのだろうと、世の人はうわさしておりますのに、平家の目の前にご遺体を留め、馬の蹄に当てさせなさいますことは、口惜しいことでありましょう。まったく、お命を惜しむためではありません。たとえ敵が何十万騎ありましょうとも、ここは馬の駆け場にふさわしい戦場ですから敵を討ち払って、北方の大原・静原の深山に馳せ入り、ご自害なされませ。もしまた、逃げ延びられますならば、日本海側の北陸道《ほくろくどう》を経て東国へ下向なされば、東国の八か国に、誰が御家人でない者がおりましょうか。将来に世を取ろうとする大将が、簡単にお命を捨てられることは、後世の人のそしりを受けることになるでありましょう」

と申したけれども、なお義朝が駆けようと勇み立つのを、多くの郎等たちが、馬の鞦《しりがい》・胸懸《むながい》の組紐《くみひも》、手綱《たづな》・腹帯《はるび》に取りつき、西へ向けて引いて行った。

五　源氏郎等の犠牲

六波羅の官兵たちは、

「我々が内裏より引き退いた真の思わく、ただ今、思い知るがよい。なぜ返し合わせて戦

わぬのか」

と、大声で呼びかけたものの、郎等たちが手を離さないゆえ、左馬頭は駆けることができず、楊梅《やまもも》小路を西へ、京極大路を上りに落ちて行くと、平家の郎等は勝った勢いに乗り、どこまで逃げる気かと追っかけて、さんざんに矢を射かけた。

義朝勢の中から、紺地の錦の鎧直垂を着て、黄緑の萌黄匂《もえぎにおい》の鎧に、背には薄紅《うすくれない》の布の保《ほ》呂《ろ》を掛けて、白馬に近い葦毛の馬に乗った武者、ただ一騎、取って返して名乗って言うに、

「それにしても、うわさには聞いたことがあろう、信濃国の住人、平賀四郎源義信、年の数は十七歳。我こそはと思う者があるならば、寄って来い。一勝負しよう」

と言って、さんざんに戦う。

　これを見て、

「同国の住人、片切小八郎大夫景重」

と名乗って、取って返す。

「相模国の住人、山内首藤刑部丞俊通」

と名乗って、返し合わす。

「武蔵国の住人、長井斎藤別当実盛」

と名乗って返す。

　彼らが我が身を捨てて戦っている間に、義朝は、はるかに逃げ延びたのであった。

その中でも、山内首藤刑部は、嫡子の滝口が討たれた所ゆえ、その亡き跡までも心惹かれ、離れがたく思われた。討死しようと心に決め、大軍の中へ駆け入り、敵三騎を切って落とし、そのあと、良い敵と組み合い、地上で取り押さえて首を取り、立ち上がろうとしたのを、敵がいとまを与えず取り囲んで、首藤刑部丞を討ってしまった。

こうなったところで、片切小八郎大夫景重がそれを見て、刑部丞の討たれた大軍の中へ駆け入り、良い敵一騎を切って落とし、その後は脇目も振らず戦った。運の極めであったのか、太刀が二つに折れたため、短刀を抜き、兜の錣《しころ》を傾けてさっと寄り、良い敵と刺し違えて死んでしまった。

この者たちが防ぎ戦い、討死している間に、義朝が逃げ延びて行ったのは、哀れなことであった。

合戦がもはや終わったので、信頼卿の邸宅三か所、義朝の六条堀川の館、源季実の大炊御門堀川の家、以上五か所に火をつけた。ちょうど風が激しく吹き、罪もない民の家、数千軒が焼けたため、消え残った煙が京中に満ち満ちた。

あの、始皇帝の咸陽宮の焼けた煙が雲のように立ち上ったさまを伝え聞けば、外国の昔のことながら、無常というこの世の道理を知る人々は嘆くであろう。ましてや、この平安城が燃え尽きて灰となるのを見ては、ものの道理をわきまえた人で、誰が国の衰微を悲しまない者がいようか。

六　斎藤実盛《さねもり》の機知

義朝は、つき従ってきた武士たちが方々へ落ち行き、小勢になって、比叡山の西坂本《にしさかもと》を過ぎ、大原の方へ落ちて行った。

八瀬《やせ》という所を過ぎようとしたところ、比叡山の西塔法師《さいとうほうし》の僧兵が百四、五十人、崖《がけ》を切り崩して行く手をふさぎ、逆茂木《さかもぎ》という、切って先をとがらせた木で作った防御柵を構えて待ち受けていた。この場所は、一方は高い断崖が迫り、一方は川が流れてみなぎり落ちていた。

「後ろからは、敵がきっと攻めてきているであろう。前は比叡山の僧兵が行く手をはばんでいる。どうしたものだろう」

と言っているところに、長井斎藤別当実盛が、敵の追撃を防ぐふせぎ矢を射て追いついてきたが、

「ここは、この実盛がお通し申しあげよう」

と言って、真っ先に進み出て、兜を脱いで臂《ひじ》にかけ、弓を脇挟んで膝《ひざ》をかがめ、

「私め、主君は討たれてしまいました。言うに足りない下人やら若者連中が、恥をも顧みず命を惜しみ、妻子の顔をもう一度見ようと、国々へ逃げ下る者たちです。たとえ首をお取りになろうとも、罪をお作りになるだけで、勲功の賞を頂戴されるほど

の首は、決して一つもありますまい。たまたま皆さん方は僧のご身分でありますれば、相手がそれ相応の人であろうと、お助けするのが当然でしょう。このような下﨟の末の者たちを討ちとどめなさっても、何のご用になりましょう。

武具を差し上げますならば、取るに足りないこの命、お助けください」

と言うと、大衆《だいしゅ》らは、

「それならば、武具を投げてよこせ」

と言いも終わらぬうちに、持っていた兜を、若い大衆の中へ、からっと投げたのであった。下部《しもべ》や法師連中、自分が取ろう、人に取られまいと押し合い、へし合いするうちに、ある法師が奪い取って笑って立っているのを、斎藤別当はおかしく思い、馬に乗ってさっと馳せ寄り、兜を奪い取ってかぶり、太刀を抜いて、

「それにしても、お前ら法師連中も聞いたことがあろう、日本一の勇者、長井斎藤別当実盛とは、我がことだ。我こそはと思う者があるなら、寄って来い、勝負しよう」

と言って、馬に一鞭打ってさっと通る。義朝以下の武士たちも、一騎も残らず皆、通った。徒歩《かち》立ちの大衆や法師連中は、馬に当てられて、あるいは川に落ち入り、あるいは谷に転がり落ち、さんざんのことであった。

七　義朝、信頼に激怒、逃避行の艱難《かんなん》

　実盛の策略で無事に八瀬川の川端を北へ向かって落ちて行くうち、人が後ろから、

「おい」

と言うのを、義朝が振り返って見ると、今はどこかへ行ってしまったろうと思っていた信頼卿が、

「どうした、東国の方へ行くのか。同じことなら、私をも連れて落ちられよ」

と言って、近寄ってきた。

　義朝は、あまりにも憎らしく思い、はたと相手をにらんで、

「これほどの大臆病者が、このような一大事を思い立ったことよ」

と言って、持っていた鞭を取り直し、相手の左の頬先《ほほさき》を、二打ち、三打ち、打った。

乳母子《めのとご》の式部大夫資能《すけよし》が、

「どうしてこんなふうに、恥をかかせなされるのか」

と、とがめたので、義朝は怒って、

「あの男、つかまえて馬から引き落とせ。口を引き裂け、皆の者」

と命じたため、鎌田兵衛が、

「そうするのも、時によります。敵も今は近づいておりましょう。早く早く逃げ延びなさ

りませ」

と勧めると、確かにと思い、万事を捨てて馬を馳せ、先へと進んだ。

信頼卿は、顔を鞭打たれた事実も恥ずかしく、顔の鞭跡も痛かったので、絶えず押しさすり、押しさすりしていた。どちらを頼りとする当てもなかったけれど、京の北山に沿って、西の方へ落ちて行った。

三郎先生《せんじょう》義範と十郎蔵人《くらんど》義盛とが義朝に申すに、

「何としてでも、東国へご下向なさって、東国八か国の兵《つわもの》ども、皆、代々の御家人でありますれば、彼らを先に押し立てて都へ攻め上りなさること、何の面倒なことがありましょうか。その時まで、我らも山林に身を隠してお待ち申し上げ、最後の重大時には、どうして立ち会わないでおりましょうか。お名残、惜しいことです」

と言って、泣く泣くいとま乞いをして、大原山の方へ落ちて行った。

左馬頭義朝も、この人々が残留したので心細くなって、近江へ抜ける峠の竜華越《りゅうげごえ》にかかったところ、比叡山の横川《よかわ》法師、二、三百人、落人を討ちとどめようと、崖《がけ》を切り崩して道をふさぎ、逆茂木《さかもぎ》の防御柵を構え、崖の高い所には石を綱で結んだ石弓を張り巡らして待ち構えていた。

「八瀬は何とかして通ったが、ここを、またどうしたものか」

と言っていると、後藤兵衛尉実基が、

「ここは、この実基が命を捨ててお通し申しあげよう」

と言って、真っ先に進み、

「足軽ども、寄って来い」

と言って、彼らに逆茂木どもを取り除かせ、喚声をあげて馬で駆け通る。左馬頭以下の武士ら、一騎も残らず通った。石弓の綱を切って石を落としかけてきたが、一つも当たらず通ったのであった。

八　叔父源義隆《よしたか》の死

さて、義朝の叔父の陸奥六郎義隆は、相模国の毛利《もり》を治めていたので毛利《もり》冠者とも称していた。この人は、馬が疲れて一行より少し下がっていたのを、法師連中が中に取り囲んでさんざんに矢を射かけるうち、初めは太刀を打ちふるって追っ払い追っ払いしていたが、山蔭の道で難所ゆえ、馬を走らせる場所もない、結局、兜の内側の顔面を射られて、気が遠くなったため、馬から下り立って、しずしずと地面に座りながら木の根に寄りかかって息をついていた。

比叡山の僧兵の中に、背丈七尺（二メートル一〇センチ余）ばかりの法師で、黒革縅《くろかわおどし》の大きな腹巻鎧に、同じ黒革縅の袖をつけ、左右の腕に籠手《こて》をはめて長刀を持った者がいて、義隆を討とうと近寄ってきたのを、上総介八郎広常が引き返し馬より下り、その法師と打ちあった。

介《すけの》八郎の下人が左馬頭に追いつき、

「毛利殿が重傷を負われましたのを、敵に首を取られまいと、介八郎殿が返し合わせられましたが、それも今は、討たれましたでしょうか」

と告げたところ、左馬頭は聞きはてもせず取って返し、喚声をあげて馬を駆る。平山武者所と長井斎藤別当も引き返した。

左馬頭は矢を取ってつがえ、

「憎らしい奴めらだ。そういうことなら、一人も逃がすまいものを」

と大声を張りあげてわめきたて、間近に攻め寄せたので、山の僧兵らは方々へ逃げ散ってしまった。

その中でも毛利冠者を討とうと寄って来た法師が、山へ逃げ登ったのに対し、義朝はつがえた矢ゆえ、よく引き絞ってひょうと放つ。その法師の腹巻鎧の背の最上部にある鉄板の押付《おしつけ》の横板をつっと射ぬき、下から上向きざまに射た矢ゆえ、鎧の前の最上部の胸板《むないた》のはずれへ、矢先を五、六寸ばかり射出した。相手は、うつぶせにがばっと転んで死んでしまった。

このように敵を射散らして、左馬頭は馬より下り、毛利冠者のいたところに行き、手に手を取り組んで、

「いかがですか、毛利殿。いかが、いかが」

とお問いになると、毛利六郎は目を見開き、義朝の顔をただ一目見て、涙をはらはらと流したのを最後に、そのまま命が亡くなってしまった。

義朝はそれに目も当てられず、涙を抑え、上総介八郎に首を取らせ、他人には持たせず自らが手にさげ、馬に乗って落ちて行ったが、人に首の主《ぬし》を分からせまいとして、目・鼻・顔の皮をはぎ削り、石を首に結びつけて、谷川の深い淵に入れた。

愛する子の坊門の姫を見てすら、見苦しくはしまいと涙を隠したのに、この人に別れては人目もはばからず、

「八幡太郎義家殿のお子の生き残りとしては、この人ばかりがいましたものを」

と言って、道すがらも涙を流したので、郎等たちも袖を涙で濡らさない者はいなかった。

九　義朝、東海道へ

「北陸道へ向かえば、この戦いを聞いて都へ馳せ上る勢が多いに違いない。誰とも分からぬ雑兵に出会って犬死するのは、無念であろう。却ってここから南の東坂本を経て行くなら、たとえ人が怪しむとも、都の騒動で馳せ上るのだと言えば、面倒なことはあるまい」

と相談して、東坂本を通ったが、とがめる者もいなかった。

琵琶湖畔沿いの志賀・唐崎《からさき》・大津の浜辺を通り過ぎて、着いた瀬田には橋が(取り壊されて)なかったので、船で瀬田川を渡った。伊勢・尾張方面へ越えて行く峠に設けられた

鈴鹿《すずか》の関所、美濃へ通ずる道に設けられた不破《ふわ》の関所は共に、平氏に忠実な軍勢らが固めていると聞いたけれども、「そうだとしても、外に手立てはない。不破の関にかかって落ちよう」と言って、東海道を下って行った。

後藤兵衛実基は、大男で太りきっていたが、馬は疲れてしまったし、徒歩になって、同行するのに耐えられそうにも見えない。左馬頭はこれを見て、「実基は、もう残り留まれ」とおっしゃられたゆえ、それでもなお、後を慕うようにしてついていったが、どうにもならず、最後は残留したのであった。

この合戦を聞き及んで都へ馳せ上る兵《つわもの》らが、いぶかしげに目をつけたので、道をこのまま行ったら結局はまずいことになろうということで、三上山《みかみやま》・鏡山《かがみやま》の麓にかかり、木々の生い茂った奥深い道を踏み分け、夜の暗さにまぎれて、伊吹山《いぶきやま》の西の麓にまでたどり着いた。

一〇　信頼、仁和寺に出頭

右衛門督信頼卿は、北山の麓に沿って西を指して落ちて行ったが、鬨の声に気分を損なった時から疲労しきって、さんざんなことであった。乳母子の式部大夫資能が、ある谷川の川端に馬から下ろし座らせて、乾燥させた飯の干飯《ほしいい》を水でぬらして食べるよう勧めたけれども、胸がふさがって少しも見ようとしなかった。また馬に抱き乗せて手で押さえ、助けながら先へ行く。

時は十二月二十七日の夜であったから、雪が降り積もって谷も峰も見分けられぬ道を、馬に任せて行くうちに、船岡山《ふなおかやま》の西、葬送地の蓮台野《れんだいの》へ出たことであった。死人を葬送して帰る法師どもに俗人も少し交じった十四、五人の集団が、矢を入れた竹尻籠《たかしんこ》を腰につけ、弓を持った者もいたり、長刀《なぎなた》の鞘をはずして持っている者もあり、松明《たいまつ》をともして来るその一行に二人は出会った。彼らは、この人々を見て、

「落人《おちうど》がいた。打ち伏せて縛り上げて、六波羅へ差し出せ」

と、騒ぎ立てた。

式部大夫資能は、

「我々は、大将軍《たいしょうぐん》でもない、数にも入らない雑兵です。討ちとどめなさっても、得にはならないでしょう。その上、皆さん方は、死者野辺《のべ》送りの僧侶と見申しあげます。殺生をなされば、亡き聖霊《しょうりょう》の罪ともなってしまうでしょう。我らの武具をお取りあげなされよ、その代りに命はお助け下さい」

と言って、上から下まで脱いで与えたところ、この法師連中は美しい武具を、とことん取りあげ、運よく得たもうけ物を手に帰って行った。

信頼卿は、今朝まではりっぱに見えた赤地の錦の鎧直垂《よろいひたたれ》、それに絹の練貫《ねりぬき》の小袖、三枚着ていたのを二つ、厚地の絹の精好《せいごう》で作った大口《おおくち》の袴《はかま》までもはぎ取られて、白い下着ばかりの姿になってしまった。式部大夫資能が、

「いくら果報が尽き果てなさったにしても、こんなことがあっていいだろうか」

と泣き言を言うと、右衛門督は、

「仕方あるまい、そんなふうに思うな。ことが悪い時は、みな、こんなものだろう」

と慰めたのは、空しいことであった。

さてそれで、後白河上皇が仁和寺にいらっしゃるとお聞きし、

「昔の御ひいきのお気持ちが残っていてくれたなら、お助けくださろう」

と思い、信頼卿は自首して参上した。

伏見源中納言師仲卿も参った。越後中将成親も参った。この二人は、

「天皇がいらっしゃいましたので、お味方に参り大内裏に籠もっただけです。たいした罪はないはず」

というふうに、弁解し申し上げたところ、上皇のそばにお付きしていた人々が、

「ならば、なにゆえに武具を身につけ、戦陣に立ち加わったのか」

と言うと、二人は口を閉じたままであった。

上皇が、お手紙で、この事情をお知らせになると、左衛門佐重盛・三河守頼盛・常陸介

経盛を大将として、その軍勢三百余騎が仁和寺の御所に参向して、この人々の身柄を受け取って六波羅へと帰った。

一一　信頼の死刑

同二十八日、六波羅へ参上した人々は、誰々か。大殿・関白殿・太政大臣宗輔・左大臣伊通・花山院大納言忠雅・土御門中納言雅通・四条三位親隆・大宮三位隆季、この人々が参上したのであった。

越後中将成親は、六波羅邸に呼び出された。島の模様を摺り染めにした直垂に折烏帽子《おりえぼし》の先を引き立てて、六波羅の廐《うまや》の前に引き据えられていた。もはや死罪に決まっていたのを、左衛門佐重盛が、

「今度の重盛の勲功に対する恩賞には、越後中将の身柄をお願いして預かりましょう」

と懸命に申されたので、死罪は寛大に処理され許されることとなった。

この成親は、院のお気に入りの人で、院御所のことに関しては、内外いずれについても面倒を見る人で、重盛が出仕した時は、毎回、思いやりを示して、親しくお付き合い申していたが、今度は彼に助けられたのであった。だから、

「とにかく人は、優しい心を持つべきだったな」

と、人ごとに話した。

右衛門督信頼卿は、六波羅邸に近い鴨川の河原に引き据えられ、左衛門佐重盛を介して、詳しい事情を尋問された。申し出る言葉とてない。ただ、

「大天魔が勧めたこと」

と申した。おのれ自身の重罪を理解せず、

「命ばかりはお助け下さい」

と泣く泣く申したので、重盛は、

「寛大な処置をお受けになったとしても、どれほど刑が軽くなりましょう。その上、決して命が助かることはないでしょう」

と返事をなさると、ただ泣くより外のことはなかった。

去る十日ころから大内裏に住み、さまざま間違った事ばかりを指示してやってきたから、もろもろの役人は竜蛇《りゅうじゃ》の持つ毒を恐れ、万民は虎狼《ころう》から受ける害を憂慮するさまであったのに、

「今日の体たらくは、農夫や田舎人など、彼に比べればまだ尊い方、乞食や貧民よりも劣っている」

と、見物していた身分の上下の人々は、みな言い合った。例の、

「左納言《さとうげん》右大夫、朝には主君から恩情をお受けになり、夕には死を頂戴する」

と、白居易が書いたのも道理である。泣いても役立たず、叫んでもどうにもならず、つい

に首を刎《は》ねられた。

大きな男で肉づきよく太った人が、首は取られて、死骸がうつぶせに伏した上に、砂が蹴りかけられ、ちょうど村雨が降りそそいだので、背中の溝に溜まった水に血が混じって紅に流れている。目も当てられないありさまであった。

一二　信頼への非難、揶揄《やゆ》

ここに、年が七十歳余りの入道で、柿渋で染めた赤茶色の直垂を着て、文書を入れた袋を首に懸けた人物が、平たい下駄を履《は》き、上端に横木をつけた鹿杖《かせづえ》をつき、さかんに咳《せき》をしながら、多くの人をかき分けて中に入る。

「信頼卿の長年使っていた下人が、主君の最後を見ようとしてやって来たのか。哀れなことだ」

と思って見ていると、そうではなくて、死骸をにらみつけて、

「お前は」

という言葉を発して、持っていた鹿杖《かせづえ》を取り直し、二打ち、三打ち、打ったのである。

見物衆が、これをいぶかしく思っていると、この入道が言うには、

「代々家領《けりょう》としてきた土地を、強引にお前に奪い取られ、多くの召し使っていた下人をも手放して失い、我が身をはじめとして子、孫らまで、飢えと寒さの苦通に責められたのは、

お前のやったことだぞ。その因果が報いとなって、お前は首を切られて、この入道の目の前に恥をさらしている。

この入道は、今まで生きながらえて、お前の死骸を打ちつけている。入道の杖か、死んでしまっては決して分かりもしまい。あの世で地獄の役人の打つ杖に、今は当たっていよう。

魂魄がまだこの世にあるならば、この言葉を確かに聞け。大弐殿の嫡子、左衛門佐殿は、賢者という名声がおありだから、この文書をお見せして、本来の領地を保証してもらい、お前の墓場の下に見せてやろう。

思えば、なお憎らしい」

と言って、一杖、ぴしっと打って帰った。

左衛門佐重盛が六波羅邸に帰って、信頼が首を切られたことを人々に報告されると、

「最後はどうであったか」

と、面々にお尋ねになる。左衛門佐が、

「そのことですが、かわいそうな中にも、おかしいことが多くありました。いくさの当日に馬から落ちて、鼻の先が少し傷つき損じておりました。また、逃げ落ちて行きました時、義朝に打たれて、左の頬先に鞭の跡があざになっておりました」

と申されたところ、大宮左大臣伊通公が申されるに、

「一日の猿楽見物で（ひまをつぶし）大損をするという、俗世間の面白い物言いがある。この信頼は、一日のいくさで、鼻を損した」

とおっしゃったので、人は皆、一斉にどっと笑われた。

天皇もお聞きになり、

「何事を笑うのか」

とお尋ねになる。右少弁成頼が、ことの次第を申しあげると、天皇も喜んでお笑いになった。

この伊通公は、宮中での節会《せちえ》の宴会や天皇の行幸《ぎょうこう》の際、国家の大切な会議の御座席でも、何かおかしいことばかり申されるので、公卿・殿上人もみな、面白がって礼儀も忘れるほどである。しかしながら、学識も人より優れ、才芸も抜群で、朝廷の鏡のごとき人でいらっしゃったから、君もご許容なされ、臣下の者も非難申しあげなかった。

一三　乱後の賞罰

伏見源《げん》中納言師仲卿に、詳細を尋問される。（彼が言うには）

「この師仲は、（罰されるどころか）功績に対する恩賞を頂戴して当然の身でございます。その理由は、信頼卿が神鏡《しんきょう》（八咫鏡《やたのかがみ》）を、もう少しで東国へお下し申そうと計画いたしましたのを、女房の坊門局《ぼうもんのつぼね》の屋敷、姉小路東洞院《あねがこうじひがしのとういん》にお隠し置き申しましたからには、朝敵に与《くみ》しなかった証拠として、何かこれ以上のものがあるでしょうか。
信頼卿が伏見へと、こちらからお声をかけ、やって来ましたのも、相手の権勢に恐れて、心ならぬ交際をしたのでありました。よくよく私の言うところをお聞きになり、納得してくださいますよう」

と、申された。

河内守季実《すえざね》・子息新左衛門尉季盛《すえもり》は、父子ともに切られた。

さて、平家一門に、今度の合戦の論功行賞が行われた。

大弐清盛の嫡男左衛門佐重盛を、伊予守に任ずる。

次男大夫判官基盛を、大和守に任ずる。

三男宗盛を、遠江守に任ずる。

清盛の弟三河守頼盛は、尾張守になる。

伊藤武者景綱は、伊勢守になる。

この論功行賞会議の進行役の公卿は花山院大納言忠雅《ただまさ》、実務担当の蔵人は蔵人左少弁朝方《ともかた》と世に伝わった。

（罪を問われた人々、）信頼卿の兄（正しくは弟）兵部権大輔家頼《ひょうぶごんのたゆういえより》・（信頼の兄）民部少輔基成《みんぶのしょうもとなり》・（信頼の子）新侍従信親《しんじじゅうのぶちか》・（信頼の弟）尾張少将信説《のぶとき》・播磨守義朝・中宮大夫進朝長・右兵衛佐頼朝・佐渡式部大夫重成・但馬守源有房《ありふさ》・鎌田兵衛政家、その親類縁者七十三人の官職を解任する。

昨日までは、朝廷の恩恵に浴して、その良い影響を一門の人々に与えたけれども、今日は罪を問われて殺され、その悲しい嘆きを親族全体に及ぼす。夢の中の悦楽は、目覚めたのちの悲しみに帰着する。一夜の明るい月は、早々に定まることのない煩悩の雲に覆われ、朝方の喜びの笑みは、夕方の悲しみの涙に変ずる。時短く咲く花はしぼんで空しく、あらゆる物事が次々と変化し続ける無常転変、栄枯盛衰のこの世の法則は、今、目の前にある。生死を繰り返すこの世界の中にあって、いったい誰が、このわざわいをまぬかれることができようか。

堀河天皇の御代《みよ》の嘉承《かじょう》二年（一一〇七）に源義親《よしちか》が誅伐《ちゅうばつ》されて以降、近衛院の御代の久寿《きゅうじゅ》二年（一一五五）に至るまで、もはや三十余年、天下は治まって風静か、民衆は、中国古代の聖王、唐堯・虞舜が民に施こしたいつくしみと等しい恵みを受けて自慢し、国内は波も立たず、国家は理想的な世と言われる醍醐・村上帝の延喜・天暦の時代に等しい徳政に満喫していたのに、保元の合戦があって、それほどの年月も経たないのに、また戦乱が起こってしまったので、

「世は早くも末になって、国の滅ぶ時になったのか」

と、思慮分別のある人は嘆いた。

同二十九日、また公卿による会議があった。

「ここのところ、大内裏には、凶徒が建物内に居住して、乱雑な状態が数日続いた。皇居の穢《けが》れを払う浄《きよ》めをせずに天皇の行幸されることは、ふさわしくありません」と決定されたので、八条烏丸にある美福門院の御所へ天皇は行幸なさる。左衛門佐重盛が矢を腰に帯びてお供をされた。

一四　義朝の妻、常葉《ときわ》の悲嘆

さて、左馬頭義朝の末の子供たちが三人いた。九条女院呈子《にょういんていし》に仕える雑仕女《ぞうしめ》の常葉《ときわ》の腹に生まれた子である。兄は今若といって七歳になる。中の子は乙若といって五歳になる。末の子は牛若といって今年生まれた子である。

義朝は、この子らのことを痛ましく気がかりに思っていたので、童《わらわ》の金王丸《こんおうまる》を道中から引き返させ、

「戦いに負けて、当てどもなく都を落ちて行くけれど、子供たちのことが気になってしまう心は、都の方にばかり帰って行くようで、これから先のことも考えられない。どんな国にいることになろうとも、安心できるような状態になったら、あなたたちを迎え取ることにします。それまでの間は、奥深い山里にでも身を隠して、私からの便りをお待ちなさい」

と申したところ、常葉は聞くに耐えられず、衣を引きかぶって悲しみに沈んだ。

子供たちは声々に、

「父上は、どこにいらっしゃるのか」

「頭殿《こうのとの》は、どうしたのか」

と、泣いて悲しんだ。

常葉は泣く泣く起き上がり、

「頭殿は、どちらの方へとおっしゃられたのか」

と問うと、

「代々にわたって仕えてきた御家人たちをお訪ねになって、東国へとおっしゃられました。こうしている、ちょっとの間も不安でございますので、おいとま申しあげて」

と言って出て行こうとするのを、今若が金王丸の袖に取りついて、

「私はもう七つになる。親の敵を討つにふさわしい年のほどではないか。お前の馬の尻に私を乗せて、父のいらっしゃる所へ連れて行け。どっちにしても、私らがここにいたとて、決して逃げきれまい。

連れて行くのができないというのなら、平氏の郎等の手にかかって死ぬのより、お前の手にかかって死のう。私をどうとでもして、それから出て行け」

と言って泣いたので、金王丸も見るに耐えられず、押し放ってしまうのも痛ましく思われて、

「頭殿は、東山という所に人目を忍んでいらっしゃいますから、夜になったら、お迎えに参りましょう。ですから、この袖をお放しください」

とだましてなだめると、

「それなら」

と言って手を放し、涙をこぼしながらも嬉しげな顔に見えたのは、かわいそうであった。

金王丸がいとま乞いをして出て行くと、常葉は、

「頭殿の行方を聞いたから、お前さえ名残惜しいことですよ。今よりのちは、いつになったら、またも会えようか」

と泣き悲しんだのは、哀れであった。

一五　信西子息の配流

少納言入道信西の子供たち、僧侶と俗人の十二人すべて、遠流《おんる》の流罪《るざい》に処せられた。

「君のために命を捨てた忠臣の子供らであるからには、信頼と義朝に流された身であろうとも、朝敵の彼らが滅んだからには召し還されて、逆に恩賞を与えるべきなのに、結局、流罪の罪科をこうむるなんて、まったく理解しがたい。

この人々が朝廷で召し使われることになれば、信頼卿に同心していた時の行動が、天皇のお耳に入るであろうかと恐れをなして、新大納言経宗・別当惟方が流罪にするようお勧

めしたのを、天下の騒乱に取りまぎれ、天皇も臣下の方々も、お考え違いをしてしまった」

と、分別をわきまえている人たちは言い合っていた。

この信西子息の人々は、内典《ないてん》という仏典や、外典《げてん》という儒教・道教の経典に関する知識が人より優れ、和歌漢詩の才能があふれるほどあったので、配流地《はいるち》へ赴くその日までも、あちらこちらの邸宅に集まって、漢詩を作り、和歌を詠んで、互いに名残を惜しんだ。いよいよ都から道々へ別れて下る際にも、手紙に心中の思いをしたためて送り、二泊り、三泊り、時を過ごしたのであった。九州方面に赴く人は、皆、はるかに遠い海路を分けて行く。東国へ下る人々は、遠い遠い山川に隔てられた地を行く。関所を越え、宿は変わっても、心中の思いは少しも慰められない。日数を重ね、月数を送っても、涙は尽きることがなかった。

その中でも、播磨中将成憲が年老いた母と、幼い子を振り捨てて、はるかに遠い地へ赴いた心の内は、どう言っていいか分からない。抑えがたい都の名残惜しさに、所どころで立ち止まり、先へ行くこともなさらない。都の出入り口に当たる粟田口に馬を止め、(次のような歌を詠じた)

道端の草の青葉の茂る所に馬を止め
なお旅立ってきた故郷を返り見てしまうことだ

こうしてはるかに続く東海道に臨むと、鳴海《なるみ》の浦の塩干潟《しおひがた》を見、二村山《ふたむら》・宮路山《みやじ》・高師《たかし》山を通り、浜名の橋を渡って、小夜《さよ》の中山・宇津《うづ》の山を越え、長年の間、都で名前のみ聞いていた富士の高い峰を遠くに眺め、足柄山をも越えてしまえば、どこが道の果てとも分からない武蔵野に出て、その地にある世に知られた堀兼《ほりかね》の井戸も訪ねて見る。

そうしているうちに、中将は下野国の国府に着いて、自分が住むという室《むろ》の八島《やしま》の地をご覧になれば、（聞いていた通り）煙が細く立ち上《のぼ》っていて、折しもの思いを抑えかねて、泣く泣くこういうふうに思い続けられた。

私のためにあったものを（今、気づいたことよ）この下野の地に
　　室の八島に絶えず上っている煙のもとの火の思いがあるとは

この土地を夢にも見ようとは思わなかったが、今はここが我が住みかと居どころを定め、（これから住むことになる）慣れ親しんだこともない田舎の草ぶきの庵は、何にたとえていいかも分からない。昔や今のことなど、旅の中で思い続けて涙で濡れた袖は、いずれの年、いずれの日になったら、乾くであろうとも思われない。そうはいうものの、やはり消えもしない露のようなはかない命は生きながらえて、夜が明け、日が暮れてと、日々過ぎて行ったが、望郷の思いは尽きることがなかった。

一六　義朝謀殺の知らせ

平治二年（一一六〇）正月一日、新しい年へと変わったものの、元旦、正月三が日の恒例の儀式は滞った。内裏でも、平将門、藤原純友の乱があった天慶三年（九四〇）の例にならうということで、天皇が臣下から拝賀を受ける儀式を中止した。上皇も仁和寺にいらっしゃるので、院に対する拝賀もなかった。

同五日、左馬頭義朝の童、金王丸が、常葉のもとに人目を忍んで現れた。馬より崩れ落ち、しばらくの間、息も絶えたようなありさまで、ものも言わない。だいぶ時が経ってから起き上がり、

「頭殿《こうのとの》は、去る三日の暁、尾張国の野間《のま》の内海《うつみ》という所で、代々仕えてきた御家人の長田《おさだ》四郎忠致《ただむね》の手にかかって、お討たれになられました」

と言うと、常葉をはじめとして家にいた者たちは皆、声々に泣いて悲しんだ。

確かに常葉が嘆くのも道理である。二人で枕を並べ、袖を重ねて夜を過ごした仲の名残惜しさゆえに、自分一つの身でも悲しいであろう。まして、彼女には、幼い子らが三人いる。兄は八つ、中の子は六つ、末の子は二歳である。三人とも男の子だから、

「連れ出されて、更にまた、つらい目にあうのでしょうか」

と言って泣き、心配の種があるのを悲しむ心は、他にたとえようもなかった。

金王丸が、内海までの道中のことを、常葉に語って聞かせた。

一七　金王丸《こんおうまる》の報告談―頼朝の落伍《らくご》―

「頭殿は、いくさにお負けになられて、大原の地を経て落ちられました間、八瀬・竜華越の所どころで比叡山の僧兵と合戦しましたが、彼らを打ち払って、琵琶湖西岸の西近江へ出られました。

北国から都へ馳せ上る勢のように見せかけて、東坂本・戸《と》津《づ》・唐崎《からさき》・志賀の浦を通られましたが、とがめだてする者もおりません。瀬田川を御《お》舟《ん》にて渡り、野《の》路《じ》の宿場から三上山の麓に沿って、鏡山の木々の陰に隠れるようにして進み、愛《え》知《ち》川《がわ》へお出になられましたが、

「右兵衛佐、右兵衛佐」

と、何度もお呼びになられましたけれども、ご返事もありませんでしたので、

「ああ、かわいそうに。もう、遅れてしまった」

と、お嘆きになったところ、信濃の平賀四郎殿が取って返して、佐殿を尋ね出してお会いになり、小野の宿場でご一行に追いつき申しあげましたが、頭殿はたいそう嬉しそうにお思いになって、

「どうした頼朝、なぜ遅れたのか」

とお尋ねになると、

「遠い道のりを夜通し馬を走らせました、それで、夜が明けてのち、馬上で眠ってしまいました。

篠原堤《しのはらづつみ》のそばで、人騒ぎがしますので、目を見上げますと、男が四、五十人、私を取り囲んでおりましたから、太刀を抜いて、馬の口に取りついていた男の頭を切り割りました。もう一人については、腕を切り落としたように思われました。

そこで、太刀のきらめく光に馬が驚いて、さっと走り出したため、相手方は少々馬に踏み倒されました。二人が私に討たれたのを見て、残りの連中は、ぱっと引き下がった中を、駆け破って参ったのです」

と、お話しなさると、頭殿は本当にかわいく思っているらしく、

「よくぞ、やった。大人でも、できのいい者こそ、そうはふるまうだろう。まして、少年の身としては、よくぞやった」

と、おほめ申しあげました。

不破の関は警備を固めていると、うわさが伝わってきたので、深い山にかかり、知らない道を踏み分けてお迷いになります。雪が深くて御馬《おん》を捨て、木に取りつき、草の萱《かや》にすがりつつ、険しい道を越えられましたが、兵衛佐殿は、御馬に乗ってこそ、大人と同じようにふるまわれましたが、徒歩ではおできにならず、遅れてしまわれました。

頭殿は、深い雪の中で足を止められて、

「兵衛佐、兵衛佐」

と、お呼びになられましたが、ご返事もありませんでしたので、

「ああ、かわいそうなことよ。早くも遅れてしまった。人に生け捕られてしまうだろうか」

と、お涙を、はらはらと落とされました時、お供の人々も、袖を濡らしたことでした。

頭殿は、鎌倉の御曹司をお呼び申しあげ、

「貴殿は、甲斐・信濃へ下って、東山道から都へ攻め上れ。義朝は東国へ下って、東海道から攻め上ろうと思う」

と、ご命令されたので、悪源太殿は飛騨の国の方を目指し、ただお一人で、山の麓をたどって落ちられました。

一八　同―朝長《ともなが》の死―

美濃国の青墓《おうはか》の宿場と申す所におります大炊《おおい》という遊女は、頭殿の長年のお宿の主《あるじ》です、その腹に姫君が一人お生まれです、その館へ到着されました。鎌田兵衛も、今様歌いの延《えん》寿《じゅ》という遊女のもとに着きました。

この遊女たちが、いろいろと接待してさしあげております最中に、その地に住む連中が、

「この宿場に落人がいる。捜しだして捕らえろ」

と、騒ぎ立てましたので、頭殿、

「どうしたものか」

とおっしゃられましたのを、佐渡式部大夫重成殿が、

「お命に私が代わってさしあげましょう」

と言って、頭殿の錦の御直垂《おんひたたれ》を取ってお召しになり、馬にさっとお乗りになって、宿場より北の山際へ馳せ上られましたので、宿場の人たちが追いかけ申しあげたところ、式部大夫殿は、黄金《こがね》作りの太刀を抜いて、やつらを追い払い、

「お前たちの手には、かかるまい。私を誰と思うか、源氏の大将たる左馬頭義朝だ」

と名乗って、ご自害なされました。宿場の人らは、

「左馬頭義朝を討ち取った」

と喜んで、実は、大炊の屋敷の裏庭にあった倉の建物に、頭殿が隠れていたのを知りませんでした。

夜になって、頭殿が宿場を出ようとされたところ、中宮大夫進朝長様が、竜華越《りゅうげごえ》のいくさで膝の関節を射られた身でありながら、遠い道のりを馬で馳せ、深い雪の中を徒歩でかき分けなされましたため、脚がはれ上がって一足も動かしなさるすべがない。

「この重傷の身では、お供を致せそうにも思われません。早々に、おいとまを頂戴させてください」

と申されましたので、頭殿は、

「耐えられるのなら耐えて、私の供をしなさい」

と、たいそう悲しそうにおっしゃられますと、大夫進殿は涙をお流しになり、

「それができるのなら、どうしてお手にかかって死のうとは申しましょう」

と言って、お首を延べなされましたのを、頭殿はそのまま即座にお打ち申しあげて、衣を引きかぶせてさしあげ、

「大夫進が、足を痛めております。面倒を見てやってください」

と言って、お立ちになりました。

一九　同―義朝の最期―

上総介八郎広常は、

「人数が多くては道中も難しいことになるでしょうから、東国より都へ攻めてお上りになる時、軍勢を引き連れて、私は参上することにします」

と言って、いとま乞いを申して残留しました。

杭瀬川《くいぜがわ》まで出でられました時に、舟が下ったのを呼び止め、

「その舟に乗ろう」

と仰せられますと、面倒なこともなく、お乗せ申しあげました。

この舟をこぐ法師は、養老寺《ようろうじ》に住む僧で、鷲巣《わしのす》の源光です。頭殿を、たいそういぶかしそうに見申しあげて、

「人に知られてはならぬお方でありますなら、萱《かや》の下にお隠れなされよ」

と言って、頭殿と鎌田、それに童のこの私にも、積んであった萱を取ってかぶせ、こうつという所に関所《せきどころ》のあります前をも、萱舟と申して通りました。

去年十二月二十九日に、尾張国、野間の内海に住む長田《おさだ》庄司忠致《ただむね》の屋敷へお着きになられました。この忠致は、ご当家にとっては代々の奉公人であります上、鎌田兵衛の舅《しゅうと》でありましたから、お頼りになったのも道理です。

「馬や武具を提供せよ。急いで、この地を通ろう」

と仰せられたのを、

「子供たちや郎等を引き連れて、お供に参りましょう」

というふうに申して、

「しばらくご逗留されて、お休みなされますよう」

と言って、湯殿《ゆどの》を清めてお入れ申しあげました。鎌田は舅のもとに呼びよせ、接待するように見せかけて討ってしまいました。

そののち、忠致の郎等が七、八人、湯殿へ参り、お討ち申しあげましたが、鎌田が宵のうちに討たれたのをご存知なくて、

「鎌田はいないか」

と、ただ一声、おっしゃられましたばかり。この童は、主君の御太刀を抱いて横になっておりましたのを、幼いからと思いましたのか、目をかける者もおりませんでしたので、御太刀を抜いて、頭殿をお討ち申しあげた者を二人、切り殺しました。同じことなら、忠致を討ち取りたいものと思い、長田の家中に走り入りましたけれども、密閉された塗籠《ぬりごめ》の部屋の内へ逃げ入ってしまいましたので致し方なく、庭に鞍置き馬がありましたのを奪い取って乗り、三日間かけて参上いたしました」

二〇　絶望する常葉

と、詳しく語ってさしあげたところ、常葉はこれを聞いて、

「東国の方は頼りになる所ということで下向されましたから、はるか遠い山川を隔てるにしても、この世に生きておられればと、便りをこそ待っておりましたのに、二度とは帰ってこない別れの道に赴いてしまったと、確かに聞きながら、今さら何を待とうとして、私の身に命が残っているのでしょう。

川の淵に身を投げて、恨めしいこの世には住むまいと思うけれども、この身が空しくなり果ててしまえば、子供らは誰を頼りとしたらいいでしょう。この世にあるかいもない忘

れ形見ゆえに、惜しくもないわが身を惜しみますことよ」

と言って、泣き悲しめば、六つになる乙若が、母の顔を見上げて涙を流し、

「お母さんよ、お母さん、身を投げないで。私らが悲しくなるでしょうに」

と言ったのには、童の金王丸も、ますます涙を流した。

金王丸が更に申しあげたことは、

「頭殿は、道すがらも、お子様方の御ことばかり、ご心配なようにおっしゃられましたので、このことを、もし遅くお聞かれになるようなことになりますれば、身をお隠しになられることもなくて、どのような一大事に及びなされましょうかと、幼い方々の御ために、取るに足りぬ命を生き延びて、帰って参ったのです。

頭殿へのあの世までの奉公は、これまででございますので、今は出家をいたしまして、ご菩提を弔い申しあげます」

と言って、

「いとまを申しあげまして」

と、正月五日の夕方、泣く泣く屋敷を出て行った。

「頭殿を思い出させるよすがとしては、この童ばかりになりました」

と言って、常葉をはじめとして家の中にいる者たちは、世間もはばからず、声々に泣き悲しんだのであった。

二一　義朝のさらし首

同六日、後白河院は、仁和寺の宮の覚性法親王《かくしょうほっしんのう》の御所をお出になり、八条堀川の皇后宮権大夫顕長《あきなが》卿の邸宅へ御幸された。これについては、院御所の三条殿が燃えてしまったためで、しばらくそこが院の御所になると世に伝わった。

同七日、尾張国の住人、長田庄司忠致・子息先生《せんじょう》景致《かげむね》が上洛して、左馬頭義朝の首を持参した旨を朝廷に申しあげる。

この忠致は、平大夫《へいだゆう》致頼《むねより》の子孫で賀茂次郎致房《むねふさ》の孫、平《へい》三郎行致《ゆきむね》の子である。義朝にとっては代々仕える源氏の家人である上、鎌田兵衛の舅である。京中の上下の身分の人々、聞き及んだ者は、

「この忠致父子の首を、のこぎりで引き切りたいもの」

と憎んだ。

平《へい》大夫判官兼行《かねゆき》・宗《そう》判官信房《のぶふさ》・志目《さかん》範守《のりもり》・善府生朝忠《ぜんふしょうともただ》以下、検非違使八人が行き向かって、二つの首を受け取り、南北に延びる西洞院大路を、三条大路から近衛御門大路まで北に向かって首を掲げて渡し、そこにある左京の獄舎の門に立つ棟《おうち》の木に懸けた。

どのような者がしたのか、義朝が元は下野守だったことを歌に詠み、木の札に書いて立てた。

下野は木のかみ（紀伊守）になったことだよ
　良しとも（義朝）思われない官の格上げだよ
昔、平将門の首が獄門の木に懸けられたのを、藤六という歌詠みが見て、
　将門はこめ（米）かみより切られたことだよ
　　俵藤太のはかりごとで
と詠んだところ、その将門の首が、しいと笑った。二月に討たれた首を四月に持参して木に懸けたのだが、五月三日に笑ったのは恐ろしいこと。
「義朝の首も、笑ったのではないか」
と、うわさしあった。
　去る保元の合戦には、父の為義入道を郎等の波多野次郎に切らせ、わずか一、二年の内ではないか、今度の合戦では敗北して、代々の郎等たる忠致の手にかかって我が身を滅ぼす。
「理に背いた罪を犯したことの因果が、即、今生の報いとなったことで分かった、来世で、義朝が無間《むけん》地獄の絶え間ない責苦を受けること、疑いない」
と、群がった貴賤、上下の身分の人々は、半ばは非難し、半ばは憐れんだ。
　同十日、世上の動乱によって、
「この平治という年号は、適当ではない」

多く滅んだのは不思議であった。

と、ものの分かる人々は言い合っていたが、その通り、この合戦が起こって、源氏の家が

「平治とは、平らぎ治まると書く。源氏がきっと滅びるだろう」

去年四月に保元を平治に改元したのを、

という朝廷の御指示があって、改元が行われる。この年を永暦元年と申すことになった。

二二　悪源太義平の処刑

鎌倉の悪源太義平は、近江国の石山寺のかたわらで重病に冒されていたのを、難波《なんば》三郎経房《つねふさ》が聞きつけ、病床に押し寄せて生け捕り、六波羅へ連行した。

伊藤武者景綱《かげつな》を介して、詳しい事情を尋問された。悪源太が申すに

「故義朝が私に申しましたのは、「我は東国へ下って、武蔵・相模の家人らを引き連れ、東海道を攻め上ろう」、この義平には「甲斐・信濃の軍勢を仲間に引き込み東山道を攻めて上れ」と命じましたので、山づたいに飛騨国の方へ落ちて行きましたところ、世に入れられないあぶれ者たち、三千人も味方につきましたでしょうか。しかし、義朝が討たれたと聞いて、散り散りになってしまいました。

自害してしまうことは、実に簡単だったが、平家のそれ相応の人を一人でも狙い撃ちにして、せめて天下を取らないにしても本懐を遂げようと考え、人の下人のように変装して、

馬を引いて平家の門外にたたずみ、履物《はきもの》を手に沓脱《くつぬぎ》の場所に近づいたものの、用心は厳しくされている、致し方なく、京をしばらく徘徊して、六波羅に時々ようすをうかがいに立ち寄るうち、いぶかしげに見る人もあったため、いったん片田舎へ下り時を置いて、また都へ上ろうと思っていたのに、運の尽きで生け捕られたのだ」

と、申した。

伊藤武者が申すに、

「源氏の嫡流の中の嫡流、あれほど名大将の声望のあった人が、たやすく生け捕られなさったとは不本意なことよ」

と言えば、

「そのことよ。深い雪の山中を数日も踏み分けて進み、雨に打たれ、吹雪にあって、身体はくたびれ果ててしまった。ここのところ、六波羅・京にいた時も、薄い着物で川風に当たり、食べ物も乏しかったが身も休めず、ただひとえに敵を討ちたいと思う心一つを力のもとにして、月日を過ごしてきた、その積み重ねで病に冒され、経房に生け捕られたのだ。

重病に冒され力さえ落ちていなければ、最後には討たれるにしても、経房ごとき者は、二、三人もねじ殺し、それから死のうものを。このことは、まったく武勇にとっての傷ではない。運命が尽き果ててしまったのだ」

と申したので、多くの人がこれを聞いて、

「その道理、極めてもっともなこと」

と言いあった。

同二十一日の午の刻（十二時ころ）に、難波三郎に命じて六条河原で切られた時、悪源太が申したことは、

「清盛をはじめとして、伊勢平氏ほど、道理をわきまえない連中はいない。保元の合戦の時に、源平両家の者たちが多く誅されたが、夜中にこそ切られたのだ。弓矢を取る武士たる身は、敵に恥を与えまいと互いに思うのが本来のあるべき心だ。何といってもやはりそれ相応の人物たるこの義平ほどの者を、白昼に切るという道理にはずれた無法者がいるか。

運命の尽きはてゆえ、今生では合戦に負けて情ない目にあった、また斬首の恥をかくにしても、死んでからは人を惑わす大魔縁《だいまえん》となるか、そうでなければ雷となって、清盛をはじめとしてお前に至るまで、一人ひとりを襲い蹴殺《けころ》してやるぞ。

保元の乱の時には、為朝が「天皇方の皇居、高松殿を夜討にしよう」と申し出た案を取りあげられずに、いくさに負けた。今度の合戦では、清盛が熊野参詣に行ったのを、「義平が追いかけて、道中の湯浅《ゆあさ》・鹿瀬《ししのせ》のあたりから先へはやらせまい、神に詣でる白い浄衣《じょうえ》に立烏帽子《たてえぼし》をつけた馬鹿なやつらを、素手で召し取ってしまおう」と申したのを、「思いもしない、うわべだけの強がりだ」と言って取りあげられない。

先の保元の時にも今度も、勇士たる武士の策略を捨てられて、京に住む貴族の者たち、物書き連中の言うことに従っていたのでは、どうしていいはずがあろうか。命が惜しいから長話をするのではない。今言ったこれらの道理が分かるかどうか、お前らの心一つにかかっている。さっさと切れ」

と言って、首を延ばして切られた。

二三　長田《おさだ》忠致《ただむね》への非難

同二十三日、長田父子に論功行賞が行われ、忠致は壱岐守になる。景致は兵衛尉になる。

(忠致は不満を述べ、)

「忠賞の不足です。官職に就くなら左馬頭にもなり、国を頂戴するなら、義朝の後任として播磨国か、自分の住む国ゆえ尾張国をも頂戴したならば、期待通りでしょうに。もし義朝が、奥州へでも下着していたら、反乱を起こした安倍貞任・宗任に似ることになりましょうか。彼に従う兵《つわもの》は、幾千万になるでしょうか。それをここで、何事もなく討ち取ってさしあげましたことは、朝廷に対する抜群の奉公であります」

と言うと、筑後守家貞が、

「ああ、やつを六条河原で磔《はりつけ》にして、京中の上下の身分の人たちに見せたいものだ。代々仕えてきた主君と、婿とを殺して、論功行賞をこうむろうと言うことの憎らしさよ。首を切らせなさいませ」

と憎んで言えば、大弐清盛がおっしゃるに、

「そうした場合に、朝敵を討ち申しあげる者がいればいいのだが（朝敵を倒す者がいなくなるだろう）」

と、おっしゃった。

「もし将来、源氏が世で力を得ることになるなら、忠致・景致はどんな目にあうだろうか」

と、憎まない者はいなかった。

二四　頼朝の身柄と朝長の首、都へ

同二月九日、義朝の三男の前《さきの》右兵衛佐頼朝が、尾張守頼盛の郎等の弥平《やへい》兵衛尉宗清《むねきよ》に生け捕られて、六波羅に参る。

宗清は、尾張より都へ上ってきたが、美濃国青墓の宿場の大炊のもとに逗留した。夜が明けて見ると、庭園の竹林の中に新しい墓で、卒塔婆《そとば》も立ててないのがあったのを、前もって聞いていたことに思い合わせて、掘り起こしてみれば、切った首を身ともども埋めてあった。詳しい事情を尋ねると、大炊は（朝長のことを）ありのままに申したので、喜んでその首を部下に持たせ、上洛したのであった。

兵衛佐頼朝は、去年十二月二十八日の夜、雪深い山を越えかねて、父のあとを追い遅れてしまった。あちらこちらとさまよっているうちに、近江国の大吉寺《だいきちじ》という山寺の僧侶がかわいそうに思って彼を隠し置いていたが、寺の御堂《みどう》を修理する時期も近づいてくる、「人が寺に集まるようになっては、よくないだろう」と言うので、その寺を出て、浅井《あざい》の北の郡《こおり》に迷い行ったところ、老翁老女の夫婦がいたのだが、その夫婦が同情して、また彼を隠し置いた。

春二月にもなったので、「このままでいてよかろうか（よくない）。東国の方へ下って、長年源氏に仕えてきた者に相談して、親族の者がいるか、いないかをも尋ねよう」と考え、りっぱな色々の小袖や朽葉《くちば》色の直垂を泊まっていた家の主人に与え、肌には小袖一つを着て、主人の子が着ていた粗末な布の小袖と紺色の直垂をもらって着、藁沓《わらぐつ》を履《は》いて、鬚切《ひげきり》という源氏が代々伝えてきた太刀で鞘の丸いのを菅《すげ》で包んで脇に挟み、不破《ふわ》の関を越えて関が原という所に着いた。

大勢の人が馬を鞭打って都に上るのをはばかり、道のほとりの藪陰《やぶかげ》に隠れたのを、弥平兵衛が尾張から都へ上ろうとして、これを見つけ、怪しく思って郎等に命じて召し取ってみれば、兵衛佐である。喜んで、頼朝を自分の乗替《のりがえ》の馬に乗せて都に上ったのであった。中宮大夫進朝長の首をも、部下に持たせて上った。その首は検非違使が受け取って、都大路を見せしめに渡し、獄門の木に懸けられた。
兵衛佐は弥平兵衛に身柄が預けられた。この弥平兵衛は、情けある人物で、頼朝をさまざまにねぎらい、大切に扱った。

二五　常葉、出奔《しゅっぽん》

左馬頭義朝の子らは、多くいる。鎌倉の悪源太は、切られてしまった。次男、中宮大夫進朝長は、その首が衆目にさらされて都大路を渡され、獄門の木に懸けられた。三男、兵衛佐頼朝は、その身柄を拘束されていて、生死の如何《いかん》がいまだに決まっていない。このほかに、九条院の雑仕《ぞうし》の常葉の腹から生まれた子ら三人がいる。幼いけれども、皆、男の子なので、

「このままでは、すまないだろう」

などと、世間の人はうわさし合った。

常葉はそのことを聞いて、

「この私、左馬頭に先立たれて嘆いているのに、更にこの子供たちを殺されては、ほんのちょっとも生きていられようか。幼い者たちを引き連れて、思い通りにならぬにしても身を隠そう」

と、思い立った。

年老いた母がいたけれども、それにも知らせず、召し使う女も多くいたけれども、頼りにできないのは人の心ゆえ、それらにも知らせず、夜の暗闇にまぎれて、あてどもなく我が家を出る。

兄は今若といって八つになる。中の子は乙若といって六つ、末の子は牛若といって二歳である。年のいっている方の子を先に立てて歩かせ、牛若を胸に抱いて屋敷を出た。心の慰めようがないゆえに家を出て来たものの、これから先はどこへとも判断できず、足に任せて行くうちに、長い年月、誠意を捧げてきた結果なのか、(通いなれた)清水寺へ参ったのであった。

その夜は、本尊の観音様の御前で、夜通しお祈りをする。二人の子を左右の傍らに寝かせて自分の着物の裾を掛けてやり、幼い子を懐に抱いて、一晩中、泣かせまいとなだめすかす、その心の内は、言葉に尽くせない。

方々から参詣している身分の高い人や低い人々が肩を並べ、膝を重ねるようにして、並んで座っていた。その人たちの祈り願う意向は、まちまちである。あるいは、いつまでも生きていられない世の中ではあるものの、世を渡るのが難しい我が身の状況をよくして欲しいと祈る者もいる、あるいは、公に奉公しながら、官職・官位が思い通りにならないことを祈る者もいる。しかし、常葉は、

「三人の子らの命を、お助けください」

と祈るよりほか、他に心を込めて申すこととてない。

九歳の時より毎月の観音の縁日《えんにち》に月詣《つきもう》でを始めて十五歳になったので、その時から縁日の十八日ごとに、観音経を三十三巻読誦《どくじゅ》し申しあげることを、怠ってはいない。お参りに足を運ぶその誠心誠意の心根は浅くないことゆえ、本尊の観音も、どうしてかわいそうにと光を当ててくださらないことがあろうか。（常葉は観音に向かい、）

「過去世《かこせ》で衆生《しゅじょう》救済のためにお立てになった慈悲深い大慈大悲のお誓いによれば、業因で定められた寿命を持つ者すらも命を助け、枯れ朽ちた草木も花が咲き、実がなると、うかがっております。信じ敬います、千の手とその中に千の眼を持たれる千手千眼《せんじゅせんげん》観世音菩薩さま、三人の子らの命を、助けてくださいませ」

と、夜通し泣きながら縷々《るる》お祈り申しあげれば、観音も、どれほど同情なさるであろうかと思われた。

明け方早くに、常葉は師と仰ぐ僧の宿坊に行った。僧が、湯を注いだ飯などを出して勧めたけれども、常葉は胸がふさがって少しも見ようとしなかった。それでも子供たちには、あれこれだまして食べさせた。

常日ごろ参詣した時は、実にりっぱな乗り物に乗り、下部《しもべ》や牛飼いもきらびやかに装って供をしていたから、確かに左馬頭の最愛の気持ちもそこに現れていて、すばらしく見えたのに、今は人から怪しまれまいと、身には満足な衣装も着ず、幼い子らを引き連れて泣き濡らしたようすは、目も当てられない。師匠の僧も涙を流した。

「雪の晴れ間となるまでは、隠れてここにいらっしゃい」

と言ったところ、

「嬉しいお言葉に聞こえますが、この寺は六波羅の近くですので、どう考えても良くないでしょう。今となっては仏様神様のお助け以外には、また頼りにできるものもありません。観音にも、よくよくお祈り申してください」

と言って、卯《う》の時（午前六時ころ）に清水寺を出て、奈良に至る大和大路《やまとおおじ》に歩を進め、どこを目指すということもなかったけれども、南へ向かって歩み行く。

二六　伏見の里へ

時は二月十日の夜明けだったので、立春後の寒さはなお尽きず、東山を源とする音羽川《おとわ》の流れも氷っていて、峰から吹き降ろす嵐もたいそう激しい。道に張った氷も解けない上に、また空が掻き曇って雪が降るため、行こうとする方角すらも見えなかった。子供たちは、しばらくの間は母に促されて歩いていたけれども、のちには足が腫《は》れ、血が出て、ある時は倒れ伏し、ある時は雪の上に座り込んで、

「寒い、冷たい、これ、どうしたらいいの」

と泣いて悲しむ。母はひとり、これを見ていたその心の内は、言いようもない。

子らの泣く声が高い時は、敵が聞いているのではと肝《きも》を冷やし、すれ違う人が、

「これは、どうしたこと」

と、同情して問いかけてくるのも、下心があって聞いてくるのかと不安に駆られる。

母は、思い余る悲しさに、子らの手を引いて、人家の門の下でしばらく休み、人目が少なくなった時、八歳の子の耳にささやいて言うに、

「どうして、お前たちは道理が分からないのですか。ここらあたりは敵の近く、六波羅という所ですよ。泣いていれば、人からも怪しまれ、左馬頭の子供たちだといって捕らえられ、それで、首なんかを切られるようなことになりなさんな。命が惜しいなら、泣いてはいけません。お腹の内にいる時も、りっぱな人の子は、母の言うことを聞くといいます。ましてあなたたちは、七つ、八つになっているでしょう。どうして、これくらいのことが聞き分けられないのですか」

と、しきりに訴えて泣くと、八歳の子は、ほかよりもう少し年が行っていたので、母のいさめ、さとす言葉を聞いてからは、涙は同じように流しながらも、声をあげては泣かなかった。六歳の子の方は、もと通りに言うことを聞かず、倒れ伏して、

「寒い、冷たい」

と泣いて悲しむ。常葉は二歳の赤子を懐に抱いていたから、六歳の子を抱くこともできない。その子の手を取り、引きながら歩いて行く。

左馬頭が討たれたと聞いてからは、湯水すら口にしようとしなかったから、影のように痩《や》せ衰え、心を取り乱してばかりだったのに、その上にこの嘆きが加わり、気が遠くなりそうに思うけれども、子らのことがいとおしくて、ただ足にまかせて歩んでいった。

まだ夜の暗いうちから清水寺を出て、春の日の長い一日を歩いたものの、子供らが先に行かないのを、あれこれ面倒を見ているうちに日は暮れてしまい、夕暮れにつく寺の鐘が聞こえるころに、やっと伏見の里に着いたのであった。

二七　老婆の温情

日が暮れ、夜になったが、どこに立ち寄ったらいいかも分からない。山蔭や野辺のそばに人の家は見えるけれども、

「あれも敵に近い人の家だろうか。こちらも六波羅の家人の所だろうか」

と思うと、心を許して気楽に宿を借りようという思いにもならない。

「私につらい思いをさせるに決まっていた人の子らの母となって、今日はこんな悲しみにあっているなんて」

と思ったものの、また思い返して思うには、

「愚かな私の心だこと。こんなふうにあてどもなく家を出てきて落ち着かないありさまゆえ、夫の後世を弔うこともしていないけれど、ともに愛し合ったからこそ子供たちもでき

た。夫ひとりの罪、咎《とが》にしてしまったとは幼稚な考え。

今日一日中、歩いて疲れている者たちに、足を休めさせてあげなければ、どうして明日からの旅の道を歩かせることができよう。宿を借りないということなら、間違いなく野山で野宿することになろう。さあ、そうしたら、野山にも恐ろしいものが多いと聞いている。何事もなく夜を明かすことも難しい」

と思うにつけても悲しいので、道端の木の生い茂っている下で、親子四人の者たちは、手を取りあい、身体に身体を寄せ合って泣いていた。

夕方の時刻も過ぎてしまったので、行き来する人も影が絶え、所どころに見えていた家も戸を閉じてしまって、心細い。人里から昇っていた夕餉《ゆうげ》の煙も絶えてしまったから、宿を借りたいと思いめぐらすことも、今はできない。夜も更けて行けば、風が激しくなり雪が降って、子供たちも自分の身も、明日を待っていられる命とは思われない。

「ああ、人の身分も分からないような山里人の草ぶきの庵でもあってくれたなら。そこに、今夜だけでも身を隠して、子らを助けように」

と思っていた。

幼い者たちも泣き弱って、声も時々はとだえ、息も絶え果てるように聞こえるので、

「このようにしていても助かるのだったらいいが、どうしたって生きながらえられない身なのだから、人里に宿を借りてこそ、もしかしたらの希望もあるだろう」

と思い定め、物を焚《た》いている火の光が見えるのを頼って、おずおずと近づき、竹を編んで作った粗末な戸をたたく。家のあるじと思われる、年配の女が戸を開けて出て来た。

常葉を見て、たいそういぶかしそうに見まもり、

「どうしたのですか、頼りになるような人も連れないで、幼い人たちをお連れ申して、この雪に、どこへいらっしゃるのですか」

と言うと、常葉は、

「そのことです、夫が私に冷たい薄情な態度を見せたので、恨めしさのあまりに、子らを引き連れて家を出ましたけれど、雪さえ降ってきて道に迷ってしまったのですよ」

と答えて、しおしおとしたようすをして、本心ばかりはごまかそうと、深い事情などないようなそぶりをするけれども、落ちる涙は袖で隠せないほどであった。

女あるじは、

「やはりおかしいと思いましたが、いずれにしても、ふつうの人ではいらっしゃらないでしょう。このような乱れた世ですから、それ相応の方の奥方でいらっしゃるでしょう。行方定まらぬ貴女様《あなた》のせいで、この老い衰えた下臈《げろう》の身が六波羅へ呼び出されて、縄を掛けられ、恥をかいて、たとえ命を失うほどの目にあうにしても、貴女方をここから追い出し申しあげていいものですか。

この里の常として、誰が貴女方の身をお引き受けしましょう。この家でお泊めできない

と申すならば、野や山に行かれることになりましょう。これほど寒く耐えがたい夜に、明日までも、どうして生きながらえて、いらっしゃれますか。家は多い、門も多くある、その中で、この家をお思いつかれた御ことも、この世だけではない、前世からのご宿縁でございましょう。見苦しい所ですけれども、中へお入りください」

と言って、急いで呼び入れてさしあげる。新しい莚《むしろ》の敷物を取り出して敷いてさしあげ、たき火をして身体に火を当てさせ、ごちそうでもてなし、食べるように勧めた。

常葉は、胸がふさがった気分で食べものを少しも見ようとはせず、子供たちには、あれこれだましすかして食べさせた。常葉が物を食べないのを、女あるじはいたわしく思い、色々の果物《くだもの》やお菓子を取りだし、

「これはどうかね、それはどう」

と勧めるので、常葉はふつうのこととも思われず、ひたすら清水の観音のご慈悲だと、今後のことも希望が持てるように思ったのであった。

二八　母子、心の交流、都落ち

六歳の子は歩き疲れて、何心もなく、常葉の膝の傍らに寝ていた。八歳の子は、父義朝のことが忘れられず、母の涙も止まらないので、気をゆるめてまどろむということもない。常葉は、部屋の壁に顔を向けて、こらえきれない涙をせき止められない。

夜が更け、人が寝静まったのち、母が八歳の子の耳にささやいて言うに、

「ああ、かわいそうな者たちのようすだこと。世に栄えている人は、十人、二十人の子を育てる人もいるではないですか。相手に先立たれたり、自らが先立つことは、この憂き世の常とは言いながら、夫婦がともに長生きして同じようにすっかり白髪になり、そののち、子がその二親《ふたおや》の後世を弔う例もあるでしょ。お前たち三人を子として持っているけれど、せめて一人は、最後まで私のそばにいてほしいもの。明日は、どんな者の手にかかって、お前たちはどのような目にあうのでしょう。水の中に沈められてしまうのでしょうか、土の中に埋められてしまうのでしょうか。母としてお前たちが私を頼りにできることも、子としてお前たちをいつくしみ守ってあげられるのも、夜があけるのを待っている間の、残された最後の時間ですよ」

と、泣く泣く縷々《るる》訴えれば、八歳の子が言うに、

「では、私が死んだら、お母さんはどうなるの」

母は答えて、

「お前たちを先立たせて、一日、いや片時《かたとき》だって我慢していられるような私だったらね。それはできないから、一緒に死ぬでしょうよ」

と言うと、八歳の子は、自分たちに離れまいとして母も死ぬだろうことが嬉しくて、

「お母さんさえ一緒だったら、命は惜しくない」

と言って、顔に顔を寄せ、手に手を取り合って、少しも目を閉じてまどろむこともなく、泣き明かした。

ほどなく明ける春の夜ではあるけれども、思いわずらうことのある身には穏やかに夜明けを迎えられず、暁の空が白むのを待っているうちに、朝を知らせる鶏《にわとり》のさかんに鳴く声がしきりにして、夜明けを告げる寺々の鐘の音も聞こえてきた。

夜もほのぼのと明けて行ったので、常葉は子供たちをだましすかして起こし、旅立とうとする。女あるじは急いで出て行き、それを留めた。

「今日はこのままで、幼い人たちのおみ足をも休めてさしあげ、雪が晴れたのちに、どちらへでもお出でなされ」

と、むりやりに留めた。

名残を惜しむべき都ではあったけれども、子らのためには厭わしい所なので後にして、この近辺からも遠く逃げて行きたいと急いだけれども、あるじの温情に慰留され、その日も伏見で過ごしたのであった。

その夜も明けて行ったので、また子らを起こして、あるじにいとま乞いをして出て行った。女あるじが、遠くまで見送って、小声で申したのには、

「どのような人のご縁者で、こんなに深く人目を忍んでいらっしゃるのか。都近いこの里に、これ以上、お留め申しあげることは、却ってかわいそうですので、今日はお留めいた

しません。

誰とも分かりません貴女様ゆえに、あれこれ心を砕く私の心は理に合わないことですよ。ご安心できるようになり、都にお住みになられるようなことになりましたら、卑しい我が身ではありますが、お訪ねくださいよ」

と言って、涙を流したので、常葉は、

「前世で二人が親子の関係でなかったなら、このような縁があろうとは思われません。命のある限り、この親切心、どうして忘れましょうか」

と言って、泣く泣く別れたのであった。

道すがら、見る者は同情して思いやりを見せ、馬などに乗せて送ってくれる者もあり、歩いている者も見過ごさずに、子供たちを背負ったり抱いたりして、五町十町（約五百五十㍍から千百㍍）を送ってくれるうちに、思いのほか気に病むこともなく、大和国の宇陀《うだ》の郡《こおり》に着いた。親族たちがいたのを訪ねて会い、

「子らの命を助けようと、皆さん方を頼って、迷いながらやって来ました」

と言うと、今の世の中を警戒して、

「どうしたものか」

と、当初は話し合ったけれど、

「女の身で、はるばる頼ってきた思いを無にしてしまうのは、かわいそうだ」

ということで、さまざまに世話をしたので、のちのちのことまでは分からないものの、当座は安堵《あんど》したことであった。

平治物語　下巻（現代語訳）

一　頼朝の助命

兵衛佐頼朝は、弥平兵衛宗清のもとに身柄を預けられていたが、日常の立居《たちい》ふるまいが、ふつうの幼い者とは違い、大人びているのを見て、皆、人ごとに助けたいものと言っていた。ある人が、兵衛佐にひそかに申したのは、

「あなた様の最終的な身のなりゆきについては、池殿をお頼り申しあげて願い出ますならば、お命はお助かりになるでしょう。池殿と申しますのは、大弐清盛の継母、尾張守頼盛の実母のこと、故刑部卿忠盛の未亡人で、人々が大切にお思い申しあげています」

と言うので、兵衛佐が内々に池殿にお願いしたところ、池殿は昔から人の嘆き訴えることを気の毒に思う人で、このことをお聞きになり、かわいそうに思われて、清盛の嫡子重盛が、今度の勲功の賞で伊予守になり、今年の正月には左馬頭になられたのを招いて、おっしゃられたのは、

「兵衛佐という十二、三の者の首、切られてしまうのは、かわいそうですよ。頼朝一人だ

けをお助けくださいと、大弐殿にお願いしてくださいな」

と言われたので、重盛がその旨を話されたところ、清盛は聞いて、

「池殿がこの世におられますのを、故刑部卿殿のようにお思い申しあげてきたから、万事、ご命令に背き申すまいと考えるけれども、このことは、たいそう難しいことだ。伏見源《げん》中納言師仲や越後中将成親などのような者は、何十人許しても不都合ではないが、あの頼朝は、源氏の祖、六孫王経基の子孫として、正真正銘の嫡流の子だ。名将たる父の義朝も、見るところがあったのか、官吏の地位昇進も、何人もの兄を飛び越えている。戦場でも、したたかなふるまいをしたと聞いている。遠方の国に流し置いていいような人物とも思われない」

と言って、はっきりした返事もしない。

重盛が池殿にこの旨を申されると、池殿がおっしゃられたのは、

「大弐殿の力でたびたびの戦乱を鎮圧し、君をお守り申しあげたので、一門は繁昌し、源氏はことごとく滅びました。頼朝一人を助け置かれますとて、どれほどのことを、しでかしましょうか。前世で頼朝に助けられたのか、あまりにかわいそうに思われますよ。また、そなたに頼ってお願いするのも、使いに立つ者の人柄ゆえの希望もあろうかと思い、お頼みしました。

大弐殿は、この尼の身を分けて生まれたのではないというだけです。平家一門を育てて

くださるゆえ、大事にも、いとおしくもお思い申しあげていますこと、実の子の頼盛、何人に思い替えられましょうか。私のこの気持ちは、それでも、長年、ご覧になって来たでしょうに。

もしかして、そなたが、私の血を引いていないということで、遠ざけておられるのかと、たいへん恨めしく」

と言って、涙ぐみなさった。

重盛が再び大弐殿に申されたのは、

「池殿の恨み、とんでもありません。女性のおろそかな心に思い立ってしまったことは、難儀この上ないのが常です。あまりに池殿のご意向に背き申されなさると、嘆かわしく困ったことになりましょう」

と申されたので、大弐はお聞きになり、

「大変な事を、おっしゃられる人だな」

と言って、それ以上、特別な言葉もなかった。

池殿は、このことで力を得て、継孫の重盛と我が子の尾張守頼盛とを使者に立て、代わる代わる嘆き訴えられたので、

「兵衛佐は、今日、切られるだろう」

「明日は必ず」

とうわさが立ったが、しだいに延びて切られない。兵衛佐が心中に思ったことは、

「源氏の氏神の八幡大菩薩は、この世にいらっしゃったのだ。命さえ助かったなら、どうして目的を遂げないでおけようか」

と、早くも思ったのは恐ろしい。

　兵衛佐は、

「一日でも命のある時に、父の供養のために卒塔婆《そとば》を作りたい」

とおっしゃったけれども、卒塔婆にする木もなく、刀も持つことを許されなかったので、ただ思うだけであった。池殿に仕える下級の使用人で丹波藤三頼兼《たんばのとうぞうよりかぬ》という者が、この思いをいとおしく思って、杉や檜《ひのき》で小さな卒塔婆を作り集めて差し出す。兵衛佐は、この上なく喜び、梵字《ぼんじ》と思われる字を真似して書き、その下に阿弥陀仏の名号《みょうごう》を書いて、数百本の卒塔婆を掻き寄せて束ねあわせ、

「子供らにばらばらにされず、牛馬にも踏みつけられないような所に、亡き父のため、この卒塔婆を置いて差しあげたい」

と言うので、藤三は、

「置いてあげましょう」

と言って、昔、六波羅の屋敷内に万功徳院《まんくどくいん》という古い寺があったが、その庭の池の小島に置こうとして、あれほど厳しい立春後の寒さの中で裸になり、卒塔婆を髪の髻《もとどり》に結びつけ、

泳ぎ渡ってそれを置いたのであった。兵衛佐は、このように藤三が世話してくれるのも、「何から何まですべて、池殿のご厚意の結果だ」とお思いになった。

二　世評

(世の人は)

「昔、大草香《おおくさか》親王の御子の眉輪王《まゆわのおおきみ》は、七歳で継父の安康《あんこう》天皇を殺害申しあげ、厨川《くりやがわ》次郎安倍貞任の子、千代童子は、十三歳で甲冑《かっちゅう》を身につけて盾の前に現れ、矢を放って敵を討った。弓矢の道は、幼いからどう、ということではない。昔の人は、こうであった。兵衛佐は、父が討たれたのであれば討死し、自害でもすべきなのに、尼公《にこう》を頼って命を助かろうと言う。言語道断だ」

と、上下の身分の人たちは、みな非難した。

ある人が言うには、

「りっぱな名将や勇士だとて、誰が命を惜しまない者がいようか。その上、中国の昔のことを考えてみるに、越王の勾践《こうせん》と呉王の夫差《ふさ》とが合戦した時、越王はいくさに負けて、呉王に生け捕られた。越王が臣下として呉王に忠実に仕えること、長年の召使い男に優るほどであった。呉王は、その厚意に感じ入り、越王を殺さなかった。

呉の臣下に伍子胥《ごしじょ》という臣がいた。「越王を殺さなければ、呉の国は滅びるだろう」と忠告した。呉王は、それを聞かなかった。伍子胥が強く諫めたので呉王は怒り、伍子胥を切った。伍子胥は処刑される時、「我が眼を抜き取って、呉の国の門に掛けよ。越が兵を起こして、呉国を滅ぼすのを見よう」と言って、遂に切られた。

越王がいとまを得て本国へ帰る時、ヒキガエルが高く跳び上がって道を越えて行った。越王は馬を下りて、それに礼をした。見ていた人が問うて言うに、「どうして蛙に礼をするのか」。すると、越王の臣下の范蠡《はんれい》が言うに、「我が君は、勇敢な者を称賛されるのだ」と答えたので、勇者が多く従いついた。

その後、多くの年月を経て、軍勢を招集して呉国を攻めた。会稽山《かいけいざん》という所で呉を滅ぼしたゆえ、会稽の恥をきよむという言葉がある。そのように、兵衛佐も、命さえあったならと思っているだろう。尼でも大弐でも、考えていることが分からない。恐ろしい、恐ろしい」

と、申す者もいたことであった。

三　常葉、六波羅に出頭

さて、九条院の雑仕、常葉の腹から生まれた義朝の子供らが三人いる。皆、男の子なので、そのままにはしておけないということで、六波羅から武士を遣わして探すと、常葉と子供たちはいない、常葉の母の老尼《ろうに》ばかりがいた。

「娘の姫と孫の行方を知らないことは、決してあるまい」

ということで、六波羅へ呼び出して尋問される。

常葉の母が申すに、

「左馬頭が討たれたとうわさになったその翌朝から、幼い子らを引き連れて、行方も分からなくなりました」

と言ったので、

「どうして知らないことがあろう」

と、種々の拷問に及ぶ。少しばかり責め苦にいとまがある時、母が申したことは、

「私は、六十歳を超えた老いの身です。何事もなく時を過ごすとしても、どれほどの命があるでしょう。三人の孫たちは、まだ十歳にもならない幼い者たち、もし無事であるなら、将来は開けているでしょう。今日明日に消えるとも分からない露のような私の命を惜しんで、明るい将来のある三人の命を、どうして失くしていいでしょうか。たとえ、子らの行方を知らせてきたにしても、申すことは致しません。まして、その行方は夢にも知らないことです」

と、言った。

常葉は大和にいて、このことを伝え聞き、

「私が子を愛しているように、母も私をいとおしく思っているのでしょう。私ゆえに苦しい目にあっていると聞いていながら、どうして出て行って助けないでいられよう。子供たちの前世からの果報が良くなくて、義朝の子として生まれてしまい、父親の罪科が自分に及んで殺されてしまうのは、その道理があるはず。その正当な理由もない私の母がつらい目を見るのは、すべて私の罪ではないか。

今後も子が欲しいなら、夫と同じ血縁の子をもらい受けて育てても、私の心は慰められるでしょう。どんなに長い時世《ときよ》を経たとしても、再びありえない親子の仲。責め殺されてしまっては、後悔しても甲斐のないこと。母が、まだこの世にあるうちに、名乗り出て母を助けよう」

と思って、三人の子供たちを引き連れて、故郷の都へ帰った。

もとの住まいに立ち入ってみれば、門戸を閉め切って人もいない。近所の人に近づいて、

「お年寄りは」

と尋ねると、

「先日、六波羅へ呼び出されなさって、そののちは、下男たちも逃げ失せて、このようにひどいありさまにおなりです」

と言ったので、

「やっぱりそう」

と思い、いつも尽きることのない涙を流した。

常葉は、かつて仕えていた九条院御所に参上して、泣く泣く申しあげたことは、

「女の心の浅はかさは、最後には逃げきれまいと思いながらも、この子らの痛ましさに、ほんのわずかな時でも我が身のそばに置いて面倒を見られましょうかと思い、幼い者たちを引き連れて、へんぴな片田舎に身を隠しておりましたが、これからどうなるかも分からない年老いた母が六波羅へ呼びだされて、色々と痛めつけられ尋問されていると聞きましたので、子らのことは何とでもなれ、母の苦しんでいるのを助けましょうと考え、子供たちを連れて参ったのです」

と言うと、御所様をおはじめとして、その場にいたありとあらゆる女房たちは、皆、涙を流した。(女房たちが言うに)

「世間一般の女性の心でしたなら、「年老いた母は、今日死ぬとも分からない命。亡くなったならば、後世をよく弔いましょう。将来のある子らの方を助けよう」と思うでしょうに、子をみな失うことになろうとも、母ひとりを助けようと申します志、めったにないことですよ。仏様神様も、きっとご慈悲を垂れてくださるでしょう。

子供たちもまた、武士の子らしくもなく、皆、素直に親に従っている。かわいそうな顔つきをしていることよ。

長年、常葉がこの御所に仕えていることは、人が皆、知っております。きちんとりっぱ

に身支度をさせてあげてください」

と、それぞれ申しあげたので、中宮もそうお思いになり、親子四人に清潔な着物を着せ、牛・車・下部《しもべ》まで、いずれもそれ相応に見えるように装わせて、六波羅へ遣わした。

九条院御所を出て、鴨川の河原を東へ車を進めれば、着ている衣を脱げと言う脱衣婆《だつえば》こそいないものの、脱衣婆がいる冥土《めいど》の三途川《さんずのかわ》を渡る心地がして、そうこうしているうちに六波羅に近づくゆえ、涅槃《ねはん》経にある、屠所《としょ》におもむく羊の歩みが、今日は我が身のことのように思われて哀れであった。

六波羅邸に出頭したところ、伊勢守景綱が身柄を預かった。常葉が申したことは、

「女心の浅はかさは、この子らが、もしかして助かるかと思い、片田舎へ引き連れて下りましたが、罪咎《とが》もない母が呼びだされて、恥ずかしい目にあい、苦しい思いをしているとお聞きしましたので、子供たちを失いましょうとも、母をどうして助けないでおけましょうと思い定め、お尋ねの子供らを同伴して参りましたからには、母をお許しください」

と、泣く泣く言えば、聞いていた人は、親孝行の真心を感じて、皆々、涙を流した。

伊勢守景綱がこのことを大弐殿に申しあげたので、清盛は常葉の母を許した。

母は、景綱の屋敷へ来て、娘の姫と孫たちに目をやり、息も絶え入りそうに嘆いた。だいぶ時が経ってから起き上がり、常葉の顔をうらめしそうに見て申したことは、

「ああ、恨めしい心遣いをしてくれたこと。年老いた我が身は、どっちみち後世が近づいているのですから、生き長らえたとて、いつまででしょう。わざとでも我が身に替えて、孫たちを助けたかったのに。何のために、子供たちを連れて出てきて、私につらい思いをさせなさるのか。姫と孫たちを再び見られたのは、まことに嬉しいことながら、孫たちが亡くなってしまうでしょうそのことが、悲しい」

と言って、手を取りあい、顔を寄せあい、同じ所で涙にくれた。

四　清盛との対面

大弐清盛が常葉を呼び出したので、子供たちを引き連れて清盛邸に出て行った。六歳の子と八歳の子は、常葉の左右の傍らに座っていた。二歳の牛若は懐に抱かれている。常葉が泣く泣く申すに、

「夫の左馬頭が罪深い身で、その子らを皆、殺そうとされるのを、一人でも助けてくださいと申すのなら、私はものの道理をわきまえない身でもありましょう（そう言いたいのではありません）。

子供たちが殺される前に、まずこの我が身を殺してくださいと申しあげますのを、どうしてお聞き届けくださらないでいいでしょう（そうするのが当然なはず）。

身分の高い人も卑しい人も、親が子を思ってあれこれ迷う心の闇は、おしなべて皆そうです。この子らに死に別れては、わずかでも耐えて生きていられる身とも思われません。私をお殺しになってのちに、子らをどうとでもしてください。

この意向を申しあげるために、あの世にいる左馬頭に恥をかかせて、このような情けないありさまをかえりみもせず、ここまで参ったのです。この世でのお情け、来世のための御功徳《おんくどく》、何事かこれにまさるものがあるでしょうか」

と、泣く泣くしきりに訴えると、六歳の子は母の顔を頼もしそうに見上げて、

「泣かないで、よくよくお願いしてくださいよ」

と言ったので、その時までは、たいそう気の強そうにしていらっしゃった大弐殿も、

「殊勝な子の言葉だな」

と言って、横を向いて、さかんに涙を流された。武士連中も、たくさん並んで座っていたが、涙にむせんで顔を伏せ、面を上げる者もいない。

常葉の年は、二十三であった。中宮に仕える官女であって、ものになれている上、深い思いが胸中にあり、それが言葉となって口に出て、勇ましい武士までも同情するほどに話し続け、青い眉墨で描いた眉は、尽きない涙で形を崩し、嘆く日々が重なってその人とも分からないほどに痩せ衰えてはいたけれども、それでもなお、世のふつうの女性にまさっていた。見る人が、常葉をたたえないということはなかった。

「あれほどの美女を目にしたこともなく、耳にも聞いたことがない」

とうわさしあったところ、ある人が申したのには、

「美しいのは道理だ。大宮左大臣伊通公が、わが娘の中宮の御所へ、見た目の美しい女を遣わそうとして、美しいと評判のあるほどの女を、宮中の中から千人を集めて百人を選び、百人の中から十人を選び、その十人のうちの一番ということで、この常葉を遣わされたので、悪いはずはない。

だからだろうか、見ても見ても、めったにはない容貌だ。唐の楊貴妃や漢の李夫人が、一度笑えば百の色気が生まれたといっても、この常葉には及ぶまい」

と、たわむれに言う人もいた。

常葉は、伊勢守の屋敷へ帰った。そののち、荒い足音が聞こえる時は、

「今もう、我が子らを殺しに来たのだろうか」

と、気も心も身に添わない。母は子供らの顔を見て、

「あと、いつまで」

と、見まもって泣く。子らはまた、頼もしくもない母を頼って、手に取りついて見上げて泣く。互いに尽きない涙のようす、袖にあふれてせき止められない。

大弐清盛がおっしゃるに、

「義朝の子供たちのことは、個人的に清盛が取り計らうべきではない。合戦の賞罰のこと

は、天皇の命に従って事を執り行うばかり。更にお気持ちをうかがって、天皇の御意向に従うことにしよう」

と言うので、六波羅に仕える人々は、

「どうしてそのように、お心弱いことを仰せなさるのか。この幼い者たち三人が成長したなら、将来、どんな一大事を引き出すことになりましょうか。平家のご子孫のために、かわいそうであります」

と忠告したところ、清盛は、

「私もそうは思うけれども、年のいっている兵衛佐を、池殿が助けようと申されている上は、一人前の頼朝を助けておいて、それより幼い者を切ることは、その理屈が逆で通らないことになろう。何と言っても、頼朝が生きるか死ぬかにかかっていよう」

と、おっしゃった。

常葉は、

「一日、いや片時《かたとき》だって、命のあるのこそ不思議なこと。これはすべて、清水の観音のお助け」

と頼もしく思われて、自身は観音経を読誦《どくじゅ》し、子供らには観音のお名前を教えて唱えさせた。

兵衛佐の死罪のこと、池殿がさまざまに申請されたので、死罪を許されて流罪に決定された。

「これは、ふつうのことではない。八幡大菩薩のご配慮だ」

と、頼朝が氏神を信じ敬うこと、この上なかった。兵衛佐は、東国の伊豆国へ流されると決まった。

まして常葉の子らは幼いゆえ、

「助かるだろう」

とうわさしあったが、面倒なこともなく罪科にあたいしない者たちだということで、死罪を免除されたのであった。

五　経宗《つねむね》・惟方《これかた》の流罪

二月二十日ころのこと、後白河院は八条堀川の皇后宮権大夫藤原顕長《あきなが》卿の邸宅に設けられた、地面より一段高い桟敷《さじき》へいつもお出ましになって、四方の山辺に春の霞がかかり、夕煙が立ち上っている風景をご覧になって心を慰められていたが、二条天皇のおられる内裏よりの御使者だと称して、桟敷殿の外部に面した部分を板で打ち付けてしまった。

上皇は深く憤り、大弐清盛を呼び寄せ、

「天皇は、まだ年若くておられるから、こんなお考えをしようとは思われない。今度のことは、経宗・惟方のしわざだ。捕縛せよ」

と仰せ下されたので、清盛がそのご命令をお聞きして申したのは、

「保元の御合戦にもお味方に参って、忠節を尽くしました。去年の戦いにも、命を惜しまず、忠節を尽くして世の乱れを鎮めました。何度でも、ご命令に従い申しあげます」

と言って退出し、経宗・惟方両人の邸宅へ武士を派遣した。新大納言経宗邸では、雅楽助《うたのすけ》通信《みちのぶ》・前武者所《さきのむしゃどころ》信泰《のぶやす》の二人が討死した。

経宗・惟方の両人を捕縛して、中庭に座らせた。いよいよ死罪に定まったのを、法性寺大殿《おおとの》忠通が申されたのには、

「嵯峨天皇の御代《みよ》に、左衛門督藤原仲成が誅殺されて以来、死罪を中止して長い年月が経ちましたのに、保元の乱で少納言入道信西ほどの才能ある人物が、誤って死罪を執行し、間に二年あって去年の反乱は起こりました。

死罪を実行すれば戦乱が絶えないという格言、即、現実になりました。公卿たる人の首を簡単に切られますこと、いかがでございましょうか。

「遠流《おんる》は再び帰って来ることはない。死罪に同じ」と、うかがっております。死罪を広い心でお許しになられて、遠流になされるのが、よろしいでありましょう」

と申されたので、

「大殿は、すばらしいことをおっしゃりなさるものよ。御先祖の大織冠《だいしょくかん》鎌足より以降、代々、天皇の御《おん》守護者として善政をのみお勧め申してきたから、今もまた、りっぱでいら

っしゃる。御子孫の繁栄も、さぞかし続くでしょう」

と、諸人《もろびと》がほめたたえた。

六　流人たちの召還

少納言入道信西の子供たちは、僧俗十二人いた。国々へ流し置かれていたその面々を、召還される。

それにつけても、紀二位の心の内は、かわいそうであった。権勢を競った信頼は誅殺された。夫の少納言入道も命さえあったならば、どんな国からでも帰って来たであろうに、何人もの子供たちが召還されたのを見聞きしても、死別して後世に旅立った夫のことを嘆いた。上皇も、政務をつとめなさるたびごとに、ご相談される相手がいないことで、亡き信西のことを思い出された。

新大納言経宗は、阿波国へ流される。別当惟方は、出家したと伝わった。が、長門国へ流された。

伏見源中納言師仲卿は、神鏡の内侍所《ないしどころ》を、賊軍の手から取って都にお留めした功績により、信頼与同の重罪は寛大に処理されて許された。それでも、

「都の内に留め置かれるのは、いかがなものか」

と、公卿たちが申されたので、播磨中将成憲の召還されたあとの、下野国、室《むろ》の八島へ流

された。三河国の（伊勢物語にも出る著名な）八橋《やつはし》を渡る時、このような歌を口にした。

夢にさえこのように見たであろうか（見てはいない）三河国の八橋を、
渡るであろうと、かつて思ったであろうか（思ったことはない）

上皇は、この歌をお聞きになり、急いで召し還された。

新大納言経宗は、阿波国より召還されて右大臣にまで昇進して、のちには阿波の大臣と世の人は称した。大宮左大臣伊通公が申されるに、

「世に長く住んでいると、おかしいことをも聞くものですよ。昔は我が国に吉備《きび》大臣と言う人がいたよね。また、ここに粟《あわ》の大臣が出て来た。いつかまた、稗《ひえ》の大臣が出て来るだろうよ」

と、おっしゃった。

経宗が大臣就任の披露宴たる大饗を催そうとして、伊通公を主賓にお招きしたところ、経宗からの使者が聞いているのにもはばからず、

「阿波の大臣が旅から都に帰ってきて、旅中の物をふるまう祝宴を開くという、私は行くまい」

と、おっしゃった。このことをも、人は、

「いつも通りの御こと」

と言って笑った。

別当入道惟方は、なお上皇のお怒りが深いから召還されないであろうと世に伝わったので、心細く思われたのであろうか、上皇御所の女房たちへ手紙を差し上げたその奥に、(一首の歌を書いた。)

この機会にも助け上げられず、川の瀬に沈んだと聞いたので、涙の川のかつて流れたよりも今はいっそう流れて、それで濡れている私の袖ですよ

女房たちが、御所でこの歌をめぐってあれこれ語りあったので、君も同情され、急いで召し還された。

七　池禅尼《いけのぜんに》、頼朝に対面

兵衛佐の死罪のことは、池殿がさまざまに言上なさったので寛大に処理され、伊豆国へ流された。池殿が兵衛佐を呼んで仰せになったことは、

「昨日までは、そなたのことに心を砕いてきましたけれど、今日は早、喜ばしいことになって、伊豆国とかいう所に流されるそうな。

この尼は、若く元気だった時から、かわいそうで同情したくなることすらもあれば、聞いてがまんできない心の持ち主で、多くの者たちの命を願い出て助け、切られそうな首をもつないできました。

今は、このような老いぼれの役に立たぬ尼のありさまゆえ、私が申すことも耳慣れて、

大弐殿は決して聞き入れまいと思われましたけれど、もしかしてと考え、申し入れてみましたら、それには、決してよらないでしょうけれど、死罪とかは許されました。尼の命があるうちの喜びとしては、これにまさることが、今後またあろうとも思われません」

とおっしゃると、兵衛佐は、

「あなた様の御恩によって、命を助けていただきました。この親切なご芳志、どれほど生まれ変わったにしても、どうしてお報い尽くすことができましょうか。東国への道中でどうにかなり、伊豆国でつらい目を見ましょうとも、何の恨みがありましょうか（ありません）。

ただし、はるばる下向する道中で、召し使う者が一人もおりませんでは、旅の日々がつらいことになるでしょう」

と、申されたところ、池殿は、

「それは、そう思うでしょう。あなたの父や祖父の時から召し使われていた者は多くいるでしょうけれど、警戒して出てこないのでしょう。刑を許されたと世に公にすれば、どうして長年仕えてきた者たちが、現れ出てこないことがありましょう」

と、おっしゃったので、兵衛佐が弥平兵衛宗清に相談して、ことを公にしたところ、従者や下人連中、七、八十人が出て来た。

その内に、家人《けにん》が三十余人いた。この家人たちが心等しく申したことは、

「さあ、ご出家なさり、池殿にもこれなら安心と思われなさってから、伊豆国へもご下向なさりませ」

と言う。その中で、纐纈《こうけつ》源五《げんご》盛康ばかりが、

「どんなふうに人が申しましょうとも、聞かないふりをして、出家せずに御髻《おんもとどり》を大切になさりませ」

と、耳にささやいた。ある時、盛康が申したことは、

「千人の内の一人でおられる貴重な身が助かりなさったのは、ただ事では決してありますまい」

と言って拝み、

「八幡大菩薩のご配慮でございましょう」

と言うと、頼朝は、

「髻を切りなさい」

と言っても返事もせず、

「切ってはいけません」

と言うにも、沈黙していた。その心中は恐ろしいことであった。

八　池禅尼の訓戒

永暦元年（一一六〇）三月二十日、兵衛佐頼朝は、伊豆国へ流されると世に伝わり、池殿邸へいとまを申すために参上した。池殿は、簾《すだれ》をかかげて頼朝をご覧になり、

「近くに、近くに」

と召し寄せて、つくづくと見まもりなさり、

「このように、生きるに難しい命をお助けしましたからには、この尼の言葉のはしばしまで、少しも違《たが》えるようなことがあってはいけません。弓矢・太刀・刀といった武器は、目に見たり、手に取ったりしてはいけません。狩猟・魚の漁の遊びもまた、思い立ってはいけません。うわさ好きの人の口は、意地悪なものですから、どんなよこしまな言葉の被害にあい、この尼の短い余命の内で、再びつらいことを聞くことになるでしょう（そうならないように気をつけてください）。あなた自身もまた、再びつらい目に遭うことは、悔しいでしょう。

どのような前世での所業の報いで、親子でもないあなたという人を、これほどいとおしく思うのでしょう。人の嘆きごとを引き受けて、自分の心を苦しめる私だこと」

と言って、涙をせき止められないようにお見えしたので、兵衛佐は今年で十四になった春である、思えばまだ幼稚な年齢のはず、それでも人の誠心誠意がよく分かって、涙にむせんで顔も持ち上げない。

だいぶ時が経ってから、涙を抑えて申したことは、

「頼朝は、去年三月一日に母に先立たれ、今年正月三日に父に死別しました。間違いなく孤児《みなしご》となって、「ああ、かわいそうに」と申す人すらおりませんのに、このようにお助けくださりましたからは、その恐れはございますが、父とも母とも、こちらの御方、禅尼様をお頼り申しあげます」

と言って、さめざめと泣いたので、池殿は、

「確かに、そう思うでしょう」

と言って、また涙を流された。そして、

「人は皆、亡き父母のために追善供養の気持ちがあれば、神仏の加護もあり、命も長くあるそうです。お経を読み、念仏をも申して、父母の後世を弔いなさい。

この尼の子に、右馬頭家盛という者がいました。その幼かった時の面影を思い出して、あなたのことを、いとおしく思うようになりました。

家盛は、鳥羽院にお仕えして、実力勢力、この上なかったのに、今の大弐清盛がまだ中務少輔《なかつかさのしょう》と申していました時、祇園の神社で事件を引き起こし、比叡山の大衆に訴えられて遠流になさるべきとの建議があったので、鳥羽院がお考えを迷っていらっしゃった時に、「清盛の流罪決定が遅々として進まないのは、弟の家盛が邪魔しているからだ」と言って、大衆がさまざまに呪いをかけているとのうわさが立ちましたが、比叡山を守る日吉神社の山王権現《さんのうごんげん》の御祟《おんたた》りということで、二十三の年に亡くなってしまったのですよ。

家盛に先立たれて、一日いや片時《かたとき》だってこの世に生きていられるだろうとは思わなかったけれども、はや十一年になりましたよ。昨日までは、家盛のことにそなたのことも加わってつらかったのに、今日こそ、涙がとだえる時ともなりました。将来、まだ長くあるあなたの身は、年月を経て都に召し還される時もあることでしょう。今日明日とも分からない年老いた私の命は、それを待つという希望もありません。これこそ、あなたと会える最後と思うと、ただ名残が惜しいことです」

と言って、お泣きになるので、兵衛佐もますます涙で袖をぬらした。

九　頼朝、東国へ出立

永暦元年三月二十日の明け方、六波羅の池殿邸を出て、はるかな東国への旅路に着いた。供をする者たちは多くいたけれど、ここで履物《はきもの》をつくろい直し、あそこで人に話しかけなどしているうちに、本当にあとに従ってくる者は三、四人に過ぎない。纐纈《こうけつ》源五盛康ばかりは、旅の身支度もきちんとして、大津までということで供をしていた。兵衛佐が、

「たくさん見えた者たちは、何で見えないのか」

とおっしゃるので、盛康は、

「はるかに遠い地へ下りますので、あるいは妻子、あるいは父母との名残を惜しんでいて、遅れてやって参りましょう」

と申したが、その後はとうとう見えない。

人は皆、流されるのを嘆くけれども、兵衛佐は喜んだ。それは道理なこと、切られて当然の身が流されるのであるから。それでも、都への名残惜しさは、どうしようもない。所どころで馬を止め、さかんに後ろを振り返った。

内裏に勤める六位の蔵人でもあったから、宮中における人々との交流も思い出される。皇后宮の役人でもあったから、その名残も忘れられない。

「父にも母にも縁のおありでない池殿のお助けを受けた。その、人情に厚く、深い恩を受けたあの人をすら、今となっては見申しあげることが難しい」

と思い続けて、敵陣の六波羅さえ、名残惜しく思われた。

中国北方の胡国《ここく》から来た馬は、北風にいななき、南方の越国《えつこく》から来た鳥は、南に延びた枝に巣を作る。そのように、生き物で心のないものも、故郷を慕う情はある。漢の東平王《とうへいおう》といった人は、故郷から離れた地で亡くなったため、その墓の上の草も木も、故郷の方になびいた。中国古代の王、黄帝《こうてい》の子、旅を愛した遊子《ゆうし》は、旅中に死んで神となって、道路を通り過ぎてゆく旅人を守り、蜀王《しょくおう》の望帝《ぼうてい》たる杜宇《とう》は、譲位後に出国、死後にホトトギスとなって、旅にある者に故郷に帰れと鳴いてさとす。この人々は、長い旅路で命を落とし、他郷に遺骸を残したが、望郷の魂が浮かれ出て、旅先の外地で死んだゆえの未練の思いを世に示した例である。兵衛佐の心も、そうかと思われて哀れである。

一〇　纐纈《こうけつ》盛康の夢告談

罪人を都から追い立てる追立《おったて》の使者は、下級役人の青侍《あおさぶらい》、季通《すえみち》である。粟田口《あわたぐち》の辺より道中で会う者から物を奪い取る。兵衛佐は、

「そんなふうにしてはいけない。この頼朝が下向する時に、道中で乱暴な行為があったとうわさになっては、穏やかではない」

と言って、それを止めさせた。

纐纈源五は、

「どこまでもお供を申すべきでありますが、八十歳を越す老いた母が、今日とも明日とも余命の分からぬ身ですので、盛康に別れることを、あまりにも嘆き申します。この老尼がどうにかなりましたならば、急ぎ東国に下って奉公いたします。今度は、せめて瀬田まで」

と言って、供をした。

瀬田川は舟で渡った。（頼朝が、）

「あそこに見える杉林の前に鳥居が立っているのは、どのような神が祀《まつ》られていらっしゃるのか」

と問うので、盛康が、

「瀬田は近江国の国府に当たりますから、極めて重要な神を祝い祀り申しあげているのでしょう」

と言うと、

「名を何の宮と申すのか」

と問われるので、

「建部《たけべ》の神社」

と答える。兵衛佐が、

「今夜は、あの神社で泊まろう」

と言われるので、盛康は、

「宿場にお泊りなさりませ」

と申しあげる。兵衛佐は、

「我が身の将来を、神に祈り申そうと思うから、神前で通夜をしたい」

と言って、建部の神社に参詣された。

夜が更けて、下部《しもべ》たちが寝静まった時、盛康が兵衛佐にささやいて申したことは、

「都でご出家してはいけないよしを申しましたのは、まったく盛康個人の言葉ではありません。正八幡大菩薩《しょう》のご託宣です。その理由は、京にいて、不思議な霊夢の告げがございました。

あなた様は白い浄衣《じょうえ》に立烏帽子《たてえぼし》姿で、石清水《いわしみず》八幡宮へご参詣なさる。盛康はそのお供をしておりましたが、あなた様は神殿の中の広い板敷の大床《おおゆか》の間《ま》におられ、盛康は神社を取り囲む垣根のそばに控えております。お年のほど十二、三ばかりの天童が、弓矢を抱いて大床に立っていらっしゃったが、

「義朝の弓と、矢を入れる箙《えびら》とを、召し取って参りました」

と申されると、ご神殿の内から気高い御声《みこえ》で、

「深く納めておけ。最後には頼朝にそれを与えよう。これを、まず頼朝に食わせろ」

とご命令されたので、天童は神前の御簾《みす》の際まで参って、押し出された物を腕に抱いて、あなた様の前にお置きになる。何か見てみれば、熨斗鮑《のしあわび》が六十六本ある。

先ほどの尊い御声で、

「頼朝、それを食べよ」

と命じられたので、あなた様はお手にそれを握って、広いところを三口お食べになります。細いところを、盛康に投げていただきました、それを懐に入れて、にこにこ喜ぶと見まして、夢が覚めました。

この夢を心中で考え合わせてみますに、ご当家の弓矢を八幡大菩薩のご神殿の中に神がお納めになられました頭殿こそ、いったん朝敵となって滅びなさるとも、あなた様のご将来は頼もしい夢想の告げです。

六十六本の鮑は、六十六か国を掌握なされるであろう吉相です。お食べ残しになったのを、私が頂戴して懐に入れたと見ましたので、人数《ひとかず》にも入らないような私までも、頼もしいことです」

と申したけれども、兵衛佐は返事もしない。放心状態にあるようなようすで、

「さあ盛康、鏡の宿場まで一緒に」

とおっしゃるので、いとおしさのあまり、

「母は何ともなるようになればいい、どこまでもお供をしよう」

と思った。

鏡の宿場に着いて、

「どこまでもお供に参りましょう」

と言うと、兵衛佐は、

「それこそ、あってはいけないことだ。真心は嬉しいことながら、お前の母の嘆きは、この頼朝の身が責任を負わなければならないことになる。親孝行の気持ちを無にしてしまうことは、仏神の目に見えぬお考えに背くことになろう。そのお考えと違うことになれば、頼朝に対する仏神の加護にどう響くか、恐ろしい」

と言って、お止めになった。

一一　頼朝、伊豆へ

兵衛佐は不破《ふわ》の関を越えて、美濃国の青墓《おうはか》の宿場を過ぎる時に、父の義朝が、この宿で兄の中宮大夫進朝長を手にかけて殺害された、その心の内が想像されて悲しかった。杭瀬《くいぜ》川を渡った時は、父たちが源光の舟に乗ってお下りになった川なので、見知らぬ舟人が舟を漕いでゆくのにも、心なき水の流れにも、心ひかれる思いがした。

尾張国の熱田《あつた》神宮に着いても、

「故左馬頭のお討たれになった野間の内海は、どちらか」

と、土地の者にお問いになれば、

「鳴海潟《なるみがた》を隔てて、霞がかかっている山が、そちらです」

と言うと、心の中で、

「南無八幡大菩薩、頼朝をもう一度、世に出してください。忠致・景致を手にかけて、亡き父の墓の下にお見せ申しあげよう」

と、泣く泣く熱田の神に祈り誓ったのは、もっともなことである。

兵衛佐は、当社、熱田神宮の大宮司《だいぐうじ》藤原季範《すえのり》の娘の腹から生まれた子である。同じ腹に生まれた子は、男女三人いる。女の子は坊門の姫といって、後藤兵衛実基の養い君で都に留まった。もう一人の男の子は、駿河国の香貫《かつら》という所にいたのを、母方のおじに当たる内匠頭範忠《たくみのかみのりただ》という者が捕縛して平家に差し出したのを、当人に成人たる名がついていなければ流さないという慣行に従い、希義《まれよし》と名前をつけられ、土佐国の介良《けら》という所に流されていらっしゃったので、介良の冠者と称していた。

希義は南海道の土佐国、頼朝は東国の伊豆国、兄弟が東西へ別れて行った、前世からの因縁はかわいそうであった。

一二　悪源太義平、雷となる

そもそも、保元の乱で源為義が誅殺され、平治の乱で義朝が誅殺されて以降、平家の一門は、にぎわい栄えた。清盛自身は太政大臣に昇進、子息二人は左右の近衛大将に並んでその地位を占め、同族親類の官位昇進は思い通りで、公卿・殿上人は六十余人であった。

仁安二年（一一六七）十一月、清盛は病気をわずらい、五十一歳で出家して、法名の浄海に名を改める。兵庫の港に経島《きょうじま》を築いて、諸国に物資を運ぶ舟の航行を容易にし、福原の地に邸宅を構えて、おおかたはその国元にいた。

ある時、清盛は見物のために、同族一門や家人ら数十騎を連れて、近くの布引《ぬのびき》の滝がある山地へ登った。難波三郎経房は、

「夢見に悪いことがありましたので」

と言って、その日は屋敷に籠もっていた。同僚らが言うに、

「弓矢取る武士たる者が、夢見とか、不吉だといって物忌《ものいみ》するなどというのは、情けなく恥ずかしいことだぞ」

と笑ったので、それもそうと思ったのか、遅れてやって来た。

布引の滝を見てお帰りになる山の麓で、にわかに風が激しく吹き降ろし、空が突然に曇って稲光《いなびかり》がさかんにし、雷が雲のなかで響く。

難波が顔色を失い、そばの者に言ったのは、

「夢見が悪かったのは、このことだ。悪源太が切られた時に、「最後には雷になってお前を蹴《け》殺そう」と言った怖い顔が、いつも幻のように立ち現われて恐ろしかったその気持ちからか、昨日の夜も夢に見えたのだ。

今、蹴《け》鞠《まり》の鞠ぐらいの大きさの物が光って、東南の方角へ飛んだのを、皆さん方はご覧になったか。悪源太の霊魂かと、心に思ったぞ。あれがこちらに帰りざまに、この経房は蹴殺されるだろうと思われる。が、命のある限りは、相手が雷であるならそれもよし、一切りは切りつけてやろうぞ。私が死んだあとの、それなりの仕事をしたという証人になってくだされ」

と言って、太刀を抜く。予想通り、難波の上に黒雲が渦巻いて降下し、雷鳴が地上に降り注いだ。

清盛の身も危うくお見えであったが、弘法大師が両手両足と口で書いたという五筆の理

趣経を、錦の袋に入れて首に懸けられていた、それを打ち振り打ち振りなされたところ、雷鳴は空に上がって、清盛はお助かりになった。

難波は蹴殺されていたが、雲がなくなったのち、皆々近寄ってそれを見れば、身体全体が粉々に切れて、正視もできないありさまである。太刀は鍔《つば》まで、熱で溶けてしまっていた。弘法大師の御筆になるお経を護身用に首に懸けておられなければ、清盛もお亡くなりになったことであろう。

昔、北野天神の菅原道真公は、流された恨みゆえに雷となって、本院の大臣の藤原時平に罰を与えられた。それは、神が姿を変えてこの世に現れ、人を陥れるよこしまな臣下を排除し、忠臣を称揚する政治のあるべき姿を示そうとしたためである。今の悪源太は、官職を解かれた将軍の身となり、白昼に切られたのを怒って、雷になり難波を蹴殺した。

「分からない、どういう根っからの性格から、恨みを死後になって晴らしたのだろう」

と、恐れる人も多かった。

一三　鞍馬寺の牛若

大弐清盛はりっぱな一部屋を設け、常葉をそこに住まわせ通っていた。昔から今に至るまで、賢い帝王も勇猛な武士も、色恋の道に迷って政治を行わず、武勇の道を忘れるとか。

「美女の色香にあわないに越したことはない」

と、白居易が書き置いたのは、もっともなことである。

常葉の腹から生まれた子供たち三人は、年月を経たので背丈も大きくなり、兄の今若は醍醐寺で学問し、出家して禅師《ぜんじ》公全成《こうぜんじよう》と名乗っていた。悪禅師の異名を取り、世にまれな荒々しい人物であった。

中の乙若は、園城寺の八条宮円恵《えんけい》法親王に召し使われ、卿公《きようのきみ》円成《えんじよう》といって在家僧の身分たる坊官であった。

弟の牛若は、鞍馬寺の東光坊阿闍梨《あじやり》蓮忍《れんにん》の弟子、禅林坊阿闍梨覚日《かくじつ》の寺坊に同居して、沙那王《しやなおう》と呼ばれていた。十一歳の時、家々の系図を見て覚え、色々な学問や芸の道に関する日記などを見ているうちに、賢くなって、

「我が身の境遇を考えてみれば、清和天皇よりは十代、皇室から離れて九代、源氏の祖たる六孫王源経基より八代、多田満仲の血統を引く者にして伊予入道頼義の子孫、八幡太郎義家より四代、六条判官為義の孫、左馬頭義朝の末の子であったものを。

伊予殿が相模守であった時に、奥州の安倍貞任・宗任を九年間も攻められたが、戦功があげられなかったので、息子の八幡殿が奥州に下向したあと、三年間の合戦に勝って八幡殿が出羽守に任じられた、その時のように我もなって、父義朝の本望を遂げよう」

と、思った。

寺坊のあるじの禅林坊に申したことは、

「毘沙門《びしゃもん》様の身に帯びておられる剣と似た太刀を用意して、あれと取り替えてちょうだい」

と頼んだ。禅林坊は、

「とんでもないこと。本尊の毘沙門様の宝物となってから長い年月が経っている。寺の長たる別当以下の大衆たちに、このことを聞かれたら都合が悪いでしょう」

と言ったので、その後は頼まなかった。

隣の寺坊に同じような稚児《ちご》がいるのを仲間に引き込み、いつも出歩いて、市中にたむろする若者たちが集まっていると、小太刀《こだち》や打刀《うちがたな》などで、切ったり追いかけたりした。あとを追うのも早く、逃げるのも早く、高い築地《ついじ》や板塀《いたべい》を飛び越えるのにもしくじらない。

僧正が谷には、天狗や化け物が住むと聞くのにも怖がらず、夜ごと夜ごとにそこを越えて、貴船神社に詣でた。そのふるまい、普通人ではないということで、寺の僧たちは舌を巻いた。

常葉は、大弐に愛されて、女の子を一人もうけた。大弐に見捨てられてのち、一条大蔵卿藤原長成《ながなり》に連れ添って、子供がたくさんあったとか。

沙那王に、師匠の阿闍梨も、寺坊のあるじの禅林坊も、

「早々に、出家なされよ」

と言うと、

「伊豆にいる兵衛佐と相談して、頭を剃れと言うなら剃ろう。剃るなと言うなら剃らない。その上、兄二人が法師になったのすら、ふがいないと思うから、我が身は剃るまいものを、強いて剃れと言う者がいるなら、ねらって突き殺してやろう」

と言ったので、

「確かに、人を突きそうな稚児の目つきだ。恐ろしい、恐ろしい」

と、言い合った。大師匠の蓮忍も、小師匠の禅林も、表面では沙那王を憎むように言っていたが、その心中が分かっていたので、内々には同情していとおしく思っていた。

一四　鞍馬出奔、下総へ

そのころ、毎年、陸奥へ下る黄金商人《こがねあきんど》がいつも鞍馬へ参詣していた。沙那王の寺坊のあるじを師匠として頼っていた。沙那王は、彼に近づき寄って、

「私を奥州へ連れて下れ。りっぱな人を一人、知っている。黄金、二、三十両を求めて、お前にやろう」

と言って、抱き込んだところ、

「承知しました」

と約束した。

また、坂東武者の中に、陵助重頼《みささぎのすけしげより》という者がいた。この人物も鞍馬へ参詣していた。

沙那王は、話しかけて、

「貴殿は、どこの人か」

「下総国の者です」

「どういう人の子か。名字《みょうじ》はなんという姓か。名を何と申すか」

など、聞くと、

「深栖《ふかす》三郎光重《みつしげ》の子で、陵助重頼という、取るに足りない身ではありますが、源氏の子孫であります」

「それなら、またとない人のようだ。誰とつきあっておられるか」

「兵庫頭源頼政と、親しくしております」

「こんなふうにお尋ねするのには、事情がある。この童は、平治の乱を起こして殺された左馬頭義朝の末の子です。九条院の雑仕、常葉の腹に生まれた子が三人おりますが、兄二人は法師になった。この沙那王は出家せず、元服してふつうの男になりたいと考えているが、そういう身になれば、平家がどう思うであろうかという恐れがある。貴殿、私を連れて下総国へ下ってください。弓矢を使って遊ぼう」

陵助が答えて、

「お連れ申しては、寺の僧たちから、稚児の誘拐《ゆうかい》だといってお咎《とが》めを受けましょう」

と言うと、

「この童がいなくなったとしましても、誰がとがめだてしよう。我が身の境遇を思うに、そうなることによってのみ、心が落ち着く」

と言って、涙ぐむので、

「そのこと、承諾しました」

と約束した。

沙那王が十六歳という承安《じょうあん》四年（一一七四）三月三日の暁、鞍馬寺を出た。世の中を警戒して、表面上は、

「あの稚児」

などと言って、憎むようにふるまっていたが、本当の気だては、人より優れていたから、つきあっていた同じ坊で寝起きした仲間や稚児なども、皆、名残を惜しんだ。

その日、鏡の宿場に着いて夜半ばかりに、沙那王は垂らしていた髪を自分で取り上げて髻《もとどり》に結い、常日ごろ、武力のほどを見せようとして懐に持っていた短刀を腰に差し、いつもふざけて着ていた烏帽子《えぼし》を取り出して着た。次の朝、出立する時、陵助が、

「ご元服されましたか。御《おん》烏帽子親はどなたで」

「自分だ」

「お名前は」

「源《げん》九郎義経でありますぞ。弓矢がなくては、これからはすまされないだろう」

と言ったので、

「承知しました」

と答えて、矢を差した箙《えびら》一つ、弓を一帳、差しあげた。矢を腰に帯び、弓を手に持つまま、重頼が、

「馬はお好きなように」

と申すと、道すがら馬を選んで乗り、足場のよい所では馬を走らせ弓を射て、的を射ることを習って東国へ下った。

駿河国の黄瀬川へ着いて、

「(兄頼朝のいる) 北条へ立ち寄ろう」

とおっしゃったので、

「父であります深栖は、頼朝様にお目通りしておりますが、この重頼はまだお目にかかっていません。まず下総国に落ち着きなさってから、お手紙にて、ことの次第をお伝えしなされ」

と言うと、

「いいだろう」

と言って、そこを通り過ぎた。(後日、) 深栖が手紙でこの次第を兵衛佐に申しあげたところ、

「そういう者がいます。心して、面倒を見てやってください」

と、返事にはあった。

こうして一年ほど、時が経った。御曹司《おんぞうし》義経が野に出て狩をしていた時のこと、馬盗人《ぬすびと》がいたのを、人々が捕らえようとしたけれども、その背丈が六尺（一八〇㌢余）ばかりある男で、大木を後ろにして短刀を抜いて死にもの狂いにあらがっているので、近寄ってからめようとする者もいない。

御曹司が盗人の脇の下へさっと身を寄せ、短刀を持った臂《ひじ》を足で激しく蹴られなさると、刀をからりと落としてしまった。相手の袴の腰に抱きついて、空中に持ち上げ、どさっと地面にたたきつけて捕縛した。

またある時、深栖の屋敷の近所の百姓の家に強盗が入ったのを、御曹司は太刀だけで応戦し、盗賊六人の中へ走り入って、四人を切り殺し、二人に重傷を負わせて、自分自身は怪我《けが》もなかった。こうしたことなど、下総国中へ告げ知らせることとなったので、

「平家に聞きつけられては、悪いことになろう」

と、深栖はもてあました。

一五　奥州へ

その後、伊豆へ出向いて兵衛佐に対面した。義経が、

「この義経は、すでに元服して一人前の成人になりました。私のことが平家に聞かれては具合が悪かろうと、下総国や他国までもうわさしております。我が身のことは次です。あなた様のお為に、心苦しいことです。これからなお、人が知らないような国へ落ちて行って、世の動向を見たいと思います」

と、ひそかに申しあげたところ、兵衛佐は、

「陸奥国に大切に思わなければならない者が、一人いる。それを尋ねて行くがよい。上野国の大窪太郎の娘が十三の年に熊野参詣した際、故頭殿（義朝）にお目通りして、『今後、どれほど男の子ができましょうとも、家督を相続する嫡子には、この子（頼朝）を立てるべきです。どなたも、どなたも、ご覧になって、よく知っていただきたい』と、申し入れたのだったが、その娘は父に先立たれたのち、『同じく人の妻になるのなら、ふつうの身分の侍《さぶらい》の妻にはなるまい。奥州の秀衡の妻になろう』ということで、女の方から求婚しようと出かけて行ったところ、秀衡の郎等の信夫小太夫という者が、道中で横取りして妻にして、子供を二人もうけたという。

夫の信夫六郎に先立たれてから、二人の子供を養い育てあげ、後家の取り分としての領地や屋敷などを得て、貧乏でもなく（豊かに）生活しているという。その女を尋ねて行け。手紙をやろう」

と、おっしゃったので、そのお手紙を頂戴して陸奥へ下り、それを届けると、夜になって

から対面し、女は兵衛佐殿の幼かった時の面影を思い出して、

「故左馬頭殿を、おさな目にも、いい男と見申しあげたが、似悪くはおられるが、そのお子様かとも思われる。もしかして、兵衛佐殿の弟でいらっしゃるか」

と申すので、

「その通り」

と、名乗った。

「この尼は、男の子を二人、持っております。佐藤三郎継信《つぐのぶ》、佐藤四郎忠信《ただのぶ》と申します。三郎は大酒のみで、深酒してしまうと道理も分からなくなる荒々しい者です。弟の四郎は酒を飲めない上、この上ない実直者です」

と言って、その四郎を呼び寄せてお目にかけ、

「この方は伊豆にいらっしゃる兵衛佐殿の御弟です。心してお世話し、お仕え申しあげなさい」

と言うと、

「承知しました」

と、承服した。

陸奥国の多賀の国府へ進んで、鞍馬で約束した商人《あきんど》を尋ねて会い、

「商人は、どこへ押しかけて行っても許される者だ。秀衡の館へ、私を連れて行け」

とおっしゃったので、平泉へ向かって旅した。

商人が京から平泉へ下るたびごとに、女性用の湯巻《ゆまき》やお香《こう》などを届けてやるひいきの女房を介して申し入れたところ、秀衡が対面した。

「どのような人でいらっしゃるか」

と問うと、

「平治の乱で滅んだ左馬頭義朝の末の子であります」

「それなら、自分で勝手に元服して、源九郎義経と名乗りなさるという、一筋縄ではいかぬ人のようだ。お世話してお仕えすれば、世間の評判もよくはない。また、あなたご自身のためにも、気の毒なことになろう。

出羽・陸奥の両国では、国司とその代官の目代のほかは、秀衡の言うままです。この内におられて、どのような人でも頼りになされよ。顔立ちのいい若殿ゆえ、婿に取る人もあろう。また、子のない者は、養子にもするだろう。

あなたの心中のお考えは心得ていますので、最後の最後を考えて申すのです。このような心を許した話などを、秀衡の家臣だからといって、漏らしなさってはいけません」

と、将来も頼りになりそうに申したので、義経は、

「早々のことではありますが、このたび、義経の面倒をみてくれました黄金商人《こがねあきんど》に、物を与えとうございます」

と、願い出ると、

「これ以上の物はあるまい」

と言って、砂金三十両を与えた。

　その後、義経は信夫の里に出向き、いつも坂東へ通って、秩父・足利・三浦・鎌倉・小山・長沼・武《たけ》・吉田といった連中に近づいて、ここに十日、あそこに五日と、遊び回られた。よい領地を持っている者を見ては、

「あいつを討って、この土地を治め、力をつけて目的を果たそう」

と思い、強い勢力のある者を見ては、

「ああ、やつを仲間に引き込んで、謀反を起こしたいものだ」

と思った。

　上野国の松井田という所で、身分の低い男のもとに一夜逗留された時に、あるじの男を見て、

「やつの鋭い顔つきは、なんともはや、勇ましそうなものだな。やつを仲間に引き込んで、平家を攻める時の旗差しの家来にしよう」

と思って、なお泊まろうとなさると、この男が言うに、

「この若者、はだしで当てもなくさまよい歩くような者とは見えない。博打《ばくち》うちか盗人か、おれを殺そうとする者か」

と言って、追い出してしまった。

一六　頼朝の挙兵

九郎冠者が都を出て七年と言った治承《じしよう》四年（一一八〇）の秋八月十七日、兵衛佐頼朝は、伊豆の国守の代官、和泉《いずみ》判官平兼隆《かねたか》を夜討にしてより以降、相模の石橋山の合戦、小坪《こつぼ》や衣笠《きぬがさ》など、あちこちの戦いに負けて、房総半島の安房・上総の国へ舟で渡ったが、その地では、上総介広常以下、なびかない者はいない。（更に）下総へ進んで千葉介常胤を同伴し、武蔵国へ出て行くと、従いつかぬ武士はいない状況となった。

このことが京都に伝わったので、醍醐の悪禅師と八条の卿公《きようのきみ》は、方々の関所が警備のために固められない前にと、山伏などの背負う笈《おい》を肩に掛け、修行者ふうの姿で、夜を日に継いで東国に下った。平家はこれを聞いて、

「土佐へ流された希義《まれよし》を討って、首を差し出せ」

と、その国の住人、蓮池《はすいけ》次郎権守《ごんのかみ》家光《いえみつ》に命令される。

家光が御曹司の希義に申したのは、

「兵衛佐殿が伊豆国で謀反を起こされたというので、あなた様をお討ち申しあげよと、平家より命令されました」

と言うと、

「うれしくも知らせてくれた。父のために、毎日、法華経を読誦《どくじゅ》しているが、今日はまだ読んでいません。その時間が欲しいから、しばらく時を延ばせ」

と言って、仏を安置してある持仏堂に入り、法華経を心静かに読誦したのち、腹を掻き切って亡くなった。

九郎冠者は、秀衡の邸宅がある平泉へ出向いて、

「兵衛佐の謀反が、かくかくしかじかとなっております。おいとまして、坂東へ赴きます」とおっしゃると、秀衡は対面して、

「きっと、ご必要でございましょう」

と言って、紺色の錦の鎧直垂《よろいひたたれ》に、紫裾濃《むらさきすそご》の鎧、黄金《こがね》作りの太刀を差し上げる。

「馬や鞍は、多くありますから、どれでも」

と言うので、烏《からす》のように黒い馬で背丈が四尺八寸ほどあるのを、十二匹立ててあった馬の中から選び取って、金覆輪《きんぷくりん》の鞍を置いて乗った。

佐藤三郎は、

「公ごと私ごとを整理し支度してから、参ります」

と言って留まった。弟の四郎は、そのまま供をした。

白河の関所は閉鎖されていたので、那須温泉に湯治《とうじ》に行くとごまかして通った。

例の黄金商人は、もとは貴族に仕える六位の伺候人であったものの、貧乏で、するすべ

がなく、初めて商人になったが、今度は九郎冠者に従って、再び侍《さぶらい》の身分に取り立てられ、窪弥太郎《くぼのやたろう》と名乗った。

伊勢三郎義盛と申す者は、もとは伊勢国の者である。上野国の松井田に住み、家の中にある物は豊かであった。御曹司がひそかに彼のもとにいらっしゃったのを、警戒して追い出した者である。そのもとへお着きになり、

「先年、ここにいた時は、よもや知るまい、実は兵衛佐頼朝の弟の源九郎義経というのは、私のことだ」

と、お名乗りになると、

「いわくある人と、見申しあげたが、相違なかったことよ。お供をいたしましょう」

と言って、同伴した。

兵衛佐が相模国の大庭野《おおばの》に十万余騎で陣取っておられるところへ、その勢、八百騎ばかりで、白旗をなびかせて参上した。

「何者か。見境《みきかい》もなく大将の着る錦の直垂を着、白旗をかかげるやりかた、理解できぬ」

とおっしゃったので、

「源九郎義経です」

と名乗り申されたところ、

「これほど成長するまで、会わなかったことよ」

と言って、昔を思い出されたのであろうか、涙ぐみなさった。

「八幡殿（源義家）が奥州後三年の合戦の時、弟の義光《よしみつ》は刑部丞《ぎょうぶのじょう》でいらっしゃったが、（兄を助けるべく）官職を辞任して支給品の弓の弦袋《つるぶくろ》を、武官の詰所の陣《じん》の座《ざ》に残し置き、陸奥の金沢城へ馳せ参じられたので、八幡殿は、「故伊予入道殿（父の頼義）が、再び生き返られたような心地がする」と言って、鎧の袖を濡らされた。その先祖の昔話が、（弟の義経が現れたことで）今のように思われる」

と、兵衛佐は、おっしゃったとか。

源氏の一条・武田・小笠原の軍勢が、甲斐国から出陣し、駿河の国守目代の弘正を討とうと、駿河国へ向けて発向する。目代の弘正は、その勢力がどれほどもなかったので、平家に忠義を尽くす者たち千余騎が馳せ集まって、目代に加勢した。甲斐源氏は三千余騎を三手に分けて、敵を中に取り囲んで攻めたので、目代の弘正は討たれてしまった。

平家はこのことを聞いて、官軍を派遣する。大将軍には、権亮《ごんのすけ》少将平維盛《これもり》がなり、その勢、五万余騎で富士川の岸辺の蒲原《かんばら》に布陣する。兵衛佐は二十万余騎の勢で、足柄と箱根の二つの山を越えて、駿河国の黄瀬川に布陣する。明日合戦と決めた前日の夜、富士川の沼地に降りていた水鳥の飛び立つ羽音を、平家軍は敵の鬨の声と思い込んで、一矢も射ることなく京へ逃げ帰った。

養和《ようわ》元年（一一八一）三月、平家軍は美濃国の墨俣川《すのまた》（長良川）に馳せ向かう。十郎蔵《くら》

人《んど》源行家《ゆきいえ》は、

「源氏一門の長となるがよい」

と、高倉宮以仁王の発令した平家追討の命令書には書かれていたが、兵衛佐と木曾冠者義仲と二人の甥に権力と威勢を奪われ、わずかに五百余騎で、墨俣川の東の川端に待機していた。その勢中にいた八条の卿坊《きょうのぼう》円成は、

「親の敵の平家を川の向かい側に置いて、今夜、合戦もしないまま、人の命の分からなさは、夜の間に無駄死にしてしまったら、後世救済の障害ともなる無念の思いを残すことになろう。おいとまして」

と言って、自分に従う兵《つわもの》ら五十余騎で川を渡し、敵の中へ駆け入った。平家側の大将軍は、頭中将重衡と能登守教経である。この人々の中に取り囲まれて、卿坊円成は討たれてしまった。

一七　報復

寿永《じゆえい》二年（一一八三）七月二十五日に、木曾冠者が都へ攻め上り、平家は都を落ちた。

「池殿のご子息（平頼盛）は、都にお留まりください。故尼御前を見申しあげるに等しいことと考えています」

と内々に、神仏への誓文《せいもん》を書いて進上したので、頼盛はそれを頼って都に残留された。頼

朝は頼盛に、もとからの領地を相違なく保証した上、新たな領地を多く差しあげたとか。

左馬頭を討った長田庄司忠致と子息の先生《せんじよう》景致は、平家のもとにも行かず、代々仕えてきた主君を討ったので天の責めをこうむったのか、五十騎ばかりで首を延べ、鎌倉へ参向した。兵衛佐は、

「よくぞ参った」

と言って、土肥次郎実平に託した。

その後、木曾追討のために、蒲冠者《かばのかんじや》範頼《のりより》と九郎冠者の兄弟二人を都に派遣された。木曾を追討して一の谷の合戦に勝ったが、そのいくさの状況を逐次知らせる報告のお使いが来るごとに、

「長田の戦いぶりは、どうか」

とお尋ねになる。

「格別の強者でありました。あちこちで、みごとにふるまっております」

と申しあげると、

「あの親子に、今後は合戦をさせるな」

と、おっしゃった。

平家が長門国の壇の浦で滅び果ててのち、長田が鎌倉に参上したところ、

「野三《のみ》成綱《なりつな》に申し含めたことがある。早々に本国へ帰って、故左馬頭殿のご菩提を弔え」

と、命じられたので、長田は喜んで東国から上った。

安心していたところに、野三の小次郎が押し寄せ、忠致・景致を捕縛して、磔《はりつけ》にしてしまった。通常の磔ではなく、義朝の墓の前に板を敷き、左右の足手を大きな釘で板に打ちつけ、足手の爪をはがし、顔の皮をはぎ、四、五日の間に、なぶり殺しに殺された。

相伝の主君を討って、子孫を栄えさせようと思ったのであろうが、因果応報が今生の内の報いとなり、汚名を世に流し、恥をさらした。

「今後も末の世でも、このような因果応報を理解せずしてふるまう者は、名前こそ違うにしても長田庄司と同じことになろう。恐ろしいこと、恐ろしいこと」

と、人々は口にした。

一八　報恩

池殿の下級使用人の丹波藤三《とうぞう》が鎌倉へ参向し、庭先にまかり出て、

「昔、池殿におりました頼兼が、やって参りました」

と言うと、鎌倉殿は、

「丹波の藤三か」

とおっしゃるので、

「そうであります」

と申しあげる。

「よくぞ参った。頼朝も、尋ねようと思っていた」

と言って、建物内の御家人の詰所へ招いた。

「この人については、昔のこと、忘れがたく、私に示してくれた温情が身に余るほどの人である上、故池殿の使用人で、色々と大切に思う客人だ。褒美《ほうび》の進物《しんもつ》をしたいと思う」

とおっしゃられると、側近の者たちが、収納庫より豹《ひょう》や虎の皮、鷲の羽・鷹の羽、絹・小袖を、それぞれ抱いて取り出した。その外、大鎧・腹巻鎧・太刀・刀、数も分からない。頼兼の前後に積み置いたところ、本人が見えないほどである。

「訴えごとはないか」

とおっしゃるので、

「丹波国の細野郷は、代々の所領でありますのに、権力者に力ずくで奪われました」

と言うと、

「頼朝が書状を書いて上皇に申しあげれば、決して面倒なことはあるまい」

と、ご下命書をお与えになった。種々の宝物を、

「宿場から宿場へ順繰りに送れ」

と命じて、都まで送り届けなさった。

九郎判官義経は、梶原景時の人を陥れる讒言《ざんげん》にあって鎌倉殿と不仲になり、陸奥へ下っ

て秀衡に頼って年月を送っていたが、秀衡が生涯を終えたのち、頼朝は、その子の泰衡《やすひら》をだまして九郎判官を討たせ、その後、泰衡を滅ぼして日本国を残る所なく支配され、奥州の多賀国府にお入りになって、

「日本国の内に、朝も夕も心にかけて大切に思う者が二人いる。私の首をつないでくださった池殿の御子《おん》、大納言頼盛殿は生活を保障してさしあげた。私に髻《もとどり》を切ることを惜しませた纐纈源五に、まだ恩返しをしていないのが心にかかっている」

と、斎院次官藤原親能におっしゃられたので、親能が申すに、

「盛康は双六《すごろく》が上手で、いつも院の御所へ召し出されている者です」

と言うと、

「そういうことなら、頼朝が個人の立場からは、どうして呼び寄せられよう」

と言って、呼ばれなかった。親能が、よい機会を利用して（盛康のもとへ）、

「鎌倉殿のお考えは、こうこう」

と、都に言い遣わしたけれども、昼夜、双六に夢中になっていて鎌倉に下向しない。

建久《けんきゅう》元年（一一九〇）十一月七日に、鎌倉殿は初めて都に上洛した。近江国の千の松原にお着きになる。すると、痩せ衰えた老翁が、同じようすの老婆を引き連れて参向した。

二人は、人々の中をかき分けて進み出る。

「どのような者か。ふとどきである」

と、叱責《しっせき》すると、

「参上すべき者ゆえ、参っている」

と言って、鎌倉殿の御前に参向した。

「お前は何者か」

とおっしゃられると、

「昔、あなた様がしばらく滞在されました浅井《あざい》の北郡《きたごおり》の爺《じじ》と婆《ばば》とが、今まで長生きしておりましたが、ご上洛されるよしを聞き及びまして、お顔を拝み申しあげようとして参りました」

と言うと、

「あれこれ多忙で、思い忘れていたのに、よくぞ参った。お前が持っている物は何か」

と仰せになると、

「あなた様が、昔、お飲みになった濁り酒でございます」

と言って、土瓶《どびん》二つに入れたものを差し上げた。

鎌倉殿は、ほほえまれて、酒やそのつまみ、ご飯を盛った椀《わん》など、いくらもあるのには目もくれられず、この濁り酒を三度、お飲みになって、

「子が一人いた、差し出しなさい。面倒を見てやろうと思うぞ」

と、おっしゃったので、

「引き連れております」

と言って、差し出した。その子を近江の冠者と呼んで召し使った。足立《あだち》の新三郎清経《きよつね》のことである。老夫婦には、銀ぶちの鞍を置いた馬二頭、長持《ながもち》二つには絹や小袖を入れてお与えになった。

鎌倉殿は都にお入りになり、院の御所へ参られた。院は、昔、召し使っておられたことなど、思い出されて、感慨深く不思議にお思いになった。鬚切《ひげきり》という太刀を、錦の袋に入れて御前に取り出させなさって、

「これは、源家の大切な宝とお聞きした。清盛が持っていたのを、私の護身用のために召し上げて、長年、御所の中から出していない。しかし、源氏の家の名物の品ゆえ、考えるところがあろう」

ということで下された。頼朝は、三度、拝礼をし、頂戴して退出した。

その後、纐纈源五盛康を呼んで、馬・武具・絹・小袖を、数限りなく与えられた。彼は、鎌倉へ参向しなかったから、領地を恩賞としてもらう御恩にはあずからなかった。

一九　死去

建久三年（一一九二）三月十三日に、後白河院は崩御された。その後に、纐纈源五が鎌倉に参ったところ、

「早くに来ていたら、国でも荘園でも、申請し手配して与えたろうに、今まで来なかったから致し方ない。領主の欠けた土地が出てくるまでは、小さな土地だけれども、そこで馬を飼え」

と言って、美濃国の多芸《たき》庄の半分を与えられた。

盛康の妻は、尾張国の野間《のま》で左馬頭が討たれた時に討死した鷲巣《わしのす》の源光の後家である。一、二年後に盛康のもとに嫁いだ。夫婦とも源家に力を尽くした者だったので、美濃国の上の中村を与えられた。

建久九年（一一九八）十二月に盛康は鎌倉に下向した。鎌倉殿は、盛康を呼んで、

「来年、正月十五日を過ぎてから参れ。多芸庄を全部、お前に取らせよう」

と、命じられた。

正治《しょうじ》元年（一一九九）正月十五日に、鎌倉殿は御年《おん》五十三でお亡くなりになられた。盛康は、領地の恩をいただくには至らなかった。盛康が申すに、

「故大将《だいしょう》殿が天下をお取りになる夢想を、この盛康が見たのです」

と言うと、斎院次官親能が、

「その鮑《あわび》の尾を頂戴して食べると見たのだったら、大きな御恩をいただけたろうに、懐の中に入れたと見たから、御恩はなかったのだぞ」

と申したので、恥ずかしさに声もなかった。

二〇　跋

九郎判官は、二歳の年に母の懐に抱かれていたのを、太政入道は自分の子孫を滅ぼすだろうとは思いもしないで助けおいたのだろう。今は、彼のために、昔より代を重ねて続けてきた家を失ってしまった。

晋《しん》国の趙武《ちょうぶ》の孤児は、母の袴の中に隠れて泣かずに、敵の探索の手をのがれて、後日、家を再興し、秦のいそんは、壺の中で育てられて一人前となった。家の末が絶えないということは、こういうことを言うのであろうか。

解説

一 平治の乱とは

平治元年（一一五九）十二月九日の夜に勃発《ぼっぱつ》した平治の乱は、三年前の保元《ほうげん》の乱（一一五六）とは違い、源氏と平氏の両武家が初めて正面から対決した戦いとして受け止められてきた。それゆえ、『平家物語』でも保元より平治の乱に言及する頻度が高い。また、先の戦乱が天皇と上皇との国権をめぐる争いで、いずれが勝者となっても理の通る戦いであったのに対し、これは反乱とその鎮圧の戦いと理解され、乱の首謀者の名は『平家物語』の序章に「平治の信頼《しんらい》」と記されて、将門《まさかど》らと共に糾弾の対象となっている。

が、当時の人々にとって、何よりこの戦いは、治政にとって武が必要不可欠な力であることを、いやが上にも認知させることになったと考えられる。乱からおそらく三年後、七十歳近くになっていた、この物語にも登場する太政大臣藤原伊通《これみち》は、時の天皇、二条帝に治政のあり方を説く意見書『大槐秘抄《たいかいひしょう》』を提出、その中で、末代には信頼できる「武者一人は」身近に持つべきだと主張している。乱の体験に裏打ちされた主張であったろう。それは、本作品の武人の優遇を説く導入部の文面にも通じ、後代、説話集の『古今著聞集《ここん》』（一二五四年成立）に、武の有用性を説いた一話となって、彼の名と共にそっくり取り込まれていった（巻九）。

再び世が乱れるに至った経緯は、決して単純ではない。保元の乱の前年に即位して争乱の契機となった後白河天皇は、戦いに勝利したのち、側近を重用する政治を始める。その一人が藤原信頼《のぶより》、もう一人が出家者、藤原信西《しんぜい》であった。信頼は乱の翌年から急速に昇進、参議を経て権《ごん》中納言に至る。背後に天皇の意向があったことは間違いあるまい。才人として世に知られ、鳥羽院の時代から実力を認められてきた信西は、妻が紀二位《きのにい》といい、天皇の乳母であったところから側近となり、乱直後から辣腕《らつわん》を振るって、翌年には荒廃していた皇居を新たに造営、中絶していた宮中の諸行事を復活させていく。この両者は、互いを牽制しあう関係となる。

天皇は保元三年（一一五八）の八月に、十六歳の我が子、二条帝に譲位する。そもそも後白河が即位するに至った理由は、二条帝が母を亡くした幼児の時、鳥羽院に愛された美福門院得子に養育され、その得子が将来の二条帝の実現を強く望み（『今鏡』第三）、父たる後白河にその布石となってもらうためであったという。本命は、二条帝だったわけである。在位三年での譲位は、その本命路線に素直に従ったことになるが、今や鳥羽院亡き世、彼は存分に自らの意志を反映させた院政を敷ける状況となっていた。信頼を優遇し、信西の手腕に頼る政治手法は、在位時代と変わらなかったであろう。

変わったのは、新帝のもとに、その取り巻きが自ずと蝟集《いしゅう》したことであった。後白河院は、当時のはやり歌、今様《いまよう》を愛し、遊興を好む性格から、もともと即位するにふさわしからぬ人物と見られていた（『愚管抄』巻四）。新帝のもとに集まった人々は、院政よりも、かつて行われていた天皇による親政を望む思いを共有することになる。しかも院政を取りしきる信西の出自は、公卿《くぎょう》にもなれない格下の家柄、出家前の最高位は少納言に過ぎない。彼への反感と対抗意識が高じていたことは想像に難くない。その中心人物は、新帝の亡母の弟、権大納言藤原経宗《つねむね》と、新帝の乳母を母とする参議の藤原惟方《これかた》であった。

武家の中にも新帝と親しい関係にある者がいた。清和源氏は、摂津源氏と称する頼光《よりみつ》の家系と、河内源氏と称する頼信《よりのぶ》の家系とに大別されるが、そのうちの前者に属する源光保《みつやす》は、娘が土佐局《とさのつぼね》といって鳥羽院の最後の思い人で（『愚管抄』巻四）、新帝の乳母に抜擢されていた。これらの天皇側近グループと信頼とは、信西を敵視する感情を抱く点で軌を一にする。結託するに至るのは、半ば必然的な流れであったろう。

そこに源義朝《よしとも》（河内源氏）が加わってくる。三年前の保元の乱では、源氏も平氏も肉親が敵味方に分かれて戦い、結果的に、義朝は父の為義《ためよし》以下、弟たちを処刑せざるを得なくなり、平清盛《きよもり》も叔父忠正《ただまさ》一家を斬首した。生き残った二人が、互いに競い合う気持ちになるのもまた、当然であったろう。特に本拠地が鎌倉であった義朝の場合、都で相応の地歩を固めていた清盛との間に、当初から差があった。乱後の勲功の賞として、義朝がいったん任じられた右馬権頭《うまのごんのかみ》に不満を述べ、やっと左馬頭《さまのかみ》に転ずることができたのに対し、清盛は播磨守《はりまのかみ》になり、翌々年には大宰大弐《だざいのだいに》に昇進する。清盛への羨望が、しだいに増幅していったと思われる。

義朝が信頼と手を握ることになった裏の事情について、『愚管抄』の伝えるところは、義朝が信西の息子を婿にしたいと申し出たところ、信西が、我が子は学問をする身、お前の婿にふさわしくないと乱暴な返事をし、その舌の根の乾かぬうちに、別の息子を清盛の婿にしてしまった、そこに恨みが籠ったのだという(巻五)。義朝が信西に接近しようとしたのは、清盛との差を縮めたい思いがあったからであろうが、その願望が無惨に打ち砕かれたのであった。かくして、信頼・二条帝側近派・義朝の連携が生まれる。

反乱軍の挙兵は、清盛が熊野《くまの》参詣に出かけ、都を空けた時のことであった。信頼は、信西を取り逃がしたものの、上皇と天皇の身を確保し、その立場の正当性を主張するところとなる。やがて信西は逃亡先で自害しているのを発見され、さらし首にされた。熊野路にあった清盛一行は、急遽《きゆうきよ》、取って返すが、『愚管抄』によれば、その時、同道していたのは次男の基盛《もともり》に三男の宗盛《むねもり》と侍《さぶらい》十五人に過ぎず、どうすべきか当惑するなか、在地の武士、湯《ゆ》浅宗重《あさむねしげ》が三十七騎を提供して都への帰還を勧めたのだという。なお物語は、この場面で、清盛の嫡子《ちやくし》、重盛《しげもり》の勇ましい言動を描くが、どうやらそれは虚構らしい。

清盛の入京を受け、内大臣藤原公教《きんのり》を中心に天皇と上皇との救出策戦が練られる。これも『愚管抄』に従えば、惟方の舅《しゅうと》の息子を使者として宮中に送り込んで彼と連絡を取り、信頼のもとへは清盛の従順の意を伝える証文を提出して油断させた上、十二月二十五日の深夜、皇居近くに放火、その騒動の最中に天皇を女車に乗せて六波羅へ救出し、上皇は別途、逃れ出て六波羅に到着したという。ここでも物語は、惟方の兄光頼《みつより》が弟を叱責、その結果、彼は寝返ったとするが、それも事実通りとは言い難い。

この段階で、天皇側近派の貴族は信頼から離脱したことになるが、合戦が始まるや、光保を中心とした武士も平氏方に鞍替えする。更に、六波羅が戦場となった段階で姿を見せた源頼政《よりまさ》は、皇居を警備する大内守護の役職にあったからであろう、天皇のいる六波羅方に加わる（後世、改作本の『平治物語』により、途中から裏切ったと理解されるに至るが、それは誤っていよう）。

かくして形勢は一気に逆転、反乱は壊滅していくが、あとは物語を読んでいただくことにして、乱後の政治状況についても、一言しておこう。信西と信頼の死により、勢いを得たのは二条帝の近臣たち、経宗・惟方であった。物語も伝えるように、彼らは翌年二月に後白河院に対する不敬事件を起こし、捕縛されて流罪となる。院の意を体して二人を捕らえたのが清盛で、この事件を契機に、両者の蜜月時代が始まる。六月には光保も配流となっており、院による天皇方への締めつけがあったのであろう。

清盛の妻、平時子《ときこ》の異腹の妹の滋子《しげこ》（建春門院）が院の皇子、のちの高倉帝を生んだのが乱の翌々年（一一六一）の九月。さっそく二条帝を排してこの皇子を擁立しようとする動きが時子の弟の時忠《ときただ》を中心に始まり、彼らは解官《げかん》される。十一月にも院の近臣が解官された。背景には後白河・二条の父子対立があり、その対立は『平家物語』の導入部でも語られているごとく、抜き差しならぬものになっていった。そのなかで清盛は巧みに身を処し、平家全盛期を築くことになるのである。

二　物語の成立

今日、『平治物語』の存在が確認できる最古の文献は、寛元四年（一二四六）閏四月に書かれた『春華秋月抄草《しゅんかしゅうげつしょうそう》』（東大寺僧、宗性《そうしょう》編著）の綴じ込み紙で、そこに物語の断片がしたためられている。義朝が信頼に与した時の心境を語る文面と、信西の出自を語る文面との一部である。現存するテキストで、その文面と完全に一致するものはないが、相対的には本書で用いた古態本系が近い。

成立の時点を示唆する材料は物語内にある。まず、信頼が天子のまねをして着ていたとある装束は、後鳥羽帝時代以降のスタイルであった（63頁注46）。そして、大内裏の全体像が分からなくなった時点ゆえに、その構造に無知であるらしい。天皇と上皇に脱出されて慌てふためく信頼の行動描写にもそれが現れているが（74頁注4）、悪源太義平の十七騎が重盛の五百余騎を大内裏の外へ追い返したという著名な場面も、本来の大内裏の結構を知らないからこそ創作しえたものと考えられる（83頁注6）。

信西が再建した大内裏は、時代の進行に伴って衰微の一途をたどる。後鳥羽天皇が建久《けんきゅう》二年（一一九一）三月に発布した新制の宣旨《せんじ》には、宮城内における車馬の通行、牛馬の放牧を禁ずる条項があり、荒廃はそこまで進んでいた。その命脈を絶ったに等しいのが、嘉《か》禄《ろく》三年（一二二七）四月の火災。その頃、内野《うちの》と呼ばれていた大内裏跡地は、在京武士の馬上訓練の馬場として使われていたと見え、北条泰時が六波羅探題として赴任している息子に、恐れ多いことゆえ、それを止めるよう書き送った書状が伝わる（『渋柿《しぶがき》』）。更に、天福元年（一二三三）五月、鎌倉幕府は正式に内野の馬場使用を禁止する（『吾妻鏡』同月条）。そうしなければならないほど、ことは常態化していたのであった。『平治物語』大内裏合戦の理に合わぬ表現は、こうした歴史的現実を背景に案出されたと考えれば、初めて納得が行こう（詳細は拙著・岩波書店刊『平家物語の誕生』第一部第二章）。

物語成立の上限は、おそらく承久の乱後の、大内裏跡地が野原となった一二三〇年前後であろう。それは一二二三、四年ころ書かれた『六代勝事記《しょうじき》』の影響下に『保元物語』が作られたのとほぼ同時代、『平家物語』が一二四〇年の文献に初めて『治承《じしょう》物語』別名「平家」として見える時点とも重なり、加えて、同年に死去した人物の生存を明記するゆえ、それ以前の成立とされる『承久記』の出現時期とも重なってくる。承久の乱後、新たな政治体制が落ち着いて世は安定期を迎え、そのなかで軍記物語の諸作品は生まれたのであった。

物語成立当初の形態は、推測する以外にない。現存テキストは、古態本からして加筆された痕跡を残しているからである。まず中巻に、処刑される義平が、挙兵時に自分が熊野路にある清盛一行の襲撃を進言したのに拒否された、と語る箇所があるが、それに照応する記述が上巻にはない（159頁注28）。齟齬しているのである。おそらく後から書き加えられたのであり、更にこの箇所には、彼が死後に雷となることを予言する言葉があるが、それも後述するように増補されたのであろう。

下巻になると、生け捕られて伊豆流罪となる頼朝《よりとも》が、清盛の継母たる、命の恩人の池禅《いけのぜん》尼《に》に二度も対面、その最初の対面で、伊豆までの道中の使用人が欲しいという彼の要望に、禅尼が、断罪を免れたことを公にすれば、源家に仕えていた人が現れるはずと教え、その通りにしたところ、七、八十人も集まったとある。それは、のちの対面で、彼女が、これからは人の疑いを受けぬよう、武具を手にせず、狩や漁もするなと訓戒する言葉と相容れない。どうやら、頼朝の将来を夢合わせする人物（纐纈盛康《こうけつもりやす》）をここで登場させるために、対面場面を分割する手法を取ったらしい（203頁注9）。

このあと、平家が全盛期を迎えた後日のこととして、義平が雷となり、切り手であった人物を雷死させた話が出て来るが、その導入部の文面は、明らかに『平家物語』の文章を利用している（216頁注1）。『平家』の影響下に、以下、牛若の奥州下りや頼朝の挙兵と復讐話などなど、すべて増補されたものであろう。

この物語は、二種の『平治物語絵巻』に作られている。一つは、一二〇〇年代の中・後期の成立とされる「三条殿《どの》夜討巻」「信西巻」「六波羅行幸巻」の原本三巻に、「六波羅合戦巻」の残欠と模本、「待賢門合戦巻」の模本を加えた計五巻のもの。もう一つは、一三〇〇年代初期の鎌倉最末期成立と考えられている「常葉《ときわ》巻」一巻である。いずれも古態本系本文を基本にして、絵や詞書《ことばがき》が作成されているが、物語当初の形態を類推するのに有用なのは後者の方で、複数巻あった絵巻の最終巻と目される。内容は、義朝の愛人であった常葉の六波羅出頭、清盛による経宗・惟方の捕縛、頼朝の流罪で終り、頼朝の未来を夢合わせする人物の登場もなく、義平が雷となったことや、牛若と頼朝の後日譚などもない。それが本来の物語の結び方であったろうと、ここから推測されるわけである。

作者については、かつて『保元物語』と同一作者と見られていたが、それは改作が進んだ段階のテキストによっていたからで、現在、古態本の検討を通し、原作者は別と考えられている。たとえば、源為朝《ためとも》を中心に明るい笑いを意図的に創り出している『保元物語』と、反乱者側に向けられた藤原伊通の揶揄《やゆ》嘲笑の笑いを積極的に挿入している『平治物語』とは、志向性がまったく異なっていよう。

その伊通の言動は、40頁、74～75頁、130～131頁、201頁に描かれ、他にもそれを踏まえたと見られる記述があり（154頁注16、155頁注32参照）、更に、初めに紹介した『大槐秘抄』の武士登用を説く主張は、作品導入部の文面に通じていた。作者は、彼に特別な意識を持っていたのであろう。また、前述したように、惟方が兄の光頼の諫言で目覚めて寝返ったと語るのは物語独自のストーリー展開であったが、その光頼兄弟の葉室《はむろ》家と伊通家とは姻戚関係にあった。かたがた、作者圏は伊通の子孫周辺に絞り込めそうなのである（詳細は拙著・汲古書院刊『平治物語の成立と展開』前篇第五章）。

三　物語の魅力

この物語は、冒頭の一文に明らかなように、治政への関心が深い。末代における武の必要性を説く姿勢は、世を乱した者、すなわち信頼を徹底的に批判し、世の秩序を取り戻すために功績をあげた者を高く評価する筆致へとつながっている。

熊野路にあった清盛一行が早馬の報告を受け、急遽《きゅうきょ》、都へ取って返すくだりは、主従の紐帯《ちゅうたい》の強固さを語って精彩があり、それに続く信頼を愚弄する光頼の参内場面では、惟方とのたたみかけるような問答が、これまた精彩を放つ。反乱を崩壊させることになる勢力の動きを、活《い》き活きと一気に書き上げたのであった。

合戦場面では、悪源太義平と重盛との騎馬戦が秀逸である。重盛の五百余騎を二度にわたって急追する義平が、十七騎の手勢に向かって檄《げき》を飛ばす、「櫨《はじ》の匂いの鎧」に「鴾毛《つきげ》の馬」に乗ったのが重盛、それのみをねらえ、という敵の姿を色で指示した言葉は三度も繰り返され、地の文での描写も合わせれば同じこの表現が四度、それが激しい動きの張りつめた描写と共に視覚に訴えて、みごとと言う以外にない。

その合戦の最中には、胸に迫る短い一話がある。敗色濃いと見た義朝の腹心の部下が、父との最後の対面を果たさせるべく六歳の最愛の娘を鎧の上に抱いて現れる、それを一目見た義朝は、こぼれる涙を隠しつつ、そのような者は井の中に沈めよ、と言ったという(88頁)。実話らしい感じが伝わってこよう。作者は頼政の言葉を介して信頼に与した義朝を批判してはいるものの(107頁)、二人の間に一線を画していることは確かで、彼への同情を喚起する記述が、このように所々に顔を出す。それも、物語の成立期が源氏政権の樹立以降であってみれば当然であったろう。

六歳の娘との最後の対面に加えて、重傷を負った叔父義隆が、手を取り問いかけてくる義朝の顔をただ一目見て、言葉もなく、はらはらと涙を流してそのまま息絶えたというくだりも(121頁)、脚色を感じさせない。これらには、事実を伝える何がしかの話柄《わへい》があったことを想像させるものがある。

乱当時の実景ではないにしても、日常の中で目にしたものを描写したかと思われるものに、信頼の遺体のそれがある(128頁)。うつ伏しになった、首のない肉づきのいい大男に足で砂が掛けられ、おりしも降ってきた村雨が背溝に溜まり血が混じって、紅色に流れていたという。この物語の作者は、劇的なストーリー展開を創り出すことにのみ意を注いだのではないようである。

そのことを、より感じさせるのは、一人物による、義朝の死に至るまでの長い報告談を作中に取り込んでいる箇所である（141～151頁）。当該人物は金王丸《こんおうまる》という、主君の身の回りの世話をする童《わらわ》で、報告した相手は、主君の最後の思い人であった常葉に設定されている。三男頼朝の落伍や次男朝長《ともなが》の死を含むその長い話は、文体が他の部分とは違っており、事実の伝達を旨とするからであろう、切れ目なく続き、起伏が乏しい。実際に金王丸の語った話を記録したものがどこかにあり、それに基づいて書かれた可能性が大いにありうる。たとえば、物語は合戦当日の日付を一日誤っているが（67頁注1）、この金王丸の報告談は正しい日付で語られている（142頁注10、146頁注8、9）。ということは、物語の書き手が、この逸話に手を加えることなく、そのまま利用したからであろうと推考されてくるのである。

作者が創造したものではなく、他にあった素材を巧みに接合させたと考えられるのが、中巻から下巻にかけてある、常葉が三人の幼い子を連れて都落ちしたものの、老母が捕らえられて六波羅に出頭せざるを得なくなる、一連の話である。軍記物語には多くの女性話があるが、そのなかで最も優れたものであろう。

雪の中を都落ちする前半では、人に対する猜疑心から、心配して声を掛けてくれる通りすがりの人にすら心をおののかせ、子らをしかり、亡き夫を恨む孤独な姿が、丹念につづられている。幸いにも伏見の里で心優しき老婆に宿を借り得た夜、八歳の子が母の愛を確かめるように問いかけ、母がそれに応ずる情景は、感動的である。八歳と六歳との年齢差が、巧みに描き分けられていることも見逃せない。この前半の眼目は、強引に二晩泊めさせた老婆の温情によって、常葉の心がなごみ、人を信ずる心境に変わっていく、その軌跡がたどられている点にある。

六波羅に出頭する後半は、生け捕られた頼朝を、池禅尼が助命しようとする話を挟んで、それに引き続き再開される。常葉は、自分が我が子を愛するように、母は私を愛しているのだと気づき、その母を死なせてはならないと出頭を決意する。子らが殺されたなら、同じ源氏の血を引く子を養子にすればそれでいいと、我が心を納得させて出て行ったのではあったが、清盛の面前では、子供たちより先に私を殺してほしいと泣いて訴える。それが本心であった。揺れる心理の綾が、浮き彫りにされているのである。

二話からなる常葉譚は、この作品とは別に独立した語り物だった形跡がある。常葉と三人の子を紹介するのは一度でよいものを、同じ文言の紹介文が繰り返し顔を出し（164頁注5）、文末は七五調で結ばれる率が高い。都落ちは二月十日の朝となっているが、夫の死の報告を受けたのは一月五日で、それからは間《ま》が空き過ぎており、つかまった母親が、娘は夫の死を聞いた翌朝から行方不明と語るのとも矛盾する。それは、独立してあった話を作中に持ち込む際に日付を変えたからで（167頁注1）、なぜそうしたかと言えば、二月九日に頼朝が生け捕られて都に入ってきた事実に合わせて、ストーリーを組み立てようとしたからに他ならない。

実は頼朝の話と常葉母子の話とは、交互に語られている。第一に頼朝の身柄の入京、第二に常葉の都落ち、第三に頼朝助命への動き、第四に常葉の六波羅出頭、となる。そして最後に両話は、頼朝は源氏の氏神の石清水八幡大菩薩の加護により、常葉は日ごろから信仰していた清水寺の千手観音の慈悲によって、無事、救われたのだ、ということを匂わせて結ばれる。意図的な操作が見て取れよう。

常葉の清水信仰は、話の導入部から語られており、全体を統括するものとなっている。それを踏まえると、この話が元は清水観音への信仰をたたえるために創られたものであったことを連想させる。古来、千手観音は盲人たちの信仰を集めていたが、清水寺のそれも同様で、室町期には寺の西門に盲女たちが多くいて、何がしかの芸を披露していたらしい。瞽女《ごぜ》と言われるその女性たちは、『平治物語』の成立期に、すでに物語を歌っていたことが知られている。それらを勘案すれば、独立してあった常葉譚は、彼女らの語り物として創られ、清水寺の西門で語られていたのではなかったかと憶測されてくるのである（詳細は拙著・汲古書院刊前掲書、前篇第三章）。

『平治物語』の原作者には、治政に関する明確な価値基準があったと思われる。すなわち、天皇を中心とする王朝体制の維持こそ、望ましいことであったに違いない。同時代に書かれた『承久記』、それに『保元物語』にも、天皇体制を相対化する視座が認められるが、それが本作品にはない。それゆえ、熊野路よりの清盛一行の帰洛から光頼の参内へという、反乱鎮圧勢力の動きをヴィヴィッドに描きえたし、信西が王朝に貢献する忠臣像に創り上げられている、そのことも当然であったと理解できよう。

しかし作品の幅と魅力は、外在していた常葉譚や、その存在が推考される金王丸の実話記録など、義朝の死に至る逸話類を作中に迎え入れたことで、格段に増したと言っても過言ではない。むしろ読者の心を捉えるのは、こちらの方ではなかろうか。楽しんでいただきたく思う。

四　テキストについて

本書は、最も古態を温存させているテキストを用いたが、全巻の完備しているものがないため、同類本を組み合わせる形を取った（凡例参照）。鎌倉期に制作された絵巻がこの系統の本文を基本としていることや、全体に未調整な部分があること等から（前項参照）、古態性は動かしがたい。

このののち『平治物語』は、『保元物語』と同様な改作過程を経ることになる。すなわち、香川県の金刀比羅宮《ことひらぐう》蔵本が善本と考えられるところから金刀比羅本と通称される段階と、江戸期に出版されて流通したため流布本と通称される段階との、大きく把握して二段階にわたる改作である。本文の異同による更なる細分化は可能であるが、文学的性格からは、この二段階に収斂《しゅうれん》されると見てよい。

金刀比羅本では、まず、金王丸の報告談の形態が解体され、他の部分と等しく、事実を描写する叙述スタイルとなる。自然な成り行きであろう。内容は、より劇的に組み立てられていき、それと連動して、全体が源氏中心の物語に変貌する。当然、頼朝の姿が大きくふくらみ、彼に対する父義朝の情念の深さが強調される。逆に、朝廷を第一に思う清盛の姿は後退し、鬨《とき》の声に驚いて兜を後ろ前にかぶる醜態まで描かれてしまう。それは、『平家物語』のそれに通うものであった。常葉譚に関しては、内容が短く圧縮され、心理描写も淡白になっていると言わざるを得ない。

そして、この段階のものが世に広まったと見え、伝本が最も多い。琵琶法師が『平治物語』を『保元物語』『平家物語』と共に「皆、暗而《ソランジテ》」語っていたことが、永仁《えいにん》五年（一二九七）の序文を持つ『普通唱導《しょうどう》集』から知られるが、彼らが語っていたのは、抒情的要素の高まったこの段階の物語であったろう。それは、『保元』『平家』両作品と通じ合う、いわゆる相即性を深めているところからも納得できる。

前述した絵巻二作品は、古態本系本文に基いていると考えられたが、実はそこに金刀比羅本的要素も混入している。意外と早い時期から、次段階への胎動が始まっていたのであろう。また、『花園天皇宸記《しんき》』の元亨《げんこう》元年（一三二一）四月条に、ある琵琶法師が「平治・平家等」を語ったとあって『保元』の名がないのは、この物語の方が『平家』との結びつきの強かったことを暗示しているかに思われる。

流布本は、古態本系と金刀比羅本系の本文を接合した様相を呈しており、最後出であることは疑いない。軍略や戦術に言及する度合いが多くなり、武士の振る舞い方が重視されるに至っているとされる。必然的に抒情性が希薄になっている。先出本の不合理や不整合な点は改められ、反覆される読書行為を前提とした記述となっているから、もはや琵琶語りの世界とは無縁と考えられる。

この段階のテキストは、文安《ぶんあん》三年（一四四六）成立の『壒嚢鈔《あいのう》』の影響下にあり、天文《てんぶん》十九年（一五五〇）から永禄《えいろく》三年（一五六〇）前後にかけての成立である『榻鴫暁筆《とうでんぎようひつ》』に本文内容が採られている事実が、近年明らかとなって、制作時期がこの期間に絞り込まれてきた。原作誕生から二百年余りのちの時代状況が、いわば新たな塗装を物語にほどこすことになったと言えよう。

各段階のテキストで書店や図書館で入手しやすいものを、次に掲出する。

古態本＝『新日本古典文学大系43　保元物語　平治物語　承久記』（岩波書店・一九九二年刊。日下力校注）。

『新編・日本古典文学全集41　将門記　陸奥話記　保元物語　平治物語』（小学

館・二〇〇二年刊。信太周・犬井善壽、校注・訳)。ただし、上・中巻。

『中世の文学　平治物語』(三弥井書店・二〇一〇年刊。山下宏明校注)。

金刀比羅本＝『日本古典文学大系31　保元物語　平治物語』(岩波書店・一九六一年刊。永積安明・島田勇雄、校注)。

『新編・日本古典文学全集41』(前掲)。ただし、下巻。

『中世の文学　平治物語』(前掲)。

流布本＝『日本古典文学大系31』(前掲)に「付録」として収録。

最後に、研究の現在の到達点を知っていただくための書を、二点のみ紹介しておく。

日下力著『平治物語の成立と展開』(汲古書院・一九九七年刊)。

『軍記文学研究叢書4　平治物語の成立』(汲古書院・一九九八年刊)。

なお、古態本を鑑賞したものとして、日下著『岩波セミナーブックス107　古典講読シリーズ　平治物語』(岩波書店・一九九二年刊)があり、同書は若干の追記を加え、「セミナーブックス・セレクション」の一冊として再刊されている(二〇一四年刊)。

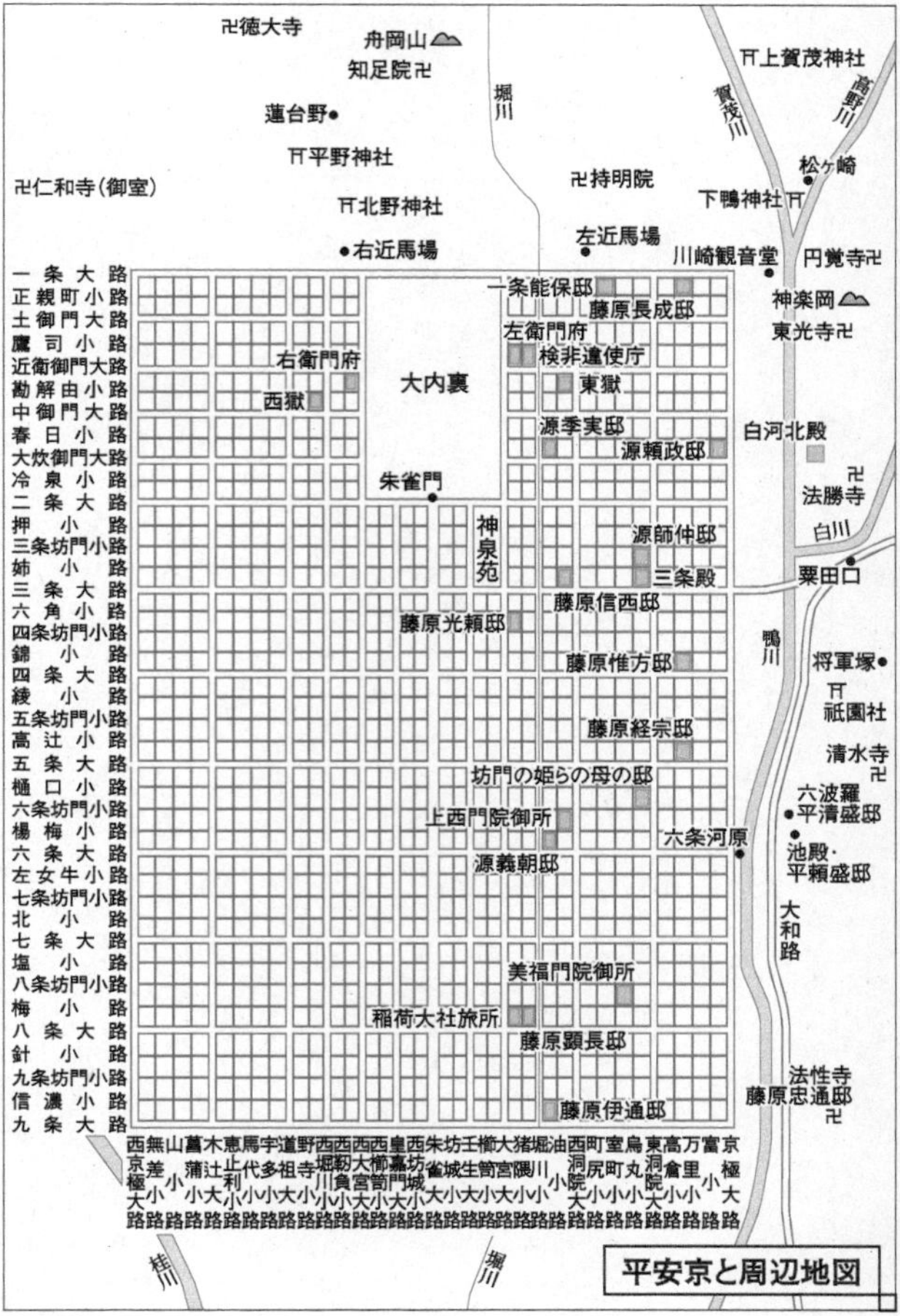

卍徳大寺
舟岡山
知足院卍
蓮台野
堀川
賀茂川
高野川
上賀茂神社
平野神社
卍仁和寺(御室)
北野神社
卍持明院
松ヶ崎
下鴨神社
右近馬場
左近馬場
川崎観音堂
円覚寺卍
神楽岡
東光寺卍
一条大路
正親町小路
土御門大路
鷹司小路
近衛御門大路
勘解由小路
中御門大路
春日小路
大炊御門大路
冷泉小路
二条大路
押小路
三条坊門小路
姉小路
三条大路
六角小路
四条坊門小路
錦小路
四条大路
綾小路
五条坊門小路
高辻小路
五条大路
樋口小路
六条坊門小路
楊梅小路
六条大路
左女牛小路
七条坊門小路
北小路
七条大路
塩小路
八条坊門小路
梅小路
八条大路
針小路
九条坊門小路
信濃小路
九条大路
一条能保邸
藤原長成邸
左衛門府
検非違使庁
右衛門府
大内裏
東獄
西獄
源季実邸
源頼政邸
白河北殿
卍
法勝寺
朱雀門
白川
神泉苑
源師仲邸
三条殿
粟田口
藤原信西邸
藤原光頼邸
鴨川
将軍塚
藤原惟方邸
祇園社
藤原経宗邸
清水寺
卍
坊門の姫らの母の邸
六波羅
平清盛邸
上西門院御所
六条河原
池殿・
平頼盛邸
源義朝邸
大和路
美福門院御所
稲荷大社旅所
藤原顕長邸
法性寺
藤原忠通邸
卍
藤原伊通邸
西京極大路
無差小路
山小路
菖蒲小路
木辻大路
恵止利小路
馬代小路
宇多小路
道祖大路
野寺小路
西堀川小路
西靭負小路
西大宮大路
西櫛笥小路
皇嘉門大路
西坊城小路
朱雀大路
坊城小路
壬生大路
櫛笥小路
大宮大路
猪隈小路
堀川小路
油小路
西洞院大路
町尻小路
室町小路
烏丸小路
東洞院大路
高倉小路
万里小路
富小路
京極大路
桂川
堀川

平安京と周辺地図

平治物語《へいじものがたり》

現代語訳付《げんだいごやくつ》き

日下《くさか》 力《つとむ》＝訳注

平成28年 12月25日　初版発行
令和６年 11月25日　７版発行

発行者●山下直久

発行●株式会社KADOKAWA
〒102-8177　東京都千代田区富士見2-13-3
電話　0570-002-301（ナビダイヤル）

角川文庫 20123

印刷所●株式会社KADOKAWA
製本所●株式会社KADOKAWA

表紙画●和田三造

ISBN978-4-04-400034-9　C0193

◆◆◆

角川文庫発刊に際して

角川源義

第二次世界大戦の敗北は、軍事力の敗北であった以上に、私たちの若い文化力の敗退であった。私たちの文化が戦争に対して如何に無力であり、単なるあだ花に過ぎなかったかを、私たちは身を以て体験し痛感した。西洋近代文化の摂取にとって、明治以後八十年の歳月は決して短かすぎたとは言えない。にもかかわらず、近代文化の伝統を確立し、自由な批判と柔軟な良識に富む文化層として自らを形成することに私たちは失敗して来た。そしてこれは、各層への文化の普及滲透を任務とする出版人の責任でもあった。

一九四五年以来、私たちは再び振出しに戻り、第一歩から踏み出すことを余儀なくされた。これは大きな不幸ではあるが、反面、これまでの混沌・未熟・歪曲の中にあった我が国の文化に秩序と確たる基礎を齎らすためには絶好の機会でもある。角川書店は、このような祖国の文化的危機にあたり、微力をも顧みず再建の礎石たるべき抱負と決意とをもって出発したが、ここに創立以来の念願を果すべく角川文庫を発刊する。これまで刊行されたあらゆる全集叢書文庫類の長所と短所とを検討し、古今東西の不朽の典籍を、良心的編集のもとに、廉価に、そして書架にふさわしい美本として、多くのひとびとに提供しようとする。しかし私たちは徒らに百科全書的な知識のジレッタントを作ることを目的とせず、あくまで祖国の文化に秩序と再建への道を示し、この文庫を角川書店の栄ある事業として、今後永久に継続発展せしめ、学芸と教養との殿堂として大成せんことを期したい。多くの読書子の愛情ある忠言と支持とによって、この希望と抱負とを完遂せしめられんことを願う。

一九四九年五月三日